Knaur.

Knaur.

*Im Knaur Taschenbuch Verlag ist bereits
folgendes Buch der Autorin erschienen:*
Kreuzstich, Bienenstich, Herzstich

Über die Autorin:
Tatjana Kruse, Jahrgang 1960, lebt und arbeitet in Schwäbisch Hall. Sie ist überzeugte Krimiautorin. Sie wurde bereits mit dem »Marlowe« der Raymond-Chandler-Gesellschaft ausgezeichnet und mehrmals für den Agatha-Christie-Preis nominiert. Mit Siegfried Seifferheld, ihrem eigenwilligen Kommissar im Unruhestand, ist Tatjana Kruse ein äußerst sympathischer Serienheld gelungen. Nach *Kreuzstich, Bienenstich, Herzstich* gibt es nun den zweiten Roman um den Kommissar aus Schwäbisch Hall. Mehr zur Autorin unter www.tatjanakruse.de

Tatjana Kruse

Nadel Faden Hackebeil

Ein neuer Fall für Kommissar Seifferheld

Kriminalroman

Knaur Taschenbuch Verlag

Dieser Roman spielt zwar in einer realen Stadt,
nämlich Schwäbisch Hall, und basiert auch auf tatsächlichen
Ereignissen, es ist aber dennoch nichts weiter als ein Roman.
Alle Personen sind erfunden, der Plot ist fiktiv.
Allerdings gibt es tatsächlich einen Hovawart namens Onis,
und das ist auch gut so.

Besuchen Sie uns im Internet:
www.knaur.de

Originalausgabe März 2011
Copyright © 2011 bei Knaur Taschenbuch.
Ein Unternehmen der Droemerschen Verlagsanstalt
Th. Knaur Nachf. GmbH & Co. KG, München.
Alle Rechte vorbehalten. Das Werk darf – auch teilweise –
nur mit Genehmigung des Verlags wiedergegeben werden.
Realisation und Redaktion: Kerstin von Dobschütz
Umschlaggestaltung: ZERO Werbeagentur, München
Umschlagabbildung: FinePic®, München
Satz: Adobe InDesign im Verlag
Druck und Bindung: CPI – Clausen & Bosse, Leck
Printed in Germany
ISBN 978-3-426-50428-4

2 4 5 3 1

Thank you, Sue W.

Das Who is Who von Schwäbisch Hall

Die Familie

Siegfried Seifferheld	Kommissar im Unruhestand
Aeonis vom Entenfall	kurz »Onis«, Hovawart-Rüde mit Knickrute
Susanne Seifferheld	Tochter, Bausparkassenmanagerin
Karina Seifferheld	Nichte, Aktivistin
Irmgard Seifferheld	altjüngferliche Schwester, Mitglied im Kirchenkaffeekomitee, die »Generalin«

Die Toyboys und -girls

MaC	Marianne Cramlowski, Journalistin
Lady	Berner Sennenhündin
Der rosa Teddy	Namenlos, aber glückspendend
Olaf Schmüller	Physiotherapeut, Pferdeschwanzträger
Fela Nneka	Fotograf

Die Freunde

Kläuschen	liiert mit Gummipuppe Mimi
Bocuse	eigentlich François Arnaud, Franzose, Chefkoch
Die VHS-Männerköche:	Schmälzle (Wanderführerautor), Arndt (Maschinengewehrklempner), Horst (Mathelehrer), Eduard (Buchhändler), Günther (Pfarrer), Gotthelf (dominant verheiratet)

Die Exekutive

Gesine Bauer	Polizeichefin
Mord-zwo-Stammtisch:	Wurster (Bärenmarkenbär), Van der Weyden (Rudi-Carrell-Akzentler), Bauer zwo (Minipli-Verfechter), Dombrowski (der von der Sitte)
Biggi Boll	Seifferhelds Ex-Sekretärin
Frau Denner	Frau Bolls Nachfolgerin, Free-Tibet-Gesinnung
PO Karsten Viehoff	blonde Leckerschnitte

In tragenden Nebenrollen

Olga Pfleiderer	kasachische Nicht-Putzfrau
Pfarrer Hölderlein	strafversetzter Pfarrer aus dem Rheinland
Mozes Nneka	kleiner Bruder von Fela
Sissi von Bellingen	strebt nach Höherem
Konzi von Bellingen	Sissis Schwager
Fippa von Sölln	Sissis beste Freundin
Rudolf von Sölln	Fippas Cousin und Verlobter (nicht fragen!)
Dr. Arnfried Kolb	plastischer Chirurg
Tayfun Ünsel	Verehrer und Transparentträger von Karina
Usch Meck	Frauchen von Lady
Otto	Kamerunziegenbock

Die Toten

Lambert von Bellingen	Unsympath, Sissis Ehemann
Kiki Runkel	Souvenirladenbesitzerin, die Geliebte von Sissis Ehemann

In memoriam: Theaterring Schwäbisch Hall

Prolog

Samstag – der Tag, an dem die Welt noch in Ordnung war

> Aus dem Polizeibericht
>
> **Dreister Damhirsch**
>
> *Am Wochenende konnte die Polizei in einem Waldstück bei Gailenkirchen einen ungewöhnlichen Diebstahl aufklären. Dort war eine Streusalzkiste verschwunden. Die Beamten folgten den Spuren im aufgeweichten Waldboden und ertappten einen Damhirsch mit seinen Begleiterinnen auf frischer Tat dabei, wie sie sich am Salz labten. Der Hirsch hatte die Kiste mit seinem Geweih quer über die Fahrbahn in den Wald bugsiert. Die Damhirschbande entzog sich durch Flucht. Anzeige wird nicht erstattet.*

06:00 Uhr

Willst du Spannung auf dem Sitz,
schieß die Ricke vor dem Kitz!

Lambert von Bellingen hatte das Ego nicht erfunden, aber man darf sagen, er hatte es perfektioniert.
Erhobenen Hauptes thronte er in feschem Lodengrün auf dem Hochsitz. Es war zwar offiziell Schonzeit, aber die

Geldstrafe – sollte er denn angezeigt werden – zahlte er, reich, wie er war, lässig aus seiner Portokasse. Wenn er Blut sehen wollte, dann wollte er Blut sehen. Gemäß dem Motto: Was du heute kannst erlegen, musst du morgen nicht mehr hegen. Und wer konnte sich diese dämlichen Schonzeiten schon merken? Jedes Bundesland hatte seine eigenen Zeiten, und er, der Vielreisende, googelte sich doch nicht erst mühsam durch den aktuellen lokalen Schonfristkalender, wenn er Lust verspürte, in Hamburg ein Murmeltier oder einen Seehund auf der Alb zu schießen. Er rief einfach bei einem alten Jagdfreund an – und derer hatte er viele –, schnappte sich sein Gewehr und jagte, was ihm pirschend vor die Flinte kam. Großtrappe, Eiderente, Sumpfbiber oder Rehbock – da machte er keinen Unterschied. Und sollte er, wie seinerzeit US-Vizepräsident Dick Cheney, zufällig einen Hominiden, gar einen Anwalt, mit Schrot durchsieben, so wäre das eine herrliche Anekdote für seinen vierteljährlichen Stammtischabend mit den Fraktionskollegen aus dem Landtag.
In seinem bajuwarischen Trachtenoutfit von Lodenfrey, das Lambert von Bellingen immer trug, wenn er auf die Jagd ging, saß er an diesem frühen Morgen mittig auf der Holzbank eines Hochsitzes und schaute missmutig zum Waldrand.
Kein Bock.
Keine Ricke.
Nicht einmal Bambi.
Und natürlich auch kein Anwalt. Für die war es noch zu früh am Tag.
Langsam wurde die Zeit knapp. Um zehn Uhr musste er im Stuttgarter Landtag sitzen, komme, was da wolle.

Heute filmte der SWR für eine Polit-Doku zur Einstimmung auf die demnächst anstehende Wahl, da durfte sein Stuhl auf keinen Fall leer bleiben.
Lambert von Bellingen hmpfte ungnädig. Dann blieb ihm wohl nichts anderes übrig als …
Er angelte sein Handy aus der Trachtenjackeninnentasche und drückte eine Kurzwahlnummer. »Meier, ich bin's, von Bellingen. Lambert von Bellingen.«
Meier konnte selbstverständlich dem Display entnehmen, dass ihn sein Chef anrief, oder spätestens an der Bassstimme erkennen, um wen es sich bei dem Anrufer handelte, aber Lambert von Bellingen ließ sich keine Chance entgehen, seinen Namen laut auszusprechen. Insofern glich er Crane, Denny Crane. Obwohl er sich selbst natürlich eher für Bond, James Bond hielt. Bisweilen baute er sich morgens nach dem Rasieren vor dem Spiegel auf und intonierte so lange »von Bellingen, Lambert von Bellingen«, bis ihn ein wohliges Gefühl der eigenen Bedeutsamkeit durchströmte.
»Meier, ich kann nicht mehr warten. Sie wissen, was Sie zu tun haben?«
»Jawohl. Waidmanns Heil.«
Meier klappte sein Handy zu, steckte es in seine Hosentasche, hauchte sich wärmend in die Hände und ließ dann die sieben Fasane aus dem Fangnetz frei. Gleich darauf trieb er sie mit lauten Hossa-Rufen in Richtung des Hochsitzes. Wobei er gewissenhaft darauf achtete, immer von Bäumen geschützt zu sein. Er trug zwar eine leuchtend orangefarbene Schutzweste, aber er kannte seinen Chef und wollte auf gar keinen Fall ein Risiko eingehen.
Und da knallte auch schon der erste Schuss.

06:15 Uhr

> Der Haubenbär spricht mit Bedacht:
> »Die Bären werden nachts gemacht!«
> Dann rennt er mit Geröle
> in seine Bärenhöhle.
> *Arnold Hau*

Nahaufnahme. Eine laokoonische Umarmung. Will sagen, eine Umarmung, bei der man nicht mehr wusste, wem welcher Arm gehörte, welches Bein. Haut auf Haut, Atem auf Atem. Nicht heiß und wild und leidenschaftlich wie in der Nacht zuvor, sondern zärtlich, innig, verschmelzend. Die Art von Sex, die am ehesten sagt: »Ich liebe dich« – bei der zwei Körper einander ein Versprechen geben. Und es halten.

Wäre dies ein Softporno, würde man nicht mitbekommen, wie Olaf den Kopf immer leicht auf die Seite dreht, weil er fürchtet, Mundgeruch zu haben. Die Kamera würde nicht zeigen, wie Susanne ungeschickt auf Olafs langen Haaren zu liegen kommt und sie auf diese Weise aus seinem lustvollen Stöhnen ein schmerzbetontes macht. Es gäbe keine roten Allergiepickel auf der Stirn der Hauptdarstellerin und keinen fetten Stressfurunkel auf der linken Pobacke des männlichen Helden.

Aber dies war kein weichgezeichneter Softporno, dies war der ganz gewöhnliche Morgensex zweier Durchschnittsmenschen in der Unteren Herrngasse zu Schwäbisch Hall. In den Mauern eines fünfhundert Jahre alten Fachwerkhauses, die schon vieles gesehen hatten. Und jetzt sahen sie gerade, wie eine ambitionierte Karrierefrau Mitte dreißig –

im Management der Bausparkasse Schwäbisch Hall tätig, Chanel-Kostüm-Trägerin, Soroptimistin – in stöhnender Verzückung (und ohne Chanel-Kostüm) einen gut zehn Zentimeter kleineren und fünf Jahre jüngeren Physiotherapeuten – Pferdeschwanzträger, Milchtrinker, Freundschaftsbandenthusiast, Grüner – auf ihren warmen, weichen Körper zog, in der Hoffnung, dass er zwar genauso warm, aber nicht so weich sein würde.
Sie stöhnte.
Er stöhnte auch.
Olaf war eigentlich bekennender Tantriker. Nein, jetzt denken wir nicht an Tom Cruise und Scientology. Tantriker sind keine fanatischen Sektenanhänger, sondern – in diesem Kontext – Menschen, die im Sex mehr sehen als flotte Lustbefriedigung, die Vertrauen und Hingabe entwickeln wollen, wozu es Zeit, viel Zeit braucht und, ja, auch neckische Sexspielchen und ausgedehnte Massageorgien und kamasutragleiche Stellungen, aber eben nicht nur. Olaf war also Tantriker, aber mit Susanne entdeckte er, dass Sex mehr war als östliche Philosophie. Mehr als ewig gleiches Zärtlichsein. Es konnte auch wild und leidenschaftlich werden. Und dann wieder blümchensexig. Oder verrucht unartig. Mit ihr war es jedes Mal neu und anders.
Susanne war noch bis vor kurzem eine stolze Frigide gewesen. Richtig Lust auf Sex hatte sie nie gehabt. Natürlich gehörte Sex dazu, aber sie konnte auch gut ohne. Hatte sie immer gedacht. In der Zeit *vor* Olaf. Seit der Stunde null, seit der ersten spontanen Nacht mit dem Physiotherapeuten ihres Vaters, brach sich die Leidenschaft in ihr Bahn, aber eben auch die Zärtlichkeit. Zum ersten Mal erlebte

sie einen Orgasmus mit einem Mann. Ach was, Mehrfachorgasmen. Und zwar mehrfache Mehrfachorgasmen. Alles war multipel, wenn sie mit Olaf zusammen war.
Sie presste ihn fester an sich.
Olaf stöhnte.
Susanne stöhnte auch.
Die Matratze quietschte.
Das Kondom auch.
Olaf hatte – weil Susanne viel Nachholbedarf hatte und einen außerordentlichen sexuellen Appetit entwickelte – bei eBay ein Schnäppchenpaket mit Kondomen ersteigert: gemischtes Sortiment. Mit Noppen, mit Geschmack und normal.
Was er nicht wusste: Der Anbieter war ein gewisser Marco Z. aus Leipzig, der illegal zehntausend kaputte Verhüterli aus einem Ausschusscontainer des Herstellers Condomi gefischt hatte. Die Kondome waren bei einer der regelmäßigen Belastungsproben extremer UV-Strahlung ausgesetzt worden und dadurch porös geworden. Marco Z. glaubte, sich damit ein schönes Zubrot verdienen zu können, flog jedoch schon sehr bald auf, weil sich ein eBay-Nutzer beim Herstellerwerk in Thüringen erkundigte, ob es sich bei diesen Kondomen tatsächlich um echte Markenware handelte, auch wenn sie nicht in der üblichen Verpackung ausgeliefert worden waren, sondern immer zu zehnt in Tiefkühltüten mit Gefrierbrandschutz. Gummi-Gauner Marco Z. aus Leipzig wurde zu einer empfindlichen Geldbuße verurteilt. Aber das bekam Olaf im weit entfernten Baden-Württemberg nicht mit. Und selbst wenn, es war schon zu spät.
In diesen frühen Morgenstunden wurde im zweiten Stock

des Seifferheldhauses in der Unteren Herrngasse zu Schwäbisch Hall neues Leben gezeugt.
Das Wunder der Schöpfung!

08:55 Uhr

> Für die einen ist es Klopapier,
> für die anderen die längste Serviette der Welt.

Katharina Runkel – Kiki für ihre Freundinnen – sah in den Spiegel. Sie fühlte sich wie eine zerfetzte Fliege auf der Windschutzscheibe des Lebens.
In drei Monaten wurde sie vierzig. Und die Zeit hatte es nicht gut mit ihr gemeint. Schön, die grauen Haare konnte man dank L'Oreal färben – das war sie sich wert. Aber das Gesicht? Ihre Stirn erinnerte ganz allmählich an eine Reliefkarte der Anden. Und ihre Mundwinkel hingen tatsächlich nach unten. Dabei war sie doch ständig am Lachen. Ihr Spitzname lautete »die Kichererbse«.
Kichererbse Kiki zog einen Schmollmund. So konnte das nicht weitergehen.
Es war ja nicht nur ihr Gesicht. Es war alles.
Fast vierzig – und was hatte sie vorzuweisen?
Ja gut, den Souvenirshop in der Blockgasse, den sie in fünf Minuten aufschließen würde. Aber der war ihr mehr oder weniger wie eine reife Frucht in den Schoß gefallen, als ihre Tante, die den Laden aufgebaut hatte, an einem hässlichen Lungenleiden starb und ihr alles vermachte – nicht aus Liebe zu ihrer Nichte, sondern um die anderen Hinterbliebenen zu ärgern, die auf ein Erbe spekuliert hatten.

Kiki war gewissermaßen in ein gemachtes Bett gekrochen. Und sie lebte gut davon. Der Nippes aus dem Laden – Solebonbons, Siederpuppen, Schwäbisch-Hällische Stofftierferkel – fand, zumindest in der Saison, also von Pfingsten bis zum Ende der Freilichtspiele, reißenden Absatz bei den Touristen.
Aber sonst? Sie hatte keinen Mann. Und auch keine Kinder. Nicht einmal einen Schoßhund.
Gut, sie hatte Lambert. Er rief sie nach Lust und Laune an, lud sich in ihre Drei-Zimmer-Wohnung über dem Laden ein und zog dann seine bewährte Macho-Nummer durch. Für ihn gab es nur eine einzige Stellung. Wie pflegte er zu scherzen? Liege ich oben, habe ich Höhenangst, liege ich unten, kriege ich Platzangst, liege ich auf der Seite, sehe ich nix im Fernseher! Folglich gab es ausnahmslos immer die Hündchenstellung. Variiert wurde nur die Stoßintensität. Er hatte ihr extra die Wände im Schlafzimmer mit Spiegeln auskleiden lassen, damit er sich dabei zusehen konnte. Und manchmal rief er mitten im Akt »von Bellingen, Lambert von Bellingen«. Früher einmal hatte sie das süß gefunden.
Früher hatte sie auch noch geglaubt, er würde seine Frau verlassen. Ja, das hatte sie wirklich und wahrhaftig geglaubt. Das Leben ist eben ein Klischee.
Und dann … war es irgendwann Gewohnheit geworden. Etwas, was man macht, weil man sich nichts anderes mehr vorstellen kann. Glücklich war sie damit nicht. Doch wer würde sie jetzt noch haben wollen, so, wie sie aussah? So alt?
Kiki zog mit den Daumen die Wangen und mit den Mittelfingern die Stirn nach hinten.

Schon besser. Wenn sie sich dazu noch die Lippen aufspritzen ließ? Hm. Sie drehte sich vor dem Spiegel. Ihre Figur ging noch als die einer Mittzwanzigerin durch, nicht zuletzt wegen der regelmäßigen Besuche im Ladyfitness-Studio. Nur das Gesicht fiel total ab. Da musste sie dringend was unternehmen.
Dringend!
Und danach würde sie Lambert in den Wind schießen und sich endlich etwas Wahrhaftiges suchen. Jemand, der vielleicht nicht ganz so reich und nicht ganz so prominent im Landkreis Hall war, der ihr aber ganz allein gehörte. Nicht nur privatim, auch öffentlich.
Aus Frosch Lambert würde niemals ein Prinz werden. Es war höchste Zeit, aus seinem Tümpel zu verschwinden und sich als strahlende, magisch verjüngte Prinzessin auf den Weg zu neuen Froschteichen zu machen.
Jawohl!

09:30 Uhr

Lieber viele Schulden als gar kein Geld

Er fühlte sich, als sei er beim Eisfischen im Eishockeystadion von der Eisputzmaschine platt gewalzt worden.
»Herr von Bellingen, haben Sie mich verstanden?« Der Anwalt legte die Stirn in Falten. »Es geht nicht länger um mangelhafte Liquidität. Wir sprechen von akuter Zahlungsunfähigkeit!«
Konstantin von Bellingen, von allen nur Konzi genannt, schien über seinem Nespresso Livanto Grand Cru mit

Maronencremearoma in eine tiefe Zen-Meditation gefallen zu sein.
Da war er also, der Moment, den er seit Monaten gefürchtet hatte. Nun ja, nicht gefürchtet – wovor auch fürchten, ein von Bellingen fiel wie eine Katze immer auf die Beine. Aber er hatte diesem Moment doch mit einem gewissen säuerlichen Magenbrennen entgegengesehen.
»Herr von Bellingen, haben Sie gehört, was ich gesagt habe?« Der Anwalt sah ungeduldig auf seine Armbanduhr. Zwar wurde er nach Stunden bezahlt, aber so, wie es aussah, würde Konstantin von Bellingen ihn demnächst gar nicht mehr bezahlen können.
»Ich habe doch Außenstände …«, fing Konzi an.
»Die aber in absehbarer Zeit nicht hereinkommen werden. Ab übernächstem Monat können Sie Ihren Zahlungsverpflichtungen nicht länger nachkommen. Wir haben keine andere Wahl – wir müssen Insolvenz anmelden.«
Konzi grummelte. Wieso passierte das ausgerechnet ihm? Warum dankte ihm das Schicksal nicht, dass er sich in Erfüllung seiner Pflicht selbstlos aufopferte? Er hatte den Familienforst weitergeführt, obwohl er sich seit frühester Jugend zum Maler berufen fühlte. Sein älterer Bruder Lambert, dessen Aufgabe es eigentlich gewesen wäre, den Familienbetrieb zu leiten, tummelte sich ja lieber im Landtag. Es reichte eben nicht, dumm zu sein – man musste auch in die Politik gehen.
Und so hatte Konzi dem Vater auf dem Totenbett schwören müssen, dass er sich um die Verwaltung der Bellingschen Ländereien und des Forstbetriebes kümmern würde. Was Unsinn war. Er fühlte sich an diesen Schwur auch nicht gebunden, aber mittlerweile hatte er den Anschluss

an die Kunstwelt verloren. Er musste zweigleisig fahren, bis er für seine großformatigen Öl- und Aquarellbilder einen, besser zwei gute Galeristen gefunden hatte. Ab nächster Woche hatte er eine Einzelausstellung im Hällisch-Fränkischen Museum, kurz HFM. Im dortigen Wintergarten würde er sechs Wochen lang seine neuesten Werke der Öffentlichkeit präsentieren. Vielleicht kam auch der hiesige Schraubenmilliardär und Kunstmäzen Reinhold Würth vorbei und kaufte ein Bild für seine legendäre Kunstsammlung. Dann endlich würden die Medien auf KonziBel aufmerksam werden, wie er seine Werke zu signieren pflegte. Diese Ausstellung stellte einen wichtigen Schritt in Richtung seiner neuen, seiner eigentlichen Karriere dar. Sie läutete eine Zeitenwende ein. Darüber hatte er allerdings ein wenig das Geldeintreiben vernachlässigt. Würden ihm diese Außenstände jetzt das Genick brechen? So kurz vor seinem Durchbruch als Künstler?

»Ich finde Insolvenz nicht so gut«, bemerkte Konzi.

Die Augen des Anwalts, zwei schwarze Briketts, verrieten nicht, welche Gedanken durch die Windungen seines Gehirns schossen. *Ist der als Kleinkind auf den Kopf gefallen? Wurde der versehentlich lobotomiert?* Nein, es waren einfach nur zwei ausdruckslose schwarze Augen über einem Mund, der jetzt sagte: »Sie haben natürlich recht, eine Insolvenz ist bedauerlich. Aber sie ist auch eine Chance. Mit Hilfe eines Insolvenzberaters kommt Ihr Betrieb vielleicht noch einmal auf die Beine.«

»Aber es fehlen doch nur fünfzigtausend Euro«, hielt Konzi dagegen. Das waren doch gerade mal zehn TAG-Heuer-Carrera-Uhren oder eine fette Patek Philippe

Nautilus mit Brillantziffernblatt. So etwas trug sein Bruder Lambert täglich am Handgelenk. Sein Bruder, der gemäß dem Motto lebte: Spare in der Schweiz, dann hast du in der Not. Sein Bruder, der sich von der Wirtschaft schmieren ließ, um bei Abstimmungen im Landtag zu wissen, wie er zu wählen hatte, weil er von allein nicht darauf kommen würde. Sein Bruder, der diese verdammte Forstwirtschaft, die seine Familie nun schon in x-ter Generation betrieb, nur insofern mitbekam, als er hin und wieder zu nachtschlafender Zeit – zuletzt an diesem Morgen – Konzi am Handy anbrüllte, er solle diesen oder jenen Baum fällen lassen, und zwar pronto, kein normaler Mensch könne sonst Fasane schießen.
Genau. Dieser sein Bruder Lambert. Der könnte ihm das Geld doch vorschießen.
»Und wenn ich in den nächsten Tagen an fünfzigtausend Euro herankäme?«, fragte Konzi den Anwalt mit den Brikettaugen.
»Dann ließe sich eine Insolvenz fürs Erste umgehen. Ich denke aber dennoch …«
»Sehr gut, dann verbleiben wir so!« Konzi freute sich. Fürs Erste genügte ihm vollends. Er musste nur bis zum Ende seiner Ausstellung im HFM durchhalten. Mit jeder Faser seines Körpers spürte er, dass er dort als Künstler entdeckt werden würde. Von einem Sammler. Einem Galeristen. Einem Kunstjournalisten. Das HFM war nur der erste Schritt, dann kam die Stuttgarter Staatsgalerie und anschließend das Metropolitan Museum of Modern Art in New York. Konzi strahlte verklärt.
»Die Banken werden Ihnen nichts mehr vorschießen«, warnte der Anwalt.

»Das ist auch nicht nötig.« Konzi lächelte ihn von oben herab an. Gleich darauf lächelte er in sich hinein. »Ich kriege das Geld von Lambert. So oder so …«, murmelte er in seinen nicht vorhandenen Bart.
Womöglich lag es an ebendiesem nicht vorhandenen Bart, dass der Anwalt jedes seiner Worte mitbekam und in seinem Herzen bewahrte, wo er sie einige Tage später herausholte und sie gegen seinen Mandanten verwendete. Anwaltsehre – auch nicht mehr das, was es noch nie war.

10:00 Uhr

Ein Mammaplastiker packt aus.

Vorsichtig entfernte er die weiße Gaze. Höchstselbst wickelte er die beiden Kugeln aus: gigantisch, prall, zum Reinbeißen! Und unwillkürlich stockte ihm der Atem, als er die beiden rosigen Weltwunder, die er geschaffen hatte, schlussendlich freilegte. Ja, diese Brüste waren Perfektion in Vollendung. Superb. Das Beste vom Besten.
Und *er* hatte sie geschaffen, er, Dr. Arnfried Kolb, plastischer Chirurg. Die Götter waren in diesem Moment bestimmt neidisch. Solch eine Vollkommenheit gab es in der Natur nicht.
»Sieht sehr gut aus«, sagte er folglich zu seiner Patientin. Ihren Namen wusste er nicht. Er hätte auf dem Krankenblatt nachsehen können, aber wozu. Es reichte, dass er diesen beiden vollkommenen Busen einen Namen gegeben hatte: Der linke hieß Adam, der rechte Eva. Die Ersten ihrer Art.

»Sie haben mich zu einer glücklichen Frau gemacht«, flötete der Kopf über den Brüsten.
Kolb sah nicht hoch, nickte nur, wie man angesichts einer Selbstverständlichkeit nickt.
Es war wirklich das erste Mal gewesen. Ein Akt der Schöpfung aus dem Nichts heraus.
Nach gefühlten einhunderttausend Silikonimplantaten hatte Kolb an dieser Namenlosen mit der Blockflötenstimme zum ersten Mal eine Brustvergrößerung unter Verwendung körpereigenen Fettgewebes durchgeführt. Eine Sensation. Aus ihrem Knochenmark isolierte Stammzellen hatte er in einer Schablone aus biologisch verträglichem Material zum Wachstum stimuliert. Das so entstandene Gebilde aus gepflanztem Fettgewebe stellte eine sichere Alternative zu Silikonimplantaten dar und barg nicht das Risiko eines Implantatbruchs.
Genial, wenn es denn schon legal wäre. Aber bislang war es in Deutschland nur an Mäusen getestet worden. Und das auch nicht am Diakoniekrankenhaus zu Schwäbisch Hall, wo er als plastischer Chirurg tätig war und in erster Linie irgendwelchen Hohenloher Bauern die bei der Feldarbeit abhandengekommenen Daumen wieder annähen musste, sondern in der Charité in Berlin, wo man seine Bewerbung seinerzeit abgelehnt hatte.
Kolbs brillanter Versuch an einem Menschen weiblichen Geschlechts würde daher vorerst geheim bleiben müssen. Zu schade. Er sah sein Konterfei schon auf allen relevanten Wissenschaftsmagazinen. Und auf der *BILD*-Zeitung, neben dem Nackedei des Tages, dessen Brüste selbstverständlich er, Arnfried Kolb, modelliert haben würde.

»Wie schön!«, seufzte er unwillkürlich bei diesem herrlichen Zukunftsgedanken.
»Ja, das findet mein Detlef auch«, frohlockte die Namenlose.
Kolb sah ihr ins Gesicht. An einem Tag wie heute war er gewillt, selbst niedrigen Kreaturen das Gefühl der Existenz zu vermitteln. »Das freut mich«, log er daher nonchalant.
Was für ein wunderbarer Tag, dachte er. Nichts, dachte er weiter, konnte an einem solch spektakulären Tag schiefgehen.
Und ganz bestimmt haben die Götter in diesem Moment sehr fröhlich über diesen Gedanken gelacht …

12:00 Uhr

Ist Ihr IQ eine Primzahl?

Die beiden dunkelhaarigen Männer saßen tief über ihre Teller gebeugt und führten die Löffel mit ihrem Nationalgericht zum Mund. Sie hatten einen Migrationshintergrund und waren in dieser Gegend nicht gern gesehen. Das wussten sie, aber es kümmerte sie nicht. Für den Fall, dass es Ärger geben sollte, hatten sie ihre Bodyguards dabei. Diese blöden Berliner konnten sie mal kreuzweise.
Anfangs löffelten die beiden CDU-Politiker aus dem Schwäbischen ihre Maultaschensuppe noch schweigend, kümmerten sich einen Dreck um die Blicke der schwabenhassenden Berliner Anwohner, die in ihrer Stammkneipe lieber unter sich geblieben wären. Schwaben waren gerade hier im Helmholtzkiez nicht gut gelitten. Auch

das Stadtmagazin *Zitty* hatte in seiner neuesten Ausgabe mal wieder dem Antischwabismus gefrönt, hatte für schlichte Gemüter ausgiebig das Feindbild »Schwabe« aufgebaut und die Angst vor »Überfremdung durch pietistische Spätzleschaber« geschürt. Es sprach scheinbar so viel gegen diese Äquatorflüchtlinge: Wo Berliner mühsam Häuser besetzten, kauften die Schwaben sie einfach. Die Schwaben frönten außerdem einem Sauberkeitsfimmel, waren schaffige Workaholics und redeten höchst eigenartig. Wenn ein Berliner zwischen einem Schwaben und einem Türken wählen dürfte, dann würde er jederzeit den Türken nehmen. Ganz klar. Aber diese Frage stellte sich im Moment nicht. Es war nämlich weit und breit kein Türke in Sicht. Nicht einmal ein Österreicher, was ja nahe dran gewesen wäre. Nein, es gab nur diese beiden Schwaben am hinteren Ecktisch.
Der ältere der beiden Schwaben – mit beachtlichem Bierbauch unter dem Hugo-Boss-Anzug – legte den Löffel beiseite und schwäbelte: »D'r Lambert von Bellingen isch undragbar worda.« (Übersetzung für Nicht-Schwaben: Dieser Lambert von Bellingen ist untragbar geworden.)
Der Jüngere – feingliedrig, aber auch in Hugo Boss – nickte und löffelte weiter. Gut, dass sie hier nicht in China waren, wo man mit dem Essen aufhören musste, sobald der Älteste am Tisch fertig war.
Der Ältere fuhr fort (hier gleich in übersetzter Fassung): »Wie Sie wissen, will ich mich demnächst der Wahl zum Fraktionsvorsitzenden stellen, bis dahin muss dieses Problem aus der Welt geräumt sein. Ich will mich nicht vor der Presse dafür verantworten müssen, warum so einer wie dieser von Bellingen, so ein korrupter, gewissenloser

Hurenbock, nicht schon längst aus der Partei ausgeschlossen worden ist. Was ich mich im Übrigen selbst frage, wann immer ich diesen Saudackel, diesen Lumpensack, diesen Jenseitsbachel zu Gesicht bekomme.« Er tupfte sich mit der Leinenserviette den Mund ab.
Der Jüngere zerteilte seine letzte Maultasche mit dem Löffel. Etwas Brühe spritzte auf die Krawatte mit dem Emblem seiner Tübinger Burschenschaft. Er rieb sie sofort mit seiner Serviette sauber.
»Ich kann mich doch auf Sie verlassen?«, fragte der Ältere.
»Absolut. Ich habe da so meine Methoden. Meine Lufthansamaschine nach Stuttgart geht um vier. Heute Abend bin ich bereits mit ihm verabredet.«
»Gut. Sehr gut. Je eher das geklärt wird, desto besser!« Der Ältere winkte dem Kellner. »Noch zwei Schorle weiß-sauer.«
Der Wirt, der in Personalunion auch der einzige Kellner der Eckkneipe war, nickte freundlich. Er kam aus Halle an der Saale. Preußen. Junkerland. Wenn das Trinkgeld stimmte, bediente er auch Schwaben und setzte sogar Maultaschen auf die Speisekarte.
Da war er tolerant.

13:00 Uhr

Wie bringt man Fruchtfliegen den Formationsflug bei?

Als Normalmensch denkt man ja immer, reiche Erben gebe es nur im Film. Oder in Monaco. Weit gefehlt. In Schwäbisch Hall wimmelte es von ihnen: Kinder, Enkel,

Urenkel von Unternehmern und Erfindern und Häuslebauern, die sich der lästigen Aufgabe widmen mussten, sich eine berufstätige Fassade aufzubauen, damit keiner merkte, dass sie reiche Erben waren. Ein reicher Erbe zu sein hat im Schwäbischen ein Gschmäckle. Man hatte sich sein Vermögen gefälligst selbst zu erschaffen. Deswegen hatten reiche Erben irgendwie auch immer ein schlechtes Gewissen.

Aber wenn man lange genug an der Fassade feilte und regelmäßig jammerte, wie schwer im Job alles war – wobei man den Job nie näher definierte –, dann glaubten es einem die Leute mit der Zeit und waren bass erstaunt, wenn die Tarnung doch irgendwann aufflog. Falls dieser Tag kam, konnte man immer noch jammern, wie aufwendig es beispielsweise war, die vielen Mietshäuser zu verwalten oder der Verwaltungsgesellschaft, die sich um die Mietshäuser kümmerte, auf die Finger zu schauen. Das Leben war für niemand ein Zuckerschlecken!

Klaus – 45, lockenköpfig, dauerlächelnd – den alle *Kläuschen* nannten, weil sein Lebenszweck nicht Borstenvieh und Schweinespeck, dafür aber *Päuschen* waren – kümmerte derlei nicht. War er eben ein reicher Erbe, so what? Die musste es auch geben. Im Tierreich hatte ja auch alles und jedes seine Existenzberechtigung. Es gab Nasenaffen, Anglerfische, Würgefeigen und ihn, Klaus.

Klaus besaß ein Loft mit Blick auf das Globe-Theater und die dahinterliegende malerische Altstadtkulisse von Schwäbisch Hall. Seit er Vollwaise war, also seit ungefähr fünf Jahren, teilte er sein Leben nur noch mit Mimi, der aufblasbaren Gummipuppe.

Als Haustiere hielt er sich Fruchtfliegen – den Gegeben-

heiten folgend, nicht ursprünglich aus freiem Willen –, und sein hehres Ziel war es, diesen possierlichen Tierchen den Formationsflug beizubringen. Er wusste natürlich, dass der durchschnittlichen Fruchtfliege nur ein äußerst kurzes Leben beschieden war, aber er hegte die feste Überzeugung, dass sich irgendwann das Wissen um den Flug in Pfeilformation von der Schale mit den gammeligen Äpfeln zum überquellenden Mülleimer mit den heraushängenden Bananenschalen ins genetische Material der Fliegen einbrennen und dann auf ewig in allen nachfolgenden Generationen als Ur-Wissen vorhanden sein würde.
Da die Tierdressur anstrengend war, sah man Klaus tagsüber des Öfteren in Haller Cafés herumhängen, wo er als selbsternannter Espressotester lässig an den Theken lehnte: im Amici, in Harrys Bar, in der Suite 21.
Nein, es war wirklich kein Zuckerschlecken, sein Dasein als reicher Erbe zu fristen, aber einer musste es ja tun.

13:45 Uhr

Ich rede nicht zu schnell, du hörst zu langsam zu!

Ärger im Paradies.
Jahrzehntelang war Ex-Kommissar Siegfried Seifferheld verheiratet gewesen, nicht glücklich, aber in Freundschaft verbunden. Nachdem seine Frau an Krebs gestorben war, hatte er sich in seiner Arbeit als leitender Ermittler der Schwäbisch Haller Mordkommission vergraben. Dann kam der verhängnisvolle Schuss in die Hüfte bei einem Banküberfall – dabei war er damals gar nicht im Dienst

gewesen, hatte den Überfall nur zufällig als Privatmensch miterlebt. Und dann, als Vorruheständler, hatte er lange Zeit geglaubt, sein Leben sei gelaufen. Er war alt und invalide. Das war's. Abgehakt. Aus und vorbei.

Doch dann war MaC in sein Leben getreten. Marianne Cramlowski, Österreicherin. Arbeitete als Journalistin für das *Haller Tagblatt,* daher das Kürzel MaC. Eine Frau, mit der man Pferde stehlen konnte. Aber nicht wollte, weil es sehr viel schöner war, bei ihr zu Hause auf der Couch zu sitzen und ihre Hand zu halten. Oder sie einfach nur anzuschauen, während sie fernsah und dabei Nougatpralinen naschte, was sie ungeheuer gern tat und an ihrem Körper zu den entzückendsten Rundungen geführt hatte. Seifferheld liebte jedes einzelne Kilo an ihr. Ein spätes Glück.

Manche Menschen treten in unser Leben und sind schnell wieder daraus verschwunden. Andere bringen unsere Seele zum Tanzen. Durch ihr Dasein wird die Sonne strahlender, die Sterne werden funkelnder, das Leben wird sinnträchtiger. Wir hoffen, dass sie lange – sehr lange – in unserem Leben bleiben und ihre Fußspuren auf unserem Herzen hinterlassen. Und sollten sie doch eines Tages nicht mehr Teil unseres Lebens sein, werden wir nie mehr so sein wie zuvor.

Für Seifferheld war MaC so ein Mensch. Er wähnte sich im Paradies auf Erden. Es machte ihm daher nicht einmal etwas aus, als sie vorschlug, gemeinsam eine Busreise zu unternehmen.

»Ich sehe dir doch an, was du denkst. Du denkst, es wäre so eine Abzocke, wo man in einem allzu engen Bus mit unbequemen Sitzen für wenig Geld an den Gardasee ge-

karrt wird, um dort drei Tage am Stück einem Heizdeckenverkäufer zu lauschen, und erst dann etwas zu essen bekommt, wenn man ein vierundzwanzigteiliges, blattvergoldetes Fischbesteck erstanden hat.« MaC strich ihm eine widerspenstige Haarlocke aus dem Gesicht.
Seifferheld war sehr stolz auf sein noch weitgehend volles Haupthaar. »Also …«, fing er an.
»Heutzutage ist das ganz anders«, unterbrach sie ihn. »Äußerst bequeme Busse, pfiffige Reiseleitung, ungemein schöne Hotels.« MaC hielt ihm drei Prospekte von Haller Busunternehmen vor die Nase.
»Aber meine Hüfte«, hielt er dagegen, »ich kann nicht so lange sitzen.«
»Das ist ja der große Vorteil: Im Bus kannst du jederzeit aufstehen und ein paar Schritte auf und ab gehen!«
Seifferheld zierte sich noch ein wenig. »Das machen doch nur alte Leute.« Und alt waren ja immer nur die anderen.
»Hast du eine Ahnung! Bustouren gibt es heute zu den angesagtesten Locations! Ich wette, du wirst mit Abstand der Älteste im Bus sein. Wir kommen auch an der Villa von George Clooney vorbei. Der Bus wird also brechend voll mit Clooney-Anbeterinnen sein. Willige Geschöpfe die Trost suchen werden, wenn sie ihren Helden doch nicht zu Gesicht bekommen sollten. Du wirst dir jede Menge Appetit holen können, aber gegessen wird bei Mama!« MaC hauchte ihm einen anzüglichen Kuss auf die Stirn. »Denn um Geld zu sparen, nehmen wir uns im Hotel selbstverständlich ein Doppelzimmer.«
Das gab den Ausschlag.
Von da an herrschte nur noch Vorfreude. Auf den Gardasee. Mehr aber auf MaC. Im Doppelbett.

Alles war eitel Sonnenschein.
Bis sie vor dem Reisebüro standen, direkt neben der Bushaltestelle. In einer Viertelstunde würde das Reisebüro schließen, aber MaC brauchte dringend einen Kaffee. Sie war ein Hardcore-Kaffeejunkie: Wenn sie sich schnitt, floss Dallmayr Prodomo aus ihren Adern, kein Blut. »Soll ich dir aus der Bäckerei ein Croissant mitbringen?«, fragte MaC, weil sie wusste, wie sehr er Croissants liebte. Und weil sie wollte, dass er im Reisebüro den Mund voll hatte und mit Kauen beschäftigt war, dann würde er beim Arrangieren der Reise nicht mit Zwischenrufen stören.
Seifferheld nickte.
Und sah ihr nach, wie sie die paar Schritte zur Bäckerei ging. Ihre derzeit kastanienbraunen Locken wippten bei jedem Schritt. Unter der Strickjacke wogte ihr praller Po.
Seifferheld seufzte wohlig auf.
Und wurde urplötzlich von zwei Händen mit langen roten Fingernägeln gepackt, die seinen Kopf nach unten zogen. Fleischige rote Lippen, die nach Zucker schmeckten, pressten einen Kuss auf seinen erstaunt aufklappenden Mund.
»Du sein mein Held!«, hauchte eine mädchenhafte Stimme. Weit aufgerissene philippinische Augen blinzelten ihm verschwörerisch zu. »Du gefunden Mörderin von Rudi. Du wunderbar! Wenn du einmal zu mir kommen, du kriegen Rabatt. Ehrewort!«
Die junge Philippinerin in dem hautengen roten Minikleid trug nicht nur eine Blume im Haar, sie war auch eine Blume. Eine Blume der Nacht, um genau zu sein. Rudi war ihr Lieblingsfreier gewesen, und Seifferheld hatte die Frau überführt, die nicht nur Rudi, sondern noch eine Handvoll

weiterer Haller Männer im besten Alter – also potenzielle Kunden der grazilen Philippinerin – ermordet hatte. So eine Tat durfte nicht unbelohnt bleiben! Das exotische Wesen drückte ihm noch einen Kuss auf den Mund. »Du kommen bald, ja?«

Sie lag zwar mit der Staatsmacht im Clinch und ärgerte sich sehr, dass Hotels für Übernachtungseinnahmen jetzt weniger Mehrwertsteuer zahlen mussten als sie – da sie doch auch Übernachtungsgäste hatte, und wo war da bitte der Unterschied? –, und nicht zum ersten Mal nahm sie sich vor, nicht weiter als einzige Nutte der Stadt Mehrwertsteuer abzuführen, aber wenn es einen Vertreter der Exekutive gab, dem sie sich zu gern in Naturalien erkenntlich zeigen wollte, dann ihn hier, diesen nicht mehr ganz jungen, aber markant aussehenden und selbstlos agierenden Ex-Kommissar Seifferheld. »Ich mich freuen auf dich!«

Kichernd zog sie ab. Seifferheld sah ihr nach, wie sie mit gekonntem Hüftschwung zwischen Fischgeschäft und Schmuckladen in die Sporersgasse bog.

Als er sich wieder umdrehte, stand sie vor ihm: die Göttin der Rache. Nicht in der altgriechischen, sondern in der modernen österreichischen Variante. Mit finster funkelnden Augen und fest zusammengepressten Lippen.

MaC!

»Ich kann dir das erklären«, stammelte Seifferheld und merkte noch beim Reden, dass reden hier nicht half. Er musste MaC in seine Arme reißen und ihr mit einem Kuss beweisen, dass seine ganze Hingabe nur ihr galt, ihr allein. Er streckte die Arme aus.

Es hätte nicht viel gefehlt und sie hätte ihm die Gehhilfe

weggekickt. »Bäh, du hast den Lippenstift einer Fremdfrau auf den Lippen. Desinfiziere dich erst mal!« MaC hielt ihn auf Armeslänge von sich entfernt.

»Ich kenne diese Frau rein beruflich«, verteidigte sich Seifferheld.

»Schon klar«, zischelte MaC. »Rein beruflich. Deswegen hat sie dich auch nur rein kollegial mit Zunge geküsst.«

Die Zungen waren nun wirklich nicht zum Einsatz gekommen, aber einen sinnstiftenden Dialog würde es jetzt und hier nicht geben können. Seifferheld suchte und fand eine Ablenkungsfrage. »Hast du mein Croissant?«

»Croissants waren alle.« MaC verschränkte die Arme vor der Brust.

Hinter ihr, in der Auslage der Bäckerei, türmten sich die Croissants. Seifferheld sagte nichts.

MaC blies sich eine dunkle Locke aus dem Gesicht. »Ich spüre, wie meine Migräne kommt. Außerdem muss ich in die Redaktion. Unser Neuer, der Kalle, hat zum ersten Mal Wochenenddienst. Wir buchen die Busreise ein anderes Mal. Einen schönen Tag noch.« Sie stapfte in Richtung Milchmarkt davon. Extrem schnell, weil sie wusste, dass er ihr mit seiner Gehhilfe so schnell nicht würde folgen können.

Seifferheld sah ihr nach und verstand die Welt nicht mehr.

Da klopfte ihm eine feiste Männerhand markig auf die Schulter. »Siggi, alter Kumpel. Lust auf einen Espresso? Geht auf mich!«

Kläuschen lud ihn zu einem Päuschen ein.

Seifferheld seufzte.

14:00 Uhr

> Man kann nie zu reich, zu dünn oder zu gut verheiratet sein.

Sissi von Bellingen räkelte ihren makellosen Körper auf einer der Liegen am Pool des Shiseido Day Spa, hoch über den Dächern von Stuttgart.
Um ein paar Runden zu schwimmen, für Pediküre und Maniküre und Thalasso-Gesichtspackung hätte sie nicht extra in die Landeshauptstadt fahren müssen. Das gab es in Schwäbisch Hall alles auch. Aber sie gehörte zur Crème de la Crème der Stadt, zu den oberen Zehntausend (auch wenn es genauer gesagt nur die oberen Fünfzig, allenfalls Hundert waren), und da legte man sich nicht im heimischen Solbad auf die Liege neben die Fachverkäuferin von der Wursttheke der Bäuerlichen Erzeugergenossenschaft, wenn die ihren freien Tag hatte. Man wollte auch tunlichst vermeiden, dass die Fußpflegerin in einem schwachen Moment, womöglich unter Einfluss von Räucherstäbchengasen, Gott und der Welt und den Pedikürebedürftigen der Stadt von den eingewachsenen Zehennägeln und dem hartnäckigen Hornhautproblem an der Bellingschen Ferse erzählte. Nein, man fuhr in die nächste Großstadt und genoss die Anonymität.
»Hier ist Rauchen verboten«, warnte Fippa von Sölln auf der Liege neben ihr mit Piepsstimme.
Sissi warf ihr einen müden Blick zu. »Ja und?«
Das Leben meinte es nicht gut mit Sissi. Und das wollte sie dem Leben heimzahlen. Oder doch wenigstens den Betreibern des Shiseido Day Spa.
»Ich bin deprimiert«, erklärte sie ihrer besten Freundin.

Fippa hieß eigentlich Philippa und war eine echte Adlige. Wohingegen sie, Sissi, als Elisabeth Klemmnagel auf die Welt gekommen war und nur durch Verehelichung mit Lambert von Bellingen zum »von« gekommen war. Allerdings kein echtes »von«, sondern ein von Lamberts Ururgroßvater vom Kaiser erkauftes. Na ja, danach fragte heutzutage keiner mehr.
»Wieso deprimiert?«, fragte Fippa und fächelte mit der flachen Hand die Zigarettenrauchschwaden an sich vorbei.
»Mein Mann ist ein Depp!«, erklärte Sissi.
Das war ja nun nichts Neues und auch nichts wirklich Weltbewegendes. Das sprach Fippa aber natürlich nicht aus. Sie mimte Überraschung. »Echt? Nein!«
»Doch! Seit Jahren verspricht er mir, dass wir demnächst nach Berlin ziehen. Aber ich sitze immer noch in der Provinz fest.« Sissi paffte Rauchzeichen.
Die hauseigene Kosmetikerin kam angelaufen und wedelte mit den Händen Sissis Rauchzeichen auseinander.
»Gnädige Frau, bitte verzeihen Sie, aber zum Rauchen müssen Sie auf den Balkon hinaus.«
»Keine Lust«, grummelte Sissi.
Sie und die Kosmetikerin starrten sich an.
Die Blicke zogen sich in die Länge.
Kein Trinkgeld, besagte der Blick von Sissi.
Ich lass meinen Chihuahua in dein Fußbad pinkeln, frohlockten die Augen der Kosmetikerin.
»Sonst noch etwas?«, klirrte Sissi mit eisiger Stimme.
»Nein? Dann dürfen Sie gehen. Ich komme zur Pediküre, sobald ich so weit bin.«
»Wie Sie wünschen, gnädige Frau.« Die Kosmetikerin zog ab. Unterm Strich würde sie gewinnen. Sie und Chichi.

Und während sich draußen ein Miniaturhund – bis zum Bauch in lauwarmem Schaumwasser stehend – erleichterte, jammerte sich Sissi von Bellingen ihren Kummer von der Seele.
»Wieso habe ich Lambert nur geheiratet? Ich bin Luft für ihn. Er lebt ausschließlich für seine Politikerkarriere. Die kommt aber nicht in die Gänge. Weil er nämlich nicht mit Menschen kann. Für den wird das Wort Loyalität doch zum Fremdwort, sobald er sich vom Spiegel wegdreht. Den Sprung nach Berlin kann er sich abschminken. Der dilettiert bis zu seinem Ende hier im Landtag herum. Ich krieg' das Kotzen.«
Letzteres glaubte Fippa ihr sofort. Es hatte einen Grund, warum Sissi Kleidergröße 34 trug. Und die Schwielen an Sissis rechtem Zeige- und Mittelfinger sprachen Bände.
Aber dass Sissi trotz ihrer Magerkeit Körbchengröße D besaß und sie sowohl am Ringfinger als auch im Bauchnabel und in den Ohrläppchen die Mehrkaräter eines angesagten Pforzheimer Luxusjuweliers trug, hatte sie allein Lambert zu verdanken, weswegen diese Tirade ganz sicher nicht mit den Worten »Ich verlasse ihn!« enden würde.
So wie Lambert Sissi nie verlassen würde – in seiner Partei war Scheidung immer noch eine böse Sache und nur im alleräußersten Notfall gerechtfertigt, will heißen, wenn die Geliebte schwanger wurde.
»Vielleicht schafft er es ja hier im Ländle zum Minister«, versuchte Fippa, ihre Freundin zu trösten. »Womöglich gar zum Ministerpräsidenten.«
»Ach hör doch auf«, fauchte Sissi. »Und selbst wenn, was habe ich davon? Dann wohnen wir einfach nur auf dem Killesberg in Stuttgart anstatt auf dem Klingenberg in

Schwäbisch Hall. Und auf diese lächerliche Ministerpräsidentenvilla auf der Solitude pfeif ich doch! Soll es das etwa schon gewesen sein?«

Sissi strebte nach Höherem. Kanzleramt, besser noch Villa Bellevue. Oder am besten das Weiße Haus. Ziemlich verwegen, fand Fippa, der alles Ehrgeizige fremd war und die den Charme einer Kleinstadt wie Schwäbisch Hall sehr viel verlockender fand als die kalte Seelenlosigkeit einer angesagten Metropole.

»Weißt du, ich habe Angebote …« Sissis Stimme verlor sich.

»Angebote?«, hakte Fippa nach und konnte endlich ihre Hand sinken lassen, weil Sissi ihren Zigarettenstummel in hohem Bogen in den Pool geschnippt hatte und es folglich keine Rauchschwaden zum Wegwedeln mehr gab.

»Von Männern.« Sissi zuckte mit den knochigen Schultern. Gegen sie war Victoria Beckham ein draller Moppel. »Von äußerst interessanten Männern.«

Fippa nickte. Sissi und sie waren das typische Freundinnenpaar: die aufregende Society-Schönheit und ihre mausgraue, hässliche beste Freundin, die sie sich nur deshalb ausgesucht hatte, weil sie neben ihr umso mehr glänzen konnte.

Fippa hatte keine Angebote, nie gehabt. Auf einer Familienfeier auf Schloss Sölln hatte sie einst die Trunkenheit eines Cousins dritten Grades ausgenutzt und ihm mehr oder weniger gegen seinen Willen ihre Jungfräulichkeit geschenkt. Und seit drei Jahren war sie nun mit Rudolf verlobt, einem weiteren Cousin x-ten Grades, der eine wandelnde Aknenarbe war und stotterte, für den sie aber die Liebe seines Lebens verkörperte – und es ist für eine Frau

nicht das Schlechteste, mehr geliebt zu werden, als selbst zu lieben. Vor allem, wenn sie von einem stinkreichen Adligen mit mehreren Aufsichtsratssitzen geliebt wurde. Fürs Herz hatte sie ja ihren heimlichen Gelegenheitslover, der sie schon beglückte, wenn sie nur an ihn dachte.
Sissi klagte ununterbrochen weiter. »Weißt du noch, auf der letzten Vernissage in der Kunsthalle Würth? Dieser Frankfurter Banker? Mit dem habe ich mich schon zwei Mal getroffen. Der würde seine Frau sofort für mich verlassen. Und der Medienfuzzi aus Potsdam? Ich kriege täglich eine SMS von ihm.« Sissi seufzte. Blöderweise war es ihr größter Traum, Ministergattin zu werden. Aber von Politikern bekam sie nie Angebote. Man schlief nicht mit der Frau eines Kollegen. Das kam in der Presse total schlecht, falls es je auffliegen sollte.
Nein, wenn sie einen neuen Politiker wollte, einen anderen und besseren und aussichtsreicheren, musste zuerst Lambert weg.
Aber wie?
Sissi seufzte.

16:00 Uhr

Die ganze Welt ist eine Bühne – aber manche von uns spielen auf den Brettern, die die Welt bedeuten, keine Hauptrolle, auch keine Nebenrolle, sondern fegen die Bretter nach der Vorstellung nur sauber …

»Also, Leute, wir brauchen einfach mehr Abonnenten, sonst sieht es mau aus. Gebt alles!«
El Presidente, wie der Chef des Theaterrings von allen genannt wurde, nickte seinen Freiwilligen aufmunternd zu.

Die TMG, die Touristik- und Marketinggesellschaft Schwäbisch Hall, hatte sich zur Bespaßung der Bürger mal wieder etwas einfallen lassen und einen Mittelaltermarkt in die Stadt gelockt. Gaukler und Stelzenläufer und Spielleute und viel fahrendes Volk tummelten sich zwischen Schulgasse, Hafenmarkt und Sparkassenplatz, boten Waren feil oder ergötzten das Volk neben lodernden Feuerkörben mit allerlei närrischen und akrobatischen Kunststücken.

Und zwei Stunden lang würden sich Freiwillige des Theaterringes unter die Menschenmassen mischen, um Werbung für das anstehende Stück *Doktor Faustus* zu machen, mit dem das Theaterschiff Dresden derzeit auf Tournee durch ganz Deutschland war und dabei auch Station im Schwäbisch Haller Neubausaal machen wollte. Leider wussten immer noch viel zu wenig Haller, was für spannende und unterhaltsame Stücke der Theaterring auf die Bühne holte. Wer in Hall an Theater dachte, dachte an die Freilichtspiele. Dem musste abgeholfen werden!

El Presidente warf einen letzten, prüfenden Blick auf Karina Seifferheld als freizügig dekolletierte Marketenderin, die einen blökenden Ziegenbock an einem Seil hielt, und auf ihren Studienkollegen Tayfun Ünsel als Herold mit Tröte. Er selbst ging im Kostüm des Doktor Faustus. Ziel war es, nicht nur Flyer mit dem Spielplan zu verteilen, sondern die Leute im netten Gespräch auch neugierig auf den Theaterring zu machen. El Presidente war absolut sicher, wenn man nur ein einziges Mal erlebt hatte, wie im Neubausaal theatermäßig die Post abgehen konnte, kam man gern wieder. Und erwarb im günstigsten Fall auch gleich noch ein Abonnement.

»Ihr wisst, was ihr zu tun habt?«, fragte er.
Tayfun und Karina nickten.
»Ködern, ködern, ködern«, sagte Karina. »Gibt's eine Kopfprämie?«
»Wenn ich jetzt ja sage, stürzt du dich dann mit mehr Feuereifer ins Gefecht?«
»Aber hallo. Dann shanghaie ich dir mindestens hundert stramme, junge Männer.«
El Presidente lachte. »Nimm bitte dein Kostüm nicht allzu wörtlich. Und das mit dem Ziegenbock geht in Ordnung? Ist das nicht zu viel Stress für das Tier?«
Karina schüttelte den Kopf. »Nee, Otto ist das gewohnt. Hat früher für einen kleinen Zirkus gearbeitet. Auf dem Gnadenhof von Karla, wo er jetzt sein Altersbrot bekommt, fehlt ihm der Trubel. Wirst sehen, der blüht hier im Getümmel richtig auf. Nicht wahr, Otto?«
Sie kraulte dem Kamerunbock den Ziegenbart. Otto gab wohlige Ziegenbocklaute von sich.
Tayfun wünschte sich, jetzt mit dem Tier tauschen zu können. Allerdings hatte er keinen Kinnbart. Bei ihm wuchs im Gesicht einfach nichts. Höchst peinlich für einen Abkömmling einstiger Elitekrieger aus dem Osmanischen Reich.
El Presidente klatschte in die Hände. »Okay, los geht's! Lasst uns Seelen fangen!«
Das Wort fangen hatte etwas Prophetisches, aber das wusste El Presidente in diesem Augenblick noch nicht.

> Aus dem Polizeibericht
> ## Ziegenbockalarm
>
> *Ein Ziegenbock namens Otto hat am Samstag den Mittelaltermarkt aufgemischt. Nachdem er seiner Betreuungsperson entwischt war, unternahm der unternehmungslustige Kamerunbock einen ausgedehnten Stadtbummel. Auch Polizei und Feuerwehr konnten ihn nicht einfangen. Bei dem Versuch, des Bockes habhaft zu werden, wurde ein Beamter von dem Tier kraftvoll ins Gesäß gebissen. Erst als die Besitzerin mit einer Zibbe kam, konnte der Bock dem Charme der Ziegendame nicht widerstehen und folgte dieser brav auf einen Anhänger. Da der Bock auf seinem fröhlichen Lauf durch die Stadt das Warenregal eines Keramikstandes rammte, entstand ein Schaden von ca. 500 Euro. Der gebissene Beamte sieht von einer Anzeige ab.*

21:35 Uhr

Lieber spät und falsch als nie und richtig

Die Frau war nicht mehr die Jüngste, wirkte für ihr Alter aber noch gut konserviert. Mittlerweile sah ja keine Frau mehr so alt aus, wie sie war. Diese Zeiten waren vorbei. Dennoch, anhand von Kleinigkeiten – Ringe um den Hals, erste Altersflecken an den Händen – konnte man erahnen, wie viele Kerzen auf ihrer Geburtstagstorte stehen müssten. Mehr, als auf eine Torte passten … Doch ihr Lächeln machte sie hübsch. Und der zartrosa Flauschpulli schmeichelte ihrem Teint.

Sie lehnte sich nach hinten, an seine Schulter, sah zu ihm auf. Ihr strahlte das Glück aus allen Poren, vor allem aber aus den Augen.
Er wirkte jünger, nicht viel, aber doch jünger. Sah auf rauhe Weise gut aus. Sein Dreitagebart schon grau durchsetzt, ebenso wie seine wuscheligen Haare, was ihn aber irgendwie sehr sexy machte. Lachfältchen umspielten seine Augen.
Ein Paar wie aus einem Bilderbuch der Liebe.
Irmgard Seifferheld seufzte auf.
Die beiden attraktiven Senioren warben für die größte TÜV-geprüfte Online-Singlebörse im deutschsprachigen Raum. Bestimmt gedungene Models, aber egal. Genau so stellte sich Irmgard Seifferheld *ihr* Glück vor, auch wenn sie mit ihrem eisengrauen Zopf älter aussah, als sie war.
Mutig fuhr sie mit der Maus zum nächsten Kästchen und klickte »Ich bin eine Frau« an.
Irmgard Seifferheld, 62, berufslose, ältere Schwester eines invaliden Ex-Kommissars und eines wegen einer Frau zum Katholizismus konvertierten Juweliers, konnte nicht glauben, wie schnell das Leben an ihr vorbeigeflitzt war. Eben hatte sie noch – mit Palästinensertuch um den Hals und einem T-Shirt mit der Aufschrift *Make Love, Not War* – auf dem Haalplatz vor dem Mädchengymnasium gegen die Stationierung von Pershing-II-Raketen in Deutschland demonstriert, und jetzt saß sie hier, in dem Zimmer ihres Elternhauses, in dem sie ihr ganzes verdammtes Leben zugebracht hatte, und war alt und allein.
Nun ja, nicht ganz allein: Sie lebte zusammen mit ihrem Bruder und ihren beiden Nichten und dem Hund ihres Bruders Siggi, dem Nichte Karina beigebracht hatte, Tür-

klinken mit den Pfoten zu öffnen, was zur Verkratzung sämtlicher Türen des Hauses geführt hatte, aber auch dazu, dass Onis in diesem Moment friedlich schnaufend und Zufriedenheitsgefühle verbreitend auf ihren Füßen lag, obwohl sie ihn nicht eingelassen hatte. Nein, nicht *zu* ihren Füßen, sondern *auf* ihren Füßen. Er hatte offenbar gespürt, wie sich ihr Herz vor Einsamkeit verkrampfte, war unaufgefordert hereingekommen, hatte ihr das Knie geleckt und sich dann auf ihre Füße gelegt. Onis war ein ausgewachsener Hovawart und somit groß und schwer, aber Irmgard ließ ihn gewähren. Irgendwie war es enorm tröstlich, wenn einem ein Hund ganz allmählich die Blutzufuhr in die Zehen abquetschte.

Mühsam tippte sie ihre E-Mail-Adresse ein. Die hatte sie sich erst vor zwei Tagen zugelegt. Das Internet war im Grunde nicht ihre Welt. Aber was blieb ihr übrig?

Nach dem Abitur hatte Irmgard studiert. Ägyptologie. In Heidelberg. Ihre schönsten Jahre. Doch dann war ihre Mutter erkrankt. War ja klar, dass sie als einzige Tochter sich um sie kümmerte. Es mochte eiskalt klingen, aber damals hatte man wirklich gedacht, die Mutter hätte nur noch ein, zwei Jahre, und die würde Irmgard doch auf einer Backe absitzen können. Schließlich ging es um ihre Mutter. Aber es wurden fast zwanzig Jahre daraus. Und irgendwann wurde auch der Vater zum Pflegefall, und Irmgard pflegte selbstverständlich auch ihn bis zu seinem Tod. Sie hatte nie wirklich geklagt. Es gab ja auch so viel zu tun, keine Zeit für Jammerorgien. Aber jetzt, da die Eltern tot waren und Siggi nach seiner schweren Schussverletzung wieder auf den Beinen war, schien ihr Leben plötzlich inhaltslos.

Sie war versorgt, die Brüder hatten als Ausgleich für die aufopfernde Pflege, die sie den Eltern über Jahrzehnte angedeihen ließ, auf ihren Anteil am Erbe verzichtet, und so besaß Irmgard jetzt zwei Stadthäuser mit erklecklichen Mieteinnahmen. Sie war auch nicht untätig. Schon immer hatte sie sich ehrenamtlich betätigt, vor allem in der evangelischen Kirchengemeinde, und nach dem Tod des Vaters mehr denn je. Aber es ließ sich nicht leugnen: Jetzt, mit 62, fehlte Irmgard ein Partner an ihrer Seite. Und zwar sehr! Dass es möglich war, auch in diesem Alter noch die Liebe zu finden, sah sie ja an ihrem Bruder Siggi und seiner MaC.

Nun war es allerdings schlechterdings unmöglich, als reife Frau in Schwäbisch Hall einen Partner zu finden. Alle halbwegs annehmbaren Männer waren natürlich längst verheiratet. Den Rest wollte man weiß Gott nicht haben, so verzweifelt konnte man gar nicht sein. Was blieb da noch? Die Online-Singlebörse. Irmgard hatte sich für den Dienst entschieden, der »Singles mit Niveau« anbot, »die zu Ihrem Anspruch passen«. Und Irmgard hatte durchaus Ansprüche. Sie wollte jemand Kultiviertes, Seriöses.

Irmgard lauschte. Stille hatte sich über die Stadt und über das Haus gesenkt.

Sie holte tief Luft und klickte »Jetzt Partnersuche starten« an.

Während Onis schnorchelnd schnarchte, füllte Irmgard diverse Rubriken aus – welche Uni sie besucht hatte, wo sie am liebsten wohnte oder urlaubte, wie sie ihre Figur beschreiben würde, was das Besondere an ihr sei. Das war alles nicht weiter schwer.

Dann sollte sie angeben, was ihrer Meinung nach für eine

langfristige Beziehung wirklich wichtig war. Sie durfte drei bis vier Präferenzen ankreuzen. Irmgard entschied sich für Toleranz, Treue und gemeinsame Wellenlänge. Sie klickte zudem an, dass ihr die äußere Attraktivität ihres Partners »sehr wichtig« war und sie sich selbst für »attraktiv« hielt. Nur keine Abstriche machen, die Latte hoch ansetzen! (Die Alternative zu »attraktiv« war »sympathisch« – na toll.)
Die Fragen zu ihrer Persönlichkeit nahm sie sehr ernst. Sie ließ sich Zeit. Überlegte. Wog ab. Doch endlich war es so weit – der letzte Klick. Und ...
... 7759 Partnervorschläge wurden angezeigt.
Irmgard war enttäuscht. Von der Art von Mann, die ihr vorschwebte, konnte es allenfalls eine Handvoll geben. Sie stellte fest, dass es die verfügbaren Männer des Online-Dienstes in ihrer Gesamtheit waren, in absteigender Reihenfolge. Die mit den meisten Übereinstimmungen zu ihren Profilangaben wurden als Erste aufgeführt.
Irmgard holte tief Luft, griff zu ihrer Meissner-Porzellan-Tasse und leerte den Eisenkrauttee in einem Zug.
Der Dritte von oben. Arzt aus Zürich. Den Satz »Das Besondere an mir ist ...« hatte er mit den Worten »dass man mich nicht beschreiben kann, man muss mich erleben« ergänzt. 98 Matchingpunkte. Allerdings war er schon 70. Irmgard gestand es sich nicht einmal selbst ein, aber sie wünschte sich tief im Herzen einen Mann, der ihr auch noch Zärtlichkeit und Nähe bieten konnte. Und das ohne Zuhilfenahme von chemischen Härtungsmittelchen.
Vielleicht war der etwas: Master of Health hatte er als Beruf angegeben. Nur 94 Matchingpunkte, aber mit 55 noch im besten Mannesalter. Allerdings aus Kiel. Irmgard hatte

nicht wirklich vor, Schwäbisch Hall zu verlassen. Hier war sie doch zu Hause. Wenn schon eine Fernbeziehung, dann zu jemand, den man mit dem Zug in wenigen Stunden erreichen konnte, ohne für die einfache Fahrt gleich einen ganzen Tag ansetzen zu müssen.

Oder der hier? Elite-Coach im Segelsport. 51 Jahre. Villa am Starnberger See. Irmgard, die Gäule gehen mit dir durch, schalt sie sich. 51 war viel zu jung. Sie musste ehrlich zu sich selbst sein. Mit ihrem eisengrauen Zopf und den im Laufe ihres Lebens leicht verhärmten Gesichtszügen konnte sie keinen Bonvivant für sich gewinnen, der den Reichen und Schönen dieser Welt das Segeln beibrachte. Schusterin, bleib bei deinen Leisten, tadelte sie sich und scrollte weiter.

Onis schnaufte und rollte sich von ihren Füßen. Endlich wieder Blut in den Zehen.

Draußen schlug es elf Uhr, als Irmgard ihre Auswahl getroffen hatte.

Drei Männer:

Erziehungswissenschaftler, 58, Stuttgart – »Das Besondere an mir ist, dass ich nichts Besonderes bin.«

Architekt, 60, Baden-Baden – »Das Besondere an mir ist, dass ich mir Jugendlichkeit, Optimismus und Kreativität bewahrt habe.«

Pfarrer, 55, ehemals Rheinland, jetzt Baden-Württemberg – »Das Besondere an mir ist, dass ich ehrlich, treu und humorvoll bin und gut zuhören kann.«

Ihr Profil sagt mir zu. Bitte nehmen Sie Kontakt mit mir auf. Beste Grüße, Ihre Irma.

Irmgard hatte keine Ahnung, warum sie sich Irma nannte. Ihr Bruder nannte sie immer Irmi, um sie zu ärgern. Sie

war im Grunde allen Abkürzungen abhold. Doch jetzt und hier wollte sie nicht ihren wahren Namen preisgeben. Sie brauchte einen Decknamen. Es sollte irgendetwas nah am Original sein, aber eben doch nicht ihr richtiger Name. Also Irma.
Kaum hatte sie die drei Mails an den Erziehungswissenschaftler, den Architekten und den Pfarrer abgeschickt, brach sie in Panik aus.
Irma.
Wie in *Irma la Douce*.
Würden diese Männer sie jetzt für ein leichtes Mädchen halten?
Nicht auszudenken!
Aber nun ließ sich nichts mehr rückgängig machen …

Mitternacht

Tu resteras dans nos cœurs!
Probablement. Possiblement. Peut-être.

»Du bist ein Stümper! Du willst mich aufhalten? *Du?* Da lache ich doch nur. Ha!«
Der bullige Mann, der beim Sprechen stark spuckte, lachte gekünstelt auf. »Was ich mir einmal vorgenommen habe, das ziehe ich durch. Da kann mich niemand aufhalten, schon gar nicht so eine halbe Portion wie du! Und vor allem nicht mit so billigen Drohungen!«
Sie standen sich auf der Herrentoilette des Parkhauses Am Schied gegenüber. Wie ein Sumo-Ringer und ein Fliegengewichtboxer, nur in edlem Zwirn.
Der Korpulentere von beiden mit den Händen im Schritt,

an den Knöpfen seiner Levi-501-Jeans nestelnd. Er war es, der seine Spucke so freizügig verteilte. Nur seinetwegen hatten die SPD und die Grünen vor kurzem im Landtag in einhelliger Harmonie den Eilantrag eingebracht, das Rednerpult um mindestens einen Meter nach hinten zu versetzen.

»Du Würstchen, du hast doch keine Ahnung. Wenn hier einer droht, dann *ich*. Du bist ein Versager. Eine Null. Ich werde dich fertigmachen!«, spuckte Lambert von Bellingen weiter. Wenn er einmal in Fahrt geraten war, donnerte er wie ein Tanklaster mit defekten Bremsen über eine Straße mit 15 Prozent Gefälle ins Tal – und Gott stehe dem erstbesten Haus bei, auf das er traf.

»Mich hier auf dem Weg zu meinem Wagen abzufangen. Und mir dann *so* zu kommen! Diese Impertinenz! Hast du dir einen zu viel hinter die Binde gekippt?«

Er schnupperte an seinem Gegenüber wie an einer Leberwurst, deren Frische zweifelhaft war.

Dann spuckte er weiter: »Du lächerlicher Zwerg, ich wollte es ja im Guten regeln, aber das geht nun wirklich zu weit. Du hörst von meinem Anwalt, gleich Montag früh! Und jetzt verschwinde. Das ist mein letztes Wort!«

Lambert von Bellingen senkte den Blick, um auch den letzten Levi-Knopf ins Levi-Knopfloch zu versenken.

Ein Fehler.

Sein Gegenüber, ein im Vergleich feingliedriger Mann, hatte plötzlich das Gefühl, dass irgendwo in ihm ein lebender Kater in einen Mixer geworfen wurde. Er schrie auf – scheinbar ohne eigenes Zutun –, und sein Aufschrei hallte mit ohrenbetäubender Dezibelstärke von den schmuddeligen Fliesen des Männerklos wider.

Er hatte nicht schreien wollen, er schrie nie. Aber ihm war klar: Lambert von Bellingen stieß keine haltlosen Drohungen aus. Niemals. Nur seinetwegen war ein über die Grenzen der Region bekannter Sternekoch aus einem hiesigen First-Class-Hotel weinend nach Florida ausgewandert und betrieb dort jetzt einen German-Sausages-with-Kraut-Imbiss.

Das durfte *ihm* nicht passieren. Nicht jetzt. Nicht jemals. Er durfte einfach nicht scheitern!

Während Lambert von Bellingen noch grobmotorisch an seinem Hosenschlitz nestelte und dabei Brummtöne von sich gab, griff der feingliedrige Mann in einer einzigen fließenden Bewegung in seine Herrenhandtasche, umklammerte das funkelnde Edelstahlteil mit seinen Fingern, zog es schwungvoll heraus und stach zu.

Mit aller Kraft und an der richtigen Stelle.

Gleich darauf spritzte aus der adligen Halsschlagader Lamberts von Bellingen scheinbar hektoliterweise Blut, das nicht blau war, wie man denken könnte, sondern rot, wie bei allen Säugetieren, selbst bei teuflischen, satanischen wie ihm, Lambert von Bellingen.

Von Bellingen blickte einen Moment ungläubig drein, fasste sich an den Hals, röchelte, ging in die Knie und kippte zu guter Letzt nach vorn. Es gab ein dumpfes Geräusch.

Der Feingliedrige atmete heftig.

Alles war rot: die Fliesen, die Hand mit der Waffe, der Tote auf dem Boden.

Jetzt erst verstummte er.

Stille kehrte ein.

Die Stille des Todes.

1. Kapitel

> Aus dem Polizeibericht
>
> **Lästige Langfinger**
>
> *Die seit Tagen herrschende Einbruchsserie in Haller Innenstadthäusern reißt nicht ab. In der Nacht zum Samstag wurden sämtliche Wertgegenstände einer Dachgeschosswohnung am Weilertor ausgeräumt. Der Schaden geht in die Tausende. Die Täter hinterließen nur eine eingeschlagene Scheibe und einen angebissenen Döner, der derzeit auf DNS-Spuren untersucht wird. Sachdienliche Hinweise nimmt jede Polizeidienststelle entgegen.*

06:30 Uhr

> Männer, die behaupten, sie seien die uneingeschränkten
> Herren im Haus, lügen auch bei anderen Gelegenheiten.
> *Mark Twain*

Siegfried Seifferheld saß auf seinem altersschwachen Thonet-Stuhl in der Küche. Er sah zur Uhr über dem Herd und zählte stumm die Sekunden. Drei, zwei, eins, los.
Da setzten auch schon die vollen Glocken der St.-Michaelskirche ein, wie jeden Morgen um diese Zeit. Seifferheld liebte das wuchtige Geläut, dessen Vibrationen durch die mittelalterliche Bausubstanz drangen wie ein Messer durch weiche Butter und den ganzen Körper zum Schwingen

bringen konnten. Manch einer – vor allem Touristen in den Hotels rund um die Kirche – wurde in diesen Sekunden aus dem Tiefschlaf gerissen und fluchte kernig. Nicht so Siegfried Seifferheld – er war mit den Hühnern aufgestanden.
Senile Bettflucht nannte man das wohl bei einem nicht mehr ganz taufrischen Mann wie ihm. Außerdem war er viel zu ausgeruht, um zu schlafen. Seit er sich bei dem Banküberfall diese Kugel eingefangen hatte und seitdem die Freuden des Vorruhestandes »genießen« durfte, gab es nicht mehr viel, was ihn wach hielt. Außer: sein Harem, natürlich. Er lebte mit seiner älteren, unverheirateten Schwester Irmgard, seiner mittelalten, unverheirateten Tochter Susanne und seiner blutjungen, unverheirateten Nichte Karina unter einem Dach. Und wenn auch ganze Sultansdynastien daraus eine Lebensweise gemacht hatten: Einen Harem zu haben wurde schändlich überschätzt! Schon eine einzelne Frau war im Zusammenleben nicht einfach. Noch viel weniger einfach waren da drei Frauen unter einem Dach.
Seifferheld beugte sich vor und kraulte seinen Hovawart-Rüden Onis. Aeonis vom Entenfall, kurz Onis, war ihm ein treuer Begleiter, sein bester Freund, sein Hund. Zu seiner Versetzung in den schussverletzungsbedingten Vorruhestand hatten all seine Freunde und Kollegen zusammengelegt und den Welpen gekauft, damit Seifferheld rasch wieder auf die Beine kam. Onis war ein exorbitant gutaussehender Rassehund, der sich nur deswegen nicht zu Zuchtzwecken fortpflanzen durfte, weil er eine Knickrute sein Eigen nannte. Wobei Seifferheld die Biegung im Schwanz seines Hundes sehr apart fand; eine Einstellung, der sich die Rassestandardwächter des Hovawart-Ver-

bandes allerdings nicht anschließen mochten. Allerdings ließ Seifferheld Onis dennoch nicht kastrieren: Männer mussten Männer bleiben dürfen, auch wenn sie vier Beine hatten!

Dass Seifferheld Onis zu einem selbstbewussten, aufrechten Hund erzog, der vor nichts Angst hatte und sich nicht einschüchtern ließ, war ihm vor einigen Monaten allerdings zum Verhängnis geworden, als Onis nach einer von einem völlig ausgeflippten Dobermann provozierten Rauferei zum Gefahrhund erklärt worden war, weil besagter ausgeflippter Dobermann sich ausgerechnet als Polizeihund a. D. erwies.

Gefahrhund! Ha! Lächerlich! Gerade in diesem Augenblick schnurrte Onis kätzisch – wie immer, wenn er fachmännisch hinter den Ohren gekrault wurde.

Wobei Seifferheld in letzter Zeit ja noch jemand anderen zum Kraulen gefunden hatte. MaC. Er seufzte vorfreudig auf. MaC hatte sich nach dem Vorfall zwischen Bushaltestelle und Bäcker mittlerweile so weit beruhigt, dass er ihr den Vorfall mit der Prostituierten am Telefon ausführlich hatte erklären können: Dass es sich nur um einen Dankbarkeitskuss gehandelt hatte, mehr nicht. An diesem Abend wollten sie sich gleich nach seinem VHS-Männerkochkurs wiedersehen. Dann würde er ihr mit mehr als nur Worten zeigen, wie leid es ihm tat. Wobei ihm im Grunde nichts leidzutun hatte, aber wenn sein langes Zusammenleben mit Frauen ihn eines gelehrt hatte, dann das: sich *immer* entschuldigen! War man im Unrecht, gehörte es sich so; war man nicht im Unrecht, wussten das die Frauen und zeigten sich nach der Entschuldigung in jedweder Hinsicht umso erkenntlicher.

Die Glocken von St. Michael beendeten ihr Geläut. Von oben waren jetzt Schritte zu hören. Seifferheld wurde aus seinen vorfreudigen Tagträumen gerissen. Sein Harem war aufgewacht!
Seifferheld seufzte erneut. Weniger vorfreudig.
Er sah noch einmal auf den Bildschirm seines Laptops. Der Polizeibericht war fertig. Ein letztes Mal diagonal überfliegen – gut so – und ab damit. Er drückte auf die »Senden«-Taste.
Das Verfassen von Polizeiberichten für das *Haller Tagblatt* war das Einzige, was ihn noch mit dem Polizeiberuf verband, der fast vierzig Jahre lang seinen Lebensmittelpunkt gebildet hatte. Gesine Bauer, die Polizeichefin, glaubte, ihm damit etwas Gutes zu tun. Dabei hasste er diese Aufgabe. Nur über Abenteuer schreiben zu dürfen, sie nicht länger erleben zu können, schürte jeden Tag aufs Neue seinen Groll auf das Schicksal, das ihn zum Krüppel gemacht hatte. Aber er konnte die Polizeichefin natürlich nicht vor den Kopf stoßen, indem er einfach ablehnte. Also formulierte er die Polizeiberichte, die ja eigentlich nüchtern und sachlich zu sein hatten, so frech, dass er minütlich mit dem alles entscheidenden »Das war's!«-Anruf der Polizeichefin rechnete. Aber dieser Anruf wollte und wollte einfach nicht kommen. Er seufzte ein drittes Mal. Unfroh.
Da ging die Tür auf.
»SIIIEGFRIED!«, donnerte es. »Du alkoholisierst dich schon wieder vor dem Frühstück!«
Seine Schwester Irmgard stob herein und roch dabei zart nach Lavendel. Der Lavendelduft war das Einzige, was an ihr zart war. Wäre es ihr als junger Frau möglich gewesen,

der Bundeswehr beizutreten, sie wäre mittlerweile Generalin. Ach was, Oberbefehlshaberin der NATO-Streitkräfte.
Seifferheld war mitnichten alkoholisiert. Er trank einfach nur jeden Morgen ein Wasserglas voll selbstgemachtem Most, weil er auf die gesundheitlichen Vorzüge eines solchen Vorgehens schwor. Opa Seifferheld hatte mit genau dieser Methode das reife Alter von 101 erreicht.
»Wenn du schon trinkst, dann musst du auch ordentlich essen. Du brauchst eine Grundlage«, verkündete Irmi, wie sie es jeden Morgen, den Gott schuf, tat – seit Seifferhelds Frau damals gestorben war und sie sich schlagartig für seine Verköstigung zuständig fühlte. »Ich mache dir ein Spiegelei mit Speck und eine schöne Tasse Kaffee.«
Seifferheld schüttelte sich. Irmis Kaffee, wenn man dieses schwarze Gebräu denn so nennen wollte, war weder in Konsistenz noch in Geschmack von Rohöl zu unterscheiden.
Und wieder öffnete sich die Küchentür.
»Guten Morgen, guten Morgen, ist es nicht ein herrlicher Morgen?«, trillerte Susanne und verströmte dabei den blumigen Duft von Chanel No. 5. Noch bis vor ganz kurzem war sie auch privat die knallharte Managerin gewesen, die sie in den Sitzungen des oberen Managements der Bausparkasse Schwäbisch Hall heraushängen ließ. Dann aber war die Liebe in ihr Leben getreten. In Gestalt von Seifferhelds krankenkassenbezahltem Physiotherapeuten Olaf Schmüller.
Olaf folgte Susanne in diesem Moment auf den Fersen.
»Guten Morgen zusammen«, rief er fröhlich. Vielleicht lag es an Susannes aufrechter Haltung, dass Olaf neben ihr so überaus klein und zart wirkte. Oder an der Tatsa-

che, dass er gut und gern zehn Zentimeter kleiner war als die Auserwählte seines Herzens.

Wo die Liebe hinfällt, dachte Seifferheld. Seine Tochter, die Eisenfresserin, turtelte jetzt mit einem sanftmütigen Pferdeschwanzträger. Wahrscheinlich klopfte er sie mit seinen kundigen Fingern so kuschelweich, wie sie in diesem Moment trotz ihres Hosenanzugs und den Stilettopumps wirkte, an die Buchenholzarbeitsplatte gelehnt, diverses Obst und Gemüse in den Mixer werfend. Innerlich hatten die beiden viel gemeinsam: mageninnerlich. Beide verzehrten zum Frühstück selbstgemixte Gesundheitssäfte, und seit Olaf immer öfter im Seifferheldschen Haus übernachtete, wuchs in Seifferheld die Angst, die beiden könnten sich eines Tages verschwören und ihn gemeinsam zwingen, sich einer Zwangsdiät aus farblich changierenden Gemüsesäften zu unterziehen. Doch so weit war es noch nicht. Noch waren die beiden mit sich beschäftigt.

Die Tür ging erneut auf, und in ihrem quietschgelben Pyjama kam seine Nichte Karina hereinspaziert. Wie oft hatte sie früher als Kleinkind an Fest- und Feiertagen auf seinem Schoß gesessen und verzückt gekreischt, wenn er sie am Bauch gekitzelt hatte. Diese Zeiten waren lange vorbei. Jetzt kreischten alle anderen – meistens vor Entsetzen. Entweder, weil Karina in ihrem Bemühen, der Welt ein Statement vorzusetzen, wieder einmal ein allzu gewagtes Outfit trug, oder wenn sie, wie so oft in letzter Zeit, an spektakulären Aktionen teilnahm: Sie hatte sich schon nackt an das Geländer vor St. Michael gekettet, um gegen Pelztierhaltung zu demonstrieren; sie hatte sich halbnackt am Markttag auf den Milchmarkt gelegt, mit

Kunstblut eingeschmiert, um gegen Fleischverzehr zu protestieren; sie hatte Schwäbisch-Hällische Landschweinferkel in Wackershofen aus dem Freigehege befreit, um ein Zeichen gegen Massentierhaltung zu setzen. Und das war nur die Spitze des Eisbergs. Doch auch Karina war in letzter Zeit etwas sanfter geworden, und dahinter steckte ein junger Mann.

Selbiger junge Mann, der nun gerade die Küche betrat. Seifferheld war sich nicht ganz sicher, was sein Bruder und dessen Frau von dieser Beziehung halten würden, wenn sie denn davon wüssten. Als sie ihm ihre einzige Tochter anvertraut hatten, damit sie unter seinem Dach wohnen konnte, während sie an der hiesigen Fachhochschule Mediendesign studierte, hatten die beiden sicher zu keinem Zeitpunkt auch nur ansatzweise vermutet, dass ihre Kleine so enden würde: als knallbunte Aktivistin. Mit einem nicht ganz adäquaten Freund.

Dass Fela Nneka Schwarzafrikaner war, war nicht das Problem. Im Gegenteil, Karinas Eltern waren stolz darauf, progressive Intellektuelle zu sein, und würden diesen Schuss Exotik für politisch mehr als korrekt halten. Aber ein freiberuflicher Fotograf! Ein Mann ohne sicheres Einkommen. Und man kannte doch Fotografen: Die schossen allesamt anrüchige Aktbilder. Ihre arme, unschuldige Tochter!

Nein, wenn es nach Seifferheld ginge, würden sein Bruder und dessen Frau nie von Fela erfahren. Die beiden jungen Leute hatten noch das ganze Leben vor sich. In ein paar Wochen, allenfalls Monaten war die Sache ohnehin vorbei. Allerdings glaubte Seifferheld keine Sekunde lang, dass sich Karina – auch nachdem sie Fela in den Wind ge-

schossen haben würde – jemals für einen gutsituierten, angepassten Mann entscheiden könnte, der das Wohlgefallen ihrer Eltern zu erlangen vermochte. Hauptsache war jedoch, sie entschied sich erst, wenn sie sein Haus verlassen hatte, dann traf ihn keine Schuld mehr. Vielleicht dauerte das junge Glück auch nur noch wenige Tage. Karina war nämlich fanatische Veganerin, und Fela aß zum Frühstück am liebsten Weißwürste mit süßem Senf.
»Onkel Siggi, kannst du mir fünfhundert Euro borgen?«, fragte Karina.
»Wozu brauchst du denn so viel Geld?«, wollte Irmi wissen.
Karina ging gar nicht weiter auf ihre Tante ein. »Ich zahle es dir nächsten Monat zurück, versprochen. Wenn ich Mama und Papa besuche, knacke ich mein altes Brautschuhpfennigsparschwein. Das wird reichen.«
»Ihr jungen Leute versteht es einfach nicht, zu haushalten!«, verkündete Irmi. »Wir damals hatten nichts und sind bestens damit ausgekommen.«
Seifferheld, der ein weiches Herz hatte, nickte seiner Nichte verstohlen zu.
»Hier, Siggi, deine Spiegeleier mit Speck.« Irmi knallte ihm den Teller schwungvoll vor die Nase. Wenn es nach ihr gehen würde, würde hier so einiges anders laufen, aber es ging ja nicht nach ihr.
Seifferheld musste schmunzeln. Seit die beiden jungen Frauen nur noch ihre Männer im Kopf hatten, war das Frühstücken sehr viel angenehmer geworden. Susanne zwang ihm keinen Gemüsesaft mehr auf und Karina kein laktose-, milcheiweiß-, gluten-, cholesterin- und geschmackfreies Müsli. Mit Irmis Frühstück kam er weitge-

hend zurecht: Ihre Spiegeleier waren köstlich, den Speck bekam – sobald er ausgekühlt war – Onis, und mit der Tasse Kaffee tränkte er im Flur den Gummibaum Nummer elf. Die Gummibäume eins bis zehn waren aufgrund von Irmis Koffeingebräu, mit dem er sie regelmäßig zu gießen pflegte, bereits in die ewigen Gummibaumgründe eingegangen. Aber besser sie als er.
Da ging die Tür erneut auf, und ein kleiner Wirbelwind schoss in die Küche.
»Mozes, nicht rennen!«, warnte Fela.
»Onis!«, jubelte Mozes. Er ging auf die Knie und schlitterte quer durch die Küche bis zum Küchentisch, unter dem Onis geduldig auf seinen Speckanteil am Frühstück zu warten pflegte.
Onis kroch schwanzwedelnd unter dem Tisch hervor.
Mozes war zehn und der kleine Bruder von Fela. Ihn verband eine innige Freundschaft mit dem Hund, man konnte schon fast von einer Seelenverwandtschaft sprechen. Manchmal wurde Seifferheld fast ein wenig eifersüchtig.
Fela verschränkte die Arme. »Mozes, du benimmst dich unmöglich! Steh bitte auf und sag ordentlich guten Morgen!«
Die Eltern von Mozes und Fela waren im Auftrag der UNO in Kambodscha unterwegs, und währenddessen hütete Fela seinen kleinen Nachzüglerbruder. Da aber Schulferien waren und Fela arbeiten musste, waren die beiden ins Seifferheldsche Haus gezogen, wo bei Felas Abwesenheit Irmi oder Karina auf Mozes achten konnten. Das erhöhte den Lebendigkeitsfaktor im Haus schlagartig um das Hundertfache.
Mozes stand auf und sagte ordentlich »Guten Morgen«,

bevor er zur Arbeitstheke lief und sich ein Nutellabrot schmierte. Onis lief zu ihm und setzte sich erwartungsvoll in Position. Mozes wusste, dass er den Hund nicht füttern durfte, aber wenn er sich etwas zu essen machte, fiel immer ein Brösel ab, so oder so.

Irmi ergriff das Wort. »Habt ihr das heute Nacht gehört? Haben diese Menschen kein Zuhause? So eine ungebührliche Ruhestörung. Das hätte es bei uns früher nicht gegeben!«, schnaubte sie erbost. Manche Besucher von Olli's Cocktailbar oder der Diskothek Barfüßer ließen sich auf ihrem nächtlichen Heimweg durch die Untere Herrngasse viel Zeit und bedachten nicht, wie laut ein Gespräch um zwei Uhr nachts durch die Gasse hallte. »Nächstes Mal kippe ich einen Eimer Wasser aus dem Fenster!«

»Wage es ja nicht! Ich muss an meinen Ruf denken!«, schimpfte Susanne mit klirrender Stimme. Sie spekulierte auf eine Beförderung ins oberste Management, und Wassersturzvorfälle passten da nicht ins Bild. Dann sah sie, dass die Apfelmostflasche ihres Vaters leer war. »Olaf, Schatz«, säuselte sie, von klirrend zu gurrend in weniger als einer Sekunde, »holst du meinem Vater schnell eine frische Mostflasche aus dem Keller?«

»Aber gern, Liebes.« Olaf warf ihr einen Handkuss zu und enteilte.

So lebte Siggi Seifferheld also mit drei Frauen, einem Kind und einem Hund zusammen, sowie mit einem Hausdiener, der ihn täglich massierte und andere anfallende Arbeiten erledigte wie das Auswechseln von Glühbirnen oder das Einschlagen von Nägeln. Jeder muselmanische Vieleheanhänger von Stand wäre stolz auf ihn gewesen! Aber das Sagen im Haus hatte er schon längst nicht mehr.

09:00 Uhr

>Vorsicht mit dem, was man sich wünscht –
>es könnte in Erfüllung gehen!

So, endlich Ruhe.
Ihr Bruder Siggi drehte seine Morgenrunde mit dem Hund im Stadtpark, Karina tummelte sich FH-schwänzend mit Mozes im Schenkenseebad, Susanne war in der Bausparkasse, und Olaf und Fela gingen ebenfalls ihren jeweiligen Berufen nach, auch wenn Irmi Massieren und Fotografieren eigentlich nicht für besonders hehre Männerberufe hielt.
Irmgard nahm ihre Tasse mit dem guten Hochlandkaffee und ging auf ihr Zimmer. Dort zog sie ihren neuen Laptop aus der Truhe unter dem Fenster – nicht der Laptop war neu, er hatte früher Karina gehört, bis die sich ein MacBook Air in Rosa gekauft hatte, aber für sie war er neu. Irmgard lauschte noch einmal ins Haus, dann stellte sie den Laptop auf ihren Schreibtisch und schaltete ihn ein.
Und tatsächlich, sie hatte E-Mail-Eingänge!
Aufgeregt klickte sie ihr Postfach an:

Sie hatten Besuch, Frau Seifferheld, diese Herren haben sich für Sie interessiert:
Chiffre: 7E0E4F33
Chiffre: 8U0Z4211
Und Sie? Besuchen Sie die Profile dieser interessanten Herren, und lernen Sie sie näher kennen.

Irmgard holte tief Luft und klickte auf den »Kontakt«-Button. Enttäuscht scrollte sie nach unten. Das war keiner ihrer drei Kandidaten. Das waren völlig andere. Ein Modist, ein Kameramann und ein klassischer Musiker. Was sollte sie denn damit? Lauter Unnützberufe. Warum hatte sich keiner ihrer bevorzugten Kandidaten gemeldet? Sie hatte ihnen doch Textbotschaften geschickt. Warum …
Es klingelte an der Haustür.
Wahrscheinlich der Paketbote, der kam immer um diese Zeit. Da sich ihr Zimmer ebenso wie das von Siggi im Erdgeschoss befand, trat sie hinaus in den Flur, ging zur Haustür und öffnete sie.
Und sah sich Auge in Auge mit Frau Bertsch-Baierle. Kirchengemeinderätin. Erzkonservative. Und – wie sie – Mitglied im Blumenschmuckausschuss und im Kirchenkaffeekomitee.
»Was für eine Freude!«, rief Irmi automatisch aus, wenn auch nicht aus der Tiefe ihres Herzens. Es war ein reiner Stimmbandautomatismus.
»Bitte entschuldigen Sie meinen Überfall zu dieser frühen Stunde, aber ich habe es soeben erfahren: Frau Kist-Schechter ist erkrankt und fällt wohl eine ganze Woche aus. Wir müssen die Zuständigkeiten für den Kirchenkaffee am Sonntag völlig neu regeln.« Ein wenig Panik klang in der Stimme von Frau Bertsch-Baierle mit. Ungeordnete Zuständigkeiten rangierten bei ihr auf einer Stufe mit Umweltkatastrophen und Völkermord. Sie fasste sich schwer atmend an die Brust.
Irmgard bekam Mitleid. »Kommen Sie doch erst mal herein. Eine Tasse Kaffee?«
Frau Bertsch-Baierle kannte Irmis Kaffee, und obwohl in

ihren Adern die Milch der frommen Denkungsart floss, hatte sie nicht die Absicht, sich dieses furchtbare Gebräu jemals wieder anzutun.

»Sehr freundlich, aber ich habe gerade erst gefrühstückt, und mehr als eine Tasse am Tag bekommt meinem Kreislauf nicht.« Sie schritt zügig in Richtung von Irmgards Zimmer. Dort saßen sie immer beisammen, wenn es um brisante Angelegenheiten der Kirchenfrauen ging.

Jetzt geriet Irmgard in Panik. Der Laptop stand noch offen auf ihrem Schreibtisch. Sie meinte, die verräterischen E-Mails bis in den Flur leuchten zu sehen.

»Oder Tee? Tee geht immer!« Irmgard überholte Frau Bertsch-Baierle in der Flurkurve wie ein Formel-1-Profi und baute sich auf der Schwelle zu ihrem Zimmer auf.

»Gern auch ein Kaltgetränk!« Mit Freuden würde sie auch die Schätze des Seifferheldschen Weinkellers für eine vormittägliche Sauforgie opfern, wenn nur Frau Bertsch-Baierle nicht in die Nähe ihres Laptops kam.

»Nun ... wenn es nicht zu viele Umstände macht ... vielleicht eine heiße Schokolade?«

Seit Mozes im Haus wohnte, gab es immer einen Vorrat an Milch und Kaba.

»Sehr gern, dann gehen wir doch am besten in die Küche«, rief Irmgard freudig und streckte schon beinahe die Arme aus, um Frau Bertsch-Baierle anzuschieben.

Die roch mittlerweile Lunte und lugte über Irmgards Schulter. Auf den ersten Blick sah man nichts. Das Zimmer war so penibel aufgeräumt und klinisch sauber wie immer.

»Zur Küche geht es dort entlang«, verkündete Irmgard im Tonfall eines Türstehers vor einer angesagten Szenedisco,

der einem unerwünschten Besucher den Weg zu einem zweitklassigen Alternativtanzschuppen weist.
Frau Bertsch-Baierle rückte keinen Millimeter beiseite.
Irmgard stand wie eine Eins.
Da rief es vom Hauseingang: »Guten Morgen, die Damen!«
Siggi Seifferheld war schon vom Gassigehen zurück. Onis lief auf Frau Bertsch-Baierle zu und drückte ihr die Schnauze tief in den Schritt, wie er es immer zu tun pflegte. Frau Bertsch-Baierle sah sich von Amts wegen genötigt, so zu tun, als sei ihr das unangenehm.
»Onis!«, donnerte Irmgard.
Seifferheld fühlte sich veranlasst, für gutes Wetter zu sorgen. »Sie wollen einen schönen, heißen Kakao? Den mache ich Ihnen gern!«
»Nicht nötig, Siggi, trotzdem danke«, fauchte Irmgard.
Frau Bertsch-Baierle hatte ein Gehör wie eine Fledermaus, sie hörte grundsätzlich alles. Auch im Ultraschallbereich. Auch Dinge, die nur gedacht, aber nicht ausgesprochen wurden. Aus Irmgards zitternder Stimme hörte sie definitiv heraus, dass ihre Kirchenkaffeeblumenschmuckkomiteekollegin etwas zu verbergen hatte. Dem würde sie auf den Grund gehen! »Ich würde sehr gern Ihren Kakao probieren, Herr Kommissar«, sagte sie.
»Und ich stehe Ihnen sehr gern zu Diensten«, freute sich Seifferheld. Die Kirchentante hatte er glücklich gemacht. Jetzt würde seine Schwester nichts mehr zu meckern haben.
Irmi sah ihre Felle davonschwimmen.
»Ausgezeichnet!«, entgegnete Frau Bertsch-Baierle und drängte sich an Irmgard vorbei in deren Zimmer.

Irmi funkelte ihren Bruder böse an, dann stob sie hinter Frau Bertsch-Baierle her. »Bitte, nehmen Sie doch auf dem Sessel neben der Truhe Platz. Der ist besonders bequem.«
Doch Frau Bertsch-Baierle stand bereits vor dem Laptop.
Irmgard schloss die Augen. Sie starb tausend Tode. Ihr Ruf in Kirchenkreisen war ruiniert.
»Faszinierender Bildschirmschoner«, sagte da Frau Bertsch-Baierle. Neben der leichten Enttäuschung in ihrer Stimme – eine der Tasten anzuschlagen, um zu sehen, was Irmgard Seifferheld vor ihr zu verbergen trachtete, war natürlich undenkbar – schwang noch etwas anderes mit. Maliziöses Ergötzen?
Irmgard öffnete die Augen. Bildschirmschoner? Den hatte sie noch gar nicht entdeckt. Sollte das Schicksal es noch einmal gut mit ihr gemeint haben? Waren die Online-Partnergesuche jetzt wirklich nicht mehr zu sehen?
»Ach, der Bildschirmschoner …«, sagte Irmi gedehnt, trat auf den Laptop zu und wäre gleich darauf am liebsten vor Scham im Parkettboden versunken.
Es war ja früher der Laptop ihrer Nichte Karina gewesen. Das rächte sich nun. Als Bildschirmschoner lachten ihr sieben muskulöse, eingeölte, nackte – nun ja, nur mit neckischen Stringtangas bekleidete – junge Männer entgegen.
Karina!
Der würde sie den Hals umdrehen!
»Was für schöne Männer!«, freute sich da ihr Bruder in ihrem Rücken. Die leeren Kakaotassen auf dem Tablett in seiner Hand klapperten. »Du hast einen guten Geschmack, Irmi!«, erklärte er mit einer perversen Freude, die sich unbedingt in einem breiten, boshaften Lächeln äußern woll-

te. »Welchen hast du dir ausgeguckt?« Siegfried griente. »Und welcher darf's für Sie sein?« Seifferheld stieß Frau Bertsch-Baierle mit dem Ellbogen an, was die Tassen noch mehr klappern ließ. Frau Bertsch-Baierle errötete. Dann zeigte sie verschämt auf einen Blonden in der zweiten Reihe. Seifferheld und Frau Bertsch-Baierle kicherten.
Irmgard schloss die Augen.
Wenn der Herr im Himmel sie in diesem Augenblick zu sich genommen hätte, es wäre ihr recht gewesen.
Aber der Herr war gerade anderweitig beschäftigt.

09:49 Uhr

Schönheit ist relativ:
ein dreifaches Hoch auf »hübsch hässlich«!

»Hallo, niemand da?«
Siggi Seifferheld hatte seine Schwester und Frau Bertsch-Baierle sich selbst überlassen und stand nun mit Onis in dem Laden namens Souvenirs und mehr. Die beiden warteten schon eine geraume Weile, der Türgong war bereits lange verhallt. Es war ein sehr lauter und lange nachhallender Gong gewesen, aber er hatte keinerlei Reaktion gezeitigt.
Mit jeder Minute, die verstrich, war Seifferheld es mehr leid, sich die T-Shirts mit der Skyline von Hall anzuschauen, die Sammeltassen mit dem ersten Siederspärchen, die Schlüsselanhänger und Spardosen in Form Schwäbisch-Hällischer Landschweine oder hüfthohe Hartplastik-Miniaturen von markanten Türmen der Stadt: dem Glockenturm der St.-Michaelskirche, dem Keckenturm des Häl-

lisch-Fränkischen Museums und dem Bausparkassenturm.
Seifferheld war hier in einer hehren Mission – und wenn im Fernsehen Jean-Claude van Damme in hehrer Mission unterwegs war, musste der auch nicht warten.
Onis schnüffelte in der Ecke mit den Aromaölflakons. Wäre er ein Drogenhund gewesen, man hätte Rückschlüsse ziehen können. So aber ging Seifferheld davon aus, dass ein Tourist in dieser Ecke vor nicht allzu langer Zeit Überreste der exzellenten Roten Wurst vom Merz-Imbissstand am Haalplatz hatte fallen lassen und die feine Hundenase noch eine Restduftspur ausgemacht hatte.
Der Laden war klein, aber unübersichtlich.
Die typischen Postkartendrehständer verbauten den Zugang zu der Regalwand mit dem Keramikknippes. In diversen Körben lagen Haller Sole-Bonbons. Auf einem Rattansessel tummelten sich Bausparfüchse und Plüschschweineferkel. Und auf einem anderen Sessel lag das, weswegen Seifferheld hierhergekommen war. Er selbst. Höchstpersönlich. In seiner Heimatstadt. Ein noch nie gekanntes Risiko.
Kissen.
Bestickte Kissen. »Schwäbisch Hall – Perle am Kocher«. Mit Fake-Perlen als Umrandung. Das konnte er auch sticken. Womöglich sogar besser. Er hatte Polaroidfotos der Kissen dabei, die er früher immer nach Rothenburg geschickt hatte.
Seifferheld war ein gestandener Kerl. Jahrelang hatte er Kampfsport betrieben. War in seiner Jugend sogar Motorrad gefahren. Er war der Mann fürs Grobe, und Tante Erika, seine Kindergärtnerin im Kindergarten am Langen Graben, hatte ihm angesichts seiner bereits damals massi-

gen Hände eine Karriere als Fleischer vorausgesagt. Sein Kindheitsheld war John Wayne gewesen. Doch ein perfides Schicksal hatte ihm offenbar ein ganz spezielles Gen in seine DNS eingepflanzt und nach seiner schweren Schussverletzung aktiviert: das Stick-Gen.

Ein Mann seines Alters, noch dazu in einer süddeutschen Kleinstadt, konnte sich jedoch unmöglich dazu bekennen, eine typische Frauentätigkeit zu mögen. Folglich versteckte er seine Sticksachen sogar vor seinem Harem. Nur seine Kumpel aus der VHS-Männerkochgruppe wussten aufgrund von Zusammenhängen, die zu erläutern hier zu weit führen würde, von seiner heimlichen Leidenschaft. Und obwohl er sich geschworen hatte, dass niemand – niemand! – jemals von seinem geliebten Stick-Hobby erfahren dürfe, trieb ihn ein nicht nachvollziehbarer Drang dazu, seine Arbeiten unter das Volk zu bringen. Er wünschte sich mehr als alles andere, dass fremde Menschen Freude an seinen Stickereien fanden. Und da sein früherer Händler in Rothenburg ob der Tauber aufgrund qualitativer Mängel, die Seifferheld zwar gar nicht zu verantworten hatte, für die er aber abgestraft worden war, nicht länger zur Verfügung stand, musste er dringend einen neuen Vertriebsweg auftun. Und da war ihm der Souvenirladen von Frau Runkel eingefallen, an dem er auf seinen Spaziergängen mit Onis täglich vorbeikam.

Aber offenbar schien Frau Runkel ein sehr entspanntes Verhältnis zur Anwesenheitspflicht in ihrem Geschäft zu haben.

»Hallo«, rief Seifferheld noch einmal.

In Schwäbisch Hall war die Kriminalität noch überschaubar. Natürlich gab es Ladendiebstähle, und der Schwund

gerade in Kleinkramläden war beachtlich, aber es wurden nur äußerst selten Kassen aufgebrochen. Darum verließen Geschäftsinhaber schon mal kurz den Laden, um sich in der Bäckerei nebenan einen Coffee-to-go zu holen oder sich im Hinterzimmer selbst das Heißgetränk ihrer Wahl zu brauen.
Seifferheld hatte fest vor, sich in Geduld zu hüllen.
Aber merkwürdig war es schon.
Vielleicht machte der Laden erst um zehn auf und die Tür war nur zufällig schon geöffnet gewesen? Mit seiner Gehhilfe humpelte er zur Ladentür, öffnete sie und las auf dem kalligraphierten Aushang, dass montags bis freitags von 9 bis 18 Uhr geöffnet war. Er schloss die Tür wieder, und erneut tönte der Gong, was das Zeug hielt. Das hörte man nicht nur im Hinterzimmer, das hörte man zweifellos bis zur Henkersbrücke und auch noch auf der anderen Kocherseite.
»Hallo? Niemand hier?«, rief Seifferheld nun schon drängender.
Onis schob seine Schnauze wie ein Schneeräumgerät über den Boden. Das war mit ein Grund, warum Seifferheld ihm – obwohl er ihn abgöttisch liebte – nie einen Kuss auf die feuchte Hundenase drückte. Da konnte er ja gleich den Fußboden ablecken.
»Hallo!«
Onis schnüffelte sich in Richtung Hinterzimmer. Das Schnüffeln wurde aufgeregter. Seifferheld runzelte die Stirn. Mit wippendem Schwanz, die Schnauze über den Boden schrubbend, lief Onis unter dem schweren Samtvorhang hindurch.
Seifferheld humpelte hinterher. Seine Hüfte machte ihm

wieder zu schaffen. Bevor MaC heute Abend kam, musste er sich von Olaf unbedingt noch einmal durchkneten lassen.

Am Samtvorhang anklopfen ging nicht, darum rief er nur noch einmal »Hallo« und schob den Vorhang dann zur Seite.

Er hatte kein ungutes Gefühl dabei. Warum auch?

Vor sich sah er das ganz normale Hinterzimmer eines Souvenirladens. Ein übervoller Schreibtisch mit geöffneten, aber noch nicht ausgepackten Versandpaketen, eine leere Tasse mit einem Strohhalm darin, eine Kaffeemaschine.

Seifferheld trat ein.

Hm. Eine kalte, nicht in Betrieb genommene Kaffeemaschine.

Jetzt wurde Seifferheld stutzig. War das nicht das Erste, was man tat, wenn man morgens den Laden aufschloss: die Kaffeemaschine anwerfen? Aber vielleicht war Frau Runkel Teetrinkerin und hatte die Kaffeemaschine nur zur gelegentlichen Kundenbetreuung angeschafft. Oder Frau Runkel hatte verschlafen und musste, statt Kaffee zu kochen, erst einmal etwas anderes erledigen. Nur was?

Onis hatte seine Neugier mittlerweile abgearbeitet. Schnaufend legte er sich auf den buntgemusterten Läufer vor der schmalen Treppe, die in den ersten Stock führte.

Seifferheld stieg über Onis hinweg und erklomm die Treppe. Schmal und steil, wie in alten Fachwerkhäusern üblich. Die Tür am Treppenkopf war nur angelehnt.

Ein letztes »Hallo«, dann drückte er mit der Gehhilfe die Tür auf.

Und sah sich Kiki Runkel gegenüber.

Was er in diesem Moment aber nicht mit Sicherheit sagen

konnte, denn ihr Gesicht war mit einem stumpfen Gegenstand zu einer roten Fleischmasse platt geklopft worden. Seifferheld spürte, wie ihm Magensäure ätzend die Speiseröhre hochschoss.
Das war seit langer Zeit seine erste Leiche.
Und es war mitnichten eine schöne Leiche.

11:45 Uhr

> Holmes schnüffelt und kombiniert:
> voilà, der Mörder!

»Mensch, Siggi, hast du einen eingebauten Leichenradar? Warst ja wieder mal der Erste am Fundort.«
Der Bärenmarkenbär klopfte Seifferheld gratulierend auf die Schulter.
Siggis Ex-Kollege, der eigentlich Wurster hieß und den er jede Woche beim Stammtisch von Mord zwo im Nebenzimmer des Gasthauses Sonne sah, setzte sich neben ihn auf die Bank vor Kiki Runkels Souvenirladen. Drinnen waltete die Spurensicherung ihres Amtes. Draußen schoben Kollegen von der Streife die Schaulustigen an der Absperrung vorbei.
»War kein schöner Anblick«, meinte Seifferheld. Er hielt einen Coffee-to-go vom Bäcker nebenan in der Hand. Die Hand zitterte ein wenig.
Wurster nickte und blickte betroffen drein. Er konnte nichts dafür, dass aufgrund seiner Physiognomie selbst Betroffenheit bei ihm einfach nur bären-knuddelig wirkte. Ob er nun ängstlich, wütend oder mitfühlend schaute, der Gesamteindruck blieb unverändert schnuffig. Bei

Verhören musste er deshalb immer den guten Cop spielen. Ein Fluch!

»Die Tatwaffe konnte noch nicht sichergestellt werden. Vermutlich hat der Täter sie mitgenommen.«

»Sieht sehr nach Affekt aus«, mischte sich Bauer zwo in die Unterhaltung ein. Bauer zwo, die peinliche Reinkarnation des Camel-Mannes mit Minipli-Dauerwellenfrisur aus den Siebzigern, war die rechte Hand der Chefin, aber auch nur, weil sie ihn immer im Auge behalten wollte. Man durfte diesen Mann nicht unbeobachtet lassen, er bildete eine Gefahr für die Menschheit. Auch jetzt, als er sich neben Seifferheld niederließ, verschätzte er sich im Abstand und prallte heftig gegen Seifferhelds Hand, in der er den Becher mit dem heißen Kaffee hielt. Es musste am Eingreifen des Schutzengels von Onis liegen – ja, auch Hunde haben einen! –, dass der dampfende Kaffee nicht über den zu Seifferhelds Füßen liegenden Hovawart schwappte, sondern in hohem Bogen im Schritt von Bauer zwo landete. Leider würde das keine einschneidenden Folgen für die künftige Zeugung von kleinen Bauer zwos haben, denn Bauer zwo trug wie immer, auch im Hochsommer, eine lila Lederhose und bekam außer einem leichten Erwärmungsgefühl gar nichts mit.

»Beziehungstat im Affekt, ihr werdet noch an meine Worte denken«, verkündete Bauer zwo. »Ich habe mich schon umgehört. Die Tote bekam hin und wieder Herrenbesuch, allerdings unregelmäßig und meist nur kurz. Ich tippe auf eine Affäre mit einem verheirateten Mann!« Bauer zwo nickte wissend.

Wurster und Seifferheld tauschten bedeutungsvolle Blicke. Im Grunde war es ordentliche Erstermittlungsarbeit von

Bauer zwo. Aber nur im Grunde. Denn in Schwäbisch Hall wusste alle Welt, dass Kiki Runkel die Gespielin des Landtagsabgeordneten Lambert von Bellingen war. Ein stadtbekannter Umstand, der nur deshalb noch nie im *Haller Tagblatt* gestanden hatte, weil das *Haller Tagblatt* sich nicht als Regenbogenpresseblatt verstand. Und natürlich, weil von Bellingen ein Duzfreund des Herausgebers war.
Klar, dass zumindest alle Anwohner von der Affäre wussten. Lambert von Bellingen war ja niemand, den man übersehen konnte. Einhundertdreißig Kilo Stattlichkeit.
»Wer wird es ihm sagen?«, fragte Seifferheld.
»Wem sagen?«, fragte Wurster.
»Na, ihrem Galan«, sagte Seifferheld.
Wurster sah Seifferheld mit großen Augen an. »Mensch, Siggi, du weißt es noch nicht?«
»Was denn?« Seifferheld hasste es, wenn er etwas nicht wusste.
»Der ist tot!«
»Wer ist tot?«, mischte sich Bauer zwo ein.
»Lambert von Bellingen. Hör mal, den haben sie quasi bei dir um die Ecke kaltgemacht. Samstagnacht, gegen Mitternacht. Du hast wirklich nichts mitbekommen?«
Das war eine dieser Fragen, auf die es keine gute Antwort gab. Seifferheld hätte sagen können, er habe aushäusig bei seiner Freundin genächtigt, aber einen Stammtischkumpel log man nicht ohne Not an. Es war einfach so, dass er schlicht und ergreifend tief und fest geschlafen und offenbar das Blaulicht und den Auflauf der Ermittler verschnarcht hatte.
»Ja, der von Bellingen ist tot«, bekräftigte Wurster. »Den hat man abgestochen wie ein Schwein.«

»Wer ist von Bellingen?«, fragte Bauer zwo aus dem Land der Ahnungslosen.
»Der Galan der Toten«, erläuterte Wurster.
»Es stand gar nichts in der Zeitung!«, beschwerte sich Seifferheld, während Bauer zwo auf seinem iPhone das Wort »Galan« googelte.
»Nein, die haben irgend so einem Neuling in der Redaktion den Wochenenddienst aufs Auge gedrückt, und der hat es wohl verpennt. In dessen Haut möchte ich nicht stecken.« Wurster griente. »Aber es lief im Radio und im Fernsehen im dritten Programm. Und ab morgen kommen dann sicher die großen Tränendrüsendrückernachrufe auf einen verdienten Politiker in den einschlägigen Medien. Mit Beileidsbekundungen der Parteifreunde und Nahaufnahmen der trauernden Witwe.«
Auch wenn Wurster immer noch bärenmarkenbärig aussah, troff aus seiner Stimme der blanke Hohn. Die Wursters waren seit Generationen Nachbarn derer von Bellingen, und Wurster besaß aus eigenem Erleben massenhaft Beweise dafür, dass Lambert von Bellingen ein Gesäß auf zwei Beinen gewesen war. Das man aber dennoch nicht in seinem Revier um die Ecke bringen durfte. Das ging ja nun gar nicht.
»Hast *du* der Witwe die Trauerbotschaft überbracht?«, wollte Seifferheld wissen.
»Nein, der Geert. Zusammen mit der Chefin. War ja schließlich ein Promi.«
»Und?«
»Nichts und.« Wurster zuckte mit den Schultern. »Die Witwe hat es gefasst aufgenommen. Besonders betroffen scheint sie nicht gewesen zu sein, hat Geert erzählt. Eine

heiße Spur gibt es ansonsten noch nicht. Tja, und jetzt haben die Kollegen vom LKA den Fall an sich gerissen. Wie bei einem Politfuzzi nicht anders zu erwarten war.«
»Mir ist jetzt alles klar«, verkündete Bauer zwo.
Gleich darauf verstummte Bauer zwo, denn wenn alles klar war, musste ja nichts weiter gesagt werden.
Wurster und Seifferheld rechneten fest damit, dass Bauer zwo – der Stille nie lange aushielt – gleich behaupten würde, Kiki Runkel habe von Bellingen ermordet, weil er sich nicht für sie von seiner Frau trennen wollte, und habe sich dann mit mehreren Schlägen gegen den Kopf selbst gerichtet. Und die Tatwaffe sei von einem zufällig vorbeikommenden Einbrecher mitgenommen oder von Außerirdischen zu Forschungszwecken auf ihr Mutterschiff gebeamt worden.
Wurster und Seifferheld sollten recht behalten: Stille bekam Bauer zwo nicht.
Eine Sekunde, zwei Sekunden, dann strahlte Bauer zwo auf und rief: »Die Gattin war's! Die Frau von Lambert von Bellingen! Ich spür's im Zucken meiner Polypen. Sie hat die Runkel auf dem Gewissen!«

15:30 Uhr

Nordic Walking ohne Nordic und mit wenig Walking

Jeder hat so seine eigenen Methoden, um eine Leiche zu verdauen.
Wenn man jahrzehntelang für die Mordkommission arbeitete, dann wurde der Anblick toter Menschen natürlich irgendwann Routine. Hin und wieder allerdings er-

wischte es auch einen Profi eiskalt. Meistens, so heißt es, sei das bei Kinderleichen der Fall. Doch das konnte Seifferheld so nicht bestätigen. Die Gründe blieben oft im Dunkeln, aber die eine oder andere Leiche ließ einen nicht wieder los. Das konnte selbstredend ein zu Tode misshandeltes Kleinkind sein, aber durchaus auch ein jämmerlich gestorbener Greis. Oder, wie in diesem Fall, eine Frau, der man mit äußerster Brutalität das Gesicht zu Brei zerschlagen hatte, so wie es aussah, mit einem Baseballschläger. Keine Frage, da waren heftige Emotionen mit im Spiel gewesen.

Seifferheld hatte immer schon eine probate Methode gehabt, um mit so etwas fertig zu werden: Er lief den Geistern der Toten einfach davon. Ein, zwei Stunden zügiges Gehen in der Natur, und schon kehrte die Normalität des Lebens zurück. Gemäß der Devise: Weitermachen, bis dereinst das Totenglöcklein für einen selbst bimmelte.

Das zügige Gehen fiel aufgrund seiner Gehhilfe nicht mehr ganz so zügig aus, aber an diesem Nachmittag war er für seine Verhältnisse flott unterwegs. Onis genoss die von der Norm abweichende Runde, erst in Fließrichtung am Kocher entlang, dann am Ende der Neumäuerstraße links an der Töpferei Heckmann vorbei, kurz geradeaus und dann neuerlich nach links, hinein in den Wald und zur Schleifbachklinge.

Seifferheld wusste nicht, warum man von einer »Klinge« sprach, wenn ein Rinnsal sich bergab durchs hohe Grün schlängelte, wie es in und um Hall sieben Mal der Fall war, aber er schätzte gerade diese Klinge sehr. Sie war hochromantisch und führte sogar an einem Wasserfall vorbei. Seit Jahren – genauer gesagt, seit dem Tag, an dem

man ihn angeschossen hatte – war er hier allerdings nicht mehr spazieren gegangen. Was seinen Grund hatte, die Steigung erwies sich als tückisch. Immer wieder musste er stehen bleiben und tief Luft holen, und nach der Hälfte der Klinge pochte seine Hüfte schmerzhaft.
Onis dagegen raste mit Ventilatorschwanz – will sagen, mit einem vor Begeisterung im Kreis rotierenden Rückenfortsatz – mal hierhin, mal dorthin, planschte mit den Pfoten im Bach, setzte einer Eidechse hinterher und blieb dann und wann verzückt stehen und streckte einfach nur die Schnauze in den Wind.
Die Erleichterung, die Seifferheld früher angesichts hohen Schrittempos empfunden hatte, stellte sich nun beim Beobachten seines dynamischen Hundes ein.
Eigentlich tat er hier Verbotenes. Nein, es ging nicht darum, dass Hunde in der Schleifbachklinge aus Naturschutzgründen verboten gewesen wären. Das Problem war, dass Onis seit der Rauferei mit dem Dobermann-Rüden offiziell als Gefahrhund galt und nur mit Extremsicherheitsgeschirr – sprich: Maulkorb und Leine – aus dem Haus durfte. Eigentlich. Aber nicht nur Onis war ein Freigeist. Sein Herrchen auch.
Und so tollten Herr und Hund – Herrchen tollte gemächlich, Hund ausgelassen – die Schleifbachklinge hinauf, als plötzlich …
… Liebe in der Luft lag.
Nein, Seifferheld dachte nicht an MaC, die Frau in seinem Leben. Seifferheld dachte an gar nichts. Er atmete nur tief den Duft des Waldes ein.
Die Liebe tauchte in Höhe des Schleifbachklingenwasserfalls hinter einem Baum in Gestalt einer Berner Sen-

nenhündin auf. Einer stolzen schwarzen Berner Sennenhündin. Die Königin unter den Hunden traf auf den personifizierten Hundefreigeist. Diese Verbindung war im Himmel geschlossen worden.
»Onis!«, rief Seifferheld.
»Lady!«, rief eine Frauenstimme.
Die Hunde scherten sich nicht darum. Sie befanden sich im Griff ihrer Hormone. Zwei Schnauzen schnüffelten an zwei Hintern. Zum Plätschern des Wasserfalls gesellten sich die Sphärenklänge einer jungen Liebe.
»O hallo, wie ich sehe, scheinen sich unsere Hunde zu mögen.« Die Frauenstimme gehörte zu einem grazilen Wesen in einer altrosa Daunenjacke.
»Ihre Lady ist aber auch ein ausnehmend hübsches Ding«, erklärte Seifferheld und errötete, wie immer, wenn er privat mit schönen Frauen redete. Im Dienst war ihm das nie passiert.
Seifferheld hatte mit seiner Einschätzung der Hündin nicht unrecht. Ladys leicht gewelltes Haarkleid war fluffig, der weiße Stirnstreif, der von der Nase bis zur Stirn verlief, schien ebenso wie das weiße Brustkreuz förmlich zu leuchten, und die braunroten Flecken über ihren Augen gaben ihr ein huldvoll-verschmitztes Aussehen. Allerdings war sie für eine Hündin riesig, bestimmt betrug ihre Widerristhöhe siebzig Zentimeter, und im Gegensatz zu ihrem Frauchen war Lady alles andere als grazil.
Onis schien auf größere, schwerere Frauen jedoch zu stehen. Er schrubbte sich verliebt an ihr.
Die Daunenjackenfrau runzelte bei diesem Anblick die Stirn, konzentrierte sich dann aber wieder auf den markant aussehenden Mann an ihrer Seite. »Ja, sie ist wirklich

hübsch, nicht wahr? Sie hat schon bei drei FCI-Ausstellungen die Auszeichnung ›vorzüglich‹ erhalten. Ich werde mit ihr eine eigene Zucht aufbauen.« Sie sah kokett zu Seifferheld auf. »Ich glaube, ich kenne Sie.«

»Ach ja?« Seifferheld kramte vergeblich in seinem Gedächtnis. Eine Bilderkennung war allerdings auch deshalb schwer, weil ein Großteil ihres Kopfes unter der Kapuze der Daunenjacke verschwand. Es hatte nämlich angefangen zu regnen.

»Ja genau, Sie haben doch letztes Jahr das Sicherheitstraining für Kinder auf Fahrrädern durchgeführt! Mein Mirko war auch dabei.« Sie streckte ihm die Rechte entgegen, mit der Linken strich sie sich eine Locke aus dem Gesicht. »Freut mich sehr. Meck. Ursula Meck. Nennen Sie mich Usch.«

»Seifferheld«, sagte Seifferheld und schüttelte ihre zarte Hand.

»Wie nett, Sie hier zu treffen«, gurrte Frau Meck. »Ich habe viel an Sie denken müssen. Sie können gut mit Kindern.«

»Och …«, wehrte Seifferheld bescheiden ab.

»Doch, doch. Das spürt man als Frau.« Sie seufzte. »Seit meiner Scheidung bin ich viel allein … Sie hätten nicht zufällig einmal Lust auf eine Tasse Kaffee?«

Was war nur los?

Hatte das Universum einen Knacks bekommen?

Nicht einmal als zünftiger junger Polizist in Uniform war er so oft angeflirtet worden wie in letzter Zeit. Erst die Blume der Nacht, jetzt diese Usch.

Oder irrte er sich? Brach sich da nur ihre Einsamkeit Bahn? Oder wollte die Frau einfach nur höflich mit einem Mithundebesitzer plaudern?

Nein, wollte sie nicht.
»Wie wär's noch diese Woche?«, fragte sie und legte den Kopf schräg. Die Linke, die eben noch eine Haarlocke gebändigt hatte, schob ihm nun eine Visitenkarte in die Manteltasche. Und zeitgleich spürte Seifferheld, wie sich die Fingerkuppen ihrer Rechten auf der Suche nach Hautkontakt unerbittlich in seinen Windjackenärmel schlängelten.
Na, prost Mahlzeit!
Gut, dass MaC nicht in der Nähe war …

18:00 Uhr

> Wenn zwei sich streiten, sollte man als Dritter
> grundsätzlich in Deckung gehen.

Schon wieder Ärger im Paradies. Als Seifferheld nach Hause kam, war die Luft in der Küche zum Schneiden. Onis, der seinen Wassernapf neben der Eingangstür leer geschlabbert hatte – Liebe macht durstig! –, schnüffelte nur kurz über die Schwelle, nahm den Geruch von Zickenalarm wahr und lief schnurstracks in Siggis Zimmer, dessen Tür nur angelehnt war, um sich auf seiner Lieblingsschmusedecke bäuchlings auszustrecken.
Seifferheld, der ebenfalls Durst hatte, schalt sich innerlich, dass er keine Flüssigvorräte in seinem Zimmer aufbewahrte. Er musste die Küche betreten, wenn er nicht aus dem Wasserhahn im Bad trinken wollte.
»Bin wieder da«, sagte er und marschierte zügig zum Kühlschrank.
»Siegfried, ich wünsche, dass du ein Machtwort sprichst!«, erklärte Irmi.

»Als ob ich mir von Onkel Siggi was sagen lassen würde. Ich bin volljährig!«, erklärte Karina und wedelte mit irgendwelchen Flyern, die Seifferheld nicht genau erkennen konnte, auf denen er aber das Logo des Diakoniekrankenhauses auszumachen glaubte.
»Solange du deine Füße unter unseren Tisch ...«, fing Irmi an.
»O bitte. Du benimmst dich wie ein Dritte-Welt-Diktator. Wegen so einer Lappalie!«
»Das ist alles andere als eine Lappalie!«
»Ob das eine Lappalie ist oder nicht, entscheide allein ich!«
Unglaublich, wie hoch sich Frauenstimmen schrauben konnten.
Seifferheld versuchte, sich gemäß dem Prinzip »nur kein Risiko eingehen« in der geöffneten Kühlschranktür unsichtbar zu machen. Es blies ihm eisig entgegen, aber Erfrieren war immer noch besser als die Alternative, von Irmis Wortpfeilen durchbohrt zu werden. Er verharrte reglos. Ihm war völlig egal, worum es gerade ging. Die Zukunft der Menschheit würde schon nicht davon abhängen, und seine eigene Zukunft war definitiv rosiger, wenn er sich jetzt möglichst bedeckt hielt.
»Siegfried, sag gefälligst auch etwas! Oder ist das schon die Totenstarre?«, verlangte Irmi mit Donnerstimme. »Ich hab's so satt mit dieser Familie! So satt! Da opfert man sich auf und wofür? Wofür?« Die Frage blieb unbeantwortet in der überhitzten Küchenluft hängen. Irmi warf das Küchenhandtuch in die Spüle und verließ türenknallend den Raum.
»O bitte«, rief Karina ihr durch die zugeknallte Tür hin-

terher, »als ob dich mein Körper auch nur im Geringsten tangieren würde! Du brauchst bloß immer was, worin du dich einmischen kannst!«

Darin waren sich Karina und Irmi total ähnlich, nur dass Karina sich in die Lokal- und Weltpolitik mischte, Irmi dagegen in die Privatangelegenheiten ihrer Familienangehörigen. Aber für diese Ähnlichkeit waren die beiden Mädels natürlich blind.

Es kehrte wieder Ruhe ein.

Seifferheld entspannte sich, griff nach einer Flasche Bier und schloss den Kühlschrank. Endlich! Er hatte das Gefühl, dass an seinen Augenbrauen und Nasenhaaren schon kleine Eiskristall-Stalaktiten hingen.

Den Fehler, Karina zu fragen, worum es ging, machte er nicht. Nicht noch einmal. Devise: raushalten!

Karina, die jetzt im *Haller Tagblatt* blätterte, sagte: »Ist dir schon einmal aufgefallen, dass bei Todesanzeigen immer ›unser geliebter Mann, Bruder, Onkel, Neffe‹ steht? Oder ›unsere innig geliebte Großmutter, Patentante, Kegelfreundin‹? Na, wenn geliebt zu werden eine Grundvoraussetzung fürs Sterben ist, dann ist Tante Irmi unsterblich.«

Seifferheld überlegte, ob er jetzt doch was sagen sollte. Das war ja nun doch ein wenig arg frech. Aber dann ließ er es bleiben.

Und eines musste er den Frauen in seinem Leben immerhin lassen: Sie verstanden es vorzüglich, einen von Grübeleien über Leichen und die Endlichkeit des Lebens abzulenken.

Oder darüber, ob es in Ordnung war, wenn man zwar eine feste Freundin besaß, sich aber trotzdem mit einer süßen Daunenjackenfrau zum Kaffee verabredet hatte.

19:30 Uhr

Warum ist das Emblem des Clubs kochender Männer eigentlich ein Hummer und kein Schnitzelburger?

> *Kurs 9294000/13*
>
> ***Männerkochen***
>
> *Sie sind Hausmann, Single oder aus irgendeinem anderen Grund gezwungen, das nachzuholen, was den Evas durch Mütter oder Schule fast zwangsläufig mit auf den Weg gegeben wurde? Wir erarbeiten uns in entspannter Atmosphäre die Fertigkeiten des Kochens. Weitere Themenschwerpunkte sind Küchenorganisation, Warenkunde und Ernährungslehre. Und natürlich lassen wir uns das Selbstgekochte in gemütlicher Runde schmecken.*
>
> *Bitte mitbringen: Geschirrtuch, Vorratsbehältnisse.*

Die Haltbarkeitsdaten auf Lebensmittelverpackungen sind immer nur ungefähre Richtwerte, das muss einen nicht weiter kratzen.
Bocuse – nicht Paul Bocuse, sondern VHS-Bocuse aus Schwäbisch Hall

»Alors«, rief Chefkoch Bocuse und klatschte in die Hände. »Messiurs, isch bitte um Ruhé!«

Seine acht Eleven scharten sich wie die sieben Zwerge um ihn, nur dass alle größer waren als er und aus luftiger Höhe auf ihn herabblickten.

Die Männerkochgruppe der Volkshochschule Schwäbisch Hall bildete mittlerweile eine verschworene Gemeinschaft. Man hatte viel miteinander erlebt: das Soßendesaster, die Sauerbratenpleite, die Crème-brûlée-Katastrophe – von der Errettung Kommissar Seifferhelds vor dem sicheren Tod ganz zu schweigen. Und die Jungs hüteten Seifferhelds dunkelstes Geheimnis. Im letzten Jahr konnte er eine Kissenlieferung mit »I love Germany« nur deshalb rechtzeitig an eine begierig darauf wartende japanische Touristengruppe liefern, weil ihm seine Kochkumpels beim Sticken geholfen hatten. Natürlich hatten die Kissen am Ende mehrheitlich so ausgesehen, wie Kissen eben aussehen, wenn schwielige Männerhände zum ersten Mal Nadel und Faden zur Hand nehmen. Der kleine Souvenirladen in Rothenburg ob der Tauber, von dem Seifferheld den Auftrag erhalten hatte, hatte seitdem nie wieder bei ihm bestellt, aber die Aktion hatte die Männer zusammengeschweißt.

Da Seifferheld allerdings um die sensiblen Seelen seiner Mitköche wusste, erzählte er ihnen nicht, dass der Rothenburger Souvenirladen ihn wegen Qualitätsmängel abserviert hatte. Und er verschwieg den Jungs auch, wie er den heutigen Tag verbracht hatte: nämlich mit dem Auffund einer bis zur Unkenntlichkeit verstümmelten Frauenleiche. Allerdings fragte er in die Runde, ob einer Usch Meck kennen würde, woraufhin Schmälzle genüsslich mit den Lippen schmatzte und gleich darauf »Nein« sagte, »aber der Name zergeht einem doch auf der Zunge, oder?«.

»Isch 'abe eine Ankündigung zu machen!«, rief Seminarleiter Bocuse fröhlich. Bocuse hieß eigentlich François Arnaud und war zwar waschechter Franzose, aber seine Qualifikation als Chefkoch bestand vornehmlich darin, dass er in seiner Jugend als Feldkoch für die Fremdenlegion im Tschad gewesen war und dass er einmal am Londoner Bahnhof Paddington Jamie Oliver um ein Autogramm gebeten hatte. Eine Farbkopie selbigen Autogramms hängte er vor Beginn der zweistündigen Kochunterrichtseinheiten immer wie eine Reliquie an der Wand der VHS-Schulküche auf.

Kommissar Seifferheld und sechs seiner sieben Mitschüler zogen sich Hocker heran und setzten sich. Nur Guido Schmälzle blieb stehen und machte seine unsichtbaren Gymnastikübungen. Er schrieb Wanderführer über die Region Hohenlohe rund um Schwäbisch Hall und legte großen Wert darauf, fit und in Form zu bleiben. Derzeit schwor er auf unsichtbare, tonische Muskelanspannungs- und -lockerungsübungen. Da er jedoch mit Vorliebe relativ eng sitzende Trainingsanzüge trug, waren die Gymnastikübungen nicht wirklich unsichtbar, und zum Leidwesen seiner Kochkumpels sah man überdeutlich, wie er seine Pomuskeln anspannte und wieder locker ließ und wieder anspannte und wieder locker ließ … Keiner der Männer war schwul, aber diese rhythmischen Zuckbewegungen, um die ihn jede Bauchtänzerin beneidet hätte, zogen die Blicke magisch an, auch wenn man das gar nicht wollte und im Grunde sogar einen Tick eklig fand.

Klempner Arndt, Mathelehrer Horst, Buchhändler Eduard und Rentner Gotthelf rückten ihre Hocker demonstrativ von Schmälzle weg. Klaus und Seifferheld saßen Gott sei Dank seitlich von ihm und somit außer Sichtweite.

Bocuse bekam von alldem nichts mit. Er hatte Großes anzukündigen. Sein Gesicht verzog sich zu einem gütigen Übervaterlächeln. »Messieurs, meine lieben Jungs, frohe Kundé! Isch 'abe uns zum baden-württembergischen Amateurwettkochen für Männer angemeldet!« Er packte einen Holzkochlöffel und trommelte damit einen Tusch. »C'est très wunderbar, n'est-ce pas?«

Bocuse, der der Liebe wegen in Schwäbisch Hall gelandet war – wiewohl sich alle, die seine Ehefrau kannten, fragten, was genau es da zu lieben gab –, beherrschte die deutsche Sprache perfekt und akzentfrei. Aber er fand, dass ein paar französische Einsprengsel und vor allem ein schwerer Akzent zu seiner Rolle als Chefkoch einfach dazugehörten, selbst wenn ihn das viel Mühe kostete. Seifferheld wusste um Bocuse' Geheimnis, wahrte aber Stillschweigen.
»Kochwettbewerb?«, raunte Klaus ungläubig. »*Wir?* Äh ... *Uns?*«
Die gesamte Runde nickte ungläubig. Wenn sie etwas *nicht* konnten, dann kochen. Sie waren jetzt im zweiten Semester, und es hatte sich herausgestellt, dass Kochsendungen im Fernsehen zwar sehr anregend waren und in ihnen allen die Lust auf Selbstgekochtes geweckt hatten, dass aber die Sterneköche frech in die Kameras der diversen Sender logen, wenn sie den Anschein vermittelten, jeder könne so kochen wie sie, wenn er nur die richtigen Töpfe und Pfannen und frisches Biogemüse vom Markt verwendete. Es war einfach Fakt, dass keiner von ihnen in der Lage war, ein Ei zu pochieren oder Brokkoli zu blanchieren, geschweige denn beides in zeitlicher Nähe nacheinander durchzuführen. Womöglich waren sie die einzigen zum Kochen völlig untauglichen Männer in ganz Hall, aber das unergründliche Schicksal hatte sie zusammengewürfelt und ihnen nach nunmehr zwanzig Unterrichtsstunden (80 Euro Kursgebühr pro Semester, Lebensmittel werden im Kurs abgerechnet) überaus deutlich vor Augen geführt, dass sie entweder von Fertignahrung leben oder sich von anderen Menschen bekochen lassen

sollten. Sie kamen überhaupt nur aus dem einen Grund zusammen, um sich zu erzählen, was sie so die Woche über erlebt hatten, und um die VHS-Küche einzusauen. Was am Ende der jeweiligen Abende auf den Tellern landete, taugte nicht zum menschlichen Verzehr. Wenn Fleisch dabei war, bekam es Onis, den Seifferheld immer mitnahm und der auch in diesem Moment schlummernd und vermutlich von Lady träumend vor dem Kühlschrank lag. Wenn es Rohkost gab, aß es am Ende Bocuse. Alles andere landete im Kompost.
»Ja, ihr! Euch 'abe ich angemeldet!«, bekräftigte Bocuse, der eigentlich rosarote Kontaktlinsen tragen müsste, weil er grundsätzlich alles optimistisch sah. »Männer, ihr müsst an euch glauben! In euch steckt mehr!«
Bocuse verstand sich im wahren Wortsinn als Illuminator – er wollte seine Mitmenschen erhellen. »Man muss laut Vorgabe ein einzelnes, sehr schwieriges Gericht besonders gut kochen – par exemple eine Pastete – oder aber eine normale Menü auf den Tisch bringen. Isch 'abe uns eine Menü zusammengestellt, das wir in der Arena 'ohenlohe präsentieren werden. Es ist ganz leicht!«
Die Männer warfen sich bedeutungsschwangere Blicke zu.
»Isch lese euch jetzt die Liste vor.« Bocuse entknitterte ein Faltblatt. »Salat – Siggi.« Seifferheld war der Salatspezialist, das ergab Sinn. Besonders gut war er im Salatschleudern. Seine Dressings waren allerdings ungenießbar.
»Suppe – 'orst.« Horst sah sich als Mathematiker vor allem dazu imstande, mikrogrammgenau die Zutaten abzumessen. Der unbedarfte Laie könnte nun annehmen, dass Horst besagte, perfekt abgemessene Zutaten mühelos in heißes Wasser rühren konnte und fertig, aber dem

war nicht so. Rühren und Pürieren endeten bei Horst immer mit Suppenflecken auf der Schürze, dem Herd, der Wand, den Mitkochenden.
»Seeteufel – Gotthelf, Beilagen – Arndt, Günther et Eduard, Dessert – Guido.« Hoffnungslose Fälle, alle vier. »Und die Krönung wird das Soufflé! Keine Sorge, Klaus, isch 'elfe dir dabei.«
»Soufflé«, staunte Klaus, und alle wussten, dass er keine Ahnung hatte, was ein Soufflé war.
Bocuse bekümmerte das nicht weiter. »Und, Jungs? Seid ihr so begeistert wie isch? We will rock se 'ouse!« In seiner Begeisterung ließ Bocuse elvisgleich die Hüften rotieren.
»Äh«, fing Seifferheld an, um seine Bedenken zu artikulieren.
Keine Chance.
»Isch kenne die anderen Gruppen, isch 'abe undercover ermittelt.« Bocuse freute sich diebisch. »Die sind keine Konkürrenz für uns!«
Kaum vorstellbar, dass es noch schlechtere Hobbyköche geben sollte als sie. In Baden-Württemberg, Deutschland, der Welt, dem Universum.
»Bis züm Wettbewerb, wir 'aben noch etwas Zeit. Mit 'eute. Alors, Männer, lasst uns kochen!«
Der Funke wollte nicht so recht überspringen. Etwas bedröppelt blieben die Kocheleven auf ihren Hockern sitzen, sogar Guido Schmälzles Pobacken legten eine Zuckungspause ein.
»Aujourd'hui, es gibt Fisch. Gott'elf, du musst jetzt besonders gut aufpassen.« Bocuse öffnete seinen Aktenkoffer und holte ein Zeitungsbündel heraus, das vor allem durch seinen Geruch auf sich aufmerksam machte. Er

klappte die Zeitungsseiten auf, und zum Vorschein kam ein toter Fisch. Keiner der Männer konnte ihn identifizieren, aber ausnahmslos alle dachten sofort an den Fischhändler aus *Asterix & Obelix,* der steif und fest zu behaupten pflegte: Fisch fängt man nicht frisch im Meer, Fisch bestellt man aus Lutetia; nur aus der Großstadt kommt Qualitätsware, auch wenn der Fisch dadurch beträchtlich an Alter und Ablagerung gewann. Dieser Gedanke drängte sich den Kochkursjungs auch deshalb auf, weil ein intensiver Geruch an ihre Nasen drang.
»Äh«, fing Seifferheld erneut an. Anderes Thema, erneute Bedenken. Aber auch dieses Mal wurde er abgeschmettert. »Quoi?«, rief Bocuse leicht verärgert. »Ah oui, unser Fisch 'at Aroma. Aber das kocht sich weg!« Sprach's und leerte reichlich Olivenöl in die Fischpfanne.

Am nächsten Morgen lag Bocuse mit Fischvergiftung im Diakoniekrankenhaus.
Die Jungs vom VHS-Männerkochkurs schämten sich.
Keiner hatte mitgegessen. Seifferheld hatte eine Grätenphobie erfunden, Klaus war von einer Pinkelpause einfach nicht zurückgekommen, und Arndt hatte Bereitschaftsdienst vorgeschoben und war enteilt, obwohl sein Handy mit dem charakteristischen Maschinengewehrklingelton überhaupt nicht losgeschossen hatte. Horst, Gotthelf, Eduard und Schmälzle kippten ihre Portionen in einem unbeobachteten Moment in den Müll. Feigheit vor dem Feind hatte sie gerettet.
Doch sie machten sich Vorwürfe.
Sie hätten Bocuse wirklich vom Fischverzehr abhalten sollen!

> **Aus dem Polizeibericht**
> **Klein, aber hart**
>
> *Ein circa 30 Jahre alter Mann hat sich letzte Woche Dienstag zwischen 8 und 8 Uhr 30 in einem Haller Parkhaus vor einer Putzfrau entblößt. Er überraschte die Reinigungskraft im Damen-WC, öffnete seine Hose und präsentierte ihr sein erigiertes Geschlechtsteil. Der Mann an sich ist groß, über 180 Zentimeter, abnorm muskulös, hat ein längliches Gesicht und als besondere Auffälligkeit eine Narbe quer über der in Form gezupften, linken Augenbraue. Der Putzfrau gelang es, ihn durch höhnische Bemerkungen in die Flucht zu schlagen. Seine Identität ist noch ungeklärt. Die Polizei bittet um sachdienliche Hinweise.*

23:45 Uhr

> Und sein Hals wird lang und länger,
> Und sein Gesang wird bang und bänger,
> Doch er legt noch schnell ein Ei.
> *frei nach Wilhelm Busch*

»Und? Wie ist es gelaufen?«
Seifferheld flüsterte in den Hörer. Er durfte nicht lauter sprechen. Ihm war bewusst, dass das, was er tat, nicht koscher war. Und außerdem schlief MaC drüben in seinem Bett, und er wollte sie nicht wecken. Wenn sie miteinander Liebe gemacht hatten, schlief MaC immer tief und fest und war nicht zu wecken, aber in Seifferhelds Schlafzim-

mer liebten sie sich nie, denn auf der anderen Wandseite schlief Irmgard, und das hemmte MaC ungemein, weil sie glaubte, die Wände seien zu dünn und man könne alles hören. Womit sie nicht ganz unrecht hatte. Doch manchmal, meistens wenn sie in der Redaktion wieder einmal Ärger gehabt hatte, kam sie zu ihm, um eng an ihn gekuschelt einzuschlafen. Allerdings war sie dann auch durch ein unbedachtes Hüsteln zu wecken.
Onis, der sich bäuchlings auf dem Bettvorleger ausgestreckt hatte, schnarchte im Hip-Hop-Takt.
Am anderen Ende der Leitung lachte es holländisch-melodisch auf. »Wie es gelaufen ist? Die Goldene Himbeere geht an … Tusch! … Sissi von Bellingen!« Van der Weyden war ursprünglich nur auf sechs Monate im Rahmen eines europäischen Austauschprogramms zur Schwäbisch Haller Mordkommission gekommen, aber nun lebte er schon zehn Jahre hier. Der Liebe wegen. Dies als Warnung an alle ledigen Männer der Welt: Hall ist ein gefährliches Pflaster. Schöne Frauen an jeder Ecke! Im Fall von Geert Van der Weyden war es allerdings ein schöner Mann. Doch egal, ob Männlein oder Weiblein: Was sich ein Haller erst einmal unter die Nägel gerissen hat, das gibt er so schnell nicht wieder her! So blieb Geert – wie Bocuse – in der Stadt am Kocher und fuhr nur im Sommer und zu Weihnachten heim nach De Koog auf der Nordseeinsel Texel.
»Was soll das heißen, Goldene Himbeere? Sissi von Bellingen war unglaubwürdig? Sie hat sich in Widersprüche verwickelt?«, zischelte Seifferheld. Musste man diesem Holländer, pardon: Niederländer, jedes Wort aus der Nase ziehen? Aber er hatte unbedingt noch aus Geerts Mund hören

wollen, wie die frischgebackene Witwe auf die Nachricht vom Tod der Geliebten ihres Mannes reagiert hatte.

»Keine Widersprüche, einfach nur eine schlechte Show. Sie spielte die trauernde Witwe, die erfahren muss, dass ihr Mann sie seit Jahren hintergangen hat. Aber ich gehe jede Wette ein, dass sie das bereits wusste, auch wenn sie Unkenntnis heuchelte. Lächerlich.« Van der Weyden schnaubte, wie man schnaubt, wenn man im Kino Lichtspielhaus in der Zollhüttengasse 7 Euro 50 für eine Kinokarte löhnt und dann vom hochgelobten Blockbuster megamäßig enttäuscht ist. »Sie hat Trauer gemimt und sich viel mit einem Stofftaschentuch die Augenwinkel abgetupft, aber leider hat sie ein Alibi für das gesamte Wochenende, an dem die beiden Morde geschehen sind: Sie war in Stuttgart. Hat mit ihrer Freundin erst einen Schönheitstag eingelegt und ist dann abends in die Oper und am nächsten Tag zu einem Kunsthappening in diesem Glaskubus am Schlossplatz. Wie heißt der gleich offiziell? Na egal. Die beiden haben im Hotel Zauberlehrling übernachtet, und weil Sissi ständig Sonderwünsche hatte, ist sie dem Personal deutlich in Erinnerung geblieben. Wasserdicht. Schade, wäre zu schön gewesen.«

»Natürlich hätte sie jemand anheuern können«, hielt Seifferheld dagegen.

»Natürlich«, bestätigte Van der Weyden. »Aber dann hätte sie sich mehr Mühe gegeben, Trauer vorzutäuschen. Es war ja schon fast peinlich, wie sehr ihre Freude durchschimmerte, als wir ihr mitteilten, dass ihr Mann tot ist. Und noch mehr, als sie erfuhr, dass auch seine Geliebte ermordet wurde. Nein, nein, ich glaube, sie steckt da nicht mit drin.«

MaC drehte sich im Bett um. War sie wach geworden?
Seifferheld legte rasch auf.
Aber nein, MaC atmete gleichmäßig weiter.
Hm, wenn die Witwe es nicht war, wer dann?
Und gleich darauf dachte er: Oi, ich darf nicht schon wieder damit anfangen. Ich bin im Vorruhestand, ich habe jetzt andere Hobbys. Ich sticke. Ich koche. Ich bin ein Liebhaber!
Woraufhin er über Onis hinweg ins Bett kletterte, in der festen Absicht, mit MaC *Die Geschichte der O* nachzuspielen. Er konnte Irmgard schnarchen hören. Sie würde rein gar nichts davon mitbekommen, wenn er sich jetzt mit MaC einem Senioren-Quickie hingab.
Seine Hand wanderte unter die Daunendecke und kam auf ihrer weichen Hüfte zum Liegen.
Natürlich eine Beziehungstat. Wenn zwei Menschen, die sich kannten, so zeitnah ermordet wurden, gab es immer ein verbindendes Element.
MaCs Atem ging regelmäßig weiter.
Seifferhelds Hand tastete sich mutig voran.
Falls die Witwe tatsächlich unschuldig war, musste es eine andere Person aus dem engeren Umfeld der beiden sein. Vielleicht gab es noch einen Mann im Leben der Runkel? Das müsste man eruieren. Waren die Runkel und von Bellingen vermögend gewesen? Wenn ja, wer erbte? Auch dieser Personenkreis musste dringend überprüft werden. Na, die Kollegen waren da sicher dicht am Ball.
Seifferhelds Hand verharrte.
Wer von beiden war eigentlich zuerst ermordet worden?
Lambert von Bellingen hatte man Samstagnacht erstochen, aber wie lange war Kiki Runkel schon tot in ihrem

Laden gelegen? Hatte sie womöglich sterben müssen, weil sie den Mord an ihrem Geliebten beobachtet hatte?
Doch Siggi Seifferheld konnte diesen Gedankengang nicht mehr weiterführen.
Er war eingeschlafen.

2. Kapitel

10:40 Uhr

> Größe ist echt nicht alles – aber ganz ehrlich,
> kleine Brüstchen sind nur bei einem Zwerghuhn wirklich sexy ...

Die langen Pianistenfinger glitten kunstfertig über Karinas Brüste, tasteten hier, kniffen dort. Es waren allerdings nicht die Finger von Fela Nneka, ihrem Freund. Die Finger gehörten Dr. Arnfried Kolb.
»Darf ich jetzt weiterschlecken?«
Kolb runzelte die Stirn.
»Ich will jetzt meinen Lolli weiterschlecken!«, verlangte Mozes Nneka.
Nachdem Tante Irmgard Karina verboten hatte, sich die Brüste vergrößern zu lassen, hatte Karina natürlich noch viel entschlossener zum Hörer gegriffen und sich den schnellstmöglichen Termin bei Brustspezialist Dr. Kolb geben lassen. Die Zeiten der Körbchengröße A würden schon bald der Vergangenheit angehören!
Zur Tarnung hatte sie angeboten, auf Mozes aufzupassen. Selbstverständlich konnte sie den kleinen Tunichtgut nicht allein im Wartezimmer lassen, aber noch selbstverständlicher durfte der Rotzlümmel keinen Blick auf ihre nackten Brüste werfen. Also bestach sie ihn mit drei ungesund zuckrigen Lutschern, die er lutschen durfte, wenn er sich während der Untersuchung die Augen mit beiden Händen ganz fest zuhielt. Allmählich verlor Mozes jedoch die Geduld.

»Du darfst gleich die Augen aufmachen und mit deiner Zunge loslegen«, versprach Karina. »Nur noch einen Moment.«
»Mir ist aber langweilig!«, moserte Mozes.
»Ich spendiere dir hinterher auch ein Eis. Und eine Cola«, lockte Karina. War ihr doch egal, ob ihm heute Abend speiübel war. Da hatte sie ihn ja längstens wieder der Obhut seines Bruders übergeben.
»Drei Kugeln mit Sahne?«
»Drei Kugeln mit Sahne!«
»Okay.« Mozes grinste. Von Karina wollte er von nun an öfter gebabysittet werden. Die war ja so easy.
Dr. Kolb runzelte die Stirn. Es störte ihn beinahe körperlich, wenn die Heiligkeit der Erstuntersuchung durch sinnfreies Geplapper behelligt wurde. Nur unter voller Konzentration konnte er die Idealform der untersuchten Brust vor sich sehen.
»Sie sind noch sehr jung für eine Brustvergrößerung«, sagte er jetzt.
»Ach bitte, glauben Sie etwa, mein unterentwickelter Busen wächst noch? Ich bin zwanzig! Da kommt nichts mehr.«
Dr. Kolb legte den Kopf schräg. »Ihr Busen ist nicht unterentwickelt. Die Proportionen sind nahezu perfekt. Er ist nur nicht sehr groß.«
»Er ist winzig, und das muss sich ändern!«, erklärte Karina. »Sie könnten ruhig dankbarer sein, dass ich zu Ihnen komme. Ich könnte mich ja auch in Tschechien oder Rumänien operieren lassen, wo so etwas siebzig Prozent billiger angeboten wird.«
Kleine Rauchwölkchen stiegen aus Dr. Kolbs Ohren auf.

Natürlich nur bildlich gesprochen. »Ich liefere Ihnen qualitativ hochwertige Kunst am Körper unter erstklassigen Sicherheitsstandards. Wenn Sie Ihren Körper natürlich als Ramschware betrachten, die ...«
»Ist ja gut, ich hab's begriffen. Sie sind der Halbgott in Weiß. Sagen Sie mir nur, was es kostet und wann ich mich unters Messer legen kann. Ich will aber mindestens eine Körbchengröße C, dass das klar ist!«
»Was ist ein Körbchen?«, wollte Mozes wissen. »Kriegst du jetzt abnehmbare Brüste, die du nachts in so einen Bastkorb legst?«
»Halt die Klappe, Knirps, sonst gibt's kein Eis«, blaffte Karina ihn an.
Dr. Kolb schloss die Augen. Unter diesen Umständen konnte er einfach nicht arbeiten.
»Vielleicht möchten Sie sich die Sache noch einmal überlegen. Ihr Busen wird sich beispielsweise verändern, sobald Sie Kinder bekommen und dann ...«
»Großer Gott, als ob ich mir Kinder wünsche. Sehen Sie sich den Kleinen hier nur mal an, soll ich mich mit so einem Balg herumschlagen? Er ist das beste Verhütungsmittel auf Erden, echt. Nee, ich kriege keine Kinder.«
Dr. Kolb lächelte gequält. »Nun, wenn Sie sich ganz sicher sind, brauche ich nur noch ein großes Blutbild und eine Mammographie – das erledigt Ihr Hausarzt –, dann können wir einen Termin für die OP vereinbaren.«
Karina strahlte auf. »Prima!«
»Klasse!«, sagte Mozes und lugte zwischen seinen Fingern hindurch. »Kriegst du jetzt einen aufblasbaren Monsterbusen?« Er sah die beiden winzigen Brüstchen, um die herum Dr. Kolb diverse Striche gemalt hatte. »Au-

weia«, meinte Mozes, »sind die aber klein. Das klappt doch nie mit Aufblasen!«

Als Schweigegeld für die daraufhin im Affekt erteilte, schallende Ohrfeige ließ er sich von Karina ein Spaghettieis in der Eisdiele Simonetti, zwei Computerspiele (Altersfreigabe 16 Jahre) und eine Rammstein-CD bezahlen.

> Aus dem Polizeibericht
> **Mit Waldi zu Aldi**
>
> *Ein maskierter Mann hat in Begleitung eines Drahthaardackels mit Schaum vor dem Maul die gesamten Tageseinnahmen aus dem Aldi-Markt im Industriegebiet Kerz erbeutet. Kurz nach Geschäftsschluss am Freitagabend bedrohte der Maskierte eine Mitarbeiterin. Der Räuber zwang sie unter der Androhung, sein mit Tollwut infizierter Hund würde sie beißen, in einen Büroraum. Dort forderte er die Tageseinnahmen, die ihm auch überreicht wurden. Der Täter flüchtete in einem weißen VW Polo. Der Wagen wurde kurz darauf bei Vellberg in einer Böschung gefunden. Schaumreste, die dem Dackel aus dem Maul getropft waren, konnten als Spülmittel identifiziert werden. Trotz einer Großfahndung, unter anderem mit einem Hubschrauber, fehlt von Täter und Dackel bislang jede Spur. Die Kriminalpolizei Schwäbisch Hall bittet um Mithilfe.*

11:00 Uhr

> Isst du ein grünes Schnitzel,
> ist das purer Nervenkitzel!

Beinahe wären sich Nichte und Onkel begegnet. Während Karina mit Mozes im Schlepptau die Treppe zur Lobby des Diakoniekrankenhauses hinunterstieg, trat Siggi Seifferheld mit seinen Kochkollegen gerade in Aufzug A.

»Also abgemacht, wir nehmen an diesem Wettkochen nicht teil!« Eduard legte die ganze Autorität seiner Buchhändlerpersönlichkeit in das Statement. Alle nickten. Keiner war scharf darauf, sich vor Hunderten von Leuten und Medienvertretern zum Deppen zu machen.

Bis auf Arndt, der bis zu den Ellbogen in einer verstopften Toilette in der Schwatzbühlgasse steckte, waren alle gekommen, um Bocuse gute Besserung zu wünschen. Eine Fischvergiftung war schließlich keine Lappalie.

»Ich weiß auch gar nicht, warum ich noch im Kochkurs bin. Wie heißt es doch: Kochen ist eine zwar angenehme, aber heimtückische Methode, um Muskelfleisch in Bauchspeck zu verwandeln«, erklärte Guido Schmälzle. Zweifelsohne gab er sich in diesem Moment wieder seiner Gesäßbackengymnastik hin. Die anderen sahen geflissentlich zur Aufzugskabinendecke hoch.

Eduard musterte ihn. »Wo hast *du* denn Muskelfleisch? Du bist doch purer Bauchspeck wie ich auch.«

Schmälzle lief rot an. »Mein Sixpack steckt eben unter einer Schutzschicht, aber im Gegensatz zu dir *steckt* er unter dem Speck!«

»Jungs, ist ja gut«, beschwichtigte Seifferheld. Sie traten

aus dem Aufzug. »Wenn wir jetzt zu Bocuse ins Zimmer gehen, müssen wir aus jeder Körperpore Friede, Freude, Eierkuchen ausstrahlen, verstanden? Strengt euch an!«
Kläuschen strahlte schon mal zur Probe. »Hab Sonne im Herzen und Zwiebeln im Bauch, dann kannst du gut pupsen und Luft kriegste auch!«
Siggi schüttelte seufzend den Kopf und geleitete seine Herde vor die Tür von Zimmer 614. »Also, wir gehen jetzt da rein und verbreiten Optimismus. Und nach fünf Minuten gehen wir wieder.«
»Und wer von uns sagt ihm, dass wir nicht am Kochwettbewerb teilnehmen wollen?« Eduard gehörte zu jenen Menschen, die immer gern klare Verhältnisse hatten.
Alle Augen wanderten zu Seifferheld.
»Na gut, ich sag's ihm.«
Sie klopften. Traten ein. Und bekamen einen gewaltigen Schreck.
Dass acht Mann im Zimmer lagen, damit hatten sie gerechnet. Die Überbelegung war bisweilen legendär.
Aber Bocuse ...
Er war weißer als das Laken, und das wollte etwas heißen, denn wer immer für die Diakonissen die Kochwäsche erledigte, fügte ordentlich Bleiche ins Waschwasser.
Die Wangen des Franzosen waren eingefallen. Tiefe, dunkle Ringe unterstrichen das Weiße in seinen Augen fast schon abnorm. Seine Hände zitterten.
»Maître, wir sind's«, flüsterte Guido. Er hielt Abstand vom Bett, als ob Fischvergiftung ansteckend wäre und das Fischgiftvirus ihn jeden Moment von Bocuse' Bett aus anspringen könnte.
Bocuse starrte sie blicklos an.

Seifferheld trat vor und stellte den Single Malt, den sie ihm mitgebracht hatten, auf den Nachttisch. »Hier, sobald es dir wieder bessergeht. Tötet alle Keime ab.«
»Wir haben dir auch das Foto von Jamie Oliver mitgebracht«, sagte Klaus und lehnte den Rahmen gegen die Whiskyflasche.
Die anderen nickten. Es fiel Männern oft nicht leicht, ihre Gefühle verbal zum Ausdruck zu bringen. Da musste ein Nicken genügen. Bocuse nickte nicht zurück. Es war, als befände er sich in einer anderen Welt. Ob er mit einem Bein schon im Jenseits stand? Die Männer schluckten kollektiv.
»Tja«, fing Seifferheld an und wollte eigentlich verkünden, dass sie nie und nimmer und unter gar keinen Umständen an diesem Wettkochen teilnehmen würden.
Bocuse wurde noch einen Tick bleicher.
»Tja«, wiederholte Seifferheld und holte tief Luft.
Bocuse starrte blicklos zur Decke. Seine Haut wirkte wie brüchiges Pergamentpapier.
»Tja«, sagte Seifferheld, »wir gehen dann besser wieder. Du brauchst deine Ruhe.«
Das Nicken der Kochboys wurde heftiger. Nur raus hier.
Endlich rührte sich Bocuse. »Danke«, hauchte er, »danke, dass ihr …« Ihm versagte die Stimme.
»Aber das verstand sich doch von selbst«, warf Seifferheld ein, während Bocuse die Augen zufielen. »Also weiterhin gute Besserung. Und wenn du irgendetwas brauchst, was auch immer, du hast ja unsere Handynummern.«
Rückwärts gingen sie auf Zehenspitzen zur Tür, winkten Bocuse noch einmal zu und waren – zack – draußen.
Einen Moment lang standen sie stumm da.

»Ich konnte es ihm unmöglich sagen, das hätte ihm den Rest gegeben«, erklärte Seifferheld.
»Nein, das ging wirklich nicht«, gab Kläuschen ihm recht.
»Boar, sah der scheiße aus.«
»Ich hatte ja keine Ahnung, dass die Vergiftung so schwer ist«, meinte Eduard tief erschüttert.
»Dann müssen wir jetzt also ...« Guido sprach den Satz nicht zu Ende.
»Er hätte es so gewollt.« Gotthelf hatte feuchte Augen. Als ob Bocuse schon tot wäre.
Schweigend traten sie vor den Aufzug, und schweigend fuhren sie gleich darauf nach unten.
Sie hätten noch einen Moment warten sollen.
Eine Minute später kam nämlich der behandelnde Arzt vorbei.
»Meine Güte, Sie sehen furchtbar aus«, rief er fröhlich, als er an das Bett von Bocuse trat. »Was ist Ihnen denn über die Leber gelaufen?«
Wie gesagt, er war der behandelnde Arzt. Er wusste, dass sich sein Patient nur eine äußerst leichte Fischvergiftung eingefangen hatte und die Gesichtsbleiche unmöglich damit in Zusammenhang stehen konnte. Er hielt die Entlassungspapiere schon in der Hand: Bocuse würde noch an diesem Nachmittag nach Hause geschickt werden. Oder, falls das Bocuse lieber war, zum Surfen nach Maui. Der Mann war wieder kerngesund.
Der Franzose sah waidwund zu seinem Arzt auf. »Es ist nichts«, log er. Dass aber doch etwas war, hätten Insider schon allein daran erkannt, dass Bocuse vergaß, mit Akzent zu sprechen. Doch die anderen sieben auf dem Zimmer waren keine Insider, ebenso wenig wie der Mediziner.

»Es ist wirklich alles in Ordnung«, setzte Bocuse noch eins drauf. Eher würde er sich mit eigener Hand die Zunge aus dem Mund reißen, als irgendeiner lebenden Seele zu erzählen, was er gerade über sein – entgegen den Krankenhausvorschriften eingeschaltetes – Handy von seinem Buchmacher erfahren hatte: Beau Temps war als Sechster durchs Ziel. Als Sechster! Ein unerhörtes Vorkommnis für ein Galopppferd dieser Güte. Bocuse hatte satte 15 000 Euro verloren. Das gesamte Urlaubsgeld. Plus die Anzahlung für die neue Küche. Wie sollte er das jetzt seiner Frau erklären?
Mon dieu, was würde seine Frau mit ihm machen?
Eigentlich war es anatomisch unmöglich, aber er wurde noch einen Tick bleicher.
Im Grunde war klar, was seine Frau mit ihm machen würde. Besser gesagt, was sie nie wieder mit ihm machen würde.
Na ja, er brauchte ohnehin keinen Sex mehr – das Leben fickte ihn schon jeden Tag.

11:30 Uhr

> Ein Mann muss tun, was ein Mann tun muss.
> Von wegen »kein Mensch muss müssen« – Lessing irrte!

Sie saßen um einen der Tische neben dem Haupteingang der Diakonissenanstalt. Es gab keine Sonnenschirme, deswegen heizten sich ihre Köpfe ordentlich auf.
»Mir ist nicht gut«, äußerte Kläuschen. Menschliches Leid kannte er sonst nur aus dem Fernseher, und selbst bei sei-

nem Breitbildteil wirkte es da viel erträglicher als in natura. »Meint ihr, er stirbt?«
Betretenes Schweigen. Keiner von ihnen war mehr jung, und nur die Jugend glaubte an das Wunder der Medizin und an die Unsterblichkeit. Alte Leute wussten, wie schnell und aus heiterem Himmel es oft gehen konnte, dass der Sensenmann die Backen aufblähte und unverhofft das Lebenslicht eines Menschen ausblies.
Seifferheld schluckte. »Also, hört mal, ich finde, wir sind es Bocuse schuldig, dass wir seinen Traum wahr machen.«
Man hat im Alltag nicht oft Gelegenheit, derart pathetische Worte von sich zu geben. Und wenn man es denn tut, erntet man bei den Zuhörern meist nur breites Grinsen. Doch in diesem Moment grinste niemand.
Die Kochjungs nickten nur. Keiner wollte kneifen.
»Es gibt Kochbücher. Es gibt Frauen. Jeder weiß, was er zu tun hat! Wir kriegen das hin!«, schwor Seifferheld seine Truppe ein.
Alle setzten entschlossene Gesichter auf.
Jawoll, sie würden Bocuse alle Ehre einlegen. Wenn es wirklich hart auf hart kam, sollte er von seiner Wolke auf sie herabschauen und stolz auf sie sein und wie der Münchner im Himmel »Luuja, soag i« rufen. Jawoll, sie würden ihre Konkurrenz in Grund und Boden kochen!
»Für Bocuse!«, rief Schmälzle.
»Für Bocuse!«, riefen alle und fühlten sich an ihre Musketierjugend erinnert.
»Äh, Leute«, meldete sich Kläuschen zu Wort, »klärt mich mal auf, was ist doch gleich noch mal ein Soufflé?«
Alle seufzten.
Na ja, keiner hatte gesagt, dass es einfach werden würde …

15:51 Uhr

> Kunst kommt von können,
> käme es von wollen, hieße es Wunst!

»Nein, nein, nein – kein Kunstlicht, ja kein Kunstlicht!« Konzi von Bellingen war der Verzweiflung nahe. »Nur Tageslicht schmeichelt meinen Bildern!«
Die Praktikantin und der Hausmeister des Hällisch-Fränkischen Museums – beide große Geduldsmenschen vor dem Herrn – warfen sich müde Blicke zu.
Es gab schwierige Künstler, es gab sehr schwierige Künstler, und seit heute gab es auch noch Konstantin von Bellingen.
»Herr von Bellingen, die Vernissage am Freitag wird um zwanzig Uhr eröffnet, da ist es schon dunkel. Wir werden auf jeden Fall Licht brauchen.«
Seit nunmehr fast zwei Stunden quälten sie sich mit der Hängung der Bellingschen Bilder ab. Was er fabriziert hatte, war, gelinde ausgedrückt, keine hohe Kunst. Unerzogene Menschen hätten sicher frei heraus geäußert, dass es sich überhaupt nicht um Kunst handelte. Ein Elefant mit einem Pinsel im Rüssel hätte Anspruchsvolleres auf die Leinwand klecksen können. Aber die Ausstellung war abgemachte Sache – eine Serviceclubhand wusch die andere –, und letzten Endes lag das Urteil, was nun Kunst war und was nicht, ohnehin im Auge des Betrachters. Außerdem war der Mann in Trauer, was man ihm zwar nicht am Gesicht, aber an der schwarzen Trauerbinde um seinen rechten Oberarm ansah.
Konzi von Bellingen nölte: »Dann müssen wir Kerzen

aufstellen. Überall Kerzen. Elektrisches Licht kommt mir nicht in die Tüte.«

»Kerzen sind aus feuerpolizeilichen Gründen nicht erlaubt«, warf der Hausmeister ein. »Nicht, dass wir aus Versehen die ganze Bude abfackeln.«

Konzi sah nicht so aus, als würde ihn der Verlust des Schwäbisch Haller Stadtmuseums groß bekümmern. Hauptsache, seine Bilder kamen richtig zur Geltung. Von diesen Bildern hing seine Zukunft ab!

»Es gibt doch Kunstlichtquellen, die das Tageslicht imitieren. Dann müssen hier eben alle Glühelemente durch solche Leuchtröhren ersetzt werden.« Konzi kannte kein Pardon.

»Das ist ja auch eine Geldfrage«, meinte die Praktikantin.

Konzi warf ihr einen Blick zu, der sie ihres Platzes verweisen sollte. Aber da legte er sich mit der Falschen an. Herablassung prallte an ihr ab wie ein Pingpongball an einer Gummiwand. »Schauen Sie, wir haben ja noch etwas Zeit. Warum probieren wir nicht eine andere Hängung aus? Wenn wir das Bild dort drüben hierher hängen, da reflektiert das Licht von den weißen Wänden nicht so stark.«

Konzi malte abstrakt, hatte seinen Gemälden jedoch keine Titel gegeben. Auch die Farbpalette der Bilder ließ keine eindeutige Identifizierung zu. Überwiegend Novembergrau, das traf allein auf drei seiner Bilder zu. Die anderen waren mehrheitlich matschbraun. Oder schlammgrün. Letzten Endes musste man davon ausgehen, dass der Künstler nur durch die Dicke der Farbschichten eine Aussage machen wollte. Das Bild ganz links sah aus, als

hätte er einfach drei nicht näher definierte Farbtuben auf der Leinwand ausgedrückt und dann mit einem Föhn getrocknet.
Konzi schloss die Augen. »Ich kann so nicht arbeiten. Holen Sie mir bitte den Direktor!«
Hausmeister und Praktikantin waren dankbar für diese Möglichkeit zur Flucht. Sie hatten Mitleid mit ihrem Chef, aber entweder er oder sie.
Konzi zog sein Taschentuch heraus, wischte damit die Sitzfläche des Stuhles sauber – zum zehnten Mal an diesem Nachmittag – und ließ sich schwer darauf nieder.
Eine Träne kullerte über seine rasierte Männerwange. Sie kullerte zügig, denn er war nicht nur rasiert, er hatte – metrosexuell, wie er war – an diesem Morgen auch ein Peeling durchgeführt. Shark Shrub, extra per Internet direkt aus Kalifornien bestellt – mit gemahlenen Olivenkernen und Salicylsäure. Arnold Schwarzenegger nahm das angeblich auch. Konzis Haut war weicher als ein Babypopo.
Er strich sich die Tränenschliere von der Wange und seufzte.
Die Ausstellung musste einfach ein Erfolg werden. Das *musste* sie einfach.
Er hatte so viel dafür riskiert!

18:45 Uhr

Ein Goldfisch im Haifischbecken

Irmgard trank ihren Chai-Tee mit fettreduzierter H-Milch. Das Gebräu war so heiß, dass ihre Brillengläser im Nu beschlagen waren. Auch gut, dann musste sie schon nicht lesen, was auf dem Bildschirm des Laptops stand.
Frau Bertsch-Baierle vom Kirchengemeinderat hatte ihr gemailt. Sie freue sich auf den kommenden Samstag, wenn sie gemeinsam mit Frau Tränkle und Frau Schiefer-Klöppler den Blumenschmuck für den Sonntagsgottesdienst besprechen würden. Um elf Uhr bei Blumen Haux, wie immer. Mit herzlichen Grüßen.
Stand da zu lesen.
Aber Irmgard las zwischen den Zeilen.
Und zwar las sie Hohn und Spott heraus. Sie war jetzt zweifelsohne die Lachnummer der gesamten Kirchengemeinde. Sie, Irmgard Seifferheld, seit vier Jahrzehnten eine der Säulen der Gemeinde, sah sich nackte Männer auf ihrem Computerbildschirm an.
Irmgard verschluckte sich an dem heißen Chai. Wenn sie gekonnt hätte, sie hätte geheult, aber sie war nun einmal nicht nahe am Wasser gebaut.
Dabei tat Irmgard Frau Bertsch-Baierle unrecht. Frau Bertsch-Baierle hatte den Umstand, dass Irmgard Seifferheld die Chippendales als Bildschirmschoner hatte, nur einem einzigen Menschen erzählt, nämlich ihrem Mann, den sie zärtlich liebte.
Sie saßen nach dem Abendessen nebeneinander auf der Couch, in evangelische Erbauungslektüre vertieft, als sie

an Irmi dachte und von dem Bildschirmschoner erzählte, und dabei hatte sie völlig ohne Hohn und Spott oder Genugtuung nur erwähnt, wie schön sie es fand, dass Irmgard Seifferheld offenbar doch menschliche Regungen in diesem scheinbar allzu kalten Herzen hatte. Was Frau Bertsch-Baierle gegenüber ihrem Hans-Georg in diesem Zusammenhang nicht erwähnte, war der Umstand, wie knackig diese eingeölten Männerkörper ausgesehen hatten und wie heiß es ihr bei deren Anblick geworden war. Aber Frau Bertsch-Baierle liebte ihren Hans-Georg wirklich, und die Bierbauchtaube in der Hand ist allemal besser als der Sixpackspatz auf dem Dach, hatte sie gedacht und ihm daraufhin einen zarten Kuss auf die linke Wange gehaucht, was er – zu Recht – als frohe Verheißung für den Rest der Nacht deutete.
Irmgard jedoch ging vom Schlimmsten aus, wie immer.
Sie löschte die E-Mail. Womöglich würde sie am Samstag Grippe vortäuschen. Oder die Legionärskrankheit. Oder Lepra. Aber die Blumengruppe der Kirchengemeinde würde von nun an definitiv ohne sie auskommen müssen.
Die nächste Mail war von der Online-Partneragentur. Der Master of Health aus Kiel hatte ihr geantwortet. Ihr Profil sei wirklich sehr ansprechend, und ob sie nicht einmal persönlich mit ihm Kontakt aufnehmen wolle.
Irmgard schnaubte. Was genau war ein Master of Health? Etwas Unanständiges? Und Kiel war doch so weit weg. Sie hielt inne. Genau! Kiel war weit weg. Vielleicht war es an der Zeit, dass sie Schwäbisch Hall den Rücken kehrte. Hier war ihr Ruf ohnehin ruiniert. Und Kiel sollte ja wirklich sehr schön sein. Auch so nah an Dänemark. Und überhaupt: die Ostsee!

Entschlossen presste sie die Lippen aufeinander und klickte auf »antworten«.

20:00 Uhr

> Möchte deinen Hals berühren,
> deinen Mund an meinen führen –
> ach, wie sehn' ich mich nach dir,
> heißgeliebte Flasche Bier!

»Prösterchen!«, rief Bauer zwo und hob die Mohrenköpfleflasche hoch.
Es war wieder Mord-zwo-Stammtischzeit im Nebenzimmer der Gaststätte Sonne in der Gelbinger Gasse.
Wurster, Van der Weyden, Dombrowski, Bauer zwo und Seifferheld stießen mit ihren Bierflaschen an. Da keiner Bereitschaftsdienst hatte, konnten alle frischfrommfröhlichfrei dem Gerstensaft zusprechen.
Anschließend griffen sie zu ihren Löffeln und machten sich über ihre Kutteln mit Bratkartoffeln her. Nur Bauer zwo aß nichts, er war auf Diät. Seine lila Motorradfahrerlederkluft kniff.
Onis lag unter dem Tisch und schnaufte.
Die Männer trafen sich schon seit Jahren einmal die Woche zum Stammtisch. Wobei Dombrowski eigentlich gar nicht zu Mord zwo gehörte, sondern zur Sitte, aber wenn man die Frechheit besitzt, oft genug uneingeladen aufzutauchen, gehört man irgendwann eben doch dazu.
Da Bauer zwo jetzt als Einziger den Mund frei hatte, oblag es ihm, für Konversation zu sorgen. Fand er. Die anderen hätten gern auch schweigend gegessen, aber Schwei-

gen hielt Bauer zwo nicht aus. Es ging das Gerücht, dass er hören konnte, wie der Wind durch seinen leeren Schädel pfiff, wenn er nicht redete. Deshalb redete er andauernd. Und meistens Unsinn, wie jetzt gerade.

»Was haben die eigentlich mit dem ganzen unverbrauchten Schweinegrippeimpfstoff gemacht?«, fragte er niemand im Besonderen. »Wurde der prophylaktisch ins Trinkwasser gekippt? Oder zu Sushi-Tunke oder Sonnenöl verarbeitet? Das kann man doch nicht einfach wegschütten.«

Die anderen waren derlei philosophische Absonderungen aus Bauer zwos Mund gewohnt und aßen einfach weiter. Seifferheld dachte jedoch nicht zum ersten Mal, dass die Eltern von Bauer zwo Geschwister gewesen sein mussten. Er war und blieb das beste Argument für Geburtenkontrolle.

»Ist ja heiß, was gerade bei uns in der Stadt abgeht«, plapperte Bauer zwo munter weiter. Abrupte Themenwechsel waren seine besondere Begabung, gern auch mitten im Satz. »Ein Landtagsabgeordneter ist tot. Und seine Gespielin ebenfalls. Stand heute sogar in der Stuttgarter BILD, habt ihr das gesehen?«

Wurster, der Bärenmarkenbär, nickte mit dem Kopf. Wenn er jetzt etwas sagte, würde er Kuttelkrümel spucken, aber die Kutteln waren so lecker, da war es um jeden noch so kleinen Krümel schade. Also hielt er die Klappe.

Van der Weyden hatte auf Durchzug geschaltet, das tat er immer, wenn Bauer zwo den Mund aufmachte. Er plante den nächsten Urlaub mit seinem Süßen auf Texel.

Nur Seifferheld spitzte die Ohren, obwohl er sich fest vorgenommen hatte, die Sache auf sich beruhen zu lassen.

Diesen Entschluss hatte er am Mittag vor dem Eingang zum Diakoniekrankenhaus gefasst. Es galt, einem fast toten Franzosen zu Ehren ein Wettkochen zu gewinnen. Seine Aufgabe bestand jetzt zuvorderst darin, ein geniales Salatrezept aufzutun. Er hatte den ganzen Nachmittag in der Stadtbücherei Rezepte recherchiert. Die Morde sollten andere lösen. Außerdem befand er sich im Vorruhestand.
Aber sein Entschluss geriet in diesem Moment doch leicht ins Wanken. Er hätte gar nicht zum Stammtisch gehen dürfen. Hier kam er doch jedes Mal wieder in Versuchung, sich in einen Fall zu verbeißen, der ihn im Grunde gar nicht betraf. Einmal Wadenbeißer, immer Wadenbeißer. Er versuchte, sich mit einem stummen Mantra in der Spur zu halten: Salat, Salat, Salat!
»Ich habe von einem der LKAler läuten hören, dass dieser Lambert von Bellingen Drohbriefe bekommen hat.« Bauer zwo besaß zugegebenermaßen die unheimliche Gabe, Informationshappen aufzuschnappen. Nur leider zog er immer die falschen Schlussfolgerungen. »Bestimmt geht das LKA von einem politisch motivierten Mord aus, hab' ich recht oder hab' ich recht?«
Seifferheld kaute langsamer, damit er besser hören konnte. Sein Salat-Mantra war verstummt.
Die anderen sagten dazu nichts.
Bauer zwo redete ununterbrochen weiter. »Ich kenne übrigens den Mann von der besten Freundin von der Frau des Toten. Wir liegen öfter mal zusammen in der Salzgrotte.«
Die Salzgrotte, das muss Ortsfremden erklärt werden, war ein Liegebereich im Haller Solbad, in dem bei 45 Pro-

zent Luftfeuchtigkeit und 24 Grad Celsius zum Geräusch eines plätschernden Brunnens Salzluft eingeatmet werden konnte. Salz vom Toten Meer und vom Himalaya. Das war angeblich unter anderem heilsam bei Hauterkrankungen. Bauer zwo war, ebenso wie Rudolf von Sölln, eine wandelnde Aknenarbe. Und wie Rudolf von Sölln glaubte er fest daran, dass die Salzluft ihm eines Tages eine zarte Haut bescheren würde – auch wenn man davon jetzt noch nichts sah. Er würde ja gern noch viel öfter in die Salzgrotte gehen, aber das bekam seiner Dauerwelle nicht.
Seifferheld ließ den Löffel sinken. Und tat etwas, was man eigentlich nicht tun durfte. Er stellte Bauer zwo eine Frage. »Hat der Mann mal irgendwas über die von Bellingens erzählt?«
Wurster, Dombrowski und Van der Weyden warfen ihm vorwurfsvolle Blicke zu. Nur ja nicht Bauer zwo ermutigen, lautete die Devise. Wenn der erst mal in Fahrt gerät, schwätzt er den ganzen Abend ununterbrochen. Aber Seifferheld musste es einfach wissen.
Bauer zwo schürzte die Lippen unter dem spärlichen Haarbewuchs, den er für einen Schnauzer à la Tom Selleck in *Magnum* hielt. »Nö, nicht dass ich mich erinnere. Aber der ist unglaublich cool drauf. Spielt Briefschach mit einem russischen Großmeister. Ist das geil oder was? Es gibt noch Leute, die sich Briefe schreiben!«
Seifferheld stierte in seinen Kuttelbottich. Selbst schuld, dachte er.
Onis kam unter dem Tisch hervor und setzte sich buddhagleich neben die Tür zum Ausgang. Das tat er immer, wenn ihm langweilig oder zu heiß oder beides war. Wobei

ihm in diesem Fall wohl eher die nasale Stimme von Bauer zwo unerträglich aufs Hundetrommelfell schlug. Aus halb geschlossenen Augen sandte Onis Seifferheld telepathisch die Botschaft zu: Lass uns gehen, Alter.
»Obwohl«, sinnierte Bauer zwo, »wenn ich jetzt so darüber nachdenke, hat Rudolf mal von dem Bruder erzählt. Der Lambert hatte nämlich einen Bruder. Wie hieß der doch gleich? Valentin? Vladimir? Vitali? Victor? Irgendwas mit V!«
»Konstantin«, sagte Wurster kuttelkrümelnd, weil er diese Dummheit nicht länger aushielt.
»Genau! Konstantin. Der macht in Holz. Also Forst. Irgendwas mit Bäumen. Soll aber kurz vor der Pleite stehen«, erzählte Bauer zwo weiter. »Unverheiratet. Ein ganz Zierlicher, man glaubt gar nicht, dass er mit seinem massigen Bruder wirklich verwandt ist. Vielleicht hat die Mutter sich seinerzeit mit dem Postboten vergnügt? Jedenfalls macht er in seiner Freizeit irgendwas mit Kunst. Makramee? Bildhauerei? Scherenschnitte?« Bauer zwo musste Luft holen, sonst hätte er gnadenlos weitergeplappert.
»Bilder, er malt Ölbilder!« Wurster schob die Schüssel mit den restlichen Kutteln von sich. Es hatte einfach keinen Zweck. »Demnächst stellt er im HFM aus. Die Moni macht den Ausschank auf der Vernissage.«
Wursters Ehefrau Monika war Mitglied im Freundeskreis des Hällisch-Fränkischen Museums und half ehrenamtlich aus, wann immer eine helfende Hand gebraucht wurde.
»Ich mach ja auch in Kunst«, erklärte Bauer zwo.
Alle blickten erstaunt.
Bauer zwo nickte. »Ja klar, schon ewig. Kartoffelbilder.

Man nimmt eine Kartoffel«, er nahm eine Bratkartoffel von Wursters Teller, »tunkt sie in Farbe und presst sie dann auf Papier. Vorher kann man natürlich die Kartoffel noch irgendwie bildlich schnitzen.«

Bauer zwo drückte mit der Bratkartoffel Soßenflecke auf die Papiertischdecke. Bei manchen war der Kopf eben nichts weiter als die Sicherungskopie des Hinterns.

Seifferheld kombinierte im Eiltempo. »Und Katharina Runkel? In welchem Zusammenhang steht sie mit dem Mord an Lambert von Bellingen?«

Wurster hantierte hinter vorgehaltener Hand mit einem Zahnstocher in seiner Mundhöhle. »Vermutlich in gar keinem. Wir gehen von Beschaffungskriminalität aus. Ihre Kasse war nämlich leer, und aus ihrer Handtasche fehlte der Geldbeutel.«

Seifferheld legte die Stirn in Falten. »Dann glaubt man von offizieller Seite also, dass es sich um zwei unabhängige Verbrechen handelt?«

Wurster zuckte mit den Schultern. Dombrowski auch, obwohl er keine Ahnung hatte, weil er ja – wie gesagt – nur für die Sitte arbeitete.

Van der Weyden rollte mit den Augen. »Siggi, ich höre doch die Nachtigall trapsen. Willst du auf Teufel komm raus einen Zusammenhang herstellen?«

»Seht ihr, ein Smiley!«, jubilierte Bauer zwo, dem mit der Bratkartoffel tatsächlich ein Grinsegesicht aus Soße auf der Tischdecke gelungen war.

Der Buddhahund neben der Tür schnaubte.

»Onis will gehen«, sagte Seifferheld und stand auf. »Nur noch eine Frage: Kennt einer von euch ein echt gutes Salatrezept?«

23:00 Uhr

Es gibt mehr Leute, die kapitulieren, als solche, die scheitern.
Henry Ford

»Ich pack das nicht, echt.« Die Männerstimme brach. Gleich darauf hatte sie sich wieder berappelt. »Siggi, ich kann gerade mal eine Bürger-Maultasche in die Pfanne werfen und ein Ei darüber klopfen. Ich krieg dir keinen Fisch gebacken!«
Heulte Gotthelf etwa? Gut, dass er noch kein Bildtelefon hatte. Seifferheld konnte Männer nicht heulen sehen.
»Gotthelf, du schaffst das! Du musst dir ja kein schweres Fischrezept aussuchen. Nimm einen Fisch, der sich leicht zubereiten lässt!« Seifferheld legte seine ganze Überzeugungskraft in diese Worte.
»Ein leichter Fisch?«, stammelte Gotthelf. Er klang hoffnungsvoll.
»Ja, genau!« Seifferheld nickte in den Hörer.
»Dann also Fischstäbchen?«
Seifferheld seufzte.

3. Kapitel

05:15 Uhr

> Es wird nicht immer ein Weg draus,
> wenn sich mal wer mit der Planierraupe verfährt.

Sticken für Männer war plötzlich total »in«! Es war das neue Trendhobby, über das man(n) im Internet bloggte. Überall trafen sich Nadelhexer und Stickzauberer in angesagten Szenekneipen und tauschten sich über Zierstiche, Hohlsäume und rankenreiche Bordüren aus. Die wahren Stickmamselleriche der Moderne verpönten natürlich die Nähmaschinen der jüngsten Generation, bei denen man eine Blumenrankenvorlage per Diskette in den Nähcomputer einspeiste und dann nur noch zusah, wie die Nadel ratterte. Luxus-Nähmaschinen, bei denen man nur ab und an die Garnrolle wechseln musste und sonst nichts, waren was für Weicheier und Frauen. Echte Kerle stickten selbst! Mit männlicher Präzision stichelten sie kernige Motive auf Textil, die schwielige Linke um das Handstickrähmchen geschlungen, in der groben Rechten Nadel und Faden, im Auge wilde Entschlossenheit. Namenszüge auf Fußballtrikots, Nackenrollen für den Fernsehsessel, Motorradsitzschonbezüge – es gab nichts, vor dem stickende Männer haltmachten.
Ganz vorn an der Front der Sticker raunte man sich einen Namen von Ohr zu Ohr: Siegfried Seifferheld!
Man raunte jedoch sehr leise, denn Seifferheld hatte sich noch nicht geoutet. Er war ein heimlicher Sticker. Män-

nern seiner Generation, noch dazu in einer süddeutschen Kleinstadt, fiel es eben nicht leicht, sich zu so einem »Frauendings« zu bekennen.
In diesen frühen Morgenstunden litt er mal wieder an seniler Bettflucht, und was lag da näher, als zum Stickrahmen zu greifen? Sticken, das war für ihn ein großes Stück Lebensqualität geworden. Beim Sticken konnte er auch besonders gut nachdenken.
Nachdem die Nachfrage nach seinen »I love Germany«-Kissen abrupt geendet hatte und sein Versuch, japanische Schriftzeichen auf Kissen zu sticken, jämmerlich gescheitert war, weil er offenbar bei der Transkription geschludert hatte und nun obszöne Verwünschungen auf den Kissen standen, hatte er beschlossen, ein riesiges Gobelinbild zu sticken. Gewissermaßen sein Lebenswerk. Es würde Leda und den Schwan darstellen, wobei Leda die Gesichtszüge von MaC tragen sollte und der Schwan ihn, Seifferheld, symbolisierte. Die Vorlage hatte er selbst gezeichnet. Angesichts der Größe des Objekts hatte er sich im zuständigen Fachhandel einen mannshohen Stickrahmen mit Holzständer besorgt. Zusammenklappbar, damit er – wie alle anderen Stickutensilien – in der großen Eichentruhe vor dem Fenster verschwinden konnte. Sein Harem brauchte nicht zu wissen, dass er stickte.
Und nun stand er vor dem Stickrahmen und stickte in Petit Point auf Seidengaze nur einen Gewebefaden – so wirkte das Stickbild voller. Diesen Tipp hatte er von einem Stickbruder aus dem anonymen Online-Stickclub »Der bestickte Mann« bekommen.
Während er zu dieser frühen Morgenstunde die drei Einzelfäden einfädelte und Onis mit zuckendem Schwanz

vor ihm Sitz machte, weil er hoffte, es würde nun gleich hinaus in Feld und Flur gehen, grübelte Seifferheld über die beiden Morde nach.

Lambert von Bellingen hatte also Drohbriefe erhalten, und deshalb ging das LKA von einem politisch motivierten Mord aus. Schön und gut, aber warum war er dann nicht medienwirksam im oder um den Landtag ermordet worden? Warum auf der Herrentoilette eines Parkhauses in seiner Heimatstadt? Und wenn die Bedrohung wirklich so groß gewesen war, warum hatte von Bellingen dann keinen Personenschutz beantragt?

Nein, nein, nein, das stank zum Himmel.

Onis hatte mittlerweile realisiert, dass sein Herrchen ihn nicht sofort Gassi führen würde. Resigniert legte er sich auf den Bettvorleger, den riesigen Hovawart-Schädel zwischen den Vorderpfoten, die rehbraunen Augen vorwurfsvoll auf sein Herrchen gerichtet. Herrchen war aber noch ganz in Gedanken und merkte nichts.

Wer, bitte schön, glaubte ernsthaft, dass so gut wie zeitgleich zum Mord an Lambert von Bellingen seine Geliebte Kiki von einem Junkie, der Kleingeld für den nächsten Schuss brauchte, brutal erschlagen worden war? Einfach so. Rein zufällig.

Zwei Fliegen, zwei Klappen? Niemals. *Eine* Klappe, da ging er jede Wette ein!

Dann rief Seifferheld sich abrupt zur Ordnung. Siggi, sagte er zu sich, wie lautet dein Mantra? Salat, Salat, Salat! Lass die Kollegen ermitteln, deine Aufgabe besteht in der Suche nach dem ultimativen Salatrezept. Bestimmt konnte Irmi ihm da weiterhelfen. Oder MaC.

Aber wenn sich die Kollegen und das LKA nun in diese

dumme Zufallsidee verrannten und aus diesem Grund ein Mörder ungeschoren davonkam? Seifferheld würde sich doch den Rest seines Lebens jedes Mal Vorwürfe machen, wenn er Salat aß!
Nein, er durfte nicht tatenlos zuschauen. Er musste ausschließen, dass es nicht doch einen Zusammenhang zwischen den Morden gab. Er würde mit dem Bruder sprechen. Ja, das war das Beste. Meine Güte, jetzt hatte er die Details vergessen: Hieß der Bruder Vitali und machte in seiner Freizeit Scherenschnitte?
Dieser verdammte Bauer zwo!

07:05 Uhr

> Wo ein Wille ist, da ist auch ein Gebüsch.

Seifferheld war immer schon ganz besonders stolz auf Onis, seinen treuen Gefährten, gewesen.
Onis war nicht einfach nur ein Hund, er war ein Freigeist. Wenn man ihm ein Kommando gab, dachte er erst einmal darüber nach, wie sinnvoll der Befehl war. Er war kein dressierter Seelöwe, der für seine tägliche Ration Hering herumscharwenzelte. Er war ein Hund mit Würde!
Allerdings auch ein Hund mit Stolz. Wäre er nur damals nicht auf die Provokation dieses dämlichen Dobermanns eingegangen, der sich dummerweise als Polizeihund erwies. Wegen Tätlichkeit gegen einen Beamten wurde Onis daraufhin von Amts wegen zum Gefahrhund erklärt. Was im Klartext bedeutete, dass die Hundesteuer verdreifacht wurde und Onis nicht länger ohne Maulkorb oder Leine unterwegs sein durfte. Seifferheld und Karina mussten so-

gar – gegen eine erkleckliche Gebühr – einen Hundeführerschein ablegen, der sie zum Ausführen eines Gefahrhundes berechtigte. Seifferheld fand das in höchstem Maße empörend. Zumal doch der andere Köter angefangen hatte! Onis hatte sich nur verteidigt! Aber gegen ein Bürokratenurteil anzugehen hieß, gegen Windmühlen zu kämpfen. Das gab nur Magengeschwüre und Verbitterungsfalten.

Als Seifferheld an diesem Morgen mit Onis durch den Stadtpark – die sogenannten Ackeranlagen – marschierte, ließ er ihn natürlich frei laufen. Das war das subversive Element in Seifferheld. Wäre er als junger Mann nicht bei der Polizei gelandet, hätte er womöglich eine Karriere als Revoluzzer eingeschlagen.

Aber auch ein weniger subversiv veranlagter Hundebesitzer hätte sich womöglich in Sicherheit gewiegt: So früh morgens waren nämlich keine Kontrollettis unterwegs.

Die Strecke durch den Park war für Herr und Hund immer dieselbe: vom Grasbödele, wo sich das Globe-Theater befand, über die Epinal-Brücke, benannt nach der französischen Partnerstadt, den Moses-Herz-Weg entlang am Anlagencafé vorbei bis zu den Stadtwerken und dann auf der anderen Kocherseite wieder zurück zum Grasbödele.

Unterwegs überlegte er sich, wie er am besten Konstantin von Bellingen – den Namen hatte er schlicht und ergreifend über das Telefonbuch recherchiert – zu seinem toten Bruder befragen konnte. Er war ja nun kein Polizist in Amt und Würden mehr, nur noch ein Vorruheständler ohne jedwede Befugnis.

Vielleicht hatte er es mit einem gebrochenen Mann zu tun, der angesichts des Verlustes seines Bruders offen verzweifelt war. Oder aber – und darauf spekulierte Seifferheld – mit einem Mann, der etwas zu verbergen hatte. Dann würde Konstantin von Bellingen erst recht auf irgendeine Form der Legitimation bestehen.

Plötzlich – mitten auf der überdachten Holzbrücke, die über den Kocher führte – merkte Seifferheld, dass er seinen Morgenmost vor dem Gassigehen hätte entsorgen müssen.

Was tun?

Er sah sich um. In weiter Ferne ging eine männliche Gestalt in Richtung des jüdischen Friedhofs, ansonsten war weit und breit niemand zu sehen. Früher hätte er das nicht getan, da war er ja auch noch eine Respektsperson gewesen. Jetzt war er einfach nur ein Mensch. Noch dazu ein Mann. Ein Mann, der mal musste.

Er verließ die Brücke und schlug sich mit seiner Gehhilfe nach rechts ins Gebüsch.

Onis lief hinterher. Hätte ja sein können, dass sein Oberhund im Gebüsch irgendeine Leckerei versteckt hatte.

Moment mal. Was war das?

Seifferheld konnte gerade noch zur Seite zielen, als Onis etwas unter dem Laub hervorzog und triumphierend im Maul davontrug.

»Onis! Pfui!«, rief er, als er kurz darauf fertig war und abgeschüttelt hatte.

Onis sah ihn nur mit leicht gesenktem Kopf von unten herauf an.

Seifferheld beugte sich vor. Das Ding in der Schnauze seines Hundes war länglich und rosa und … Es war ein Teddy. Ein arg mitgenommener rosa Teddy, dem ein Auge und ein Ohr fehlten.

»Pfui, aus!«, befahl Seifferheld.

Onis ließ den Teddy fallen.

Seifferheld schüttelte den Kopf. Was die Leute heutzutage alles wegwarfen. Er humpelte weiter, sinnierte, wie er sich Konstantin von Bellingen nähern sollte.

Darum bekam er auch nicht mit, wie Freigeist Onis zurücklief, den Teddy wieder ins Maul nahm und seinem Oberhund – beseelt mit dem Schwanz wedelnd – durch den Park nach Hause folgte.

Aus dem Polizeibericht
Der eigene Furz riecht jedem am besten

Ein LKW-Unfall bei der Kochertalbrücke sorgte für eine fünfstündige Sperrung der A6 in Richtung Nürnberg. Kurz nach 17 Uhr verlor der Fahrer die Kontrolle über den 40-Tonner. Der Hänger kippte um und legte sich quer über die Autobahn. Die Ladung, rund 27 Tonnen Klärschlamm aus Sindelfingen, die in die neuen Bundesländer zum Verbrennen gefahren werden sollten, wurde weitgehend über alle Fahrspuren in Richtung Nürnberg verstreut, wodurch sich ein mehr als strenger Geruch über Autobahn und Kochertal legte, vornehmlich über die Gemeinde Braunsbach. Mit Schaufeln und einem Bagger musste die Autobahn erst mühsam gesäubert werden. Nach Schätzungen der Polizei liegt der Sachschaden bei 35 000 Euro. Und hier noch eine Mitteilung des Braunsbacher Drogeriemarktes: Brise Raumduft ist ausverkauft und kommt vor nächster Woche auch nicht mehr rein!

13:30 Uhr
Ein Mann wie ein Baum – sie nannten ihn Bonsai.

»Vielen Dank, dass Sie sich die Zeit nehmen«, sagte Seifferheld, während die propere, junge Kellnerin Rotwein einschenkte. »Und vor allem so kurzfristig.«
Konstantin von Bellingen winkte verschämt ab. »Ich bitte Sie, man muss einfach nur Prioritäten setzen können.«
Sie saßen im Pflug in Weckrieden, einem Vorort von Schwäbisch Hall. Der Pflug war eines von drei Restaurants der Stadt mit einem Michelin-Stern und laut *Feinschmecker* eines der besten Landgasthäuser in ganz Deutschland. Seifferheld trug seinen besten Anzug – genauer gesagt, seinen einzigen Anzug: ein Allroundtalent, das zu Hochzeiten, Beerdigungen und Theater- oder Konzertabenden taugte.
»Vintage«, nannte Karina den Anzug.
Ein »Klassiker«, meinte Irmi.
»Herrje, Vater, in dem alten Teil siehst du aus wie ein Konfirmand«, urteilte Susanne.
Zugegeben, er wirkte nicht wie ein Mann von Welt, dafür aber schwäbisch-gediegen. Und schwäbische Gediegenheit war genau das, was er für seinen Plan brauchte.
Sein Plan sah vor, dass er sich als verschrobener schwäbischer Pensionär jetzt im Alter eine kleine Kunstsammlung zulegen wollte. »Wissen Sie, Kunst war immer meine Leidenschaft, aber ich konnte sie nie ausleben«, säuselte Seifferheld, nachdem die Kellnerin gegangen war. »Natürlich bin ich nicht reich, ich bin kein Reinhold Würth, aber ich bin ein Seifferheld …«
Er ließ das so im Raum stehen.

Schwäbisch Hall war einst eine sehr wohlhabende, freie Reichsstadt gewesen. Ein paar wenige Familien hatten diesen Reichtum unter sich aufgeteilt. Die meisten Familien waren mittlerweile ausgestorben, und was es noch an Nachfahren gab, führte ein vergleichsweise bescheidenes Dasein. Aber allein der Klang von Namen wie Büschler, Nonnenmacher oder Seifferheld – allesamt auch Straßennamen – rief wohlige Schauer hervor. Der Laie war davon überzeugt, dass da noch Geld im Spiel sein musste. Was ja auch stimmte. Nur nicht in dem Maße, wie es Konstantin von Bellingen in diesem Moment dachte. Man sah förmlich, wie in seinen Pupillen kleine Euro-Zeichen auftauchten.

»Heute Morgen kam ich am HFM vorbei und sah das Plakat, mit dem für Ihre Ausstellung geworben wurde. Ich bin dort ja bekannt ...« Seifferheld tat so, als sei er regelmäßiger Besucher des Museums, womöglich sogar Mitglied des Förderkreises, dabei war er dort allerhöchstens bekannt, weil er jeden Tag zweimal mit seinem Hund am Museum vorbei zum Stadtpark humpelte. »Darum durfte ich kurz hinein und noch vor der Eröffnung einen Blick auf Ihre Werke werfen. Genial! Ich ließ mich sofort für eines der Bilder vormerken!«

»Welches denn?«, hauchte Konzi ergriffen.

Das war jetzt peinlich, denn natürlich kannte Seifferheld die Museumsschaffenden nur oberflächlich, selbst Monika Wurster, die Frau seines Ex-Kollegen, hätte er bei einer Gegenüberstellung nicht zweifelsfrei identifizieren können, und so hatte er gar nicht erst versucht, Zugang zum Wintergarten zu bekommen. Aber er war Profi und nicht so leicht zu erschüttern. »Gleich, wenn man in den Aus-

stellungsbereich kommt, links«, sagte er, ohne mit der Wimper zu zucken.
Konzi nickte mit Kennermiene. »Mein bestes Stück! Sie haben einen guten Blick!«
Seifferheld grinste breit. Selbstgefällig, wie er hoffte. »Ich habe mich, was Kunst angeht, immer auf dem Laufenden gehalten. Sie scheinen mir der aussichtsreichste Kandidat, um meine Sammlung zu begründen. Höchst vielversprechend, aber noch bezahlbar.«
Schwäbisch Hall war eine Kleinstadt. Natürlich war es sinnlos, in eine andere Rolle zu schlüpfen. Seifferheld spielte die Rolle des Beamten im Vorruhestand, der aus einer reichen Familie stammte. Auch wenn er nichts weiter besaß als seine auskömmliche Pension, eine Sammlung Briefmarken von seinem Großvater, eine goldene Uhr, die sein Vater nach vierzig Jahren in derselben Firma zur Pensionierung bekommen hatte, und 10 000 Euro auf seinem Sparbuch. Mehr war da nicht. Aber das konnte von Bellingen ja nicht wissen. Der hörte nur den alteingesessenen Namen Seifferheld und dachte sofort, dass der Grund und Boden von halb Hall diesem alten Mann mit der Gehhilfe gehören musste.
»Was das Geld angeht …«, sagte Konzi.
Seifferheld sagte nichts.
Die freundliche, junge Kellnerin mit der kecken Kurzhaarfrisur trat mit zwei Tellern an den Tisch. In einem Sterne-Restaurant zu essen, war zwar ein lukullischer Genuss, aber natürlich etwas anderes als eine rote Wurst vom Imbiss. Aus Kostengründen hatte sich Seifferheld für nichts weiter als einen knackfrischen Salat aus dem Hohenloher Bauerngarten der Wirtsfamilie Reber entschie-

den. Konstantin von Bellingen, der davon ausging, zum Essen eingeladen zu werden, hatte das dreigängige Mittagsmenü II gewählt.

»Ich werde ja im Moment noch nicht von einer Galerie vertreten«, erläuterte Konzi mit vollem Mund, wobei er aber – im Gegensatz zu Wurster – nicht spuckte, denn er stammte schließlich aus einem guten Stall. »So sind meine Werke derzeit noch etwas günstiger zu haben. Was sich aber bald ändern könnte.«

»Ich bitte Sie, Geld spielt doch keine Rolle. Kunst, wahre Kunst, ist sowieso unbezahlbar.« Seifferheld winkte ab.

Konzi hätte beinahe eine Träne verdrückt. So hatte er es sich immer vorgestellt. Genau so. Sein erstes Verkaufsgespräch. Und sein blöder Idiot von Bruder hatte immer behauptet, er würde niemals ein Bild verkaufen. Konzi strahlte. Manchmal wurde das ganze Glück dieser Welt wie mit einem Füllhorn über einem ausgeschüttet.

»Aber vielleicht warten wir mit den Details besser bis nach der Beerdigung Ihres Bruders«, wandte Seifferheld ein.

»Was?« Konzi schreckte hoch.

»Ihr Bruder? Wie ich hörte, fiel er einem grausamen Verbrechen zum Opfer.«

Konzi versuchte sich an einer betretenen Miene. »O ja, schrecklich. Ermordet!« Er gabelte sich karamellisierte Entenbrust in den Aristokratenmund.

Die Testamentseröffnung war für den kommenden Montag angesetzt. Konzi rechnete mit der Halbe-halbe-Lösung: die Hälfte an Sissi und die Hälfte an ihn. Finanziell war er somit über dem Berg. Was für ein Segen. Er musste sich sehr anstrengen, nicht breit zu lächeln, sondern die

Mundwinkel betroffen nach unten zu biegen. »Aber das Leben geht ja weiter.«

Seifferheld mimte den Beeindruckten. »Sie nehmen das sehr erwachsen. Vorbildlich.«

»Ein echter Künstler verarbeitet Schicksalsschläge in seiner Kunst«, tönte Konzi, weil es gut klang.

»Sicher ist eine solche Bluttat einfacher zu verkraften, sobald man Genaueres weiß«, meinte Seifferheld. »Ist der Täter schon gefasst?«

Konzi hatte keine Ahnung, und es interessierte ihn auch nicht. Aber er wollte nicht gefühllos dastehen. »Nein, dieses Ungeheuer ist immer noch auf freiem Fuß. Bestimmt so ein Spinner. Irgendein Grüner, dem mein Bruder nicht grün genug war. Oder ein Rechter, der sich an unserem Migrationshintergrund störte.«

Seifferheld hob eine Augenbraue. »Sie sind keine alteingesessene Familie?«

Konzi zuckte mit den Schultern. »Unsere Vorfahren kamen im Mittelalter aus dem heutigen Norditalien. Deswegen sind wir auch alle schwarzhaarig.«

Seifferheld sagte dazu nichts. Migrant zu sein musste ja sehr angesagt sein, wenn man dafür extra bis ins Mittelalter zurückforsche.

Konzi fischte einen zerknitterten Zettel aus der Innentasche seines Jacketts. »Hier. Solche Schriebe hat mein Bruder andauernd bekommen. Den hier hat er bei seinem letzten Besuch bei mir liegenlassen.« Er plante, den Zettel auf eBay an den Meistbietenden zu verkaufen.

Der alte Hase in Seifferheld wollte sagen: »Das müssen Sie der SoKo geben«, doch der verrentnerte Hase nahm das Blatt Papier stumm zur Hand und sah es sich an. Krakelige Buchstaben. Dich kriegen wir auch noch!, stand da.

»Wer ist wir?«, fragte er und wollte ganz automatisch den Zettel in seine Hosentasche schieben. Konzi langte pfeilschnell über den Tisch, nahm Seifferheld den Zettel ab und steckte ihn ein. Das war bares Geld!

»Keine Ahnung. Es gibt unendlich viele dieser Drohbriefe. Offenbar werden gerade die DNS-Spuren ausgewertet, aber das kann dauern. Mein Bruder und seine Frau haben diese Briefe nie wirklich ernst genommen. War möglicherweise ein Fehler.« Er wollte sinnierend in die Ferne schauen, aber so ließ sich die Ente nicht zerteilen, also guckte er einfach nur sinnierend auf seinen Teller.

»Ihre Schwägerin ist sicher am Boden zerstört«, tastete Seifferheld sich weiter vor.

Falls es Konzi stören sollte, dass sich ein potenzieller Kunstsammler so sehr für seine Familie interessierte, zeigte er es nicht. »Die Sissi? Großer Gott, nein. Die beiden haben eine offene Ehe geführt. Er hätte sich ohnehin bald von ihr getrennt. Sie schläft mit allem, was Hosen trägt, und ist obendrein noch unfruchtbar. In seiner Partei muss man aber Kinder haben.«

Aha, dachte Seifferheld, ein mögliches Motiv.

»Der Lambert hat von Anfang an auf einem knallharten Ehevertrag bestanden. Ob er stirbt oder sich scheiden lässt, finanziell steht die Sissi immer gleich da.«

Da ging es hin, sein Motiv.

»Also eine offene Ehe? Seine Frau wusste von der Affäre mit …« Seifferheld sprach es nicht aus.

»Aber selbstverständlich! Der Lambert hat ihr schon vor der Ehe deutlich zu verstehen gegeben, dass man einen von Bellingen nicht in den bürgerlichen Käfig der tristen Monogamie sperren kann.« Konzi grinste stolz. Als ob es ein Familienverdienst wäre, das Schürzenjäger-Gen zu besitzen.

»Hat Frau Runkel auch solche Drohbriefe bekommen?«, erkundigte sich Seifferheld, um endlich mal Namen zu nennen.

»Wer?« Konzi schien ehrlich ahnungslos.

»Frau Runkel? Die zweite Tote an diesem Wochenende. Die Geliebte Ihres Bruders.«

Konzi lachte auf. »Wer hat Ihnen denn diesen Bären aufgebunden? Ich habe die Freundin meines Bruders erst gestern Abend gesehen. Sissi hat einen kleinen Umtrunk veranstaltet, und da war Lamberts Betthase auch dabei. Quietschfidel!«

Seifferhelds Unterkiefer hatte Mühe, sich nicht unvermittelt der Schwerkraft zu überlassen. »Kiki Runkel lebt?«

»Keine Ahnung, wie sie heißt. Ich habe sie nur hin und wieder bei irgendwelchen halboffiziellen Anlässen gesehen. Sie schien sich mit Sissi sogar gut zu verstehen. Aber wie die jetzt hieß? Die Mädels haben doch alle so alberne Spitznamen – Sissi, Fippa, Schlippi, Kiki …«, sagte Konzi und schaute arglos. Bei Männern war das offenbar was anderes.

In Seifferheld arbeitete es. Das Gesicht der Toten war durch den Baseballschläger bis zur völligen Unkenntlichkeit entstellt. Lebte Kiki Runkel womöglich noch? Lag eine andere Frau tot im Souvenirladen? Wussten seine Kollegen davon? Hatte Kiki etwas mit der Tat zu tun? Von wegen Beschaffungskriminalität!

Seifferheld tupfte sich mit der schweren Stoffserviette den

Mund ab und stand auf. »Herr von Bellingen, es hat mich sehr gefreut. Wir sehen uns auf der Vernissage. Die Einzelheiten des Kaufes klären wir dann später. Vielen Dank und alles Gute.«
»Aber …«, rief Konzi Seifferhelds Rücken hinterher.
Die Rechnung, wollte er noch rufen, aber da war sein künftiger Gönner auch schon weg. Ohne zu bezahlen. Na prosit! Hoffentlich hatte er jetzt genug Cash in der Hose …

14:30 Uhr

> Auf die Männer – weil sie keine Kinder kriegen,
> sondern Kinder bleiben!

»Herr Seifferheld, das ist aber nett!«
Er hatte Witterung aufgenommen. Mit geblähten Nüstern war er die wenigen hundert Meter von der Gaststätte Pflug zur Mordkommission zu Fuß marschiert. Seine Hüfte murrte zwar, machte aber mit. Die Mordkommission lag ohnehin auf dem Weg in die Innenstadt. Seine Ex-Sekretärin Biggi würde ihm zweifelsohne Akteneinsicht gewähren. Das tat sie doch immer.
Und sie hätte es zweifellos auch dieses Mal getan.
Nur war sie nicht da.
»Grüß Gott, Frau … äh …«
»Denner.« Die junge Brünette lächelte.
»Frau Denner, wie … äh … wo … äh … ist denn Frau Boll?«
»Tja, die haben Sie verpasst. Nicht mehr da. Weg.«
Seifferheld stutzte. Ja gut, Biggi Boll stand nur wenige Millimeter von der Pensionierung entfernt, aber sollte er

schon so senil sein, dass er ihre Abschiedsfeier vergessen hatte? Oder war er gar nicht eingeladen worden?

Frau Denner schob ihm den Besucherstuhl hin und ging zur Kaffeemaschine. »Biggi und ihre Freundin sind heute Morgen für ein paar Tage nach Südtirol gefahren. In so ein Wellnesshotel. Sie möchten doch sicher eine Tasse Kaffee?«

Seifferheld nickte. »Ein paar Tage?«

»Übernächste Woche Montag ist sie wieder im Büro. Soll ich ihr etwas ausrichten?«

Seifferheld setzte sich und atmete zischend aus. »Blöd«, entfuhr es ihm.

»Ach, Sie wollten mal wieder Akteneinsicht nehmen.« Frau Denner schmunzelte.

Seifferheld hob den Kopf. Nur jetzt nichts Falsches sagen und Biggi in die Bredouille bringen.

»Ist schon in Ordnung. Ich weiß von nichts.« Frau Denner füllte eine angeschlagene Garfield-Tasse mit Kaffee auf, der auch wie Kaffee aussah und roch. Seifferheld, der von Irmis Kaffeekünsten nicht verwöhnt war, schnüffelte verzückt, wie es Onis zu tun pflegte, wenn man ein Schweineohr aus dem Schweineohreimer im Keller zog.

Frau Denner stellte die Tasse auf einen Aktenberg und setzte sich Seifferheld gegenüber. »Worum geht es denn?«

»Ach, ich will Sie da nicht ...«, fing Seifferheld an.

»Doch, nur zu, tun Sie's ruhig.«

Kurz herrschte Stille. Man hörte nur das Ticken einer Uhr und Schritte auf dem Flur.

Seifferheld schossen alle möglichen Gedanken durch den Kopf. Dass er die junge Frau nicht kannte. Dass er nur durch Biggi wusste, wie überaus effizient sie arbeitete.

Aber wem galt ihre Loyalität? Wenn sie ihn und Biggi anschwärzte, konnte das weitreichende Folgen haben. Verlust der Altersbezüge, um nur einen zu nennen.

»Lassen Sie mich raten – Sie glauben mal wieder, dass Ihre Ex-Kollegen der falschen Fährte hinterherhecheln, und wollen sich selbst ein Bild machen. Und da wir hier ja nun nicht übermäßig viele Morde haben, kann es eigentlich nur einer der beiden letzten sein: Katharina Runkel oder Lambert von Bellingen. Oder ...« – sie hielt sich die Hand vor den Mund – »... sogar beide?«

Seifferheld schwieg und betrachtete das Muster im Teppichboden. Irgendwelche eckigen Kringel auf beruhigendem Grasgrün. Er mochte es ja eigentlich nicht, derart vorgeführt zu werden.

»Ja genau, beide! Sie vermuten einen Zusammenhang!« Frau Denner grinste. Die grauen Zellen der jungen Frau arbeiteten auf Hochtouren.

Seifferheld sah sie an. In ihren – ebenfalls grünen – Augen steckte der Schalk. »Sie nehmen mich doch hier auf den Arm, oder?«

»Ja, und ich genieße das sehr. Hören Sie, eine Hand wäscht die andere. Ich habe etwas, das Sie wollen – und Sie haben etwas, das ich will.«

»Ach ja?« Seifferheld hob die Augenbrauen. Seine goldene Krawattennadel? Seine virile Männlichkeit?

»Ich hätte übermorgen Abend Zeit.«

Seifferheld schluckte. »Zeit wofür?«

Frau Denner beugte sich so weit vor, dass er ihren blumigen Duft einatmen konnte. »Ich weiß, was Sie letzten Sommer getan haben!«

Seifferheld verstand nur Bahnhof.

Frau Denner kicherte.

»Ich habe Sie beobachtet.« Sie lehnte sich wieder zurück. Anspielungen auf Filmtitel waren offenbar nicht seine starke Seite.

»Wobei haben Sie mich beobachtet?« Er hatte keine Leichen im Keller, da war er sich sicher. Ziemlich sicher. Hatte sie gesehen, wie er Gefahrhund Onis ohne Maulkorb im Park laufen ließ?

»Ich war mit meinem Freund und seinen kalifornischen Verwandten in Rothenburg. Wir haben uns die Stadt angesehen, lecker gegessen, und dann haben die Amis wie im Rausch einen Souvenirladen leer gekauft.«

Seifferheld ahnte, was nun kam. Sein einziger Besuch in Rothenburg. Nur, um die letzte Kissenlieferung abzugeben.

»Herr Seifferheld«, hauchte Frau Denner, »Sie sticken!«

Seifferheld wollte empört aufspringen und alles leugnen, aber ihm fehlte die Kraft. Er fühlte sich wie eine Gummipuppe, aus der man alle Luft abgelassen hatte. Das große, dunkle Geheimnis seines Lebens war gelüftet worden.

»Äh …«

»Lassen Sie's gut sein. Ich habe Sie nicht nur gesehen, ich habe mich auch an die Tür zum Hinterzimmer geschlichen und Ihr Gespräch mit dem Ladeninhaber belauscht. Sie sticken Zierkissen.« Frau Denner lachte, doch es war ein freundliches Lachen. »Wissen Sie, ich will unbedingt besser sticken können. Irgendwie stelle ich mich total blöd an. Meine Oma hat immer gesagt, es gibt keine Fehler beim Sticken, sondern an der Stelle, wo man sich verzählt hat, ist ein Engel im Flug ins Stolpern gekommen, aber das war mir nur als Kind ein Trost. Jetzt will ich es

richtig lernen. Das ist mein größter Wunsch! Können Sie mir helfen?«
Seifferheld sah sie nur aus großen Augen an.
»Klar können Sie mir helfen«, beantwortete Frau Denner ihre eigene Frage. »Ich gehe jetzt mal eine halbe Stunde auf die Damentoilette und lasse Sie mit der Akte allein. Und übermorgen komme ich zu Ihnen in die Untere Herrngasse, und Sie bringen mir das freihändige Sticken bei. Abgemacht?«
Sie ging zur Tür. »Ich schließe Sie ein, dann werden Sie nicht gestört. Die Chefin ist ohnehin nicht im Haus.«
»Aber …«, meldete sich Seifferheld endlich zu Wort.
»Ich will ganz offen zu Ihnen sein«, meinte Frau Denner, »das war kein Angebot meinerseits. Das war eine plumpe Erpressung. Machen Sie das Beste draus.«
Damit schloss sie die Tür hinter sich und verriegelte sie.
Seifferheld blickte dümmlich drein. Wie sollte er denn bitte seinem Harem diesen Damenbesuch erklären?
Und was würde MaC sagen?
Er seufzte.

14:43 Uhr

Wer in der Oldie-Kiste kramt, kriegt leicht 'nen Hexenschuss!

»Besuch für dich!« Karina riss die Tür zu Irmis Zimmer auf. Irmi wäre vor Schreck beinahe vom Schreibtischstuhl gerutscht.
»Kind, ich muss doch sehr bitten! Immer erst anklopfen!«
Hoffnungslos. Bei ihrer Nichte Karina siegte die Neugier

jedes Mal über die gute Erziehung. Wenn man erst anklopfte, sah man ja nicht, was die Tante zu verbergen hatte. Es musste irgendetwas mit dem Computer zu tun haben. Wozu sonst brauchte die Tante ihren alten Laptop? Warum saß sie neuerdings immer hinter geschlossener Tür in ihrem Zimmer? Das hatte sie früher nie getan, denn auf diese Weise bekam sie ja nicht mit, was im Haus vor sich ging. Nein, irgendwas war da faul. Sonst würde Tante Irmi auch nicht jedes Mal so schuldbewusst reagieren.
»Du hast Besuch, Tantchen. Steht im Flur.« Karina knöpfte ihren Mantel auf und beugte sich zur Seite, um an ihrer Tante vorbei auf den Computer zu schauen.
»Ich habe die Türglocke gar nicht gehört«, sagte ihre Tante und beugte sich ebenfalls zur Seite, damit Karina keinen Blick auf den Bildschirm erhaschen konnte.
»Hat sich vor der Haustür an mich herangeschlichen, als ich von der FH kam.«
»Es war nicht meine Absicht, mich anzuschleichen. Ich habe mich extra geräuspert«, rief eine Männerstimme aus dem Flur. »Der ... äh ... Hund beißt doch nicht, oder?«
Man hörte Schnüffellaute von Onis, den Seifferheld zu Hause gelassen hatte.
»Der Hund will nur an Ihnen riechen«, meinte Karina beruhigend über ihre Schulter. »Soll ich den Herrn Pfarrer in die gute Stube führen?«
»Ja, tu das bitte. Und biete ihm doch etwas zu trinken an, Karina.« Ihre Tante rührte sich nicht. Höchst verdächtig! Karina wusste, wann sie sich geschlagen geben musste.
»Mir nach«, sagte sie zu Pfarrer Hölderlein, der wie Lots Weib zur Salzsäule erstarrt im Flur stand, weil er als Kind von einem räudigen Schäferhund dumm von der Seite an-

geguckt worden war und seither unter einer Hundephobie litt.
Irmgard schaltete den Computer aus, holte mehrmals tief Luft, dann trat sie aus ihrem Zimmer.
Pfarrer Hölderlein hatte es nicht bis in die gute Stube geschafft. Er stand zitternd neben der Tür, weil Onis ihm unterwegs seinen Schädel in den Schritt gerammt hatte. Das war nichts Persönliches, das tat Onis bei jedem, den er gut riechen konnte, aber das konnte der Herr Pfarrer ja nicht wissen.
»Aus, Onis. Hierher.«
Widerstrebend zog Onis seinen Kopf zwischen den Männerbeinen hervor und lief zu Irmgard. Die schob ihn ins Zimmer ihres Bruders, wo sich der Hund sofort auf den rosa Teddy auf dem Bettvorleger stürzte, und schloss die Tür.
Pfarrer Hölderlein holte erleichtert Luft. Er wirkte unwohl. Sein Anzug sah aus, als sei er einmal durch den Kocher gezogen und dann klatschnass über die hagere Männergestalt gestülpt worden. Die schütteren Haare standen wirr vom Kopf.
»Ihre Nichte ist nach oben gegangen, um ihre Sachen abzulegen«, sagte er. »Und bitte machen Sie sich meinetwegen keine Umstände«, bat er, als Irmgard ihn ins Wohnzimmer geführt und ihm Kaffee angeboten hatte. Sie setzten sich in geziemendem Abstand auf das Biedermeiersofa.
»Ich habe es eben erfahren«, sagte Pfarrer Hölderlein etwas atemlos und mit dem Ausdruck tiefsten Bedauerns in den Augen, den er auch immer bei Trauergottesdiensten aufsetzte.
O weh, dachte Irmi, die alte Frau Sondergaard ist also ge-

storben. So eine nette Person. Aber man hatte ja schon seit Monaten damit gerechnet. Und 98 ½ war ein gutes Alter, um abzutreten: alt und lebenssatt, und der Lack war ohnehin ab. »Frau Sondergaard ist also tot«, sagte sie mitfühlend.
Pfarrer Hölderlein schreckte zusammen. »Tot? Frau Sondergaard? O Gott, das wusste ich noch gar nicht.«
Irmi stutzte. »Sind Sie nicht deswegen gekommen?«
Sie sahen sich kurz an.
»Grundgütiger, nein.« Pfarrer Hölderlein tupfte sich mit dem Handrücken die Stirn ab. »Viel schlimmer.«
Aus dem ersten Stock hörte man laute Stimmen, ohne genau zu verstehen, was gesagt wurde. »Meine Nichte Karina und ihr Freund. Offenbar eine kleine Auseinandersetzung unter Liebenden«, meinte Irmgard entschuldigend. Sie erzählte ihm nicht, dass Karina und Fela derzeit im Seifferheldschen Haus in Sünde zusammenlebten, bis Felas Eltern zurückkamen und er nicht länger der Hüter seines kleinen Bruders sein musste, den er hier bei Seifferhelds besser hüten konnte, weil immer jemand im Haus war, der ihn vertreten konnte, wenn er als Bereitschaftsfotograf für das *Haller Tagblatt* überraschend Milchlasterunfälle oder Showbizpromis auf Spontanbesuch in der Siederstadt ablichten musste.
Pfarrer Hölderlein lächelte gequält und meinte dann: »Frau Bertsch-Baierle hat mich eben angerufen. Ist es denn wirklich wahr?«
Irmgard glaubte, vom Schlag getroffen zu werden. Diese hinterhältige Schlange hatte Pfarrer Hölderlein von ihrem Chippendale-Stripperensemble-Bildschirmschoner erzählt? Irmgard wurde bleich und schnappte nach Luft.

»Sie wollen am Samstag *nicht* zur Blumenschmuckgruppe kommen?« Pfarrer Hölderlein sah Irmgard vorwurfsvoll an, als habe sie beschlossen, eigenhändig das Ozonloch noch weiter aufzureißen. Oder in Liechtenstein einzumarschieren.

»Was?«, hauchte Irmi, die gar nichts mehr verstand.

»Du wirst dich nicht unters Messer legen! Deine Brüste bleiben, wie sie sind! Klein und spitz und damit basta!«

Dieses Mal waren die Streithähne von oben ausgezeichnet zu verstehen. Gewissermaßen in Dolby-Surround-Sound-Qualität. Irmgard hätte nicht gedacht, dass der stille, stets beherrschte Fela derart laut werden konnte. Gegen Karina hatte er aber trotzdem keine Chance.

»Ich mache mit meinem Körper, was mir gefällt. Du hast mir gar nichts zu sagen! Meine Titten gehören mir!«, gellte sie in rekordverdächtiger Lautstärke. Zweifellos konnte man sie in diesem Moment bis nach Öhringen und Crailsheim hören.

Irmgard schüttelte ungläubig den Kopf. Sie hatte einmal gelesen, wie befreiend es angeblich sein sollte, wenn der Ruf erst einmal ruiniert war. Sie fand es aber ganz und gar nicht befreiend, nur entsetzlich peinlich. Der Ruf der Familie Seifferheld ging mit einem Affenzahn den Bach herunter.

»Hören Sie gar nicht hin«, bat sie Pfarrer Hölderlein.

In diesem Moment kam Karina die Treppe heruntergerannt, lief mit den Worten »Idiot!« an ihnen vorbei zu dem Schränkchen, auf dem der Fernseher stand, und riss die oberste Schublade auf. Wo sich bei anderen Leuten diverse Programmzeitschriften oder vielleicht die Fernbedienung befanden, lagerte bei Seifferhelds ein Massengrab

für Trüffelpralinen. Karina nahm eine Handvoll heraus und stopfte sie sich in den Mund. Dann stürmte sie unter den Blicken der beiden fassungslosen Zuschauer erst in den Flur, dann aus der Haustür hinaus auf die Gasse.
Irmi seufzte.
Pfarrer Hölderlein sammelte sich. »Was ich Ihnen sagen wollte …« Er holte tief Luft.
Wie viel wusste er? Was genau hatte Frau Bertsch-Baierle ihm über die Bildschirmschonernackedeis erzählt? Nahm diese Peinlichkeit denn nie ein Ende?
»Ich weiß natürlich nicht, was Ihnen dazwischengekommen ist«, fuhr Pfarrer Hölderlein rasch fort, bevor ihn der Mut verließ. »Aber Ihr Stilgefühl und Ihre Führungsqualitäten werden der Gruppe fehlen. *Sie* werden uns fehlen.«
Irmi sagte nichts.
»Können Sie an Ihrem Termin denn gar nichts ändern?«
Jetzt nicht mehr, dachte Irmi, jetzt hatte sie dem Partnervorschlag F23D09 der Online-Datingagentur schon gemailt, dass sie ihn am Samstag am Stuttgarter Hauptbahnhof auf einen Kaffee treffen wolle. Nun doch nicht der Flensburger, sondern der Amtskollege von Hölderlein, der ihr ein so nettes Foto seines Goldfisches gemailt hatte. Wer Tiere liebte, war ein guter Mensch.
Irmi schüttelte den Kopf. »Leider, mein Termin lässt sich nicht mehr ändern …« Außerdem wollte sie verdammt sein, wenn sie sich jemals wieder in der Blumenschmuckgruppe sehen ließ. Oder im Kirchenkaffeekomitee. Die sollten sich ruhig hinter ihrem Rücken das Maul über sie zerreißen. Sie war so gut wie verheiratet und würde aus Schwäbisch Hall wegziehen. Der Schande den Rücken kehren!

Sie stand auf.
Pfarrer Hölderlein erhob sich ebenfalls und folgte ihr in den Flur hinaus. Er sah nicht glücklich aus.
»Und wenn wir die Sitzung der Blumenschmuckgruppe verlegen? Auf Freitagnachmittag?«
Irmi sah ihn groß an. Pfarrer Hölderlein wurde rot.
Er nahm all seinen Mut zusammen. »Frau Seifferheld …«, fing er an, »Irmgard …«
Doch was immer jetzt auch über seine Lippen hätte kommen sollen, blieb ihm im Hals stecken, als man hörte, wie die Haustür aufgerissen wurde und gleich darauf Irmis Nichte Susanne mit wirren Haaren und irrem Blick über die Schwelle wankte.
»Mir ist nicht gut!«, rief sie und lief in Richtung Gästeklo. »Aus dem Weg, ich muss kotzen.«
Irmi und Pfarrer Hölderlein pressten sich mit dem Rücken an die Flurwand, aber es war zu spät.
Als sich Susanne direkt zwischen ihnen befand, bahnten sich ihr Frühstück und das leckere Kantinenmittagessen aus der Bausparkasse in hohem Bogen ihren Weg ins Freie.
Da traf es sich unglücklich, dass Pfarrer Hölderlein ausgerechnet an diesem Nachmittag seine geliebten hellbeigen Wildlederschuhe trug …

15:02 Uhr

> Mit wie viel T schreibt man unschuldig?
> *Homer Simpson*

»Und? Alles gefunden?« Frau Denner trat mit einer Butterbrezel in ihr Büro.
Seifferheld, der beim Klang des Schlüssels im Schlüsselloch rasch die Akte Runkel zugeschlagen und auf den Schreibtisch geworfen hatte, nickte. Es war ein enttäuschtes Nicken. »Sie ist es ja doch.«
»Wie bitte?«
»Die Tote. Man hat sie zweifelsfrei identifiziert. Anhand eines Geburtsmals sowie einer Tätowierung.« Seifferheld hatte insgeheim gehofft, etwas Großem auf der Spur zu sein. Katharina Runkel, die den eigenen Tod vortäuscht, nachdem sie ihren Liebhaber ermordet hat. Etwas in der Art.
Aber nein, sie war tot. Da biss die Maus keinen Faden ab. Und vielleicht war die lächerlichste Lösung doch die richtige Lösung: Ein Junkie hatte auf der Suche nach Kleingeld ihre Kasse ausrauben wollen, sie hatte ihn davon abhalten wollen, und er hatte sie erschlagen. Mit dem Baseballschläger, den Haller Junkies grundsätzlich immer mit sich führten.
So ein Quatsch! Seifferheld schüttelte den Kopf.
Frau Denner lag mit der Deutung dieses Kopfschüttelns gar nicht so weit daneben. »Sie missbilligen die Schlussfolgerungen Ihrer Kollegen?«
Seifferheld nestelte an seiner Sonntagskrawatte, die er extra für das Essen im Pflug umgebunden hatte. »Konstan-

tin von Bellingen hat mir gerade eben erzählt, dass er die Geliebte seines Bruders gestern Abend noch sehr lebendig gesehen hat.«

Frau Denner grinste. Sie schlussfolgerte augenblicklich das Offensichtliche. »Es soll ja Männer geben, die mehr als eine Geliebte haben.«

Das hatte Seifferheld natürlich auch schon gehört. Er hielt das aber für ein Gerücht. *Eine* Geliebte machte ja schon Probleme genug. Welcher Mann tat sich freiwillig mehr als eine an? One-Night-Stands, das war eine andere Sache, aber Dauergeliebte?

»Die Akte Lambert von Bellingen war bis auf ein Foto der Leiche und eine seiner Visitenkarten mit dem Wappen derer von Bellingen leer«, sagte er anklagend.

»Den Fall haben wir ja auch abgegeben. Abgeben müssen. Es stand aber nichts Aussagekräftiges drin. Ein paar kleinere Vorfälle – Geschwindigkeitsüberschreitungen, Schonzeitmissachtungen, Beamtenbeleidigungen.«

»Und der Mord? Gab es Anzeichen, dass sich eine Frau am Tatort befunden haben könnte?«

Frau Denner überlegte, wobei sie ganz reizend die Stirn in Falten legte. »Nein, aber er wurde ja auch auf der Herrentoilette ermordet. Bis übermorgen kann ich Ihnen Kopien seines Akteninhalts besorgen. Wenn Sie nach einer Frau fragen: Soweit ich mich erinnere, gab es nur die Fingerabdrücke der Putzfrau. Ich glaube aber, man fahndet neben einem politisch motivierten Täter auch noch nach einem Exhibitionisten.«

Seifferheld rollte mit den Augen.

Mordlüsterne Zipfelzeiger und blutrünstige Drogendeppen – und das in Hall?

21:15 Uhr

Wäre das Leben eine Farbe, es wäre bunt!

Es heißt, dass nichts die Fleischeslust so sehr anfacht wie ein Todesfall: Wenn dem Menschen seine Sterblichkeit vor Augen geführt werde, dann erwache in ihm unwillkürlich der Drang, sich zu reproduzieren. Oder sich doch wenigstens im Akt des fortpflanzungslosen Reproduzierens seine Lust am Leben erneut vor Augen zu führen. Wenn das wirklich wahr wäre, müssten alle Bestatter und sämtliche Beamte der Mordkommission unablässig am Rammeln sein.
Es war aber nicht zu leugnen, dass sich Seifferheld an diesem Abend besonders auf MaC freute. Nach unerfreulichen Tagen in der Redaktion rief sie ja manchmal spontan an, um sich für eine Kuschelrunde anzumelden. Und dieser Tag war besonders unerfreulich gewesen, weil die Tatsache, dass das *Haller Tagblatt* den Mord an einem lokalen Landtagsabgeordneten gewissermaßen verpennt hatte, am heutigen Nachmittag auf *Spiegel online* zum Witz der Woche erklärt worden war. Der Herausgeber hatte das nicht mit seiner üblichen Nonchalance aufgenommen. Man könnte auch sagen: Er hatte getobt.
»Ich brauche eine Dusche. Ich muss mir den Ärger vom Leib waschen«, waren MaCs erste Worte, gleich nach: »Meine Güte, was hat Onis denn da im Maul?«
Seifferheld ignorierte die Frage nach dem rosa Teddybären, der zur Platzhirschkuh im Herzen von Onis aufgerückt war, und küsste MaC die Hand. »Ich richte dir Handtücher und Seife im Badezimmer und lege in mei-

nem Schlafzimmer schon mal Grant Green auf«, sagte er. Dessen *Idle Moments* war »ihr« Lied.

»Aber Liebster, du wirst doch unter der Dusche gebraucht«, hauchte MaC und blinzelte ihm zu. Sie hatte auf dem Weg von der Redaktion zu Siggi Irmgard getroffen und wusste, dass sie den ganzen Abend beim Bridge-Spiel mit ihren Freundinnen verbringen würde. Sie wären unbelauscht!

Seifferheld strahlte. »Dann hole ich uns eine Flasche Champagner aus dem Kühlschrank.«

»Eine gute Idee!«, lobte MaC ihn.

Seifferheld stürmte in die Küche … und blieb abrupt stehen. Im Halbdunkel saß eine eingefallene Gestalt auf seinem Thonet-Stuhl. Erst auf den zweiten Blick erkannte er, dass es sich um Fela handelte. Einen volltrunkenen Fela in karierten Boxershorts.

Der junge Mann sah mit waidwundem Silberblick zu ihm auf und hickste.

»Hallo Fela«, sagte Seifferheld. »Was machst du denn hier so allein?«

»Ich l-leide«, lallte Fela.

Vor ihm auf dem Küchentisch standen die gesammelten Biervorräte des Seifferheldschen Haushalts. Geleert.

»Warum s-sind F-Frauen so?«, fragte Fela. »Warum ist K-Karina so … so … so … na eben so?«

Seifferheld verstand nur Bahnhof.

»W-Warum hört sie nicht auf m-mich?«, jammerte Fela und rülpste.

Seifferheld überlegte kurz. Im Grunde war er ein mitfühlender Mensch und hätte sich zu jedem anderen Zeitpunkt gern zu Fela gesetzt, um ihn zu fragen, was denn los sei, und ihm zu versichern, dass das Rätsel Frau nicht zu lösen war und man es am besten stoisch ertrug, aber in seinem blutleeren Gehirn war derzeit nur Platz für zwei Gedanken: Champagner holen und mit MaC duschen!

»Das wird schon wieder«, rief er deshalb, schnappte sich die Flasche Taittinger, die er extra für einen solchen Moment besorgt und mit einer Klebezettelwarnung »Nicht anfassen!« versehen im Kühlschrank deponiert hatte, und eilte zurück ins Badezimmer, dessen Tür er hinter sich verschloss. Weshalb er auch nicht mitbekam, wie Fela ein letztes Mal hickste und dann bewusstlos vom Küchenstuhl rutschte.

MaC stand schon unter der Dusche. Sie hatte mehrere Teelichter entzündet. Im Hintergrund erklangen leise die *Idle Moments*. Seifferheld öffnete die Flasche und füllte zwei Gläser, die er auf den Sims neben der Dusche stellte. Er knöpfte sein Hemd auf und zog den Duschvorhang beiseite. Kleine Wassertropfen glitzerten auf MaCs leicht olivfarbener Haut. Ein Anblick, der den jungen Siggi in ihm weckte. Er würde jeden einzelnen Wassertropfen von ihrem Körper küssen, jeden einzelnen! Er beugte sich mit gespitzten Lippen vor und …

… und wurde von MaC zurückgestoßen. »Riechst du das auch?«

»Ich rieche nichts«, log er, obwohl seine Geruchsnerven in diesem Moment einen eindeutig unangenehmen Gestank vermeldeten. »Onis wird gefurzt haben«, sagte er, dabei lag Onis völlig friedlich auf dem Bettvorleger, den man durch die offene Verbindungstür zu Seifferhelds Schlafzimmer sehen konnte, und knabberte glückselig an seinem rosa Teddybären. Normalerweise versuchte Onis

immer, seinen Schwanz zu jagen, sobald bei ihm Blähungen einsetzten.
»Hm«, zweifelte MaC deshalb.
Seifferheld gelang es, seine Lippen saugnapfartig auf ihrer rechten Schulter zu verankern. Jetzt würde ihn nichts mehr von ihr lösen können, jetzt würde er …
»Bäh!«, schnaubte MaC und stellte das Wasser ab.
Ernüchtert richtete Seifferheld sich auf, und sofort verschlug es ihm den Atem. Außerdem hörte er auf einmal blubbernde Geräusche. Sie drangen aus der Toilette.
Während MaC sich in seinen Morgenmantel hüllte, humpelte er zum Klo und hob den Deckel.
Wo eigentlich Wasser zu sein hätte, befand sich eine braune Brühe. Und sie stieg. Sie war sogar schon so weit gestiegen, dass die Toilette in diesem Moment überlief.
»Himmel!«, rief Seifferheld und sprang gerade noch rechtzeitig einen Schritt zurück.
Da drangen auch schon die ersten Schreie aus den oberen Stockwerken.
»Onkel Siggiiiiii!« Das musste Karina sein. »Das Klo läuft über!«
»Ich hab's doch nur gut gemeint«, heulte irgendwo im zweiten Stock der zehnjährige Mozes.
Zu zweit eilten sie die Treppe nach oben.
Wie sich bald darauf herausstellte, hatte Mozes in dem noblen Wunsch, seinen Guppys die Freiheit zu schenken, nicht nur die Fische im Klo heruntergespült – »da werden sie in den Kocher geschwemmt und von dort in die Nordsee!« –, sondern gleich noch den gesamten Inhalt des Aquariums: Steine, Algen sowie die Piratenschatzkiste aus Hartgummi. Die sich irgendwo im uralten Rohrsys-

tem des Seifferheldschen Hauses verkantet haben musste und nun für Rückstau sorgte. Für einen äußerst bösen Rückstau!
Seifferheld griff zum Handy.
Irgendwo in Schwäbisch Hall ging ein Maschinengewehr los ...

4. Kapitel

> Aus dem Polizeibericht
>
> **Der Hoolgaascht geht um**
>
> *Vermutlich Jugendliche haben in der Nacht auf Dienstag als Schwäbisch Haller »Hoolgaascht« verkleidet späte Spaziergänger verschreckt. Ein Tourist aus Bamberg musste sogar mit Verdacht auf Herzinfarkt ins Diak gebracht werden. Einer der jungen Männer sprang als Geist in täuschend echter Verkleidung aus einer dunklen Seitengasse hervor und erschreckte die Passanten, während seine Begleiter das Ganze offenbar filmten. Es wurde Anzeige gegen Unbekannt erstattet. Die Polizei behält jetzt im Auge, ob die Aufnahmen ins Internet gestellt werden.*

08:30 Uhr

> Latte macchiato: Italienisch für
> »Sie haben zu viel für Ihren Kaffee gezahlt.«

Das Schöne am Alter war ja, dass einem nichts mehr peinlich sein musste.
Druck durch Peergroups? Gehörte der Vergangenheit an.
Rücksichtnahme auf den eigenen Ruf? Wozu denn noch.
Aber wie peinlich war das denn? Seit Onis diesen rosa Teddy gefunden hatte, trug er ihn wie eine Trophäe im Maul herum.

Wenn man ihm den Teddy wegnehmen wollte, knurrte er.

Sobald Seifferheld »Aus!« kommandierte, legte Onis den Teddy natürlich ab, er war schließlich so gut erzogen, wie es sich für einen derart großen Hund absolut gehörte, aber dann sah er mit welpenweit aufgerissenen Augen zu seinem Oberhund auf und begann, jämmerlich zu jaulen oder wahlweise fürchterlich zu fiepen. Wer konnte da schon hart bleiben?

Also spazierten Seifferheld, Onis und der rosa Teddy an diesem Morgen durch den Stadtpark. Es war ein herrlicher, sonniger Morgen, und unverhältnismäßig viele Menschen flanierten ebenfalls durchs Grün. Erstaunlich, wie viele Leute an einem Wochentagvormittag gemächlich schlendern konnten, statt an Fließband oder Schreibtisch zu malochen. Zeichen der Wirtschaftskrise?

Zwei von drei Entgegenkommenden fingen an zu grinsen, wenn sie Onis sahen. Manche murmelten auch »Wie süß!«, doch Seifferheld war nicht glücklich mit diesem Zustand. Wenn sein Hund schon mit Puppen spielen wollte, dann bitte mit einer Actionfigur – Arnold Schwarzenegger als *Terminator* oder Karl-Theodor zu Guttenberg als Verteidigungsminister. Warum, o warum, musste es ausgerechnet ein rosa Plüschteddy sein?

Seifferheld spazierte schon geraume Zeit durch den Park. Zu Hause war es nicht auszuhalten.

Karina und Fela hatten immer noch Streit, weswegen Karina wütend schmollte und Fela bedröppelt schwieg und so aussah, als ob er gleich losheulen würde. Außerdem hatte er einen irrsinnigen Kater. Mozes hatte Zimmerarrest und durfte allein nicht mehr aufs Klo, was er für

einen Zehnjährigen als unzumutbar empfand, egal, was dieser Zehnjährige auch aus falsch verstandener Tierliebe angestellt haben mochte. Irmi beschuldigte Karina, sich heimlich in ihr Zimmer geschlichen und an ihrem Computer herumgemacht zu haben, was Seifferheld lächerlich fand, Karina aber nicht abstritt. Und Susanne hatte sich irgendeinen Virus eingefangen und kotzte sich die Seele aus dem Leib, während Olaf ihr liebevoll den Kopf über die Kloschüssel hielt. Und über allem schwebte der penetrante Gestank von Fäkalien, denn Klempner Arndt hatte zwar die Aquariumsingredienzien aus dem Rohrsystem entfernt, aber gegen den infernalen Geruch kamen nicht einmal die zwei Sprühflaschen Febrèze und die große Spraydose mit dem Schweizer Bergwiesenraumduft an, die Irmgard und MaC im ganzen Haus versprüht hatten.
Nein, dann lieber bis zu seinem Einsatz durch Gottes freie Natur pilgern.
Sein Einsatz begann um Punkt neun, wenn die Läden öffneten.
Seifferheld wollte sich in Sachen Kiki Runkel ein wenig umhören. Und zwar bei den anderen Ladenbesitzern in der Schwatzbühlgasse. Als harmloser Kaufwilliger getarnt. Man konnte ja immer Bücher, Brot und Schokolade brauchen.
Er band Onis an die Bank vor Kiki Runkels Laden, weil er ihn dort von allen anderen Läden aus im Blick behalten konnte. Onis fand das einerseits nicht weiter schlimm, er hatte ja seinen rosa Teddy, andererseits missfiel ihm das Angebundensein grundsätzlich und prinzipiell, weswegen er so herzzerreißend dreinschaute, dass er für jedes

Tierschutzplakat eines misshandelten Hundes hätte herhalten können.

In der Buchhandlung Zundelfrieder gab Seifferheld vor, einen Reiseführer für seine Nichte zu suchen, bei Chocolatier Hussel waren es Trüffelpralinen für seine Schwester, bei Moden Wanner ein Oberhemd für sich selbst. Dann bestellte er in der Bäckerei Mack einen Kaffee im Stehen. Wann immer er an Onis vorbeikam, erntete er vorwurfsvolle Hundeblicke. Nicht nur das Angebundensein störte den Hund, auch der Pseudo-Maulkorb, aber es musste sein.

Die Haller erwiesen sich als auskunftsfreudig:

»Frau Runkel war eine sehr sympathische Person.«

»Die Kiki, ach ja, was für ein Verlust. So ein fröhlicher Mensch.«

»Tragisch, wirklich tragisch. Eine so junge Frau.«

»Vielleicht in diesem Zusammenhang unpassend, aber wer führt denn jetzt ihr Geschäft weiter? Ich sage Ihnen, wenn das mit dem Ladensterben in der Haller Innenstadt so weitergeht, sehe ich schwarz für die Stadt!«

So in etwa lauteten die Kommentare der Geschäftsleute. Privates hatte keiner zu erzählen. Das war aber auch typisch für seine Heimatstadt. Es handelte sich nicht um Diskretion, die wäre zu knacken gewesen. Nein, Grund waren die Parallelwelten, die keine Überlappungen kannten. Man blieb unter sich – die Sportler, die Kunstschaffenden, die Serviceclubleute, die bessere Gesellschaft, die nicht so feine Gesellschaft, der Rest. Natürlich gab es Berührungspunkte, aber nur oberflächlicher Natur. In Indien mochte das Kastenwesen ausgestorben sein, hier in der süddeutschen Kleinstadt blühte und gedieh es äußerst

prächtig. Und offenbar war Katharina Runkel Mitglied einer Kaste gewesen, zu der kein anderer Ladenbetreiber in der Umgegend gehörte.
»Sie fragen überall nach der Kiki, habe ich gehört.« Der Metzger baute sich vor der Tür der Bäckerei neben Seifferheld auf.
Der Metzger war kein hiesiger Wurst- und Fleischwarenhändler, sondern ein Obdachloser, den alle Metzger nannten. Womöglich, weil er so hieß. Gustav Metzger. Er gehörte zu den stadtbekannten Pennern. Hin und wieder sah man ihn biertrinkend auf der Henkersbrücke, manchmal saß er auch mit ausgestreckter Hand am Sulfersteg und bat mit rauchiger Stimme »Hasse mal 'n Euro?«. Er war harmlos, ließ sich über Winter in der Schuppachburg verköstigen und ging während der Sommermonate auf Platte.
»Das hat sich aber schnell herumgesprochen«, sagte Seifferheld.
An diesem Morgen roch der Metzger erträglicher als sonst. Nicht auszuschließen, dass er mit Wasser und Seife in Berührung gekommen war. Versehentlich.
»Für eine Tasse Cappuccino würde ich auch mit Ihnen plaudern«, bot der Metzger an. Das waren noch Zeiten, als Penner sich mit einer schönen Tasse schwarzen Kaffee begnügten. Jetzt musste es Cappuccino sein.
Seifferheld bestellte einen Cappuccino-to-go, ohne sich Hoffnung auf wirklich weiterhelfende Informationen zu machen. Er betrachtete es als seine gute Tat des Tages.
Der Metzger blies das Schaumkrönchen von seinem Pappbecher. »Schaum ist nicht so meins. Ich identifiziere mich mit Wladimir Klitschko«, sagte er. »Der ist wie ich: außen

stark, innen ganz zart. Bestimmt hat er auch eine Laktoseschaumüberempfindlichkeit.«
Seifferheld bestellte noch ein Croissant für den Mann.
»Und? Was wollten Sie mir sagen?«, versuchte er, den Redefluss von Metzger zu stimulieren.
»Immer traurig, wenn ein Mensch stirbt. Da fordert Gott gewissermaßen sein Material zurück.«
»Keine philosophischen Abhandlungen«, bat Seifferheld. »Ich will nur hören, was Sie mir über Frau Runkel erzählen können.«
»Das war eine total Nette. Ich durfte jederzeit in ihren Laden kommen, obwohl ich ja sonst bisweilen auf gewisse Vorurteile stoße.« Der Metzger hob seine Tasse, als wolle er auf Kikis Wohl anstoßen. »Und ich sage Ihnen das eine: Sie hat ihren Mörder gekannt! Weil nämlich, als ich das erste Mal bei ihr auftauchte, kam sie mit einer riesigen Dose Pfefferspray aus dem Hinterzimmer gerannt. Und in der Hand hielt sie so ein Sirenenalarmteil. Die Runkel war total auf der Hut. Ein Fremder hätte sie nicht einfach so erschlagen können. Das dürfen Sie mir glauben. O nein, sie hat ihren Mörder gekannt!«

10:15 Uhr

> Besserungsanstalten für Hunde heißen in China Kochtopf.
> *Harald Schmidt*

Als Seifferheld die Bäckerei Mack verließ und Onis losband, sah er aus dem Augenwinkel einen Schatten durch die Geschäftsräume von Frau Runkel huschen.

Seifferheld dachte nicht lange nach und stürmte – im Gehhilfeneiltempo und seinen Gefahrhund im Schlepptau – in den Laden. Doch der kriminelle Akt, den er vermutet hatte, fand nicht statt.

»Nu, guten Tag!«, rief ein freundlicher junger Mann, nicht viel größer als Onis und am Dialekt unschwer sofort als Sachse erkennbar. »Sie sind aber früh dran, ich hab' eben erst aufgemacht.«

»Ich dachte, der Laden sei wegen des Todesfalls geschlossen.« Seifferheld staunte.

Das Männchen legte beide Hände auf die Brust. Eine Betroffenheitsgeste. Die aber echt wirkte. »Ganz furchtbar, wirklich ganz furchtbar. Aber die Polizei hat den Laden freigegeben, und ab sofort muss alles raus – bis zu fünfundsiebzig Prozent billiger. Woran haben Sie Interesse? Huch, ich glaube, Ihr Hundchen hat Durst.«

Onis hatte den rosa Teddy abgelegt und war ins Hinterzimmer gelaufen, wo er sich mit den Vorderpfoten auf das Waschbecken stützte.

»Momentchen, das haben wir gleich.« Das Männchen nahm eine ovale, blumen- und elfenberankte Keramikschale aus einem Regal, füllte sie mit Wasser und stellte sie vor Onis auf den Boden. Es folgte dankbares Schlecken.

Seifferheld befand auf der Stelle, dass dieses Menschlein keinen schlechten Charakter haben konnte.

»Und Sie sind …?«, fragte er.

»Stielicke. Dennis Stielicke. Geschäftsauflösungen. Hier meine Karte.« Er reichte Seifferheld ein buntes Stück Papier.

Seifferheld, der zum Lesen eine Brille brauchte, aber wie üblich keine dabeihatte, steckte die Visitenkarte ein.

Onis hatte seinen Durst gestillt, lief zu seinem rosa Teddy, nahm ihn ins Maul und trug ihn zu Stielicke.
»Nein, ich kaufe nichts, ich verkaufe nur«, scherzte der und grinste. Er kraulte Onis hinter den Ohren.
»Sie führen den Laden also nicht weiter, sondern schlachten ihn nur aus?« Seifferheld hatte es eigentlich nicht ganz so herzlos klingen lassen wollen. »So kurz nach dem Ableben der Besitzerin?«
Stielicke war offenbar Schlimmeres gewohnt und nahm es mit Humor. »Es liegt im Interesse der Erben, dass der Laden zügig abgewickelt wird. Damit nicht endlos Mietzahlungen zu leisten sind.«
»Und Sie machen das hauptberuflich?«
Stielicke nickte. »Je nun, einer muss es ja tun, nich' wahr?« Er nahm den überdimensionierten Preisschildtacker zur Hand, der neben der Kasse lag, und tackerte den reduzierten Preis an eine Reihe von Salzsiederfiguren aus Porzellan. »Schauen Sie sich in aller Ruhe um, und wenn Sie etwas finden, reden wir über den Preis. Hier ist übrigens nichts in Stein gemeißelt.« Er zwinkerte Seifferheld zu.
»Wissen Sie denn, wer den Laden geerbt hat?«
»Die Halbschwester der Ermordeten, Margarethe Runkel-Pöllwitz. Lebt in Dresden. Hat mich vom Fleck weg engagiert. Ich mach's gern, so komm ich mal raus und lerne neue Leute kennen.«
Stielicke war eine Seele von Mensch und Seifferheld enorm sympathisch. Er beschloss, etwas zu kaufen. Nur was?
»Ich nehme die Schale«, rutschte es aus ihm heraus.
»Wie bitte?«
»Die Keramikschale mit dem Wasser. Meinem Hund scheint es daraus geschmeckt zu haben.«

Sie wurden sich handelseinig, und Stielicke verpackte die Schale in Papier. Als Seifferheld zahlen wollte und sein Portemonnaie aus der Jackentasche zog, fiel ihm dabei die Visitenkarte auf den Boden. Er bückte sich. Ächzend, weil seine Hüfte derlei aerobische Übungen nicht mehr klaglos hinnahm.
Und wie er gebückt zwei Sekunden lang verschnaufte, sah er ihn: den goldenen Siegelring. Er war unter den Tresen mit der Kasse gerutscht. Gelbgolde Fassung um einen Lapislazuli, in den ein mit Efeu umrankter Löwe eingraviert war.
Das Wappen derer von Bellingen!

14:30 Uhr

> Im Griff ihrer Libido können Männer nicht weiter denken,
> als eine Kröte hüpfen kann.
> Eine übergewichtige Kröte. Bei Gegenwind.

Seifferheld wollte gerade zum Telefonhörer greifen, um Kläuschen anzurufen, als es klingelte. Erschreckt zuckte er zusammen.
»Hallo?«, meldete er sich zaghaft. Dieser Tage wusste man nie, wer am anderen Ende der Leitung war. Ein bekiffter FH-Student für Karina, eine Kirchentante für Irmi, ein Gefahrhundinspektor.
»Kommissar Seifferheld? Hier spricht Ursula Meck. Sie wissen schon, Usch, das Frauchen von Lady. Schleifbachklinge?«
Er sah wieder die altrosa Daunenjacke vor sich und das anmutige Frauengesicht.

»Wir wollten doch einmal zusammen Kaffee trinken. Passt es Ihnen heute Nachmittag?«
Frau Meck redete nicht lange um den heißen Brei herum. Das konnte man sich als Frau, die mit einem Fuß schon in den Wechseljahren stand, auch nicht mehr erlauben.
Seifferheld schluckte schwer und sah sich rasch mit verstohlenen Blicken um. Immer ein Zeichen für ein schlechtes Gewissen. Aber warum eigentlich? Er und MaC, das war wunderschön, aber doch nach allen Seiten hin offen. Lange genug war er ja verheiratet gewesen. Noch war er jung genug, um sich ein wenig zu amüsieren. Außerdem ging es doch nur um eine harmlose Tasse Kaffee. Und überhaupt tat er das auch für Onis. Es grenzte ja schon an ungesunder Besessenheit, wie fixiert sein Hund auf diesen dämlichen rosa Teddy war. Die Berner Sennenhündin würde ihn bestimmt auf andere Gedanken bringen.
Seifferheld räusperte sich. »Warum nicht? Sehr gern.«
Damn the torpedos, full speed ahead! »Wie wäre es in einer Stunde im Café Ableitner?«
»Eigentlich …«, fing Frau Meck an.
»Oder im Café am Markt?«
»Wissen Sie …«
»Wo immer Sie möchten, ich bin auch zeitlich völlig frei«, sagte Seifferheld rasch.
»Wenn das so ist«, man hörte das Lächeln in ihrer Stimme, »dann jetzt sofort und bei Ihnen daheim.«
»Wie bitte?«, brachte Seifferheld gerade noch heraus, da hörte er auch schon, wie die Türglocke anschlug.
Onis sprang auf und bellte, und draußen vor dem Haus hörte man ein freudiges Antwortbellen.
Es klang nach einer Berner Sennenhündin.

15:01 Uhr

> Mit einer Frau an seiner Seite teilt man das Leid,
> das man ohne sie gar nicht erst hätte!

Spontaneität war etwas Schönes! Seifferheld konnte total spontan sein. Wie oft war er spontan mit den Jungs nach dem Kochkurs noch einen trinken gegangen. Aber das hier war schon nicht mehr spontan, das war übergriffig. Allerdings konnte er nicht wirklich wütend sein, denn auch außerhalb ihrer altrosa Daunenjacke sah Usch Meck einfach zum Anbeißen aus. Süß und doch fest, wie ein saftiger Pfirsich, wie eine Frau, die einen in Hypnose versetzen und einem dann zuraunen konnte: »Auf drei hüllst du dich in Latex und bist ein devoter Zwerghamster.« Und man würde es voller Begeisterung tun.
»Noch ein Stück Marmorkuchen?«, flötete sie.
Den Marmorkuchen hatte sie mitgebracht. Selbstgebacken. Er schmeckte vorzüglich.
Seifferheld wusste natürlich, dass er sich auf dünnem Eis bewegte, auf sehr dünnem Eis.
»Schauen Sie nur, wie gut meine Lady und Ihr Onis sich verstehen«, freute sich Frau Meck an dem jungen Hundeglück.
Seifferheld freute sich an Frau Meck.
Onis freute sich an Lady und hatte seinen rosa Teddybären völlig vergessen. Die beiden Hunde tollten im Flur miteinander.
Seifferheld war seiner Frau immer treu gewesen. Also, bis auf diese eine Nacht – aber das war auf einer Dienstreise gewesen, und er und die betreffende Kollegin waren be-

trunken gewesen und hatten sich danach nie wieder in die Augen sehen können. Er hielt sich für einen One-Woman-Mann. Was war nur mit ihm los? Er war doch in MaC verliebt. Lag es an der Namensgleichheit? Was machte dieses einsilbige Meck beziehungsweise MaC mit ihm?
Aber natürlich wusste er, dass er nach dreißig, meist öden Ehejahren einen enormen Nachholbedarf hatte. Er redete sich ein, dass er sich nur Appetit holen wollte. Gegessen wurde dann später bei MaC. Das nahm er sich jedenfalls ganz fest vor.
»Onis ist doch kastriert, oder?«, fragte Frau Meck plötzlich, als die Hunde draußen verdächtig ruhig wurden, doch bevor er das verneinen konnte, waren menschliche Geräusche im Flur zu vernehmen. Schritte.
Es hatte ja so kommen müssen. Seifferheld rechnete mit dem Schlimmsten.
Aber es trat kein Mitglied seines Harems in die Küche, sondern Olaf, sein Physiotherapeut und Beischläfer seiner Tochter Susanne. »O Verzeihung, ich wollte nicht stören ... bin nur gerade aufgewacht und hatte Lust auf Saft.«
»Du störst doch nicht«, sagte Seifferheld mit knallrotem Kopf, vom Tisch aufspringend. »Apfelsaft, Orangensaft, Multivitaminsaft?« Er humpelte zum Kühlschrank.
Olaf gesellte sich zu ihm und nahm die drei Flaschen entgegen, die Seifferheld ihm in die Arme drückte, bevor er ihn sanft, aber nachdrücklich zur Küchentür schob.
Mit Blick auf Frau Meck zwinkerte Olaf ihm zu und flüsterte: »Sie hätten die Physiotherapie in letzter Zeit nicht so schleifen lassen dürfen, das wird sich noch rächen.«
Bedeutungsvoll sah er zu Seifferhelds Lenden hinunter.

Seifferheld brummte und schloss die Tür hinter ihm.
»Ein netter Junge. Ihr Sohn?«, wollte Usch Meck wissen. Seifferheld schüttelte den Kopf. »Mein Masseur. Wo waren wir stehengeblieben?« Er setzte sich wieder.
»Sie erzählten mir gerade, dass ein professioneller Ermittler sich niemals ganz in den Ruhestand verabschiedet.«
Usch Meck hatte natürlich gehört, dass Seifferheld im letzten Jahr bei der Überführung einer Serienmörderin eine tragende Rolle gespielt hatte. Eigentlich hatte sie es erst gehört, als Seifferheld es ihr vor nicht ganz fünf Minuten erzählte, um sich im besten Licht erstrahlen zu lassen.
»Man kann einfach nicht so schnell abschalten. Wenn ich ein Hobby gehabt hätte, dann wäre es sicher etwas anderes gewesen, aber so ...«
»Noch dazu wurden Sie durch diese Kugel mitten aus dem aktiven Leben gerissen.« Usch Mecks Linke legte sich tröstend auf seine Rechte. Er wollte eigentlich keine Gänsehaut bekommen, aber da war es schon zu spät.
»Frau Meck«, sagte er. Gefühlvoll.
»Nenn mich doch Usch«, flüsterte sie.
»Und da tönt es ›Meck, meck, meck!‹ Plumps, da ist der Schneider weg!«
Das Leben meinte es ja angeblich gut mit einem. Die Spezialisten für das Universum – die spirituellen, wohlgemerkt, nicht die von der NASA – wurden es ja nicht müde, uns zu versichern, dass uns das Universum immer tragen würde, wir müssten uns nur fallen lassen. Das war aber frech gelogen oder zumindest sträflich naiv.
Jedenfalls im Fall von Siggi Seifferheld. Das Universum meinte es nämlich gar nicht gut mit ihm, weshalb in die-

sem Moment nicht seine zynische Schwester Irmi in der Tür stand (die kleidete sich für ihr Date am Samstag gerade in der Boutique Medici neu ein) und auch nicht seine rotzfreche Nichte Karina (die sprühte in diesem Moment Weg mit Guantanamo – nie wieder Folter mit blutroter Farbe an eine Wand im Kocherquartier), sondern – Tusch! – seine MaC.
Die Küchentemperatur fiel schlagartig in den zweistelligen Minusbereich.
Seifferheld dachte noch, dass er MaC keinen Hausschlüssel hätte geben dürfen.
»Max und Moritz, dritter Streich«, stellte MaC, der genaue Quellenangaben immer sehr wichtig waren, mit eisiger Stimme klar.
»Wenn Sie wüssten, wie oft ich das schon gehört habe«, erwiderte Usch Meck.
Seifferheld sprang auf. »Äh ... darf ich bekannt machen?«
»Wir kennen uns bereits«, klirrte MaC.
Bei der direkten Gegenüberstellung der grazilen Usch Meck und der stattlichen Marianne Cramlowski wurde klar, dass die beiden in völlig unterschiedlichen Gewichtsklassen kämpften. Davida und Goliathine.
»Ja, wir hatten bereits das Vergnügen. Sie haben über die Schultheateraufführung meines Mirko berichtet. Ein netter Artikel.« Usch Meck beherrschte die Kunst, ein Lob so anzubringen, dass es einer Ohrfeige glich.
»Es war ja auch eine nette Aufführung. Wir haben uns übrigens auch in der Praxis von Hautarzt Semmler getroffen, Sie erinnern sich sicher. War das nicht erst letzten Monat? Hat das Mittel gegen Ihren Genitalherpes schon angeschlagen?«

Manchmal konnte David noch so wendig sein, Goliath gewann doch.

Frau Meck lächelte gezwungen, nahm die leere Tupperdose, in der sie den Marmorkuchen transportiert hatte, und die Hundeleine, rief »Lady, wir gehen« und trat würdevoll den Rückzug aus der Küche an.

Seifferheld brachte sie noch zur Haustür, aber der Zauber war verflogen. »Wir könnten … unser Gespräch … ja ein anderes Mal fortsetzen«, stotterte er.

»Gut möglich – außer natürlich, ich finde vorher meine Tarnkappe wieder.«

Bevor Seifferheld nachfragen konnte, wie sie das meinte, waren sie und Lady schon um die nächste Ecke verschwunden.

Als er sich umdrehte, um wieder in die Küche zu humpeln und sich dem Jüngsten Gericht in Form der österreichischen Rachegöttin MaC zu stellen, sah er Olaf auf dem Treppenabsatz stehen.

Olaf schüttelte den Kopf und zischelte: »Ts, ts, ts, böser Anfängerfehler. Beim Zweigleisigfahren immer auf unterschiedliche Streckenführung achten!«

20:00 Uhr

> Männer sind Geschöpfe,
> die wie Sparbüchsen den größten Lärm machen,
> wenn am wenigsten in ihnen steckt.

Einsatzbesprechung in der Schulküche der Volkshochschule. »Ruhe!«, donnerte Seifferheld, der an diesem Abend schlecht gelaunt war und sich im Überschalltempo

zum Despoten entwickelte. Aber an Tagen wie diesem – Freundin sauer, Nichte als Sprayerin verhaftet –, da musste man schon ein Übermensch sein, um nicht bei jeder noch so kleinen Kleinigkeit wie ein Dampfkochtopf zu explodieren.
Dampfkochtopf. Gutes Stichwort!
»Männer, jetzt keine Panik. Arndt soll nachher einfach schnell googeln, wie man so einen Fisch verzehrfertig bekommt. Wozu hat er ein Smartphone.«
Klempner Arndt, der bis in die frühen Morgenstunden Seifferhelds Abflussrohre frei gepumpt hatte, war am Tisch sitzend eingeschlafen.
»Ich weiß wirklich nicht, ob ich der Richtige für Fisch bin«, jammerte Gotthelf. »Vielleicht möchte einer von euch mit mir tauschen?«
Schmälzle inspizierte seine Fingernägel, Eduard seine Schuhspitzen, Horst die Schuppen auf dem Kragen von Günther, Günther das Aquarellbild an der Wand, dessen Nagel sonst immer als Aufhängung für das Jamie-Oliver-Foto verwendet wurde.
Nur Kläuschen erwiderte Gotthelfs Blick. »Was genau ist eigentlich ein Soufflé?«, fragte er themawechselnd.
Gotthelf seufzte und drehte sich zu Seifferheld. »Siggi, hast du Bocuse erreicht? Kommt er rechtzeitig wieder auf die Beine?«
Seifferheld schüttelte den Kopf. »Keine Ahnung. Im Krankenhaus ist er nicht mehr, und bei ihm zu Hause nimmt keiner ab. Vielleicht ist er zu Reha-Maßnahmen in einer Spezialklinik. Wie auch immer, wir haben ihm unser Wort gegeben. Komme, was da wolle, wir treten beim Wettkochen an!«

Siggi Seifferheld nahm Haltung an. Im Lauf der Geschichte waren immer wieder durchschnittliche Männer durch die Hand des Schicksals zu besonderen Aufgaben berufen worden: Moses hatte sein Volk durch die Wüste geführt, Gandhi hatte sein Volk in die Freiheit geführt, und er, Seifferheld, würde seine Mannen zum Wettkochen führen.
Keine Sekunde lang glaubte er, dass sie sich auch nur in die Nähe einer der vorderen Plätze würden kochen können, aber sie mussten es auf jeden Fall versuchen. Das war eine Frage der Ehre.
Er hob zu einer Motivationsrede an.
Doch bevor er den Mund aufmachen konnte, rief Kläuschen beglückt: »Jetzt weiß ich's wieder, Soufflés sind wie Windbeutel, nur warm. Stimmt's?«

23:12 Uhr

> Ein Mann ist immer so glücklich wie die Frau,
> die er in den Armen hält.

Seifferheld hatte mit Onis eine letzte Runde durch den Park gedreht. Wie so oft zu dieser Jahreszeit war Nebel im Kochertal aufgezogen, der nun wie ein riesiger Wattebausch über dem Stadtpark lag. Sicht unter fünfzig Meter.
Und irgendwann standen sie drei – er, Onis und der in Ermangelung von Berner Sennenhündinnen wieder zu Ehren gekommene rosa Teddy – vor MaCs Haus im Lindach. Seifferheld warf kleine Kieselsteinchen gegen ihr Schlafzimmerfenster.

Er warf schon eine Viertelstunde. Und er würde so lange weiterwerfen, bis sie wieder mit ihm redete. Onis ließ den Teddybären zu Boden fallen, um gähnen zu können.
Seifferheld schmerzte das Handgelenk. Er war ein Idiot. Was hatte er sich nur gedacht? Ja gut, es schmeichelte ihm, wenn sich Frauen für ihn interessierten. Er genoss das sehr. Das war ja auch legitim. Aber nie und nimmer würde er seine MaC gegen eine andere eintauschen wollen. Mit ihr konnte er lachen, sich die Wiederholungen seiner Lieblingsserien aus den sechziger Jahren im Fernsehen anschauen, stundenlang durch die Natur laufen und über alles reden und dabei wissen, dass er verstanden wurde. Und vor allem hatten sie grandiosen Sex. Sex, den – das wusste er aus jahrelangen Stammtischgesprächen – keiner seiner Kumpels hatte, weder die Verheirateten noch die Unverheirateten. So etwas gab man doch nicht leichtfertig auf. Wenn sie nur endlich verstehen würde, dass er seinen Flirtfreiraum brauchte!
»MaC!«, rief er im Bühnenflüsterton.
Seifferheld meinte, im Nebel Schritte zu hören. Aber Nebel war trügerisch. Er schluckte und verzerrte Geräusche. Es kam niemand. Mühsam bückte er sich und hob weitere Kieselsteinchen auf.
Frauen schmollten gern. Das war er gewohnt. Das hielt er aus. Er war schließlich Harem-erprobt.
»MaC! Ich liebe dich!«
So, jetzt hatte er es ausgesprochen. Das L-Wort! Genauer gesagt, hatte er es hinausgeschrien in die Welt.
Es war ihm zwar mehr oder weniger einfach so herausgerutscht, aber jetzt, da es draußen war, konnte er ganz gut damit leben. Seine Frau war schon seit zehn Jahren tot, er

durfte neu lieben. Und er liebte MaC, das wurde ihm in diesem lächerlichen Moment klar.
Was ihn nicht davon abhielt, furchtbar wütend zu sein.
Auf MaC, weil sie ihre Spielchen mit ihm spielte.
Und auf sich, weil er, wie er gleich darauf feststellen musste, im dichten Nebel seine Kieselsteinchen an das falsche Fenster geworfen hatte.
Selbiges Fenster wurde aufgerissen, und ein im Nebel nicht näher auszumachender Kopf mit Lockenwicklern rief: »Ziehen Sie Leine, Sie Perverser, sonst rufe ich die Polizei!«
»Verzeihung, ich habe mich im Fenster vertan«, entschuldigte sich Seifferheld. »Das tut mir schrecklich leid!«
Onis nahm den Teddy wieder ins Maul. Tiere haben einfach den besseren Instinkt.
»Schlafen Sie bitte weiter. Und Entschuldigung noch mal!«, rief Seifferheld und griff nach seiner Gehhilfe.
»Siegfried?«, rief der Lockenwicklerkopf. »Der kleine Siegfried Seifferheld, bist du das?«
Himmel, hilf!
Es war Fräulein Mahlzahn, seine alte Musiklehrerin. Er hatte nicht nur das falsche Fenster erwischt, sondern gleich das falsche Stockwerk.
So rasch er konnte, humpelte er im Nebel davon.
Er meinte, ein Lachen in seinem Rücken zu hören. Im Nebel klang es wie das hämische Röcheln eines Werwolfs.
In Ges-Dur.

5. Kapitel

> Aus dem Polizeibericht
>
> **Wenn Dummheit weh täte**
>
> *Ein 31-jähriger Mann glaubte, den Inhaber eines Optikergeschäfts in der Zollhüttengasse täuschen zu können. Zwei Wochen zuvor hatte er in dem Laden eine hochwertige Sonnenbrille gestohlen. Am Samstagvormittag ging er in das Geschäft und erklärte, er habe die Brille dort gekauft, sie passe aber nicht recht, er wolle sie anpassen lassen. Der Optiker erkannte das gestohlene Modell und rief die Polizei. Der Täter ließ sich widerstandslos festnehmen.*

08:30 Uhr

> Der Hund braucht sein Hundeleben: Er will zwar keine Flöhe haben, aber doch die Möglichkeit, sie zu bekommen – das gilt auch für Männer.
> *Frei nach Robert Lembke*

Hundeerziehung muss nicht streng sein, aber konsequent! Kommandos müssen kurz und prägnant und immer gleich erfolgen, es muss zeitnah und viel gelobt werden, und ein Hund muss immer wissen, wer der Chef ist.

Gemäß dieser Devise lebten Seifferheld und Onis in einer wunderbaren Oberhund-Unterhund-Beziehung, die beide glücklich machte. Und wenn es Entscheidungen zu fällen galt, dann fällte sie Siegfried Seifferheld.

An diesem Morgen fällte Seifferheld die Entscheidung, dass der rosa Teddy unerträglich war und entsorgt werden musste. Das ging doch so nicht: Aeonis vom Entenfall, ein edler Rüde mit einem Stammbaum so lang wie Seifferhelds Gehhilfe, ein ungebundener Freigeist voller Würde und Schönheit, konnte doch nicht Tag und Nacht mit einem angenagten rosa Plüschteddybären herumlaufen. Noch dazu mit einem billigen Imitat aus Asien und keinem echten Steifftier. Das ging nun wirklich nicht. Der Teddy musste weg!

Vielleicht hätte Seifferheld mehr Nachsicht geübt, wenn er in seinem eigenen Leben nicht so furchtbar gebeutelt worden wäre, aber das wurde er nun mal.

Seit Tagen war er nicht mehr zum Sticken gekommen und litt vehement unter Entzug.

Seine Nichte entwickelte sich unter seiner Obhut zu einer Kriminellen.

Seine Schwester wurde zunehmend eigenbrötlerisch und verschlossen und hatte an der Tür zu ihrem Zimmer jetzt einen zusätzlichen Riegel anbringen lassen.

Seine Tochter Susanne hing ständig über der Kloschüssel, und im ganzen Haus roch es nach Erbrochenem.

MaC ging nicht ans Handy, wenn er anrief. Wie unreif! Das hatte er weiß Gott nicht nötig. Waren sie denn hier im Kindergarten? Dabei hatte er das L-Wort ausgesprochen! Nun gut, nicht sie hatte es gehört, sondern seine ehemalige Lehrerin, aber es hing doch irgendwie in der Luft – und das könnte sie ruhig anerkennen.

Seifferheld war genervt. Von allem und jedem und vom Leben an sich.

Also rührte er Onis zum Frühstück ein weichgekochtes

Ei und eine Butterflocke unter das Trockenfutter, und während der ahnungslose Onis genüsslich fraß, nahm Seifferheld den rosa Teddy und warf ihn nicht nur in den Mülleimer in der Küche, sondern entsorgte ihn gleich in der großen Restmülltonne im Hof.
Das. War. Ein. Fehler!

09:15 Uhr

> Was macht eine Frau, wenn ihr Mann im Zickzackkurs durch den Garten läuft? Sie schießt weiter!

Wenn man nicht in offizieller Funktion ermittelt, aber dennoch ein paar unbequeme Fragen stellen will, ist nichts besser als ein Kleinkind.
Das kleinste Kind, das Seifferheld momentan zur Verfügung stand, war der zehnjährige Mozes. Also versprach er Fela, den Kleinen an diesem Vormittag zu hüten. Er ging mit Mozes zu seiner Lieblingsbäckerei Pfisterer & Oettinger, wo es eine leckere heiße Schokolade mit Hörnchen gab, und dann fragte er ihn: »Na, Mozes, hast du Lust, mit mir einen Spaziergang zu unternehmen? Wir wollen einem Trauerhaus unsere Aufwartung machen.«
»Sehen wir dann eine Leiche?«
»Äh … nein.«
Mozes guckte unentschlossen.
»Du bekommst auch ein Eis. Ein großes Eis.«
Damit war die Sache geregelt.
Seifferheld hätte sich allerdings denken können, dass es nicht ungestraft blieb, wenn man einem Heranwachsen-

den sein Recht auf Bildung vorenthielt. Aber in diesem Moment war ihm das egal.

Und so zogen sie – nach einem kleinen Umweg über die Eisdiele Simonetti – die Crailsheimer Straße bergan: der alte Mann, das Kind und der Hund.

Mozes plapperte unentwegt, weswegen die Eiskugeln in der Waffel, die er in der Hand hielt, schon so gut wie geschmolzen waren und klebrige Schlieren auf seiner Rechten hinterließen.

»Ich darf nicht zu viel Eis essen«, erklärte Mozes. »Ich bin schon ganz doll krank geworden vom Eisessen. Ich hatte über vierzig Tonnen Fieber!«

Seifferheld nickte, ohne zuzuhören. Er überlegte sich, wie er Sissi von Bellingen am besten befragen konnte. Sie kamen am ausgedehnten Gebäudekomplex der Bausparkasse Schwäbisch Hall vorbei und warteten an der Ampel darauf, die Straße überqueren zu können.

»Mama sagt, das ist deshalb gekommen, weil ich erst das Eis gegessen habe und dann gleich ganz viele Äpfel und Pfirsiche. Ich mag Pfirsiche. Du auch? Die sind wie Äpfel, nur mit Hauthaaren.«

Die von Bellingens hatten sich einen alten, aber architektonisch reizvollen Bungalow gekauft, in Sichtweite des ehemaligen Verwaltungsgebäudes von Rex Asbest. Das Gartengrundstück war von der Straße nicht einzusehen. Soweit Seifferheld der Zeitung entnommen hatte, standen an diesem Vormittag die Türen offen, damit Nachbarn und Bekannte der Witwe ihr Mitgefühl aussprechen konnten. Das war in der Stadt so üblich. Wenn man wer war.

Seifferheld trug wieder seinen guten Anzug, Mozes allerdings eine knallbonbonbunte Latzhose und darüber eine

Strickjacke mit dem FC-Bayern-Logo. Aber von Kindern erwartete man ja auch keine angemessene Trauerkleidung, oder?

»Wie ich so doll Fieber hatte, da habe ich auch so geschwitzt wie jetzt. Schwitzen, das ist, wenn die Haut undicht wird und das Wasser raussickert. Guck!« Mozes zeigte mit seiner kleinen schwarzen Patschhand auf seine Stirn, über die wahre Schweißströme rannen. Es war ein warmer Vormittag, die Steigung auf den Klingenberg war beträchtlich, und die Strickjacke war dick.

Seifferheld guckte aber nicht, er überlegte sich Fragen. Hatte Sissi von den Affären ihres Mannes gewusst? Kannte sie die Frauen womöglich? Der Siegelring unter dem Kassentresen in Frau Runkels Laden war ihm sehr schmal vorgekommen – gehörte der Ring möglicherweise Sissi? Hatte *sie* Kiki Runkel ermordet?

Die herrlichen Blumen, die er sich in der Straußbinderei Thomas Starz hatte binden lassen, wurden ihm schwer im Arm. Seine Hüfte schmerzte, vor allem beim Bergaufgehen.

Seit Olaf seine Tochter statt seiner Hüfte massierte, nahmen die Beschwerden wieder zu.

»Ich mag dich, Onkel Seifferheld«, verkündete Mozes treuherzig. »Und Onis mag ich auch.« Er strahlte. »Wir sind wie die drei Muskeltiere!«

Kurz darauf standen sie vor der mannshohen Hecke, die das Grundstück der von Bellingens umgab und vor dem gerade ein schwarzer Phaeton mit Chauffeur abfuhr. Der Wagen des Oberbürgermeisters. Mozes staunte nicht schlecht. »Wenn ich groß bin, will ich auch so ein Auto. Mit Chauffeur!«

Das Gartentor quietschte. Die Haustür stand offen, als Türsteher fungierte Konzi von Bellingen.
»Herr Seifferheld, Sie hier?«
Seifferheld wahrte die Fassung. Mit Konzi hatte er schließlich gerechnet. »Da wir doch demnächst über Ihr Bild in quasi nabelschnurartiger Verbindung stehen werden, wollte ich der Familie natürlich meine Aufwartung machen.«
In Konzis Kreisen machte man das tatsächlich so, weswegen Konzi das auch gar nicht weiter verwunderlich fand. Seifferheld schlang die Leine von Onis um das gusseiserne Treppengeländer. Drei Stufen führten zum Eingang des Bungalows.
»Sagen Sie mal, schlagen Sie Ihren Hund?«, fragte Konzi.
»Wie bitte? Natürlich nicht!«
»Der sieht aber so aus.«
Onis machte wirklich den Eindruck, als würde er entsetzlich misshandelt. Das gehörte natürlich zu seinem perfiden Plan, seinen Oberhund zur Herausgabe seines heißgeliebten Teddybären zu veranlassen. Aber man musste als Hundehalter konsequent streng sein.
»Der Hund schauspielert nur«, erklärte Seifferheld und tätschelte Onis betont liebevoll den Hovawart-Schädel.
»Ich bin Mozes«, sagte Mozes, der einen angeborenen Instinkt für gute Manieren besaß. Dann drückte er seine eisverklebte Rechte in die frisch manikürte Hand von Konstantin von Bellingen. Der Instinkt war noch ausbaufähig.
Seifferheld wollte Mozes in ein Badezimmer lenken, aber da sah er durch die geöffnete Tür zum Salon die trauernde Witwe neben einem mit einer schwarzen Schleife verzier-

ten Foto ihres Mannes stehen. »Nichts anfassen!«, sagte er streng zu Mozes.
Dann trat er auf Sissi von Bellingen zu.
»Mein aufrichtiges Beileid, Frau von Bellingen.« Seifferheld küsste ihr die Hand. Ein Mietdiener nahm ihm die Blumen ab. Der Salon sah bereits aus wie die Chelsea Flower Show.
»Sehr freundlich, Herr ...«
»Seifferheld, Siegfried Seifferheld.«
Das Händeküssen war nicht typisch hallerisch, in Hall wahrte man eher pietistisch Abstand zu den Körperteilen anderer Menschen, vor allem von Menschen des anderen Geschlechts. Seifferheld hatte das Luftküssen über dem weiblichen Handrücken aus dem Fernsehen. Aber weil er es mit selbstverständlicher Bravour vollzog, kam es immer gut an. Auch in diesem Fall.
»Bitte, trinken Sie doch ein Glas Champagner mit mir. Auf Lambert ...« Sissi von Bellingen winkte einer weiteren Bezahlkraft, die ein Silbertablett in der Hand hielt.
In dem Salon – mit verglaster Seitenfront und herrlichem Blick auf den Einkorn, den Haller Hausberg, in sonnenbeschienener Ferne – befanden sich noch etwa ein Dutzend Personen mittleren Alters, die Seifferheld nicht kannte. Die meisten plauderten an den beiden Stehtischen in der Ecke mit dem Swiridoff-Foto. Der Fotograf Paul Swiridoff, einer der bekanntesten Haller Bürger, hatte in den späten neunziger Jahren ein Schwarzweißporträt von Lambert von Bellingen gemacht, das die Aufgeblasenheit des Verstorbenen trefflich zutage brachte. Aber auf den ersten Blick sah man natürlich nur einen Mann im feinen Zwirn. Lambert war bestimmt stolz auf das Foto gewe-

sen. Wer der Aufnahme jedoch einen zweiten Blick gönnte, meinte förmlich das laute Zischen der entweichenden Heißluft zu hören.

»Was für ein Verlust«, sagte Seifferheld und meinte es auch so, weil es grundsätzlich um jeden Menschen schade war. Er prostete der Witwe zu.

Sie lächelte nur milde und kippte ihr Glas auf ex.

Mozes hatte mittlerweile die Kellnerin mit dem Häppchentablett entdeckt und langte kräftig zu. Er konnte alles verschlingen wie ein Gartenhäcksler. Als ob es kein Morgen gäbe. Gefüllte Pilze, gefüllte Eier und Garnelen verschwanden in seinem Mund.

Seifferheld wandte sich wieder der Witwe zu. Sie war ein Traum in schwarzer Seide. Trug keinerlei Schmuck, außer einer Perlenkette. Auch keinen Ehering.

Seifferheld zog sein Mitbringsel aus der Hosentasche.

»Das ist nicht zufällig *Ihr* Siegelring?«

Sissi warf nur einen kurzen Blick darauf. »Nein.«

»Es ist der Siegelring derer von Bellingen. Und es ist der Ring einer Frau.«

Sissi lächelte maliziös. »Sie kannten meinen Mann offenbar nicht besonders gut. Diesen Ring pflegte er all seinen Mätressen zu schenken. Als Erinnerung. Sie werden bemerken, dass es eine billige Kopie ist. Mein Siegelring ist aus Echtgold mit Lapislazuli. Den da muss eine seiner Gespielinnen verloren haben.«

Seifferheld betrachtete den Ring in seiner Hand. War es etwa doch der Ring von Kiki Runkel, der ihr vom Finger gerutscht war? »Das störte Sie weiter nicht? Dass Ihr Mann andere Frauen hatte?«

»Oh, ich bitte Sie, kommen Sie mir jetzt nicht mit klein-

bürgerlichen Moralvorstellungen. Unsere Ehe war ein Arrangement der Vernunft, keine Hollywoodschnulze mit dem rührseligen Versprechen von ewiger Liebe und Treue.« Sissi winkte die Kellnerin mit dem Champagnertablett wieder zu sich. »Wenn Sie wissen wollen, welchem seiner Betthäschen der Ring gehört, dann schauen Sie sich die Gravur an. Er hat immer die Initialen seiner Gespielinnen eingravieren lassen.«
Seifferheld drehte den Ring ins Licht. Tatsächlich, zwei Buchstaben. Aber nicht KR, wie er erwartet hatte, sondern PS.
PS?
Wie in *P. S. – ich liebe dich?* Oder ein weibliches Pferdestärkenmodell?
Konzi von Bellingen, der seine Türsteherpflichten für eine kleine Trinkpause unterbrach, kam auf ihn zu. Zweifellos, um ihn zum Kauf weiterer Konzi-Originale zu nötigen.
Auf der anderen Seite des Raumes öffnete sich in diesem Augenblick eine Tür, und eine mausgraue Person in einem langweiligen anthrazitfarbenen Etuikleid tauchte auf.
Konzi stieß Seifferheld mit dem Ellbogen an, weil er glaubte, seine Schwägerin, die gerade der Kellnerin zu verstehen gab, dass für die Gäste zwar 0,1 Liter pro Sektflöte reichten, für sie selbst jedoch nicht, würde das nicht bemerken. Und es auch nicht hören, als er Seifferheld ins Ohr flüsterte: »Das da drüben, das ist sie. Die Geliebte meines Bruders. Die habe ich gemeint.«
Aber Sissi von Bellingen hörte es natürlich doch und wirbelte herum.
»Fippa?«
»Sissi?«

Fippa von Sölln trat ahnungslos näher. Waren ihre Augen nicht rot verweint?

»Fippa, hast du mit meinem Mann gevögelt?«, brüllte Sissi, die in Momenten großer Erregung ihre mühsam antrainierten feinen Manieren schlichtweg vergaß.

»F-F-Fippa?«, rief eine wandelnde Aknenarbe am Fenster, bei der es sich, was Seifferheld (noch) nicht wusste, um Fippas stotternden Verlobten Rudolf handelte.

Auf einen Schlag verebbten sämtliche Gespräche im Salon.

Stille senkte sich über den Raum.

Bei Tsunamis ist es ebenso. Erst tritt ein Moment tiefer Ruhe ein, bei dem sich das Meer zurückzieht. Und dann kommt die Flutwelle. Mit Macht. Und Lärm.

»Fippa, was hat Konzi da gerade gesagt?«, kreischte Sissi.

Fippa hob die Augenbrauen. »Ich habe es akustisch nicht verstanden, du Liebe. Hallo, Konstantin, was sagtest du gerade?«

Konstantin sagte: »Äh ...«

Seifferheld bemerkte aus den Augenwinkeln, wie Mozes mit klebrigen, essensrestbeschmierten Patschhändchen Muster auf die geweißelte Wand unterhalb des Swiridoff-Porträts klatschte. Aber es galt, Prioritäten zu setzen.

»Hast du nun mit meinem Mann gevögelt oder nicht?«, verlangte Sissi von Bellingen lautstark zu wissen.

Die Anwesenden – Bezahlkellner inklusive – strahlten. Entertainment pur.

Seifferheld räusperte sich. »Ich dachte, Herr von Bellingen war mit ... äh ... Kiki Runkel ... äh ... liiert. In ihrem Laden habe ich auch diesen Siegelring gefunden. Aber die eingravierten Initialen lauten PS.«

Fippa stand wie erstarrt. Das plötzliche Weiß ihrer Wangen ließ das Anthrazit ihres Kleides fast schwarz wirken.
»P-P-P ... S-S-S?«, flüsterte Rudolf.
Sissi schüttete Fippa ihren Champagner ins Gesicht. »Schlampe.«
Konstantin blickte entschuldigend drein. »Oops, das wollte ich nicht.«
Mit einem Stofftaschentuch, das sie sich aus dem Ärmel fischte, wischte sich Fippa den Schampus aus dem Gesicht. Ihr Mascara zog dabei Schlieren. »Ja, ich, Philippa von Sölln, habe mit deinem Mann geschlafen. Und weißt du was? Lambert hat mich geliebt!«
»Dich? Dass ich nicht lache!«, höhnte Sissi. »Schau dich doch an. Selbst diese Proleten-Kiki sah besser aus als du.«
Fippa wahrte Haltung. »Es geht nicht immer nur ums Aussehen, Sissi. Liebe wurzelt in Herzenswärme.«
»Gott, die Liebe. Mir kommen gleich die Tränen.« Sissi stürmte aus dem Raum.
Die Gäste ließen sich Schampus nachgießen. Die Bezahlkräfte tranken mit.
Rudolf von Sölln sah aus, als wolle er sich am liebsten mit jemand duellieren. Er sah Konzi an.
»Fährt da gerade ein Auto vor?«, rief Konzi rasch. »Ich sehe mal nach.« Weg war er.
»Frau von Sölln, ich muss Sie das fragen«, sagte Seifferheld. »Haben Sie Katharina Runkel umgebracht?«
Fippa sah ihn aus ihren rotgeweinten Augen an. »Aber nein. Ich war nur kurz bei ihr im Laden, um mich zu erkundigen, ob es Zierkissen mit Hall-Motiven gibt. Außer ihr haben wir in der Stadt ja keinen gutsortierten Souve-

nirladen, und Zierkissen sind immer ein passendes Geschenk, finde ich. Aber sie hatte keine.«
Seifferheld seufzte. Wäre der Mord nur vier Wochen später geschehen, der Frau hätte geholfen werden können. Insgeheim merkte er sie sich als künftige Zierkissenabnehmerin vor. Falls sie nicht wegen Mordes – oder gar Doppelmordes – an einen Ort gebracht wurde, an dem es keine Zierkissen gab.
»Sie wollten sich nicht Ihrer Rivalin entledigen?«
Fippa schüttelte den Kopf. Champagnertropfen flogen ihr von der Nase und vom Kinn. »Wozu denn? Lambert war so ein viriler Prachtkerl. Er hatte genug Leben und Liebe für uns alle. Und ich habe ihn gern geteilt.«
Rudolf von Sölln fiel lautlos in Ohnmacht.
Irgendwo draußen hörte man den schrillen Aufschrei einer in ihrer Ehre tiefgekränkten Frau.
Mozes zupfte Seifferheld am Anzugärmel und sagte: »Onkel Siegfried, mir ist nicht gut.« Gleich darauf erbrach er eine Lache aus Eis und Häppchen vor dem schleifengeschmückten Gedächtnisbild des Lambert von Bellingen.

14:14 Uhr

> Jede Dummheit findet einen, der sie begeht.
> *Tennessee Williams*

DIE KULTUR DARF NICHT STERBEN war auf dem Transparent zu lesen, das die Aktivisten aus dem Fenster des Barocksaals im Keckenburgturm hängten.
Seifferheld legte den Kopf in den Nacken und seufzte. Nicht, weil er bei diesem Spruch automatisch an *Serenge-*

ti darf nicht sterben denken musste, sondern weil – man musste fast »natürlich« sagen – seine Nichte Karina zu den Aktivisten zählte. Ihr Motto lautete offenbar: Wenn eine eine Dummheit macht, dann kann sie was erleben. Und Karina hatte allein in diesen zwölf Monaten, die sie nun schon bei ihm im Haus wohnte, genug erlebt, um eine 300-Seiten-Autobiographie zu schreiben.

Die Seifferhelds wohnten direkt neben dem Hällisch-Fränkischen Museum, zu dessen Gebäudekomplex der in staufischer Zeit errichtete Keckenturm gehörte. Seifferheld hatte aus seinem Fenster den Beginn der Turmbesetzung miterlebt, als er gerade mit seiner Haftpflichtversicherung telefonierte und sich nach der Schadensregulierung bei Klebehandabdrücken auf Fremdwänden sowie Erbrochenem auf echten Perserteppichen erkundigte. So schnell es seine Gehhilfe eben erlaubte, war er nach draußen geeilt, um noch verhindernd einzugreifen. Doch die Museumstüren waren bereits geschlossen gewesen.

Baden-Württemberg war nicht mehr das saubere Ländle, in dem an jeder Ecke ein Goldesel stand – Wirtschaftskrise, Finanzkrise, Schweinegrippeimpfstoffkrise hatten ihre Spuren hinterlassen. Und auch Schwäbisch Hall war keine reiche Stadt mehr. Also, im Vergleich zu einer Kleinstadt wie Kumgang in Nordkorea natürlich schon, aber nicht im Vergleich zu Schwäbisch Hall vor zwanzig oder auch noch vor zehn Jahren. Es musste überall und an allem gespart werden, und jetzt traf es auch die Kultur.

Klar, denkt der Laie, Kultur ist Luxus. Es geht auch ohne.

Mitnichten, wendet der Kulturschaffende ein, Kultur macht die Menschheit erst aus. Ohne Kultur sind wir wilde Tiere. Kultur ist der Leim, der die Gesellschaft zusammenhält. Kultur bringt Freude ins Leben der arbeitenden Bevölkerung.

Geld gibt's nicht mehr, erklärten dennoch Oberbürgermeister und Gemeinderat, und so krebsten diverse Vereine am Tellerrand der Existenz und drohten, hintenüberzukippen. Die Marionettenbühne, die Malerscheune, sogar die Kunstakademie – überall sah es zappenduster aus. Wer die Haller kennt (die Haller aus Hall am Kocher, nicht zu verwechseln mit den Hallensern aus Halle an der Saale), der weiß, dass sie sich nicht so leicht unterkriegen lassen (die Hallenser zweifellos auch nicht, aber das ist eine andere Geschichte). Folglich schnürten die Haller Kunstschaffenden den Gürtel enger, gingen potenzielle Sponsoren noch aktiver an und schwuren sich, weiterzumachen – komme, was wolle. Die meisten taten das still und leise und ohne großes Aufsehen. Aber einige wenige wollten auf die Nöte der Künstler mit dem medialen Vorschlaghammer aufmerksam machen.

Und wie immer, wenn es in Schwäbisch Hall ein spektakuläres Aktivistenhappening gab, war Karina mittendrin.

»Karina, du kommst da sofort runter!«, bellte Irmi, die gerade vom Einkaufen kam, den Auflauf vor dem Museum sah, sich neugierig heranpirschte und sich neben Seifferheld aufbaute. »Siggi, tu was!«, bäffte Irmi ihren Bruder an.

Bislang waren Karinas Dummheiten nur im *Haller Tagblatt* erschienen, allenfalls noch in verkürzter Form in der Südwestpresse, beides keine Foren, bei denen man sich wirklich Sorgen machen musste, dass Name und Ruf in bedenklich großem Radius geschädigt würden. Aber zu-

fällig war der SWR mit einem Kamerateam in der Stadt anwesend – eine neue Folge von *Schätze des Landes* sollte gedreht werden –, und der Einzugsbereich des SWR war eine unabschätzbare mathematische Größe. Per Satellit konnte die ganze Welt von dieser Peinlichkeit erfahren.
»Ist schon gut, Irmi, sie sind maskiert. Außer uns weiß keiner, dass Karina dabei ist«, tröstete Seifferheld, der die Befürchtungen seiner Schwester durchschaute.
»Ach nein? Ach nein? Sie hat mit Leuchtfarbe ihren Namen auf ihre Skimaske gemalt!«
Das war allerdings richtig.
Ein gewiefter Verteidiger hätte vor Gericht sicher eingewendet, dass jeder KARINA auf die Mütze hätte schreiben können, um den Verdacht von sich abzulenken, aber unter der Skimaske lugten auch Karinas derzeit leuchtend orange gefärbte Haare hervor, und in der Mundaussparung sah man Karinas Lippenpiercing. Die Indizien sprachen schon sehr dafür, dass es sich um Seifferhelds Nichte handelte.
»Und das neben ihr ist natürlich dieser Tsunami. Der verleitet sie immer zu so etwas!«, schimpfte Irmi, die Tayfun immer Tsunami nannte, weil sie nur dumpf in Erinnerung hatte, dass er nach irgendeiner Naturkatastrophe mit T benannt worden war. Seifferheld schritt nicht zur Ehrenrettung von Tayfun Ünsel ein – alle Welt wusste, dass dieser brave, junge Mann nur deshalb zu solchen Dummheiten verleitet wurde, weil er sich hoffnungslos in Karina verliebt hatte, und wenn Karina ihn gleich auffordern würde, aus der luftigen Höhe des Keckenburgturmes in die Tiefe zu springen, dann würde er das zweifelsohne tun und dabei ihn und Irmi zu Flachflundern pressen.

»Um Gottes willen, warum greift denn niemand ein?«, gellte eine Männerstimme.
Noch jemand wollte dieses Spektakel beendet sehen.
Ein nach Kenzo Pour Homme duftender Mann im beigen Kamelhaarmantel quetschte sich durch die mittlerweile beachtliche Anzahl an Schaulustigen. »Meine Ausstellung! O Gott, meine Ausstellung!«
Konzi von Bellingen packte mit der Rechten den Museumsdirektor am Arm. »Warum unternehmen Sie nichts gegen diesen Mob?« Er fuchtelte mit der Linken in Richtung Turm.
»Die Polizei ist schon im Haus und verhandelt mit den jungen Leuten. Und keine Sorge – Ihre Exponate im Wintergarten sind dadurch in keiner Weise gefährdet. Das ist ja ein ganz anderer Gebäudetrakt.« Der Museumsdirektor sah besorgt nach oben. »Ich hoffe nur, dass sich die jungen Menschen bei ihrer Aktion nicht zu weit aus den Fenstern beugen.« Er fürchtete um das Leben der Kinder.
Konzi sah nach oben und stellte sich vor, wie die beiden Skimaskenträger mitsamt Transparent in die Tiefe segelten. Er trat einen Schritt zurück. Wiewohl, es wäre sicher medienwirksam, wenn er als besorgter Künstler nach der schrecklichen Tragödie kummervoll in die Kamera schaute und anbot, seine Ausstellung den so hehr Verstorbenen zu widmen. Ach nein, ein neuerlicher Blick in die Höhe überzeugte ihn davon, dass die beiden weder suizidal noch grobmotorisch waren. Denen würde nichts passieren. Seiner Ausstellung dagegen schon.
»Aber Ihre Aufmerksamkeit und die Ihrer Mitarbeiter wird dadurch abgelenkt. Morgen ist Vernissage. Wir müs-

sen die Hängung noch einmal durchgehen.« Konzi klang verzweifelt. Es war so unglaublich wichtig, dass seine erste Einzelausstellung ein Triumph wurde.
»Das schaffen wir schon, Herr von Bellingen, Sie dürfen wirklich ganz beruhigt sein.«
»Beruhigt? Ich soll beruhigt sein? Ha!« Er legte eine Hand schützend vor die Augen und sah abermals zum Turm hinauf. »Ist das da oben etwa Ihre Volontärin?«
Ja, tatsächlich, die Volontärin – eine junge, aber sehr beherzte Frau – lehnte sich aus dem Fenster unterhalb des Transparents, packte einen Zipfel des ehemaligen Betttuches und zog kräftig daran. Mit einem solchen Akt der Tatkraft hatten Karina und Tayfun nicht gerechnet, weswegen ihnen das Transparent-Schrägstrich-Betttuch, ehe sie sichs versahen, aus den Händen glitt.
»Was hat Ihre Volontärin da oben zu suchen? Die soll gefälligst meine Bilder aufhängen!«, verlangte Konzi.
Der Museumsdirektor holte tief Luft. Ihm wurden tote Künstler zunehmend sympathischer.
»Die Kultur darf nicht sterben!«, skandierten Karina und Tayfun jetzt aus voller Brust, um den Verlust ihres Transparents wettzumachen.
Mittlerweile war auch Fela Nneka im Auftrag des *Haller Tagblatts* eingetroffen. Er winkte seiner Freundin zu. Karina winkte zurück. Irmi guckte streng. Fela wischte sich sofort das Lächeln aus dem Gesicht und sagte »Ts, ts, ts«. Dann schoss er ein paar Fotos.
Das SWR-Kamerateam hatte seine Aufnahmen schon im Kasten und packte bereits zusammen.
Karina, die wusste, wann sie die maximale Medienpräsenz ausgeschöpft hatte, gab das Signal zur Beendigung der

Aktion. Sie und Tayfun zogen ihre Oberkörper ins Innere des Keckenturms zurück.

Gleich darauf schaute ein Streifenpolizist aus dem Fenster des Barocksaals und rief: »Es gibt nichts mehr zu sehen, Leute. Gehen Sie weiter.«

Die Menge der Schaulustigen löste sich auf.

Konzi schob den Leiter des Museums zur Tür. »Hängen, hängen!«, rief er dabei lauthals, was einen im Eingangsbereich des Museums stehenden Polizisten dazu veranlasste, ihn um das Vorzeigen seiner Papiere zu bitten.

Konzi seufzte. Alle Welt hatte sich gegen ihn verschworen.

Aus dem Polizeibericht

Langfinger, die sechzehnte

Die Einbruchsserie in Haller Innenstadthäusern reißt nicht ab. In der Nacht zum Montag wurde in einem frisch renovierten Einfamilienhaus im Postgütle der Tresor entwendet. Die Täter gingen mit äußerster Brutalität vor, rissen den Tresor aus der Wand und stießen ihn über die Marmortreppe aus dem ersten Stock ins Erdgeschoss. Der Schaden an der Treppe betrug über 30 000 Euro. Mit dem Tresor selbst fielen den Tätern Sammelmünzen und Schmuck im Wert von über 125 000 Euro in die Hände. Die Polizei fordert alle Innenstadtbewohner zu erhöhter Aufmerksamkeit auf. Sonderstreifen werden eingesetzt. Hinweise bitte an alle Polizeidienststellen.

19:30 Uhr

Er kam vom Regen unter Umgehung der Traufe direkt in die Scheiße.
Winfried Bornemann

»Hat Ihnen schon einmal jemand gesagt, dass Sie die Nase des reifen Rock Hudson haben?«, fragte Frau Denner.
Siggi Seifferheld versuchte, das »reif« zu überhören und geschmeichelt zu lächeln.
»Und Ihre Augen sind die von Humphrey Bogart«, konstatierte sie und sah ihn über den Rand ihrer randlosen Brille intensiv an.
»Danke.« Was hätte er sonst darauf erwidern sollen? Er verspürte ein leichtes Kribbeln in der Magengegend.
»Und der ganze Eindruck … so als Mann insgesamt … definitiv John Wayne!« Sie lehnte sich triumphierend zurück, als habe sie dem Kosmos an diesem Tag mehrere tiefe Geheimnisse entrissen.
»John Wayne mit Gehhilfe«, ergänzte Seifferheld, fühlte sich aber enorm gebauchpinselt, weil John Wayne ja sein Jugendheld gewesen war.
»Ach, ich liebe das klassische Hollywood. Legenden der Frühzeit.« Frau Denner schmolz dahin. Man sah es auch äußerlich, denn sie ließ ihre Muskelkontrolle Muskelkontrolle sein und ergoss sich butterweich in Seifferhelds Ledersessel am Fenster.
Legende der Frühzeit? Seifferheld kam sich auf einmal sehr alt vor. Dinosaurieralt. Aber im Vergleich zu Frau Denner war er ja auch angejahrt. Rein biologisch konnte er ihr Großvater sein. Sein Kribbeln löste sich unter dem mikroskopischen Scheinwerferlicht der Realität auf.

»Sie haben die Akte von Bellingen dabei?«, fragte er mit betont berufsmäßiger Stimme.

Frau Denner ruhte immer noch lässig hingestreckt auf dem Sessel, nur dass sie zwischenzeitlich ihren Pulli ausgezogen hatte (bei alten Leuten war es grundsätzlich immer zu warm) und man sehen konnte, dass sie unter ihrem hellgelben Batikshirt keinen BH trug.

Seifferheld drehte sich ruckartig zu ihrer Jutetasche mit der Aufschrift *Free Tibet* um, die sie auf sein Bett geworfen hatte.

»Ist sie da drin?« Er nahm ihre Tasche und trat auf Frau Denner zu, wobei er mit seinen Blicken geflissentlich die Region unterhalb ihres Kinns mied.

Frau Denner, die Nachfolgerin von Biggi, seiner langjährigen Sekretärin bei der Mordkommission, schien charakterlich so völlig anders. Biggi hatte ihm auch nach seiner Versetzung in den Vorruhestand Akteneinsicht gewährt. Aber Frau Denner war die Effizienz in Person und noch dazu unkorrumpierbar. Hatte er immer gedacht. Ob sie ihm an diesem Abend nur eine Falle stellte?

Sechs Pensionen in Bozen hatte er angerufen, bevor er Biggi an der Strippe hatte und sie fragen konnte, ob Frau Denner ihn an die Polizeichefin verpetzen würde. Dafür musste er sich Biggi natürlich anvertrauen.

»Du stickst? Echt? Nein!« Klang das einen Tick zu übertrieben?

Seifferheld grummelte. »Zu niemand ein Wort, verstanden?«

Biggi kicherte nur.

»Zu niemand!«, wiederholte Seifferheld. »Und was ist jetzt mit der Denner? Bin ich paranoid oder was?«

Biggi, die Frau mit dem sechsten Röntgensinn, wusste um die Schwachstelle ihrer Nachfolgerin. »Sie will wirklich Sticken lernen. Ist ihre Achillesferse, frag mich nicht, warum. Vielleicht ein Kindheitstrauma. Mich hat sie auch schon gefragt, ob ich es kann. Bring es ihr bei, und du darfst dir im Gegenzug alles wünschen. Wirklich alles.«

Seifferheld war auf dieses »wirklich alles« nicht näher eingegangen, sondern hatte sich bedankt und gesagt: »Gell, Biggi, das muss aber wirklich niemand wissen, dass ich sticke.«

Biggi hatte aufgelacht. »Siggi, alte Socke, das weiß schon halb Hall. Du hättest deine Jungs vom Kochkurs auf absolute Geheimhaltung einschwören sollen!«

»Das habe ich doch getan!«

»Na, genützt hat es nichts. Also, mach, was du willst, aber wenn du nicht machst, was ich dir sage, geht es in die Hose. Bring der Denner das Sticken bei, löse weiterhin Mordfälle und steh endlich zu deinem Hobby.«

Seifferheld hatte in diesem Moment das Gefühl gehabt, dass am Steuerruder seines Lebens ausschließlich Frauen standen und dass alle Männer in seinem Leben elende Verräterschlümpfe waren.

Aber natürlich hatte er sich – zumindest in einem Punkt – an Biggis Rat gehalten, und jetzt saß also Frau Denner in seinem Zimmer. Nun darf man weiß Gott nicht glauben, bei Mord zwo würde Sodom und Gomorrha herrschen und jeder Dahergelaufene könne sich mal eben schnell Akteninformationen besorgen – aufgrund seiner Polizeiberichttätigkeit stand Seifferheld immer noch auf der aktiven Gehaltsliste der Behörde, und es war somit kein strafwürdiges Vergehen, nur eine minderschwere Regelwidrigkeit.

Frau Denner streckte sich auch weiterhin auf dem Sessel aus. Allerdings wirkte sie bei näherem Hinschauen nicht sinnlich aufreizend, sondern wie ein ausgewrungenes Handtuch, das zum Trocknen auslag. Frau Denner hatte einen extrem anstrengenden Tag im Büro gehabt. Und auch privat lief nicht alles rund.

»Ich kann nicht kochen, ich kann nicht nähen, ich kann gar nichts, was Frauen so können sollten. Manchmal fühle ich mich, als sei ich gar keine richtige Frau.« Frau Denner sagte das nicht zu Seifferheld, sondern zur Stuckdecke über ihrem Kopf.

Wenn sie gekonnt hätte, hätte die Stuckdecke verstehend genickt.

Frau Denner ließ ihren Blick auf Seifferheld sinken. »Meinen Sie, Sie können mir das Sticken beibringen? Das wäre so ein wunderbar weibliches Hobby. Ich könnte meinen Freundinnen Selbstgesticktes schenken!«

Seifferheld wiederum hörte es nicht gern, dass Sticken Frauensache war. Er verfluchte sein Schicksal, das ihm diese plötzliche Stick-Leidenschaft aufgezwungen hatte. Er gab der Schussverletzung die Schuld – die Kugel in seiner Hüfte musste irgendwas ausgelöst haben. Einen Hormonschub. Oder ein Trauma.

»Wenn Sie nachher gehen, werden Sie zumindest den einfachen Kreuzstich draufhaben. Damit lassen sich schon schöne Sachen machen«, versicherte er ihr. Seifferheld hatte Stickvorlagen für Anfänger im Internet per Expresslieferung besorgt. Stickvorlagen waren ein wenig wie Malen nach Zahlen, aber besser als nichts.

Frau Denner lächelte. »Na, dann los!«
Er reichte ihr die Jutetasche. Sie setzte sich auf, nahm die Akte von Bellingen heraus und legte sie neben den Sessel.
»Ich werfe am besten gleich einen Blick hinein«, sagte Seifferheld und beugte sich vor und verlor im Vorbeugen das Gleichgewicht und wollte nach seiner Gehhilfe greifen, aber die Gehhilfe stand neben dem Bett, und er ruderte mit den Armen, aber es war zwecklos und – schwupps! – landete er bäuchlings auf Frau Denner.
»Huch!«, quietschte sie fröhlich.
»Hoppla«, murmelte Seifferheld.
»SIGGI!«, donnerte es aus Richtung der geöffneten Zimmertür.
MaC, von der er seit der Sache mit Usch Meck keinen Pieps mehr gehört hatte und die er deshalb schmollend zu Hause oder im Kollegenkreis weinschorletrinkend in ihrer Stammkneipe vermutet hatte, stand mit wirren Haaren und bösem Blick in der Tür. Das mit dem Hausschlüssel war definitiv voreilig gewesen!
MaC war fassungslos. Sie war zu ihm geeilt, weil sie ihn liebte und weil ihr mittlerweile klar war, dass sie vollkommen überreagiert hatte, und weil er der wunderbare Mann an ihrer Seite war und sie es gar nicht erwarten konnte, das mitgebrachte Huhn süßsauer vom China-Thai-Wokman mit ihm zu teilen und danach in seinen Armen zu liegen. Und nun lag bereits eine andere Frau in seinen Armen – oder er in ihren –, und womöglich hatte diese Schnepfe auch von etwas kosten dürfen, aber sicher nicht von einem Huhn süßsauer.
»Ich kann das erklären!«, rief Seifferheld aus der Achsel-

höhle von Frau Denner, weil überall nur Frau Denner und kein Sessel zu sein schien und er nicht wusste, wie er sich abstützen sollte, ohne dabei weibliche Weichteile zu berühren.

»Danke, das erübrigt sich!«, fauchte MaC und zog ab. Man meinte Rauchwölkchen über ihr aufsteigen zu sehen.

»Die kriegt sich wieder ein«, prophezeite Frau Denner.

Seifferheld war sich da nicht so sicher. Er galt jetzt als Wiederholungstäter.

Es sah nicht gut für ihn aus.

6. Kapitel

> Aus dem Polizeibericht
>
> **Perfider Pinkel-Betrug**
>
> *Bei einer Verkehrskontrolle wurde am Donnerstag um 20 Uhr 50 ein 21-Jähriger überprüft. Der Mann stand unter Drogeneinfluss, erklärte sich aber mit einem Urin-Schnelltest einverstanden. Er hatte offenbar damit gerechnet und sich vorbereitet. An seinem Genitalbereich hatte er eine Plastikvenüle mit hellem Traubensaft festgeklebt. Den Saft leerte er in das Teströhrchen. Der Schwindel fiel den Beamten jedoch sofort auf. Sie ordneten bei dem Autofahrer eine Blutprobe an. Bei der anschließenden Personen- und Fahrzeugdurchsuchung fanden die Beamten eine größere Menge Marihuana. Der Führerschein wurde beschlagnahmt. Die Ermittlungen dauern an.*

10:05 Uhr

Testosteronalarm – bitte ducken!

Man musste kein eingefleischter Esoteriker sein, um zu glauben, dass ein Haus mit den Jahren ein wenig den Charakter seiner Bewohner annahm. Es duftete – wie im Fall des Seifferheldschen Hauses in der Unteren Herrngasse – nach Chanel No. 5 und nach Sir Irish Moos und nassem Hund. Über die Böden zogen sich, weil immer dieselben

Füße mit denselben Schrittmustern darüberliefen, mit der Zeit tiefe Spurrillen. Das vermittelte gleich beim Eintreten dieses wohlige Gefühl des Zuhauseseins.
Seifferheld wohnte gern in seinem Elternhaus, seine Höhle der Geborgenheit in einer unsicheren Welt. Einer Welt, die zum Bösartigen tendierte. Und die einen – völlig unverschuldet – in schlimme Bredouillen stürzen konnte.
Er liebe MaC – was im Moment nur er und seine alte Musiklehrerin wussten –, und dennoch sah es zwischen ihnen beiden gerade sehr schlecht aus. Am liebsten wäre er an diesem Morgen zu ihr geeilt, hätte sich vor ihr auf die Knie geworfen und um Verzeihung gefleht. Die ganz große Geste, das volle Programm. Aber seine Hüfte hatte sich genau diesen Morgen ausgesucht, um ihm vehement in Erinnerung zu rufen, dass der Mensch endlich ist und eine Hüfte, in der eine Kugel steckte, noch viel endlicher. Kurzum, Seifferheld war bewegungsunfähig.
Olaf, der einen dringenden Termin hatte, konnte ihn gerade noch notversorgen. Er stellte seine Massageliege in der Küche auf, hievte Seifferheld hinauf, massierte einige neuralgische Punkte, spritzte ein heilendes Duftöl auf Patient und Liege und eilte davon.
Und da lag Seifferheld nun, bewegungsunfähig, im Pyjama unter der karierten Fleecedecke, und wartete auf Olafs Rückkehr. Es war entwürdigend!
Irmi hatte ihm freiwillig Most in Reichweite auf den Tisch gestellt. »Wenn ich was trinke, muss ich es irgendwann auch entsorgen, und ich schaffe es nicht ins Bad«, hatte Seifferheld moniert.
Woraufhin ihm Irmi noch eine leere Milchflasche dazustellte und auf seine Proteste hin sagte: »Zier dich nicht,

du warst doch beim Bund. Ich muss jedenfalls los.« Sie hatte ominöse Besorgungen zu tätigen. Wirklich, was war nur mit dieser Frau los?
Auch um seine Tochter Susanne machte er sich Sorgen. Sie war an diesem Morgen zum Arzt gegangen, weil das ständige Erbrechen nicht besser wurde.
Mozes war auf seinem Zimmer, Fela bei der Arbeit, und Karina drehte mit Onis eine Runde im Park.
Da klingelte es an der Haustür.
Sicher der Paketbote.
Es klingelte erneut.
Seifferheld schüttelte den Kopf. Er konnte unmöglich aufstehen. Wer immer das war, er würde wiederkommen müssen.
Doch wer immer das war, sah das anders.
Seifferheld hörte, wie am Schloss der Haustür hantiert wurde.
Seine Nackenhaare stellten sich auf. Natürlich schoss ihm sofort ein Gedanke durch den Kopf: die Einbruchsserie in Innenstadthäusern!
Die Einbrecher konnten ja nicht wissen, dass es bei den Seifferhelds nichts Wertvolles gab. Abgesehen vielleicht von Irmis Meissener Porzellan, aber das war ja nun nicht gerade der Bringer auf dem Schwarzmarkt.
Seifferheld hielt den Atem an. Vielleicht konnte er sich mit der – noch leeren – Milchflasche verteidigen? Besser wäre sicher eine volle Milchflasche gewesen: Morgenurin mitten in die Augen machte zweifellos blind!
Die Küchentür wurde aufgestoßen.
Und Fela Nneka trat ein.
»Oh, hallo«, sagte der, sichtlich enttäuscht.

»Ja, freut mich auch.« Seifferheld holte wieder Luft und ließ die Milchflasche los.
»Ich dachte, ich würde Karina hier treffen. Sie hat heute Vormittag doch vorlesungsfrei.«
»Karina ist mit dem Hund unterwegs. Ich kann mich heute leider nicht bewegen.«
Fela sah ihn besorgt an. »Kann ich was für Sie tun? Möchten Sie etwas trinken? Oder essen? Oder soll ich jemand anrufen?«
So ein netter Junge!
»Wenn du gerade freihast, dann könntest du mir Gesellschaft leisten, bis Karina wiederkommt.«
Fela grinste. »Gern.«
Er braute sich einen Kaffee, schenkte auch Seifferheld eine Tasse ein, steckte einen Strohhalm in dessen Tasse, weil er sich ja nicht richtig aufrichten konnte, und setzte sich an den Küchentisch.
»Sag mal, Fela«, fing Seifferheld an. »Du kommst doch als Fotograf vom *Haller Tagblatt* ganz schön herum in der Stadt? Kennst Gott und die Welt?«
Fela nickte.
»Dann ist dir ja sicher Lambert von Bellingen ein Begriff?«
»Klar. Der Tote. Hat sich immer ins Bild geschoben. War total geil darauf, in die Zeitung zu kommen.« Fela sah nach oben, wie man es automatisch macht, wenn man sich an Vergangenes erinnert. »Hat sich auch nie über ein Foto beschwert, wie es manch anderer so gern tut. Ich glaube, der fand sich immer und überall gutaussehend.«
»Dann weißt du sicher auch, mit wem er hier in der Stadt Kontakt hatte?« Seifferheld fühlte sich, als sei er über-

raschend auf Öl gestoßen, nachdem seine alte Quelle urplötzlich versiegt war. Eigentlich hatte er MaC diese Fragen stellen wollen. »Gehörte er zu einer bestimmten Clique?«
Fela schenkte Seifferheld und sich noch Kaffee nach. Der Kaffee war, vor allem im Vergleich zu Irmis Gebräu, exorbitant gut. »Nein, der war nirgends Mitglied, schob immer seine Neutralität als Landtagsabgeordneter vor. Er hatte natürlich seine …« Fela sah Seifferheld an und versuchte abzuschätzen, wie viel man dem alten Mann zumuten durfte.
»Seine Weibergeschichten?«, lieferte Seifferheld das Stichwort.
Fela lachte auf. »Maßlos übertrieben. Er hat seinen Ruf als Playboy und Lebemann gehegt und gehätschelt, aber ich würde meine zweiäugige Rolleiflex von 1930 darauf verwetten, dass der für die Politik und fürs Jagen lebte und sich ansonsten streng muselmanisch verhielt.«
»Muselmanisch?«
»Na, maximal vier Frauen. Also seine Ehefrau plus zwei oder allerhöchstens drei. Der hat kein Leben als Schmetterling geführt, ist nicht von Blüte zu Blüte geflattert. Nie und nimmer. Vielleicht hatte er sogar nur die Runkel.«
Die Runkel und die Fippa, korrigierte Seifferheld innerlich. »Hatte er Freunde in der Stadt? Männerfreunde?«
»Also … nein … die üblichen Serviceclubkontakte natürlich, aber eher oberflächlich. Wobei … mit Dr. Kolb, diesem Schönheitschirurgen vom Diak, habe ich ihn öfter mal gesehen. Vielleicht wollte er sich vor der nächsten Wahl eine Liposuktion gönnen?« Er grinste in sich hinein, wie es nur ein Anfangzwanziger tun konnte, dem der Ge-

danke, seinen Körper irgendwann einmal chirurgisch updaten zu lassen, um die äußere Realität der inneren Jugendlichkeit anzugleichen, völlig fremd war.
Es klingelte an der Haustür.
»Wärst du so freundlich?«, bat Seifferheld.
Fela sprang auf und lief los. Ein ausgesprochen netter und wohlerzogener Junge, dachte Seifferheld.
Ausgesprochen nett und wohlerzogen war dann aber auch Tayfun Ünsel, den ein plötzlich grimmig dreinblickender Fela in die Küche führte.
»Guten Tag«, sagte Tayfun. »Ich wollte zu Karina.«
»Die ist nicht da, hab ich dir doch schon gesagt«, brummte Fela, dessen Wohlerzogenheit und Nettigkeit offenbar draußen im Flur geblieben waren. »Du kannst also wieder abziehen.«
»Wenn Sie erlauben, würde ich gern auf Karina warten.« Tayfun ignorierte Fela und sah Seifferheld fest an.
Der nickte.
Tayfun und Fela setzten sich an den Küchentisch. Es breitete sich eine dumpfe Stille aus, die auch nicht dadurch unterbrochen wurde, dass Tayfun fragte, ob er wohl auch eine Tasse Kaffee haben könne. Es blieb dumpf und still.
Seifferheld hätte ja gern etwas Aufheiterndes oder wenigstens Ablenkendes gesagt, aber ihm fiel partout nichts ein. Sein persönlicher Favorit war ja Fela, aber Tayfun, der aus einem äußerst wohlhabenden Unternehmer-Clan stammte, ließ sich von Karina widerspruchslos herumkommandieren, und wie er die Seifferheldfrauen kannte, mochte das letztendlich den Ausschlag geben.
Gott sei Dank hörte man bald den Schlüssel im Schloss,

und gleich darauf kam Onis in die Küche gelaufen. Er wedelte glücklich mit dem Schwanz und schnupperte an all den Männern in der Küche. Seifferheld nicht mitgezählt, waren es nunmehr drei: Fela, Tayfun und ein blonder Polizist in Uniform.
»Onkel Siggi, ich bin schon wieder verhaftet worden«, freute sich Karina, lief zum Kühlschrank und trank in großen Schlucken O-Saft aus dem Tetrapack.
»Ich habe Ihre Nichte nur verwarnt«, meinte der Polizist beruhigend, als er Seifferhelds entsetztes Gesicht sah. »Karsten Viehoff, Polizeiobermeister«, stellte er sich mit Handschlag vor. Die Hand bekam allerdings nur Seifferheld, nicht die beiden Jungs am Küchentisch. »Ich habe schon von Ihnen gehört. Sie sind eine Legende, Herr Kommissar.«
Das schmeichelte Seifferheld. Im Grunde konnte er sich als Mann seiner Nichte durchaus auch einen Polizisten vorstellen. Moment mal, wie war das doch gleich? Verwarnt?
»Verwarnt?«
»Ihre Nichte hat Ihren Gefahrhund ohne Maulkorb und ohne Leine durch den Park laufen lassen.« Er tätschelte dem Gefahrhund, der freundschaftlich seinen Schädel zwischen die Polizistenbeine rammte, die Hundeohren und sah zu Karina. Besser gesagt, auf ihren Po, der gerade verführerisch aus dem Kühlschrank herauslugte, weil sie in dessen eisigen Tiefen nach mehr Orangensaft suchte.
»Ich lasse es ausnahmsweise bei einer Verwarnung bewenden. Nächstes Mal werde ich aber ein Bußgeldverfahren einleiten müssen. Bei Gefahrhunden ist die Gesetzeslage eindeutig.«

Fela und Tayfun folgten dem Blick des Polizeiobermeisters auf den Po der Frau, die jeder von ihnen für sich beanspruchte. Nichts eint zwei Gegner mehr als ein gemeinsamer Feind.
»Polizeistaat«, brummte Tayfun.
»Bürgerbevormundung«, zischelte Fela.
»Danke, Herr Kollege«, rief Seifferheld schnell. Aber Viehoff hörte gar nicht auf die beiden Eifersüchtigen. Ein Mann in Uniform erachtete Jeansträger nicht als ernstzunehmende Konkurrenz.
»Vielleicht können wir uns ja mal zum Essen treffen, und ich erläutere Ihnen die Einzelheiten der Gefahrhundehaltung? Mach ich gern«, sagte Polizeiobermeister Viehoff zu Karina.
Die lehnte sich lasziv-sirenenhaft an den Kühlschrank, legte den Kopf schräg und blinzelte zu ihm auf.
Tayfun und Fela standen abrupt auf.
Seifferheld runzelte die Stirn. Meine Güte, würde es jetzt eine Schlägerei in seiner Küche geben?
Plötzlich hielten alle inne.
Fela sagte: »Riecht ihr das zufällig auch?«
Karina presste sich die Hand vor den Mund. »O Gott!«
Seifferheld erlebte eine spontane Wunderheilung und schoss von der Massageliege hoch.
Feuer!

10:59 Uhr

> Kinder unter elf Jahren sind mit Klebeband und
> Vorhängeschloss zu sichern!

»Ich wollte nur feiern. Das macht man doch so.« Mozes guckte unwirsch-zerknirscht. Immer gaben alle ihm die Schuld. Aber ein bisschen steckte ihm auch der Schock in den Knochen.

Mozes war im alten Mädchenzimmer unter dem Dach untergebracht. Es passten gerade mal ein Bett, ein Beistelltisch und ein Kleinfernseher in den fünf Quadratmeter großen Raum, aber das reichte für Mozes völlig aus. Er hatte Spongekopf Bob geschaut, als seine Mutter ihn auf dem Handy angerufen hatte, um ihm zu sagen, dass sie und Papa am nächsten Montag zurückkommen würden.

»Und das habe ich feiern wollen, mehr nicht«, erklärte Mozes den Männern. Aus seinem Zimmer rußte es noch ein wenig, aber das Feuer war gelöscht. Er musste jetzt auch fast gar nicht mehr husten.

Mozes hatte ein bisschen Angst. Nicht, weil er mit seinen Wunderkerzen die Gardine in seinem Zimmer angekokelt hatte, sondern weil so viele fremde Männer um ihn herumstanden. Er erkannte nur seinen Bruder Fela und seinen Nenn-Onkel Seifferheld. Aber da waren auch noch große Männer in Uniform. Das schüchterte ihn enorm ein. Das und die Tatsache, dass so viele Polizei- und Krankenwagen und Feuerwehrautos ihr Blaulicht in der schmalen Gasse aufleuchten ließen. (Seit dem großen Stadtbrand von 1728 ging man in Schwäbisch Hall lieber auf Nummer sicher, wenn irgendwo in der historischen

Innenstadt Feueralarm ausgelöst wurde.) Womöglich war er dieses Mal doch zu weit gegangen? Es war aber doch keine Absicht gewesen. Es war nie Absicht!

»Um eine mögliche Rauchvergiftung auszuschließen, sollten wir den Kleinen mitnehmen«, meinte der Sanitäter und tätschelte den Afro von Mozes.

»Wir müssen noch einige Maßnahmen ergreifen, um einen möglichen Schwelbrand zu vermeiden«, erklärte der Brandschutzmeister. Die Fensterseite des Zimmers war arg in Mitleidenschaft gezogen – Gardinenstange und Kleinfernseher waren nicht mehr zu retten.

»Karina ist bestimmt schwer geschockt, ich gehe mal besser was mit ihr trinken, damit sie sich wieder beruhigt«, erklärte Polizeiobermeister Viehoff.

Ein Morgen wie aus der Schreckenskammer des Hieronymus Bosch.

Doch ein Gutes hatte das Ganze: Vor Schreck hatte Seifferhelds Hüfte vergessen, dass sie an diesem Tag eigentlich malade sein wollte.

Er konnte sich wieder bewegen.

20:00 Uhr

Die Schönen, die Reichen und die Nassauer

Fassungslos stand Siggi Seifferheld vor dem Bild links neben dem Eingang zum Wintergarten. Ein roter Punkt klebte daneben. Das war von nun an sein Bild. Der Preis, wiewohl exorbitant, schreckte ihn weniger als das Bild selbst. Ein brauner Klecks, der eindeutig so aussah wie ...

… Dünnschiss? Erbrochenes? Eine pürierte Moorleiche in einer Neumondnacht?

»Eine gute Wahl!«, lobte Konzi von Bellingen und schlug Seifferheld auf die Schulter.

Seifferheld hatte das deutliche Gefühl, dass ihm bei diesem Schlag olfaktorische Giftwolken vom Anzug waberten.

Im Gegensatz zu Konzi, der einen flotten zimtfarbenen Leinenanzug mit hellblauem Krawattenschal trug, steckte Seifferheld immer noch in seinem einzigen guten Anzug, den er auf dem Weg zur Trauerfeier ordentlich eingeschwitzt hatte und der dank des Wunderkerzenfreudenfeuers des kleinen Mozes nun auch noch nach Rauch roch – und, weil Seifferheld die Gerüche hatte übertünchen wollen, nach jeder Menge Sir Irish Moos.

Es war der Abend der Vernissage.

»Liebe Freunde«, rief Konzi nun in die Menge, »hier steht mein guter Gönner und Sammler, Siegfried Seifferheld!« Konzi rief das sehr laut, falls sich irgendwo unter den Anwesenden ein Galeriebesitzer versteckt haben sollte.

Die Ausbeute an Interessenten anlässlich seiner Vernissage im Hällisch-Fränkischen Museum war erklecklich, was zum Teil daran lag, dass die Veranstaltung im Tagesterminkalender des *Haller Tagblatts* als Tipp des Tages angekündigt worden war. Mit Bild. Von Konzi, nicht von einem seiner Werke. Sonst hätten sich womöglich nicht einmal die üblichen Verdächtigen eingefunden.

Zusätzlich waren aber auch ein paar von den Reichen und Schönen der Stadt aufgetaucht. Und all diejenigen, die sich immer einfanden, wenn ein Blaublütler öffentlich auftrat. Und natürlich noch all die Blutrünstigen, die scharf darauf waren, den Hinterbliebenen einer Mordtat live und in Farbe und von ganz nah zu sehen.

Die Anwesenden nickten zur launigen Begrüßungsrede des Museumsleiters und ließen anschließend den Einführungsvortrag einer extra aus Karlsruhe eingeflogenen Kunstkritikerin über sich ergehen, die in vierzig sich endlos ziehenden Minuten vom Spannungsfeld zwischen Selbstreferentialität und Poststrukturalismus des jungen Künstlers Konstantin von Bellingen sprach, der in seinen Werken eine optische Interferenz schaffe, die das Positionelle der Ölmalerei des 21. Jahrhunderts noch längst nicht in allen Anspielungen interpretieren und erschließen ließ.

Möglicherweise waren ihr mittig die Seiten ihres Vortrags durcheinandergeraten, aber das merkte keiner. Mehrheitlich lauschten die Anwesenden nämlich nur deshalb mit halbem Ohr und geschlossenen Augen, weil es im Anschluss – wie immer bei HFM-Vernissagen – kostenlosen Weißwein und kleine Partyhäppchen gab. Hätte Konzi die Weitsicht besessen, einem der beiden großen Künstlervereine der Stadt beizutreten, wären womöglich noch ein paar Vereinsmitglieder vorbeigekommen, die sich tatsächlich für Kunst interessierten.

»Mein Gönner und Sammler«, rief Konzi noch einmal, einen Tick lauter, damit auch die Häppchenmampfer über das Knirschen der Salzstangen in ihrem Mund hinweg es hören konnten.

Seifferheld murmelte »Ich hole mir noch etwas Wein« und humpelte zum Tisch mit den Getränken.

Konzi nahm neben einem besonders scheußlichen Bild in Eitergrün Aufstellung und lächelte den wenigen Ver-

sprengten, die sich tatsächlich auch die Bilder der Ausstellung ansehen wollten, nach Gutsherrenart zu.
Am Tisch mit den Häppchen entdeckte Seifferheld seine MaC.
»Marianne!« Er stellte sich neben sie, konnte sich nur unter größter Kraftanstrengung davon abhalten, sie in seine Arme zu reißen.
MaC sah ihn kühl an. »Siegfried.«
»Jetzt lass es dir doch bitte erklären!«, verlangte er.
»Du bist ein freier Mann und kannst tun und lassen, was du willst«, klirrte MaC und schob sich ein winziges Baguetteschiffchen mit Lachs und einer Olive in den Mund. Die Kollegin aus der Redaktion, mit der Marianne sich unterhalten hatte, zog sich diskret zurück.
»Marianne, jetzt bist du aber unfair, das war wirklich nur ...«
Sie kaute und starrte die Wand an.
Zwei grauhaarige Frauen in Filz-Outfits – die aus irgendeinem Grund in Hall für überreife Frauen gerade total angesagt waren – rückten etwas näher, um ja nichts zu verpassen.
»Marianne, ich habe mir nur Informationen über ... du weißt schon besorgen wollen ... den ›Fall‹ ...« Seine Augenbrauen vollführten einen Salsa, und er betonte jede Silbe betont augenfällig, um nur ja keine Namen nennen zu müssen. Die beiden Filztanten legten die Köpfe schräg, damit sie besser hören konnten.
Er nahm Marianne am Ellbogen und zog sie die kleine Rampe hinunter zur Garderobe.
»Die Frau war eine Kollegin von Mord zwo und hat mir ...«

Die beiden Filztanten marschierten lässig durch die Garderobe, durch die es – über eine Wendeltreppe – auch zu den Toiletten ging. Seifferheld war sicher, dass sie außer Sichtweite auf den Stufen stehen blieben und lauschten.
Er flüsterte MaC ins Ohr: »Ich wollte Informationen zu den Morden an Kiki Runkel und Lambert von Bellingen von ihr erlangen.«
»Da hätte ich dir auch weiterhelfen können, ich hätte dir beispielsweise sagen können, dass von Bellingen sein Testament geändert hat und nun seine Frau alles erbt und der bankrotte Bruder nur den lächerlich geringen Pflichtteil bekommt, aber du beziehst deine Informationen ja offenbar lieber über Körperkontakt zu Fremdfrauen.« Marianne hielt nichts von Flüstern im Zustand großer Erregung.
»Es ist doch alles ganz harmlos … sie wollte nur sticken lernen und …«
»Sticken lernen? Etwas Alberneres fällt dir nicht ein?« Marianne durchbohrte ihn mit dem bösen Blick, schnappte sich ihren türkisfarbenen Vintage-Alcantara-Mantel und lief durch die Glastüren hinaus.
»Die kommt wieder«, rief tröstend eine der Filztanten vom Fußende der Wendeltreppe.
Seifferheld fluchte und humpelte zum Tisch mit dem Weißwein zurück. Er hatte das Gefühl, dass sich sein Leben immer mehr in eine Bob-Bahn verwandelte und es für ihn in rasantem Tempo bergab ging. Aber immerhin hatte er jetzt erfahren, dass es eine Testamentsänderung gab.
Konzi hatte unterdessen zwei alte Männer eingekesselt und redete auf sie ein. Es handelte sich um ehemalige Lehrer des Gymnasiums St. Michael, die man bei Ausstellungseröffnungen immer sah – wie so viele andere Ex-

Lehrer. Die beiden Männer kauften aber nie etwas. Konzi wollte das anscheinend ändern. Und offenbar hatte Konzi keine Ahnung von der Testamentsänderung, sonst würde er doch nicht so fröhlich sein, oder?

Es war Seifferheld egal. Was ging es ihn an. Dann hatte Konzi vielleicht seinen Bruder umsonst aus dem Weg geräumt, weil er auf ein Erbe spekulierte, das nicht kam. Na und? Seifferheld kippte den Weißwein auf ex und ließ sich nachschenken.

»Sie haben also ein Bild erstanden? Mutig!« Ein Mann im Fischgrätanzug stellte sich neben ihn. »Darf ich mich vorstellen? Müllerschön. Ich bin der Familienanwalt der von Bellingens.«

Seifferheld nickte ihm zu. »Ja ... äh ... ich liebe Kunst.«

»Ach, das können Sie Ihrer Großtante Brigitte erzählen.« Müllerschön nahm einen Schluck Wein. »Sie ermitteln in der Mordsache. Ihr Ruf eilt Ihnen wie Donnerhall voraus – Sie können das Ermitteln einfach nicht lassen.« Der Anwalt zwinkerte ihm zu.

Seifferheld widersprach nicht. Er ließ den Mann reden.

»Ich habe Konstantin von Bellingen zur Insolvenz geraten, aber er wollte ja nicht hören.«

»Ach nein?«

»Nein. Er sagte, er würde das fehlende Geld von seinem Bruder bekommen, so oder so.« Müllerschön sah ihn bedeutungsvoll an und betonte das *so oder so* besonders dezidiert. »Tja, wie immer er das gemeint hat, funktioniert hat es nicht. Seine Konten sind leer, und das Erbe geht an die Gattin.«

»Der Pflichtteil genügt nicht, um seine Schulden zu begleichen?«, wollte Seifferheld wissen.

»Ach was, nie und nimmer. Und so eine Erbauszahlung dauert ja auch ihre Zeit.« Müllerschön nahm das vorletzte Häppchen vom Tablett.

Wer sich hier nicht ranhielt, schaute in die Röhre. Ehemalige Lehrer waren schnelle Esser.

Seifferheld fragte nicht, warum Müllerschön ihm das erzählte. Er nahm es einfach hin. »Sie mögen ihn nicht sonderlich, oder?«

»Zeigen Sie mir einen Menschen – nur einen! –, der die Bellingen-Sippe mag. Die mögen sich nicht einmal untereinander. Oder sehen Sie hier irgendwo seine Schwägerin Sissi?«

Seifferheld sah sich um. Nein, offenbar gab sich Sissi ganz ihrer Trauer hin. Oder sie schwelgte in ihrem frisch erblühten Hass auf ihre beste Freundin.

Doch da sah er, wie der etwas zu elegante Mittvierziger, der vorhin bei den Eröffnungsreden in der Reihe direkt vor ihm gesessen hatte, draußen vor den Glastüren zum Museum seiner Nichte Karina beinahe ins Dekolleté kroch.

So ja nicht!

»Entschuldigen Sie mich bitte«, sagte er zu Müllerschön, was Müllerschön aber wohl gar nicht mehr hörte, weil Seifferheld im Turbotempo dem Ausgang zuhumpelte, die Gehhilfe fest umklammert. Im Zweifel würde er diesen perversen alten Sack im teuren Zwirn gnadenlos niederknüppeln. Heute schreckte er vor gar nichts zurück. Nicht heute.

Karina, über die seit der Betttuchaffäre im musealen Barocksaal Hausverbot im Museum verhängt worden war, hatte beim Lüften ihres verqualmten Zimmers gesehen, wie Dr. Arnfried Kolb zum Rauchen aus dem Museum getreten war. Sofort hatte sie den lila La-Perla-Spitzen-BH (Körbchengröße C) angezogen, den sie nach der OP tragen zu können hoffte. Sexy, verrucht, mit einem Hauch der großen weiten Welt. Momentan musste sie ihn allerdings noch mit jeder Menge Wattebäuschchen ausfüllen. Seifferheld hatte sie in dem Moment ertappt, als sie den ahnungslos vor sich hin schmauchenden Dr. Kolb überfallartig ansprach. Vor seiner Nase zog sie ihren weit ausgeschnittenen Pullover nach vorn und sagte: »Sehen Sie, so stelle ich mir die Füllung später vor. Prall. Also, wenn Sie mir Silikon einsetzen, müsste das etwa in dieser Menge geschehen.« Woraufhin sie die Wattebäusche aus den lila Körbchen fischte.

»Was ist denn hier los?«, verlangte Seifferheld zu wissen, der schwer schnaufend neben den beiden zu stehen kam.

»Nichts, Onkel Siggi. Das ist ein vertrauliches Gespräch zwischen mir und meinem Arzt«, erklärte Karina, während sie weiter nach Wattebäuschen angelte.

»Angenehm, Dr. Arnfried Kolb«, sagte Kolb, schnippte seine Zigarette bondgleich in hohem Bogen direkt hinein in den Standascher und reichte Seifferheld die Hand.

Der zögerte kurz. Er fand es höchst suspekt, dass seine eben erst volljährig gewordene Nichte diesem Menschen ihre Brüste zeigte. Noch dazu in aller Öffentlichkeit. Dann schlug Seifferheld doch ein und schüttelte Dr. Kolb die Hand. Nicht zuletzt deshalb, weil er seine Nichte kannte und der Mediziner mit 99,9-prozentiger Sicherheit unschuldig an dieser Szene war.

»Angenehm, Siegfried Seifferheld. Haben wir uns nicht schon einmal …?«

»Nein, wir kennen uns nicht. Aber ich habe Sie bei Sissi

von Bellingen gesehen.« Kolb strich sich eine imaginäre Locke aus der Stirn. Seine Armbanduhr funkelte im Licht der Lampe vor dem Museumseingang. Eine Langematik-Perpetual in 18 Karat Gelbgold von A. Lange & Söhne. Seifferheld erkannte das Modell sofort; er hatte es einmal bei seinem Bruder, dem Juwelier, gesehen. Eine ausnehmend schöne Herrenuhr. Sie kostete mehr als der BMW seiner Tochter Susanne. Und die schwarze Tahiti-Perle als Krawattennadel war sicher auch kein Schnäppchen bei einem der örtlichen Juweliere gewesen.

»Ach ja? Sie haben dort auch einen Kondolenzbesuch abgestattet?«

»Ja, zur gleichen Zeit wie Sie. Als es diesen kleinen Eklat mit Fippa von Sölln gab. Ich stand etwas abseits vor dem Kamin, mit der Landrätin und dem Abwasserschutzbeauftragten.« Kolb erlaubte sich ein feines Grinsen. »Sie haben also Fippas Ring bei Lamberts Drittfrau gefunden?«

Seifferheld fragte sich kurz, was Kiki Runkel davon halten würde, als Drittfrau bezeichnet zu werden. Wer wollte schon die Dritte auf der Liste sein? Gut, der Dritte auf dem Siegertreppchen, der konnte sich freuen, dass er nicht Vierter geworden und völlig leer ausgegangen war. Aber in Herzensdingen strebte doch wohl jeder nach Gold. Oder zumindest nach Basisdemokratie und der Aussage »eine seiner Freundinnen«.

»Ich bedauere zutiefst, dass ich Frau von Bellingen noch mehr Kummer zugefügt habe«, sagte Seifferheld, was so natürlich nicht ganz stimmte, denn er hatte es ja absichtlich darauf angelegt, eine Reaktion zu provozieren. Aber er wollte den Menschen, die für seine Erziehung zuständig gewesen waren, keine Schande bereiten.

»Ich fand das Ganze sehr amüsant. Und Sissi leidet nicht die Bohne, da können Sie absolut sicher sein.«
»Sie sind schon länger mit den von Bellingens befreundet?«
Dr. Kolb schürzte die Lippen. »Es handelt sich eher um eine professionelle Beziehung zu Frau von Bellingen.«
»Ach?«
»Ich folge in meinem Leben der Berufung, Frauen schöner zu machen.«
»Frau von Bellingen hat sich also bei Ihnen unters Messer gelegt?«
Dr. Kolb lächelte fein und schwieg.
»Frau Runkel auch?« Womöglich bekam Lambert von Bellingen Mengenrabatt bei Kolb. Fippa war aber nie bei ihm gewesen, das war augenfällig. Außer, Kolb hätte bei ihr etwas an unsichtbarer Stelle gerichtet, einen elften Zeh entfernt oder dergleichen.
Kolb antwortete nicht auf diese Frage, sondern sagte nur abrupt: »Kalt hier, wollen wir nicht wieder hineingehen?«
»Moment noch«, rief Karina. Als überzeugte Öko benutzte sie keine Zellstofftaschentücher, sondern echte Leinenware, und in ein solches Leinentaschentuch stopfte sie nun die gesammelten Wattebäusche aus ihrem BH. »Hier bitte, können Sie mitnehmen und abmessen. So viel Silikon soll es dann sein«, erklärte sie und drückte dem verdutzten Schönheitschirurgen das pralle Taschentuch in die manikürte Rechte.
»Silikon?«, rief Seifferheld entsetzt. »Wofür denn bitte schön Silikon?«
»Ach, Onkel Siggi, nicht du auch noch!«

23:14 Uhr

> Vergeben – ja.
> Vergessen – niemals!

»Marianne, du weißt, dass ich verrückt nach dir bin. Das waren alles saublöde Zufälle. Ich bin doch kein Casanova.«
Seifferheld kniete auf der Matte mit der Aufschrift *Nur immer frisch herein* vor MaCs Wohnungstür und säuselte durch den Briefschlitz. Sie ging nicht ans Telefon und hatte sich bockig geweigert, ihn hereinzulassen. Erst die alte Frau Bodelow aus dem dritten Stock hatte sich seiner erbarmt. Aber Seifferheld wusste definitiv, dass MaC in ihrem Schottenkaromorgenmantel auf der anderen Seite der Tür stand – er konnte sie nämlich durch den Briefschlitz sehen.
»Marianne, du hast ja recht, vielleicht riskiere ich den einen oder anderen Blick zu viel, und die Frauen fühlen sich dadurch ermutigt. Aber das ist für mich doch alles bedeutungslos! Seit ich dich kenne – seit wir zusammen sind –, da habe ich eine völlig neue Lebenslust entdeckt. Das strahlt eben aus. Und andere Frauen fühlen sich davon angezogen. Aber ich meine es nicht böse. Ich würde dich niemals hintergehen!«
»Und?«, krächzte Frau Bodelow von oben. »Was sagt sie?«
Seifferheld atmete tief aus. »Nichts, sie sagt nichts. Gute Nacht, Frau Bodelow.«
MaC lehnte mit ihrem Gin Tonic an der mannshohen Schuhkommode – sie hatte viele Schuhe und brauchte daher eine Schuhschrankspezialanfertigung – und seufzte in sich hinein. Siggi konnte ja wirklich nichts dafür, dass sie

zu einem früheren Zeitpunkt in ihrem Leben dummerweise von einem untreuen, charakterlosen Schwein zutiefst verletzt worden war und er nun mit seinem Verhalten jeden einzelnen ihrer Knöpfe drückte. Aber es war eine Sache, das mit dem Kopf zu realisieren, und eine ganz andere, das panische Bauchgefühl in den Griff zu bekommen.
»Marianne?«, säuselte Seifferheld.
Onis schnaufte und legte sich hin. Das konnte länger dauern.
»Haben Sie keinen Schmuck dabei?«, wollte Frau Bodelow wissen. »Echte Diamanten schlichten jeden Streit.«
Seifferheld war extrem kurz davor, dass ihm der Kragen platzte. Nur die angeborene Hemmung, Frauen zu schlagen, hielt ihn davon ab, sich mit der ebenfalls am Stock gehenden Frau Bodelow ein Gehhilfenduell zu liefern.
»Was machen deine neuesten Ermittlungen?«, fragte MaC plötzlich.
Hurra! Ihm fiel ein Gebirge vom Herzen. Die Alpen. Nein, der Himalaya. Sie sprach wieder mit ihm!
Seifferheld konnte sie aber kaum hören. Er presste sein Ohr näher an den Briefschlitz. »Wie bitte?«
»In wessen Wade hast du dich gerade verbissen?«
»Kolb. Der Arzt. Kennst du den?« Wenn sie mit ihm redete, war alles wieder gut. »Darf ich nicht reinkommen?«
»Nein.« So weit war sie noch nicht. Wenn sie ihn von Angesicht zu Angesicht sah, würde nur wieder der Wunsch erwachen, ihn mit einem stumpfen Gegenstand zu erschlagen. »Also der Schönheitschirurg aus dem Diak? Ja, kenne ich. Sehr ehrgeizig. Hat er was mit dem Fall zu tun?«
»Er hat Sissi von Bellingen operiert.«

»Das passt. Die hat sich ja alles vergrößern lassen außer ihrem Gehirn.« Seifferheld konnte förmlich hören, wie sie sich eine ihrer Locken aus der Stirn pustete. »Sissi hat mehr OP-Narben als Frankensteins Monster, dafür aber weniger Intelligenz.«
Herrlich, MaC lästerte wieder. Er wertete das als gutes Zeichen für den Zustand ihrer Beziehung. Nur mit Menschen, die man mag, lästert man über Menschen, die man nicht mag.
»Möglicherweise hat er auch die Runkel behandelt. Ich finde ihn jedenfalls verdächtig. Weißt du von irgendwelchen Leichen in seinem Keller?«
»Kolb ist seit drei Jahren in Hall. Lebt sehr zurückgezogen. Arbeitet von früh bis spät und verbringt seine Wochenenden in einer kleinen Hütte im Mainhardter Wald.«
»Wie viel verdient man denn als Schönheitschirurg?«, wollte Seifferheld wissen.
»Bestimmt viel, keine Ahnung. Warum?«
Seifferheld musste an die schwarze Perle und den Goldgelbchronometer denken. »Wegen des Schmucks.«
»Sie haben also doch Schmuck besorgt! Sehr gut!«, rief Frau Bodelow lobend.
»Willst du mich wirklich nicht reinlassen?«, bat Seifferheld.
MaC lachte auf. »Nein, es ist spät. Wir sehen uns am Wochenende, okay?«
»Okay.«
Sie lächelten sich durch die geschlossene Tür an.
Onis legte seine Stirn ans Ohr von Seifferheld. Eine Geste, die mehr sprach als hundert Wuffs: Du hast jetzt deine MaC wieder – und ich will meinen rosa Teddy!

7. Kapitel

07:01:32 Uhr

> Die lange, dunkle Nacht der Seele wird auch nicht dadurch heller,
> dass sie in einem Hundekopf stattfindet.

»Onis ist deprimiert! Du musst ihm seinen rosa Teddybären wiedergeben.«
Karina kroch unter den Küchentisch, unter dem der Haushund wie ein ausgewrungenes Handtuch lag, den Schädel zwischen den Vorderpfoten. Nur manchmal sah er auf und hob dabei die rechte Augenbraue. Nicht, dass er Augenbrauen besessen hätte, aber wenn doch, hätte sich die rechte davon erhoben. Und zwar in einer Mischung aus mitleidheischend und vorwurfsvoll.
»Unsinn«, erklärte Seifferheld und umklammerte sein Mostglas noch etwas fester. Zum einen wollte er das einfach nicht glauben, zum anderen lag der Teddy ganz unten am Boden der Restmülltonne – massenweise Müll stapelte sich mittlerweile auf dem rosa Dauergrinser. »Die Stimmung hier in der Küche ist einfach nur deprimierend, und das überträgt sich auf den Hund. Und du, mein Kind, bist daran nicht ganz unschuldig.«
Karina lugte unter dem Küchentisch hervor. »Wieso ich schon wieder?«
»Na, schau dich doch mal um.«
Die Küche war leer.
Irmi hatte im Morgengrauen – Seifferheld tippte gerade

die Polizeiberichte – mit den gemurmelten Worten »Ich muss hier raus, ich ersticke hier noch« das Haus mit unbekanntem Ziel verlassen.

Fela war nach der Episode mit Tayfun und PO Viehoff sowie der Zündelei von Mozes gar nicht erst aufgetaucht. Susanne hatte nach dem Arztbesuch gestern nur kurz angerufen, um zu sagen, alles sei bestens, und sie fahre jetzt ein paar Tage mit ihrer Freundin Bine auf die Alb, weshalb auch Olaf die Gelegenheit nutzte, mal wieder in seiner eigenen Wohnung vorbeizuschauen. Falls er noch eine hatte, Seifferheld war sich da nicht sicher, vielleicht übernachtete er auch nur bei einem Kumpel.

»Fällt dir nichts auf?«, fragte Seifferheld seine Nichte.

»Hm.« Sie zuckte mit den Schultern. »Der Boden könnte mal wieder gewischt werden.«

»Wir sind ganz allein!«

»Ist doch schön!« Karina stand auf und klopfte sich Hundehaare und Brezelkrümel von der Armeehose. »Onis, du haarst. Onkel, du isst wie ein Ferkel. So, ich muss jetzt los.«

Sie warf sich einen Parka über, schnappte sich ihren Rucksack und lief zur Haustür. Gerade als sie zur Türklinke greifen wollte, klingelte es.

»Herrje, habt ihr mich erschreckt, Jungs!«, hörte Seifferheld sie rufen.

Was war nun schon wieder? Statteten die versammelten Verehrer seiner verrückten Nichte ihr einen morgendlichen Antrittsbesuch ab? Von ihm würden sie keinen Kaffee bekommen. Und seine letzte Brezel teilte er auch nicht mit ihnen.

Aber es waren keine verliebt dreinschauenden Jungmänner, die gleich darauf in die Küche stürmten, sondern seine VHS-Kochkumpel Schmälzle, Eduard und Gotthelf. Kläuschen, der grundsätzlich nie in Eile war, schlenderte gemächlich hinterher.

»Siggi, eine Katastrophe!«, rief Schmälzle und warf einen braunen Umschlag auf den Küchentisch.

Seifferheld starrte den Umschlag an.

»Der Schmälzle hat einen Freund bei der Arena Hohenlohe, und der hat diese Fotos geschossen.«

Eduard und Gotthelf brachten es nicht über sich, den Umschlag anzufassen und die Fotos herauszuholen. Schmälzle starrte ebenfalls nur blicklos auf das Unaussprechliche.

Kläuschen stand vor dem geöffneten Kühlschrank und fragte: »Was ist das in der großen roten Tupperdose? Darf ich das essen?«

Seifferheld beugte sich vor, mit dem Schlimmsten rechnend.

In der Arena Hohenlohe sollte das Wettkochen stattfinden, und die Veranstalter hatten den Amateurköchen angeboten, in der dortigen Showküche Probe zu kochen. Seifferheld zog die Fotos heraus. Augenscheinlich hatten einige dieses Angebot wahrgenommen.

Klaus hatte die rote Tupperdose, auf deren Unterseite *Karina* stand, was er aber nicht sehen konnte, geöffnet und schnupperte hinein, dann nahm er einen Löffel und probierte.

»Die haben ihre Menüs schon perfekt drauf!«, jammerte Eduard. »Und wir hatten noch nicht einmal einen ersten Durchlauf.«

Schlimmer, dachte Seifferheld, einige von uns wissen noch

nicht einmal, was genau sie kochen wollten. Er zum Beispiel.
»Bäh, rote Bete«, rief Klaus und spuckte den Bissen, den er im Mund hatte, wieder in die Tupperdose, die er daraufhin verschloss und zurück in den Kühlschrank stellte.
»Ich kann nicht mit Fisch«, erklärte Gotthelf. »Ich hab's ehrlich versucht. Aber die Fische von Teschmit liegen jetzt bei mir daheim und schauen mich aus ihren toten Augen an und … Ich kann nicht! Ich muss auch dauernd an den armen Bocuse mit seiner Fischvergiftung denken.«
Alle schwiegen betroffen. Ob er überhaupt noch lebte? Falls er starb, würde dann jemand daran denken, seinen Schülern vom Kochkurs Bescheid zu geben?
»Dann kauf eben Fischfilets und keine ganzen Tiere«, meinte Schmälzle nach der Schweigeminute gnadenlos.
»Schaut euch diese Fotos an, das sind Profis«, jammerte Eduard. »Profiamateure. Was die da zaubern, kann locker in jedem Vier-Sterne-Lokal serviert werden, ohne dass einer den Unterschied merkt! Wir werden gnadenlos abstinken. Gnadenlos!«
»Wir müssen ja nicht gewinnen«, wiegelte Seifferheld ab. »Dabei sein ist alles.«
»Ihr habt gut reden, euch kennt ja keiner. Aber ich bin ein bekannter Autor. Die Presse wird mich genüsslich auseinandernehmen und auf dem Altar der spitzzüngigen Bonmots opfern!« Schmälzle wischte sich den Angstschweiß von der Stirn.
»Jetzt ist aber gut. Sind wir Männer oder Mäuse? Wir stehen das durch, und zwar wie *ein* Mann!« Seifferheld erhob sich. Im Film hätte jetzt die Motivationsmusik eingesetzt. Irgendwas mit Streichern und Bläsern. »Wir lassen Bocuse

nicht hängen. Wir fahren dahin und kochen uns die Seele aus dem Leib. Und wenn andere das nicht zu schätzen wissen, ist das auch egal. Wir tun das nicht für den ersten Platz. Wir tun das nicht für Ruhm und Ehre. Wir tun das für die Freundschaft. Es ist eine Frage der Ehre!«

> Aus dem Polizeibericht
>
> **Mitleid mit einem Mountainbike**
>
> *Eine 42-jährige Frau hat am Dienstagabend ein Mountainbike im Wert von 800 Euro gestohlen. Das ungesicherte Fahrrad lehnte am Weilertor, der Besitzer wollte nur kurz einen Tisch in der daneben befindlichen Weinstube reservieren. Die Frau erklärte, das Fahrrad habe vernachlässigt und herrenlos gewirkt, und darum habe sie es mit in ihren Keller genommen, damit es bei dem einsetzenden Nieselregen »nicht elendig verrotte«. Dabei wurde sie beobachtet. Da sie bereits wegen diverser Eigentumsdelikte vorbestraft ist, wurde Anzeige erstattet.*

14:14 Uhr

Heidewitzka – und mit Schwung hinein in die Verbrecherlaufbahn!

Sie saßen zu dritt in dem Kleinwagen, dessen Kennzeichen mit Matsch unkenntlich gemacht worden war. Alle stierten geradeaus, während der Wagen sich mühsam die Steigung der B14 zwischen Michelfeld und Bubenorbis

hochquälte. Drei Vermummte – zu allem entschlossen. Ein Mann, der Liebhaber seiner Tochter und sein Hund.
»Sind die Strumpfmasken wirklich nötig?«, fragte Olaf. Er gab in dieser Runde den Bedenkenträger.
»Kolb hat bestimmt Kameraüberwachung. Wir parken zwar ein gutes Stück von seinem Wochenendhaus entfernt, aber man kann ja nie wissen.«
Seifferheld hatte kurzerhand Olaf unter dem Vorwand, eine Notmassage zu benötigen, zu sich gerufen und ihn dann als Fluchtfahrer zwangsverpflichtet. Er wollte in Erfahrung bringen, wie sich ein Arzt im Anstellungsverhältnis solch teuren Schmuck leisten konnte. Hatte er Lambert von Bellingen erpresst? Doch womit? Dass Lambert gern aushäusig schlief, war Allgemeinwissen und eignete sich nicht als Druckmittel. Außerdem galt Untreue mittlerweile gesellschaftlich als Kavaliersdelikt. Was konnte es sonst sein? Dass seine Angetraute ein wandelndes Ersatzteillager war, sprach eher für ihn: Nur wahrhaft erfolgreiche Männer können sich rundumsanierte Frauen leisten. Und von Lambert von Bellingens Fehltritten auf der politischen Bühne konnte Kolb ja eigentlich nichts wissen, oder doch?
Seifferheld hatte Kolb gegoogelt – er stammte nicht aus reichem Haus und hatte auch keine einträgliche Privatpraxis nebenher laufen. Aus einem Interview anlässlich seiner Einstellung im Diakoniekrankenhaus Schwäbisch Hall ging hervor, dass Kolb während der Woche in einer kleinen Mansarde auf dem weitläufigen Klinikgelände wohnte, doch seine Wochenenden ausnahmslos in seinem Wochenendhaus verbrachte, zum Auftanken der kostbaren Chirurgenbatterien.

Seifferheld wähnte sich bei diesem Spontanausflug zu Kolbs Wochenenddomizil in Sicherheit. Zum einen, weil heute nicht Samstag war. Zum anderen, weil das Diakoniekrankenhaus seit geraumer Zeit eine Vortragsreihe in der säkularisierten Hospitalkirche veranstaltete. Die Fachärzte des Krankenhauses hielten in regelmäßigen Abständen reihum Dia-Vorträge zu ihren Spezialthemen, und im Anschluss gab es ein Häppchenbuffet und die Möglichkeit, den Arzt mit Fragen zu löchern. Alles kostenlos. Völlig ohne Praxisgebühr. Und an diesem Nachmittag lautete das Thema »Straffer Busen – fester Po« mit Dr. med. Arnfried Kolb.

Kolb war also beschäftigt. Und Seifferheld hatte Fela, der während des Vortrags sowieso Fotos für das *Haller Tagblatt* schießen musste, aufgetragen, ihn sofort über Handy zu verständigen, sollte die Veranstaltung früher beendet werden, weil beispielsweise die Hospitalkirche in sich zusammenbrach – wie man es seit Beginn der Bauarbeiten am Kocherquartier aufgrund enormer Stuckabbröckelungen und Rissen in den Wänden eigentlich sekündlich befürchten musste.

So bretterten sie jetzt also zu dritt in den Mainhardter Wald.

Onis, der den breiten BMW von Susanne gewohnt war, wo er wie ein Generaldirektor auf dem Rücksitz zu thronen pflegte, musste sich wie eine Sardine auf den eigentlich nicht existenten Rücksitz des koreanischen Kleinwagens von Olaf quetschen. Sein Leben ohne den Teddy war ohnehin die Hölle, und jetzt auch noch das. Er war in diesem Moment kein glücklicher Hund. Er war sogar ein unglücklicher Hund. Im Geiste formulierte er bereits einen Missbrauchsbeschwerdebrief an Animals International.

Olaf, der Wagenhalter, war auch nicht gerade glücklich. »Wissen Sie, Herr Seifferheld, ich habe kein gutes Gefühl dabei …«

Seifferheld auch nicht. Doch darum ging es nicht. Es ging darum, zwei furchtbare Morde aufzuklären. Es ging darum, dass alles besser war, als zu Hause zu sitzen und Kochbücher zu wälzen, um das ultimative Salatrezept für das Amateurwettkochen zu finden.

»Olaf, Sie fahren nur den Fluchtwagen. Kein Grund, den Schwanz einzuziehen.«

Das Wochenendhaus von Kolb erwies sich als schwer zu finden. Das Navigationsgerät war keine Hilfe. Rechthaberisch behauptete es mehrmals »Sie haben Ihr Ziel erreicht« und ließ diesbezüglich auch nicht mit sich diskutieren, aber jedes Mal war da nichts weiter als Wald, grüner Wald.

Schließlich mussten sie die Strumpfmasken vom Kopf ziehen und einen zufällig auf einem Traktor vorbeikommenden Bauern um Hilfe bitten. Während Olaf so tat, als suche er etwas im Fußraum, ließ sich Seifferheld durch die heruntergekurbelte Beifahrerscheibe Instruktionen geben.

Und dann standen sie zu guter Letzt vor dem edlen Holzhaus im Stil von Frank Lloyd Wright, gar nicht weit weg vom Limes-Lehrpfad.

»Strumpfmaske wieder überziehen«, befahl Seifferheld. Sie hatten im Kaufhaus Woha fleischfarbene Damenstrapsstrümpfe erstanden. Schweineteure Markenstrümpfe von Joop beziehungsweise Wolford, damit die Kassiererin an

der Kasse nicht dachte, sie würden ihren jeweiligen Freundinnen nur billiges Zeug schenken.
»Ich denke, ich darf im Wagen bleiben«, moserte Olaf, als Seifferheld ihn aussteigen hieß.
»Onis bleibt im Wagen. *Sie* sichern mir den Rücken.«
»Womit denn? Mit meinen filigranen Masseurhänden?«
Seifferheld ging darauf nicht näher ein. Olaf war Pferdeschwanz- und Freundschaftsarmbandträger, von so einem konnte man bei strafrechtlich grenzwertigen Unternehmungen keinen Mumm erwarten.
»Also gut, Olaf. Sie bleiben hier neben der Pforte stehen, und wenn sich jemand nähert, dann gehen Sie in Deckung und geben unauffällig Bescheid. Verstanden?«
»Ich kann aber keine Tierlaute nachahmen. Ich bin ein Stadtkind.«
Seifferheld stupste ihn gegen seine Hemdtasche, dort, wo sich sein Handy ausbeulte. »Stadtkinder können alternativ meine Handynummer als Kurzwahl einprogrammieren und gegebenenfalls kurz durchläuten.«
Das Letzte, was Seifferheld von Olaf sah, bevor er um eine Biegung der Hecke um Kolbs Wochenendhaus schritt, war die gebeugte, hagere Gestalt des Masseurs, mit dicker Laufmasche in der Strumpfmaske, wie er mit zitternden Fingern auf die Tasten seines Handys klopfte. Mit Onis als Rückendeckung wäre ihm wohler gewesen, aber es durften keine Hundespuren und auch keine Hundehaare zurückgelassen werden. Man wusste ja nie.
Seifferheld schritt männlich aus. Nun ja, er humpelte männlich. Er fühlte sich so jung und so lebendig wie lange nicht mehr. Selbstverständlich war ihm vom Kopf her klar, dass das, was er hier machte, nicht nur ungesetzlich,

sondern auch dumm war. Aber er ging auf die sechzig zu, ein Alter, in dem man von der Gesellschaft abgeschrieben wurde. Männer seines Jahrgangs machten im Fernsehen Werbung für Treppenlifte und Gebisscreme. Doch so sah er sich nicht. Er gehörte längst noch nicht zum alten Eisen. Er stand noch mitten im Leben, konnte noch alles angehen – und, wenn er wollte, auch noch jede Dummheit begehen. Gut, er war älter geworden. Aber er war noch nicht *zu* alt.

Kieselsteine knirschten unter seinen handgenähten Komfortschuhmokassins aus Elchleder. Und dann stand er auch schon vor Dr. Arnfried Kolbs Wochenendhaus. Ein eingeschossiges Prestigeobjekt.

Es war zugegebenermaßen ein exorbitant schönes Wochenenddomizil, das auch Seifferheld gefallen hätte. Gerade groß genug für einen Mann und seine Freundin und seinen Hund. Wobei Seifferheld trotz aller Recherche nicht hatte herausfinden können, ob Kolb eine Freundin hatte. Oder einen Freund. Der Mann wirkte nicht nur asexuell, er war es offenbar auch.

Überwachungskameras waren nicht zu sehen, aber das Haus selbst war eine kleine Festung: Gitter vor den Fenstern, verstärkte Türen, Sicherheitsschlösser. Doch Seifferheld ließ sich nicht so einfach entmutigen. Mit Kennerblick umrundete er die Hütte.

An die Rückseite war eine Garage angebaut. Das Garagentor erwies sich als Schwachstelle im Sicherheitskonzept. Wer jahrzehntelang Verbrechensprävention unterrichtet hat, für den war die Verbrechensbegehung nicht wirklich ein Problem. *Schwupps*, hatte sich Seifferheld widerrechtlich Zutritt verschafft.

Von der Garage kam er mühelos durch die Verbindungstür in die kleine Küche des Hauses.
Es sah erstaunlich aufgeräumt aus, wenn man bedachte, dass es sich um das Wochenendhaus eines Junggesellen handelte. Spärlichst, aber edel möbliert, viel Chrom und Marmor, Bilder angesagter zeitgenössischer Künstler, kein Nippes, bis auf eine Hartplastik-Miniatur des Diakoniekrankenhauses. Und alles makellos sauber. So sauber, dass man problemlos auf dem Boden hätte operieren können.
Was Kolb allem Anschein nach auch getan hatte. Nein, er hatte nicht auf dem Küchenboden operiert, aber im Hauptraum des Wochenendhauses fand Seifferheld einen Behandlungsstuhl, diverses Arztbesteck und genügend Botox, um bei Bedarf ganz Hohenlohe ein Jahr lang lahmzulegen.
Da schau an, dachte Seifferheld, der Kolb faceliftet schwarz.

17:00 Uhr

Wer einen Sack Flöhe hütet, darf sich nicht wundern, wenn's irgendwann zu jucken anfängt.

Karina lebte nicht absichtlich so, wie sie lebte. Es passierte ihr einfach. Sie war nicht auf Krawall gebürstet, sondern wollte im Grunde nichts als Liebe und Schönheit verbreiten und für das Gute eintreten. Es ergab sich schlicht und ergreifend nur immer so, dass sie dabei irgendwie mit dem Gesetz in Konflikt geriet. Oder zumindest mit dem, was das Gros der Menschheit für Anstand und Würde hielt. Aber im Kern war sie ein guter Mensch. Zumindest redete sie sich das ein.

Darum bot sie an diesem Nachmittag auch an, auf den kleinen Mozes aufzupassen. Noch so eine missverstandene Kreatur. Er hatte das mit den Wunderkerzen doch nicht aus böser Mutwilligkeit getan. Und auch die Rohrverstopfungsepisode war nichts weiter als die Folge hehrer Absichten.

Zwei wie sie mussten zusammenhalten.

Außerdem hatte sie bei Fela Wiedergutmachung zu leisten. Wiewohl er sich schon ein wenig arg spießig anstellte: Nur weil sie mit anderen Jungs flirtete, ging ihm doch noch lange nichts ab. Schließlich trug sie ausschließlich *sein* Freundschaftsarmband.

Erst stylte Karina sich und den Kleinen auf. So viel zum Thema Schönheit. Mozes war als Erster an der Reihe. Über seine übliche ausgewaschene Kinder-Jeans zog sie ihm ihre alten Micky-Maus-Boxershorts, die sich in der Taille eng zusammenbinden ließen. Darüber ein schwarzes T-Shirt mit Micky-Maus-Konterfei auf der Brust und auf dem Rücken, das ebenfalls in der Taille verknotet wurde. Und als letzter Knoten kam eines ihrer weißen Leinentaschentücher um seinen Hals. Allein eine Stunde lang beschäftigte sie sich mit seinem Afro, den sie mit viel Gel und Haarspray und zwei Gummibändern zu großen Mäuseohren frisierte. Das Endprodukt ähnelte nichts, was seine Eltern oder die Stilpolizei von *Vogue Bambini* schön gefunden hätten, war aber definitiv ein Hingucker. Karina selbst schlüpfte in einen enganliegenden, leuchtend blauen Ganzkörperoverall und blaue Overknees.

Zudem hatte sie sich die Haare an diesem Tag blau gefärbt. Sie sah aus wie ein Schlumpf.
Dann zogen Giganto-Schlumpf und Mini-Micky-Maus in die Welt hinaus.
Zuerst gingen sie Enten füttern auf dem Unterwöhrd, einer Insel im Kocher. Dann spendierte Karina Mozes eine heiße Schokolade im Café Ableitner. Und anschließend zogen sie die Mauerstraße entlang zur Johanniterhalle. Die ehemalige Johanniterkirche, die schon lange säkularisiert und zeitweise als Turnhalle genutzt worden war, hatte Mäzen Reinhold Würth zu einem Museum für Alte Meister umgewandelt, in dem unter anderem Werke von Lukas Cranach und Tilman Riemenschneider ausgestellt wurden. Die Kinderführung hatten sie zeitlich knapp verpasst, aber Karina fand ohnehin, dass Mozes nur die Farben und Formen und Figuren auf sich wirken lassen sollte. Er konnte Kunst auch zu schätzen lernen, ohne intellektuell dafür aufgerüstet werden zu müssen.
Mozes war begeistert von den Heiligen. Es gab so viel zu sehen. Besonders der rote Teufel hatte es ihm angetan. Im Museumsshop besorgte ihm Karina Papier und Stifte und ließ ihn dann den Teufel abmalen.
»Das ist ja nett, meine verwarnte Gefahrhundausführerin.« Polizeiobermeister Karsten Viehoff stand plötzlich neben ihr und lächelte. »Und wie ich sehe, total blau. Muss ich Sie pusten lassen?«
Ohne seine Uniform sah Viehoff richtig menschlich aus. Männlich. Mehr als nur männlich. Wie einer, der mal eben lässig nebenher den Mr.-Germany-Contest gewinnen konnte. Kurz tauchte vor Karinas innerem Auge das Bild von ihm in Badehose auf.

»Momentan habe ich nur heiße Schokolade im Blut«, sagte sie.
»Aha, eine Süße. Wusste ich es doch gleich.« Er zwinkerte.
Karina musste sich räuspern. »Und? Heute nicht im Dienst?«
»Ein Mann des Gesetzes ist immer im Dienst. Nur läuft er manchmal im Undercoverlook herum.«
Karina lächelte, wollte ihm vorschlagen, sich draußen auf eine der Bänke der Weinstube zu setzen und zu plaudern, sah sich vorher noch mal nach Mozes um und …
… konnte ihren Schützling nirgends entdecken.
»Mozes?«, rief sie.
Stille.
Karina war nicht wirklich besorgt. Die Johanniterhalle war wegen der Stellwände etwas unübersichtlich, aber nicht sehr groß. Und wenn er das Gebäude verlassen hätte, wäre er definitiv an ihr vorbeigekommen. Schließlich stand sie vor dem einzigen Ausgang.
So trat sie ein paar Schritte vor und rief erneut: »Mozes?«
Immer noch Stille.
Ganz so still war es in diesem Moment auf dem nächstgelegenen Polizeirevier nicht.
Stiller Alarm ist immer nur einseitig still.
Nachdem Mozes nämlich den roten Teufel abgemalt hatte, war er in den kleinen Nebenraum geschlendert und hatte sich verliebt. In das Lüsterweiblein aus Holz. Sie war so zart und glänzte und legte den Kopf auf so entzückende Weise schräg. Ein Blick, und er wusste: Sie ist das Schönste, was ich je gesehen habe. Natürlich wollte er daraufhin ihre zarte Wange küssen. Mit seinen kurzen Ärmchen reichte er gerade so auf das Podest hinauf.

Und löste auf diese Weise den stillen Alarm aus.
Aufgrund seines Verhaltens sollte das Lüsterweibchen unter Plexiglas gestellt werden und fürderhin für Küsse unerreichbar sein.
Aber das wusste die Mini-Micky-Maus alias Mozes Nneka in diesem Augenblick noch nicht.
Und das war in diesem Moment auch das kleinste Problem in seinem noch jungen Leben.

18:21 Uhr

> Ick liebe dir, ick liebe dich,
> wie's richtig heest, det wees ich nich,
> und is mir ooch Pomade.

Irmi verstaute ihre Großeinkäufe in einem Schließfach im Hauptbahnhof Stuttgart. Sie hatte die Gelegenheit genutzt, um in diversen Läden – Breuninger, Böhm sowie Merz & Benzing – die Bestände leer zu kaufen. Ein Schließfach reichte folglich auch nicht aus, sie musste gleich zwei belegen. Dann strich sie ihren grauen Popelinemantel glatt, holte tief Luft und marschierte los. Zum Aufzug, der sie in das Turmcafé brachte.
In der Glasscheibe des Aufzugs musterte sie ihr Spiegelbild. Der Aufzug fuhr langsam, und das Café lag im siebten Stock, da hatte sie reichlich Gelegenheit, sich zu betrachten. Es musste ja einen Grund geben, warum sie mit über sechzig Jahren noch alleinstehend war. Wobei sie sich die Frage nach einer Änderung dieses Zustands nur die ersten dreißig Jahre stellte, später lief einfach alles in festen Gleisen. Nun, jetzt würde sich das ändern.

Bevor die Aufzugtüren sich öffneten, holte sie noch einmal tief Luft. Und knöpfte den Popelinemantel auf.
Jetzt hätte es eigentlich einen Tusch geben müssen: Wo sie bislang immer ein Ensemble aus Twinset und Tweedrock in gedeckten Farben getragen hatte – im Sommer allenfalls einmal einen hellen Leinenrock und eine weiße Baumwollbluse –, trug sie nun ein seidiges, knielanges Kleid in gewagter Schlangenoptik von Marccain. Dazu Schuhe mit Absätzen. Bei Breuninger hatte sie sich eben noch schnell schminken lassen, und der lange eisengraue Zopf war bei Les Coiffeurs im 4. Obergeschoss des Mittelbaus einem flotten Kurzhaarschnitt gewichen.
Als sie das Café betrat, wanderten alle Augen zu ihr.
Irmi lächelte. So gut – so schön! – hatte sie sich in ihrem ganzen Leben noch nicht gefühlt.
Ihr Leben würde sich nun ändern, das spürte sie mit jeder Faser ihres Seins.
Sie suchte mit Blicken die Tische ab.
Eine Rucksacktouristengruppe, ein Kellner, zwei hochschwangere Frauen, eine asiatische Familie mit Hund, eine Kellnerin, drei VfB-Anhänger, eine junge Frau, die im *Playboy* blätterte. Kein distinguierter Herr mit einer Rose in der Hand.
Da ging die Tür zum Treppenhaus auf.
Irmi sah erst nur das Hosenbein. Dunkelgraues Flanell zu schwarzen Budapestern.
Dann tauchte die Hand mit der roten Rose auf. Eine gute, kräftige Hand.
Und dann sah sie das Gesicht des Mannes, mit dem sie sich über den Online-Datingdienst hier verabredet hatte. Anonym, weil beide es so wollten. Noch nichts Konkre-

tes, Bindendes, mit Namen und Anschrift. Nur die Begegnung zweier suchender Herzen.
Das Gesicht war länglich. Es war ein markantes Gesicht, mit Lachfältchen um die Augen.
Es war das Gesicht von Pfarrer Hölderlein aus Schwäbisch Hall!

19:24 Uhr

> Ein Optimist ist jemand, der mit einem
> Cocktailshaker in der Hand auf ein Erdbeben wartet.
> *Danny Kaye*

»Sie sind ja süß – Optimistin bis zum Schluss, wie?« Der diensthabende Beamte lächelte und schob Karina ein Blatt Papier hin, das aussah, als habe es vor noch gar nicht so langer Zeit einen Wellensittichkäfig ausgekleidet. »Hier bitte, unterschreiben Sie Ihre Aussage.«
Karina blickte unglücklich drein. »Aber es ist doch gar nichts weiter passiert. Seine Eltern müssen es wirklich nicht erfahren. Ich denke dabei nur an den Steuerzahler – so eine telefonische Verbindung nach Afrika ist doch irrsinnig teuer.«
Mozes, um den es ging, war nach all der Aufregung um den Polizeieinsatz, den er ausgelöst hatte, selig auf dem Besuchersessel des Reviers eingeschlafen, während Karina ihre Aussage zu Protokoll gab. Vermutlich würde von einer Anzeige abgesehen, aber sicher war das nicht.
Die Kollegin des Beamten versuchte gerade, eine Verbindung zu den Eltern von Mozes herzustellen. Das Ge-

spräch mit der deutschen Botschaft war schon zweimal aus heiterem Himmel abgebrochen.
Karina hatte ihrerseits versucht, Fela zu erreichen, aber der ging nicht an sein Handy.
Polizeiobermeister Viehoff hatte sich als Niete entpuppt. Anstatt ihr in dieser misslichen Lage beizustehen, ihr die Hand zu halten und seine Kollegen zu bestechen, hatte er nur laut gelacht, als die beiden Streifenwagen mit qualmenden Reifen vor der Johanniterhalle zum Stehen kamen, und gerufen: »Bei euch ist echt immer was los, oder?« Dann hatte er sich mit der schalen Ausrede, er müsse jetzt zum Dienst, einfach verabschiedet.
»Hallo, Herr Nneka? Ja, hier noch mal Schulze-Semmeling«, rief da die Polizistin am Nebenschreibtisch. »Wir haben Ihren Sohn in Gewahrsam. Wie? ... Nein, nicht Fela Nneka. Mozes Nneka. Genau. Ich wollte nur sicherstellen, dass Sie die Frau in seiner Begleitung, eine gewisse Karina Seifferheld, kennen ...«
Karina seufzte.
Die Nnekas waren sehr spießig und bieder. Fela hatte ihnen noch nicht gebeichtet, dass er eine Freundin hatte, die wegen Erregung öffentlichen Ärgernisses schon mehrmals festgenommen worden war.
Das konnte jetzt heiter werden.
Was stand auf Kindesentführung?

20:30 Uhr

Legenden der Kochkunst –
Heute: Die Teufelspastete der Terrinentiger

Die Schulküche der Volkshochschule stand ihnen aus versicherungsrechtlichen Gründen ohne Dozent nicht zur Verfügung, darum trafen sie sich zum großen Probekochen in der Seifferheldschen Küche.
»Hier, ich hab' alles gekriegt.« Kläuschen war zum Einkaufen verdonnert worden. Schließlich war er nicht berufstätig und ging nicht an einer Krücke. Folglich war er für Besorgungsdienste aller Art prädestiniert. Er hievte die drei ausgebeulten Tüten auf den Küchentisch und rezitierte auswendig wie ein Gedicht: »Geflügelfleisch ohne Knochen, Hühnerleber, Speck in Scheiben, Butterschmalz, Petersilie, Schlagsahne und ... Tusch! ... Sherry.«
Seifferheld staunte nicht schlecht. »Sehr gut. Mein Gott, jetzt hast du's!«
Klaus wurde rot vor Stolz.
Als kurz darauf die anderen eintrafen, erwähnten die beiden nicht, dass Kläuschen für sein Lob zweimal hatte in den Handelshof ziehen müssen. Beim ersten Mal hatte er statt der Hühnerleber Schweineleber gekauft – »Wieso? Wo ist jetzt da der Unterschied? Leber ist Leber!« – und Dill statt Petersilie – »Ist doch beides grün!«. Er hatte das Schmalz vergessen und den irischen Whiskey – »Mag ich lieber als dieses Sherrygesöff« – so auf die Schlagsahnebecher gestellt, dass es Löcher in den Deckeln gab und sie ausgelaufen waren. Aber zum Glück war Schwäbisch Hall ja eine Stadt der kurzen Wege, und so hatte Seifferheld

Klaus einfach noch mal losgeschickt, nachdem er ihm eingebleut hatte, dass man genau das zu besorgen hatte, was im Rezept stand – nichts, was nur farblich so ähnlich war oder auch ein inneres Organ war, aber ganz andere Arbeiten im Körper zu verrichten hatte oder gar aus einem anderen Tier stammte.

Seifferheld hatte als neuer Anführer bestimmt, dass sie unfähig waren, ein komplettes Menü zu zaubern. Sie würden sich auf ein Gericht konzentrieren, und das dann mit besonderer Bravouresse anfertigen. Oder hieß es Bravourösität? Egal, sie hatten abgestimmt und sich mehrheitlich für eine Geflügelterrine entschieden.

Arndt traf als Erster ein. Man hörte ihn schon von weitem, weil nämlich in Höhe von Piano Fischer das Maschinengewehrgeballere losging. Ob er seinen Handyklingelton jemals ändern würde? Als Seifferheld ihn einließ, sprach er am Handy gerade mit einem verzweifelten Singlemann, der beim Versuch, das Abflussrohr von fahrlässig in der Spüle entsorgten Essensresten zu leeren, seine Küche geflutet hatte. »Jetzt kübeln Sie erst mal das Wasser raus und wischen alles trocken. Ich komme dann zu Ihnen«, sagte Arndt.

»Du musst gleich wieder los?« Seifferheld gab sich ungnädig. Das Probekochen war wichtig!

»Erst in ein oder zwei Stunden. So lange braucht der locker, um seine Küche trockenzulegen.«

Gotthelf, Günther, Horst und Eduard kamen gemeinsam als Kleingruppe. Onis, der sonst immer begeistert von einem zum anderen gelaufen wäre und alle schwanzwedelnd begrüßt hätte, blieb in seinem Korb vor Seifferhelds Zimmer liegen und hob nur eine Augenbraue.

»Was hat denn der Hund?«, fragte Arndt, ging vor Onis in die Knie und kraulte ihn hinter den Ohren.
»Nichts!«, log Seifferheld, der jetzt nicht die anrührende Geschichte vom rosa Teddy erzählen wollte, in der er die Rolle des Schurken spielte.
Schmälzle trudelte als Letzter ein, mit einer gestärkten weißen Kochmütze auf dem schütteren Haupthaar. Er drehte sich ein paarmal vor dem Garderobenspiegel im Flur und verteilte dann Haarnetze unter den anderen. »Ist hygienischer«, erklärte er. »Wird in großen Küchen immer so gemacht. Ich hätte euch ja auch Kochmützen mitgebracht, aber ich kannte eure Hutgrößen nicht.« Kochmützen gab es nur in Einheitsgröße. Der Mann war einfach geizig.
»Okay, Männer«, sagte Seifferheld und klatschte motivierend in die Hände. »Dann machen wir jetzt eine Geflügelterrine!«
»Sollten wir uns nicht zuerst einen Namen geben? Wenn verschiedene Teams gegeneinander antreten, haben die doch immer einen Namen«, schlug Arndt vor. »So ein Name gibt Power.«
»Ein Teamname? Sollen wir dann auch noch Cheerleader anheuern oder wie?« Eduard fand das frivol.
Klaus überlegte, wie man an die Telefonnummern von Playboyhäschen kommen könnte und ob sie im Bunnykostüm als Cheerleaderinnen auftreten durften.
»Die Homecooking-Hasardeure!«, rief Horst.
»Die Backofen-Bezwinger«, schmetterte Gotthelf.
»Die Schneebesen-Spitzenstars«, schlug Schmälzle mit sehnsüchtig geschlossenen Augen vor. Er sah sich schon mit Kochmütze und Schneebesen auf dem Cover des

Kochbuches, das er schreiben würde, sobald er und die Jungs das Wettkochen gewonnen hatten.

»Männer!« Seifferheld mahnte zur Ordnung. »Das können wir uns überlegen, wenn wir die Terrine auf die Beine gestellt haben.«

»Genau! Darauf trinken wir!«, rief Klaus, der den irrtümlich gekauften irischen Whiskey geöffnet und für alle je ein Glas eingeschenkt hatte.

Sie stießen an.

»Ich finde ja immer noch, wir hätten etwas Ausgefalleneres machen sollen als eine Geflügelterrine. Geflügel ist so banal. Eine Schnepfenpastete, das klingt viel besser«, meinte Schmälzle.

»Eine Schnepfe ist auch ein Geflügel«, klärte Pfarrer Günther ihn auf, obwohl Besserwisserei unchristlich war.

»Eduard, hast du das Rezept für alle ausgedruckt?«, unterbrach Seifferheld den aufkeimenden Disput.

Eduard nickte und verteilte die Rezeptkopien, während Klaus noch eine Runde einschenkte.

Als Buchhändler hatte Eduard die Aufgabe übernommen, ein passendes Geflügelterrinenrezept aufzutun. »Wisst ihr, die ersten Geflügelterrinenrezepte finden sich auf sumerischen Keilschrifttafeln. Sie sind dreitausend Jahre alt!«

»Und die hast du jetzt kopiert?«, fragte Arndt, der auf dem Blatt Papier nur unleserliche Häkchen erkennen konnte.

»Nein«, erwiderte Eduard indigniert. »Das ist meine Handschrift.«

»Du hättest Arzt werden sollen.«

»Geht's jetzt los?«, fragte Kläuschen, dem langweilig wurde. Er stand vor dem Kühlschrank, nahm die rote Tupperdose heraus und löffelte sich einen Bissen rote Bete in den Mund. Das Langzeitgedächtnis von Klaus war so gut wie nicht existent.

Seifferheld hatte die Arbeitstheke frei geräumt und die Terrinenform mittig darauf aufgebaut. »Voilà!«, sagte er, während Klaus den Bete-Bissen wieder in die Tupperdose spuckte und die Dose zurück in den Kühlschrank stellte.

»Ist das Steingut oder Steinzeug?«, wollte Eduard wissen.

»Wieso?«

»Im Rezept steht, dass man für die Terrine Steinzeug nehmen soll.«

»Und wo ist da der Unterschied?«

»Keine Ahnung.«

»Das ist aber doch vielleicht wichtig.«

Sie beschlossen, es zu googeln. Arndt setzte sich mit seinem iPhone an den Küchentisch und suchte. »Hab's!«, rief er nach der nächsten Whiskey-Runde. Die Jungs waren schon erheblich fröhlicher als noch vor einer Viertelstunde.

»Bei Wikipedia steht, dass Steingut eine Gattung der porösen Tonkeramik ist, häufig mit bleihaltiger Glasur.«

»Blei ist doch giftig«, warf Eduard ein.

»Steinzeug ist die Bezeichnung für alle Arten von Tonwaren, die beim Brennen wasserdicht werden.«

»Und wo genau liegt jetzt der Unterschied? Das eine ist bunt, das andere nicht?«, fragte Gotthelf.

»Nein, die Wasserdichte macht's«, korrigierte Eduard.

Arndt rief: »Hier steht noch: ›Steingut ist Zeugs, und Steinzeug ist gut.‹«

»Und was soll das heißen?«

»Keine Ahnung.«
»Also jetzt reicht's!« Seifferheld sprach ein Machtwort. »Wir nehmen das, was da ist, und damit basta. Avanti, avanti!« In ihm wuchs die Bewunderung für Bocuse. Einen Sack Flöhe hüten war leichter, als mit diesen Jungs diszipliniert zu kochen. Er sah auf das Rezept und verteilte die Einsätze. »Arndt, du würfelst das Putenbrustfilet, Gotthelf, du würfelst die Leber. Horst, du reibst von der Orange die Schale ab und presst die Frucht aus. Eduard, du ziehst die Zwiebel ab. Klaus ... äh ... du schaust zu.«
»Die Zwiebel abziehen?« Eduard schaute perplex. »Ist das wie ausziehen oder was?«
Arndt und Gotthelf sahen erst sich, dann Seifferheld an. »Würfeln? Wie würfelt man denn eine Pute? Wie bei Kniffel?«
»Ich weiß jetzt einen Namen für unsere Truppe«, seufzte Seifferheld. »Die Ahnungslosen!«
Woraufhin Klaus noch eine Runde ausschenkte.
Beseelt vom irischen Nationalgetränk, merkte Seifferheld nicht, wie Karina zu später Stunde mit dem schlafenden Mozes auf dem Arm ins Haus schlich.

8. Kapitel

> Aus dem Polizeibericht
>
> **Stierkampf mit umgekehrten Vorzeichen: Olé!**
>
> *Im direkten Duell Audi Quattro gegen Angusbulle ging am gestrigen Abend das Rind als Sieger hervor. Der Bulle hatte den Zaun seiner Weide umgedrückt und schnupperte den Duft der Freiheit, als er gegen 19 Uhr 30 auf der Höhe von Bühlerzimmern plötzlich auf die Fahrbahn lief. Trotz eines Ausweichmanövers konnte der Fahrer des Audi den Zusammenstoß nicht mehr verhindern. Das Tier kam mit leichten Blessuren davon, der Audi erlitt dagegen Totalschaden. Der Bulle befindet sich zwischenzeitlich wieder wohlbehalten auf seiner Weide. Der Audi wird verschrottet.*

09:11 Uhr

> Kaufen Sie keine elektronischen Geräte
> von Leuten auf der Straße, die außer Atem sind!

Seifferheld frühstückte aushäusig, so weit war es schon mit ihm gekommen.
Er war kein Selbstversorger, und in seinem Harem herrschte bedenklicher Schwund. Irmi war über Nacht nicht nach Hause gekommen, Susanne war immer noch mit ihrer Freundin unterwegs, MaC hatte vorbeikommen wollen, war aber nicht aufgetaucht, und Karina schlief noch.

Nach fast sechzig Lebensjahren, in denen es immer jemand, meist jemand Weibliches, gegeben hatte, der ihm das Frühstück bereitete – seine Mutter, die Essensausgabe bei der Bundeswehr, seine Frau, seine Schwester –, sah sich Seifferheld außerstande, sich selbst ein leckeres Frühstück zu zaubern. Wenn er wirklich einmal allein war, aß er eine trockene Brezel zu seinem Morgenmost. Aber nicht einmal Brezeln gab es an diesem Morgen in der Küche. Seifferheld hatte Klaus im Verdacht, der gestern noch in der Vorratskammer gestöbert hatte. Kurzum, wenn Seifferheld ein ordentliches Frühstück haben wollte, musste er es sich bei fremden Menschen gegen Geld besorgen.

Es war ein herrlicher Morgen, und so setzte er sich an einen der Tische vor dem Café am Markt mit Blick auf das geschäftige Treiben auf dem Marktplatz, auf dem – wie jeden Samstag – die Bauern der Umgegend ihre Marktstände aufgestellt hatten. Trotz der frühen Stunde wimmelte es vor Menschen.

Es war relativ kühl, aber die achtsame Kaffeehausleitung hatte rote Decken ausgelegt, und unter diesen hielt man es gut aus. Seifferheld bestellte eine Butterbrezel und Rührei mit Kräutern und dazu ein Kännchen Kaffee und ein Glas Apfelmost. Seine Welt war wieder in Ordnung.

Onis lag schwer schnaufend unter dem Tisch. Seifferheld war besorgt. Seit vorgestern hatte Onis nichts mehr gefressen. Seifferheld war sogar *sehr* besorgt.

Bevor er sich jedoch weiter Gedanken machen konnte, klopfte ihm jemand auf die Schulter.

»So eine Freude, der Siggi! Long time no see!«

Es war Kläuschen, der unaufgefordert Platz nahm, der

sympathischen Kellnerin zuzwinkerte und »Das Übliche!« rief, und dann mit dem linken Fuß aus seinem Timberland-Slipper schlüpfte und mit bestrumpften, wenn auch löchrig bestrumpften Zehen den Rücken von Onis kraulte. Der Hund ließ es sich gefallen.
»Hach, so macht das Leben Spaß!«
Das war Kläuschen, wie er leibte und lebte. Sah immer nur das Positive im Leben. Ein Sonntagskind.
Das Sonntagskind verkündete gleich darauf: »Ich schwör's dir, Siggi, ich häng mich auf. Ich knüpf mich an einen Dachbalken. Echt!«
»Was redest du denn da für einen Unsinn, Klaus!«
Die Kellnerin brachte Seifferhelds frugales Frühstück und Kläuschens »Übliches«: Die große Café-am-Markt-Spezial-Frühstücksplatte mit extra viel Wurst und Käse und Pfannkuchen mit Ahornsirup und Sekt und Kaviar.
»Ich kann nicht kochen. Ich hab' noch nie kochen können, und das ändert sich auch nicht mehr. Ich bin nur zu dem Kurs, weil ich unter Leute kommen wollte.«
Seifferheld, der – nach dem whiskeyseligen Probekochen in seiner Küche, bei dem sie fünfzehn verschiedene Methoden entdeckt hatten, wie man Geflügelterrine *nicht* macht, bis sie so betrunken waren, dass sie aufgeben mussten – den Kochwettbewerb erfolgreich aus seinem Wachbewusstsein verdrängt hatte, schämte sich ein wenig.
Alle hängten sich voll in die Sache hinein, nur er meinte, das Gekoche locker aus dem Handgelenk meistern zu können. Müsste er mehr Ehrgeiz entwickeln?
»Klaus, krieg dich wieder ein. Wir fahren in die Arena Hohenlohe, kochen irgendwas, haben Spaß dabei und lassen

ein Foto von uns schießen, das sich Bocuse dann neben sein Jamie-Oliver-Gedächtnisbild hängen kann.«
Kläuschen schöpfte Hoffnung. »Meinst du?«
»Ja, meine ich!«
Eine Zeitlang frühstückten sie schweigend vor sich hin. Man hörte nur Kaugeräusche von oberhalb des Tisches und Schnaufgeräusche von unterhalb.
»Ja, grüß Gott, die Herren.«
Seifferheld sah auf, während Klaus der Unterkiefer nach unten klappte.
»Frau Denner, das ist aber eine Überraschung. Sie waren auf dem Markt?« Seifferheld erhob sich gut erzogen.
»Nein, ich war bei Ihnen zu Hause, aber ich traf nur auf eine sehr nette, junge, verschlafene Frau mit blauen Haaren, die mich in die Küche bat, mir Hefezopf mit Gsälz anbot und mir dann anvertraute, ich könne Sie hier finden.«
Die Begegnung mit Frau Denner war jetzt tendenziell ungut. Seifferheld mochte Klaus. Seifferheld mochte Klaus sogar sehr. Aber Klaus war eine elende Plaudertasche – wenn er mal nicht die undichte Stelle gewesen war, die überall herumerzählt hatte, dass Seifferheld gern stickte –, und außerdem war Klaus tierisch neugierig. Er sollte nicht erfahren, dass sich Seifferheld für die Morde an Lambert von Bellingen und Kiki Runkel interessierte. Also vollführte er einen Augenbrauentanz.
Doch er hätte sich keine Sorgen machen müssen: In Klausens Gehirn – will heißen, in die schätzungsweise zwei, drei aktiven Gehirnzellen, die er besaß – war der Blitz eingeschlagen. Frau Denner besaß eine unglaubliche Ähnlichkeit mit Mimi, seiner aufblasbaren Gummipuppe. Nur

dass Frau Denner lebendig war und noch dazu eine melodische Stimme ihr Eigen nannte und ein Lachen, bei dem es Klaus durch und durch ging. So unauffällig wie möglich fischte er nach seinem linken Schuh und streifte ihn sich über. Dann richtete er sich kerzengerade auf und schaute männlich. Wie Sylvester Stallone. Oder Bruce Willis. Nur männlicher.
»Setzen Sie sich doch zu uns«, bat er eifrig.
Frau Denner schüttelte den Kopf, als die Kellnerin an den Tisch trat. »Ich muss gleich weiter.« Sie wühlte ein wenig in ihrer *Free-Tibet*-Jutetasche. »Hier, das wollte ich Ihnen geben.« Sie reichte Seifferheld einen braunen DIN-A4-Umschlag und sagte zu Klaus: »Wir tauschen ... äh ... Sudoku-Rätsel aus.« Sie zwinkerte erst Seifferheld, dann Klaus zu und meinte lächelnd zu Letzterem: »Sie haben Croissantkrümel auf dem Kinn. Ist das ein Versehen, oder proben Sie für eine Rolle als Sesamstraßenkrümelmonster?«
Klaus kicherte, wobei ihm besagte Croissantkrümel mehrheitlich vom Kinn rutschten.
Frau Denner schien das lustig zu finden. »Na, ich muss dann los. Auf Wiedersehen, die Herren. Mein Bus fährt gleich.«
»Warten Sie«, rief Klaus und sprang auf, »ich helfe Ihnen tragen.« Er nahm ihr die leere Jutetasche ab.
Hätte Seifferheld etwas sagen sollen? Hätte er mit raschem Eingreifen das Schlimmste verhindern können? Aber er saß nur bass erstaunt und sah den beiden nach. Dass Klaus sofort auf Frau Denner abfuhr, war nachzuvollziehen. Aber was sah die reizende Frau Denner nur in Klaus?

Die Kellnerin stand urplötzlich hinter ihm und fragte: »Zahlen Sie für den Herrn mit?« Sie legte ihm die Rechnung vor, bei der Klausens Extrawünsche enorm zu Buche geschlagen hatten. Am liebsten hätte Seifferheld mit der Stimme von Marcel Reich-Ranicki gerufen: »Ich nehme diesen Preis nicht an!« Zumal er nur einen Zehner dabeihatte, weil der für Kaffee, Most, Ei und Brezel absolut ausgereicht hätte, nicht aber für eine Luxusschlemmerei à la Klaus mit lauter Extraportionen.
Noch während er überlegte, wie dieses Dilemma zu lösen war, klingelte sein Handy.
»Onkel Siggi!« Es war Karina. Sie klang ernst. »Du musst sofort nach Hause kommen!«

Ca. 10:00 Uhr

Seele des Hundes, Wie gleichst du dem Wasser!
Schicksal des Hundes, Wie gleichst du dem Wind!
frei nach Johann Wolfgang von Goethe,
der Hunde nicht ausstehen konnte –
(aber er war ja auch nie einem Hund wie Onis begegnet ...)

Seifferheld hatte natürlich mit dem Super-GAU gerechnet: Haus endgültig abgefackelt oder weggespült oder in die Luft gesprengt. Karina vom Bundesgrenzschutz nach Guantanamo verschleppt.
So schnell es ihm seine Gehhilfe erlaubte, war er die kurze Strecke vom Marktplatz zur Unteren Herrngasse gelaufen, Onis hinter sich herziehend. Der Kellnerin hatte er noch zugerufen »Ich lasse anschreiben« – so was ging

auch nur in einer Kleinstadt, wo jeder jeden kannte. Trotzdem hätte das nicht jeder rufen dürfen. Einem Ex-Kommissar glaubte man aber, dass er seine Rechnungen begleichen würde.
Kurz darauf stürzte Seifferheld in die Seifferheldsche Küche, Lebensmittelpunkt des Clans.
»Was ist?«, rief er. Dumpfe Ahnungen pressten seinen Brustkorb zusammen.
Am Küchentisch saßen Karina und ein fremder Mann. Das war ja per se nichts Neues.
»Da bist du ja, Onkel Siggi. Darf ich vorstellen: Dr. Honeff.«
Seifferheld atmete schwer. Noch ein Arzt? Eine Zweitmeinung zur Brustvergrößerung? Oder eine andere Baustelle? Wollte sie sich klonen lassen, damit sie noch mehr Chaos und Verdruss auf diesem Planeten verbreiten konnte?
»Karina, du hast gesagt, es sei dringend. Ich bin von einem Notfall ausgegangen!« Seifferheld klang ungnädig.
»Es ist ja auch ein Notfall. Onis hat seit Tagen nicht gefressen und ist ständig niedergeschlagen. Ich habe Angst, dass er in eine irreversible Depression fällt.« Eigentlich hatte Karina nur Angst, dass ihre neueste Eskapade – wenn es auch die von Mozes war – vorzeitig ans Licht kommen könnte, darum hatte sie einer spontanen Eingebung folgend das Telefonbuch aufgeschlagen und Honeff gefunden. Ein Wink des Schicksals!
»Du hast einen Tierarzt *ins Haus* kommen lassen?« Seifferheld musste an die exorbitanten Hausbesuchszuschläge denken. Er war kein Knauser. Für das Wohl seiner Lieben war ihm nichts und niemand zu teuer. Aber doch immer mit Vernunft und im richtigen Rahmen.

»Dr. Honeff ist kein Tierarzt, er ist Hundepsychiater.«
Honeff – ein mittelalter Mann von mittlerer Größe in einer beigefarbenen Strickjacke und mit einem Klemmbrett – war zwischenzeitlich aufgestanden und vor Onis in die Knie gegangen.
»Guten Tag, Aeonis vom Entenfall«, sagte er. Zu Seifferheld gewandt, meinte er: »Es ist wichtig, dass ich den Hund mit seinem vollen Namen anspreche. Dann fühlt er sich in seiner Persönlichkeit wahrgenommen.«
Seifferheld nahm gerade auch etwas wahr. Nämlich die absolute Lächerlichkeit dieser Situation.
»Hundepsychiater?«, wiederholte er. Seine Mundwinkel zuckten. Er fand Seelenklempner ja schon für Menschen bedenklich. Sein Allheilmittel für alle Probleme der Seele waren lange Spaziergänge an der frischen Luft. Und davon hatten er und Onis genug.
»Ich sehe deutlich, dass den Hund etwas quält«, verkündete Hundepsychiater Honeff. »Gut, dass ich einen Fragebogen vorbereitet habe.«
»Für Onis?« Seifferheld konnte sich kaum noch beherrschen.
Honeff blieb ungerührt. Er war Kummer gewohnt. »Nein, für Sie, den Halter. Und für so viele Familienmitglieder wie möglich. Wollen wir uns setzen?«
Einen Moment lang blieb Seifferheld unschlüssig stehen, dann entschied er sich doch, den Hundeheini nicht zu brüskieren. Außerdem wurde Honeff zweifelsohne pro Stunde bezahlt, da würde er die restlichen 55 Minuten auf jeden Fall absitzen.
»Gehören nicht noch mehr Personen zu diesem Haushalt?«, erkundigte sich Honeff. »Onis hat einen akuten

Depressionsschub. Das könnte auf jeden der hier Wohnenden zurückzuführen sein.«

»Es ist so ...«, fing Karina an, da ging die Küchentür auf, und Irmi trat ein.

»Wo kommst du denn her?«, verlangte Seifferheld streng zu wissen. Er war zwar der Jüngere, und noch dazu ging es ihn nichts an, aber ein so unerhörtes Vorkommnis durfte nicht unkommentiert bleiben. »Du bist über Nacht weggeblieben! Und wie siehst du überhaupt aus?«

»Jetzt gönn Tante Irmi doch ihr Abenteuer. Bist du in Stuttgart versackt?« Karina freute sich. Natürlich glaubte sie in ihrer jugendlichen Naivität, dass Tante Irmi bei einer Einkaufspause zu viel Eierlikör gezwitschert hatte und im Vollrausch den Bahnhof nicht mehr gefunden hatte. Nur durch völliges alkoholbedingtes Weggetretensein ließ sich auch erklären, dass Tante Irmi sich den Zopf hatte abschneiden lassen. »Echt, du siehst klasse aus!«

Den wahren Grund für ihr Fernbleiben erriet keiner, auch ihr Bruder nicht. »Irmi, also ehrlich, wir haben uns Sorgen gemacht. Ich sah dich schon mit einem Schlaganfall auf der Intensivstation des Marienkrankenhauses.«

Irmi warf den Hausschlüssel in die Schüssel auf der Anrichte, knöpfte ihren Mantel auf und sagte nichts. Also, sie sagte nichts zu den Kommentaren, sehr wohl jedoch äußerte sie sich zur Anwesenheit von Honeff, den sie mit eisigen Blicken durchbohrte. »Wer ist der fremde Mann in meiner Küche?«

»Das ist Dr. Honeff. Er ist Hundepsychiater und wird uns sagen, was mit Onis nicht stimmt«, erläuterte Karina. »Dr. Honeff, das ist meine Tante Irmgard. Sie wohnt auch hier.«

Honeff fröstelte unter Irmis Blick und sah aus, als sei ihm plötzlich klar, warum der Hund deprimiert war.

»Mit Onis ist alles in Ordnung, bei euch stimmt etwas nicht«, erklärte Irmi und traf damit den Nagel auf den Kopf. Was die anderen natürlich anders sahen.

»Wenden wir uns doch meinem Fragebogen zu, dann erhalten wir schon eine erste Klärung«, versuchte Honeff zu schlichten. »Die erste Frage lautet: Wenn das Leben von Onis verfilmt werden würde, welcher Hund sollte dann Ihrer Meinung nach seine Rolle spielen?«

»Lassie!«, rief Karina sofort.

»Irgendein anderer Hovawart«, brummte Irmi und setzte Kaffeewasser auf.

»Was denken Sie, Herr Seifferheld?«, fragte Honeff, nachdem Seifferheld eine Weile mit gekräuselter Stirn dagesessen war.

»Ich überlege noch.«

»Machen wir doch einfach weiter. Wenn Onis ein berufstätiger Hund wäre, welche Gebrauchshundaufgaben würde er dann Ihrer Meinung nach erledigen sollen?«

»Rettungshund. Verschüttete Erdbebenopfer aufspüren«, rief Karina.

»Er ist bereits ein Gebrauchshund und fungiert als Therapiehund für meinen Bruder, damit dieser mit seiner malaisen Hüfte regelmäßig Bewegung bekommt«, erklärte Irmi.

»Herr Seifferheld?«

Seifferheld kräuselte die Stirn. »Ich überlege noch.«

So eine Antwort wollte wohlüberlegt sein, das brach man doch nicht einfach übers Knie.

»Kaffee?«, sagte Irmi zu Dr. Honeff, und Seifferheld war

zu sehr mit denken beschäftigt, um den Mann zu warnen.
»Kommissar Rex«, sagte Seifferheld urplötzlich. »Wenn Onis nicht Onis wäre, wäre er Kommissar Rex. Und er wäre bei der Mordkommission. Als Topermittlerhund.« Seifferheld strahlte.
Honeff hatte einen Schluck von Irmis Kaffee genommen und wurde erst bleich, dann krebsrot.
»Alles in Ordnung?«, fragte Karina.
Honeff nickte, wollte etwas sagen, verschluckte sich, hustete und stand auf. »Ich komme nunmehr zu meiner Diagnose: Der Hund leidet daran, dass er in diesem Haus völlig unterschiedlich wahrgenommen wird. Die völlig voneinander abweichenden Erwartungshaltungen an ihn überfordern ihn und treiben ihn in die innere Isolation, der er mit Niedergeschlagenheit und Futterverweigerung begegnet. Wenn Sie mich jetzt entschuldigen würden, ich muss weiter. Ein suizidgefährdeter Papagei wartet auf mich.«
»Wollen Sie nicht erst in Ruhe austrinken«, rief Irmi, aber da war Dr. Honeff schon enteilt.
»Wow, das ging ja schnell«, staunte Karina. Sie kniete sich auf den Boden und streichelte Onis, der den Kopf zwischen die Pfoten gelegt hatte und auf das Streicheln gar nicht reagierte. »Du Armer, du fühlst dich von uns überfordert.«
Da ging die Küchentür auf, und Mozes stürmte herein.
Es war ein entsetzlich stinkender Mozes, mit zerrissenen Hosen und einer gammeligen Bananenschale auf der Schulter.
»Guckt, was ich gefunden habe!«, quietschte er fröhlich.

»Den Teddy von Onis! Er lag in der großen Mülltonne ganz unten. Ich bin reingeklettert.«
Onis wirbelte herum, sprang auf und stürzte sich mit wild wedelndem Schwanz auf Mozes und den rosa Teddy. Alle drei ließen sich fallen und tollten und rollten beglückt über den Fliesenboden.
»Was soll denn das?«, rief Irmgard.
»Hurra!«, rief Karina.
»Ja!«, rief Mozes.
»Wuff«, bellte Onis, und man hätte schwören können, dass er in diesem Augenblick fröhlich lachte. Für ihn war die Welt schlagartig wieder in Ordnung.
Na wunderbar, dachte Seifferheld. Aber er wusste, wann er sich geschlagen geben musste.
Von nun an gehörte der rosa Teddy dazu.

20:12 Uhr

> Doc Faustus, a German legend –
> als Faust noch ein Stürmer und Dränger war.

Schwäbisch Hall war eine Theaterstadt. Im Sommer ging man zu den Freilichtspielen auf der Treppe von St. Michael, im Winter besuchte man die Aufführungen des Theaterrings im Neubausaal. Wobei der Theaterring regelmäßig Tourneetheatertruppen mit spannenden, bildenden oder einfach amüsanten Stücken verpflichtete.
Selbstverständlich waren die Seifferhelds nicht nur Abonnenten der Konzertgemeinde, sondern auch des Theaterrings. Kultur wurde in der Familie seit jeher großgeschrieben.

So saßen sie an diesem Abend zu viert in der Aufführung des Landestheaters Tübingen, das El Presidente höchstselbst verpflichtet hatte.
Irmgard hatte sich auch im Laufe des Nachmittags jede Nachfrage bezüglich ihres Ausbleibens und ihres Imagewechsels verboten, war in ihr Zimmer verschwunden und erst kurz vor dem Gang zum Theater wieder aufgetaucht. Jetzt trug sie ihr grünes Brokatkleid mit der Nerzstola, die Großmutter Seifferheld ihr vermacht hatte, Gott hab' sie selig.
Karina hatte ihre blauen Haare unter einer waldmeistergrünen Pudelmütze versteckt. Dazu trug sie ein fast durchsichtiges T-Shirt mit nichts darunter und einen tempotaschengroßen Minirock. Seifferheld war sehr versucht gewesen, etwas zu sagen, aber dann hatte er beschlossen, dass er nicht der Hüter seiner Frauen war. Und falls die Kerle allzu gierig starren sollten, konnte er immer noch mit seiner Gehhilfe zuschlagen.
Es starrten dann allerdings nur zwei junge Männer: In dem einen erkannte er den Polizisten wieder, der Karina verwarnt und nach Hause gebracht hatte; er war offenbar mit seiner Großmutter im Theater, und ihm fielen bei ihrem Anblick beinahe die Augen aus. Karina allerdings ignorierte ihn. Der andere war Fela, der im Auftrag des *Haller Tagblatts* ein Foto schießen sollte, aber die ganze Zeit nur neben dem Notausgang stand und seinem Nebenbuhler um die Gunst Karinas, dem ignorierten Polizeiobermeister Viehoff, vernichtende Laserblicke zuwarf. Karina ignorierte auch Fela, weil sie ihm die Sache mit dem stummen Alarm, dem Polizeiverhör und seinen entsetzten Eltern gebeichtet und er völlig relaxt darauf re-

agiert hatte. Heiligengleiche Großmut war verdächtig und vergrätzte.
Seifferheld seufzte. Diese Jugend. Er selbst trug natürlich seinen einzigen guten Anzug, der jetzt definitiv nicht mehr frisch roch, was sich auch mit einer halben Flasche Sir Irish Moos nicht mehr übertünchen ließ. Das Ehepaar neben ihm hatte sich sogar weggesetzt.
Die vierte Abonnementskarte hatte Olaf bekommen, weil Susanne immer noch nicht zurückgekehrt war. Seifferheld fragte sich kurz, ob er sich Sorgen machen sollte. Aber wenn Olaf unbekümmert war, dann konnte er das wohl auch sein. Jetzt saß jedenfalls Olaf neben ihm, bedauerlicherweise in einem hellgrünen Batikhemd und einer Art Pluderhose, und schaute auf die Bühne, als ob ihn wirklich interessierte, was dort oben abging.
Die Tübinger Mimen gaben alles. Faust, dargestellt von einem Zwei-Meter-Kerl mit rotem Ziegenbart, tobte sich die Seele aus dem Leib, der Teufel in Gestalt einer als Pudel verkleideten Frau war verführerisch wie frisch gefallener Schnee, die Nebenrollen agierten, als gäbe es keine Nebenrollen, sondern nur wichtige Rollen, die es mit Leben zu füllen galt, und bis zur Pause hatte jeder Einzelne im Publikum mindestens einmal gelacht, geweint und einen ernsten Gedanken gehegt.
Als das Licht anging, sprang Seifferheld auf und humpelte im Galopp zur Bar. Das war der einzige Haken an diesen Theaterabenden im Neubausaal: Die Bar war zu klein. Wer als Letzter kam, musste so lange anstehen, dass er seinen Drink erst nach dem Gong bekam, der zur Fortsetzung der Vorstellung rief.
»Drei Sekt-Orange und ein Export«, bestellte er.

»Ah, Sie sind nicht allein hier. Sonst hätte ich Sie jetzt auf ein Getränk eingeladen«, sagte eine ihm bekannte Stimme.

Seifferheld fuhr herum. Tatsächlich, es war Dr. Arnfried Kolb. Der Mann trug tatsächlich einen Smoking. Was Olaf an Eleganz fehlte, hatte Dr. Kolb zu viel.

»Eine Frau darf man nicht vernachlässigen, zweieinhalb kommen gut ohne einen zurecht«, scherzte Seifferheld, der Olaf nicht für einen ganzen Mann hielt.

Gesagt, getan. Seifferheld bekam ein Tablett, auf dem er die Gläser zu seinem Harem trug, dann gesellte er sich zu Dr. Kolb, der sich an die hintere Treppe gestellt hatte, wo man ungestört war, weil sich alle vorn tummelten. Sehen und gesehen werden.

Seifferheld prostete ihm zu. Und fragte sich, was Kolb von ihm wollte. Bestimmt wusste er schon, dass sich jemand Zutritt zu seinem Wochenendhaus verschafft hatte. Aber wusste er auch, wer?

»Sie treffen hier doch sicher viele Ihrer Patientinnen?«, smalltalkte Seifferheld, um abzulenken.

Kolb lächelte. »Aber nein. Frauen suchen so gut wie nie einen Schönheitschirurgen vor Ort auf.«

»Sie fahren in den Osten, weil es dort billiger ist?«

Kolb verlor sein Lächeln. »Nein, das meinte ich nicht. Frauen lassen sich nicht gern vor Ort straffen und verschönern, weil das zu nah dran ist. Meine Patientinnen kommen aus ganz Deutschland. Die Hallerinnen fahren zur Konkurrenz an den Bodensee. Wissen Sie, man will als Frau nicht in gesellschaftlichem Kontext dem Mann begegnen, der einen daran erinnert, wie flüchtig die körperliche Schönheit ist.«

»Gilt das nur für Operationen oder auch schon für Botox-Aufspritzungen?«
Kolbs Gesicht erstarrte vollends. »Die Behandlung mit Botox ist etwas anderes, da haben Sie recht. Das Einspritzen von Botox ist ja auch kein chirurgischer Eingriff und kann ambulant durchgeführt werden.«
Seifferheld lächelte unverfänglich. »Aha. Und das lassen Frauen einfach so mit sich machen? Lassen sich Gift unter die Haut spritzen? Frauen sind komisch.«
Kolb hatte sich und seine Mimikmuskulatur wieder im Griff. »Stimmt, Frauen sind komisch. Gott der Allmächtige hat sie so geschaffen, damit sie besser zu uns Männern passen.«
Seifferheld hob deutend seine Gehhilfe. »Die Richterin da drüben war doch sicher bei Ihnen, stimmt's?« Die Gehhilfe schwenkte nach links. »Und die Bankerin da hinten auch, oder?«
Kolb sah gar nicht hin. »Sie wissen, dass ich Ihnen das nicht sagen darf. Das würde das Arzt-Patientin-Vertrauensverhältnis untergraben.«
»Sie müssen es mir nicht sagen, ich sehe es ja.«
Kolb leerte sein Bier, blieb aber stehen.
»Tja, wenn ich da an Frau Runkel denke ...« Seifferheld hatte keine Ahnung, ob Kiki Runkel zu Lebzeiten noch ganz sie selbst oder bereits chirurgisch aufgehübscht war. Er hatte die Frau nie so bewusst wahrgenommen. Nein, er stocherte einfach nur in trüben Gewässern, um Kolb aus der Reserve zu locken. Das konnte er gut und machte es gern. Und dieses Mal war er auch auf etwas gestoßen.
Kolbs Adamsapfel hüpfte abrupt auf und ab. Wenn der

Adamsapfel es anatomisch gekonnt hätte, wäre er bestimmt im Kreis rotiert.
»Schöne Uhr, die Sie da tragen«, wechselte Seifferheld das Thema.
Kolb sah auf sein linkes Handgelenk.
»Sieht teuer aus.«
Endlich fand Kolb seine Stimme wieder. »Als Arzt muss man auch repräsentieren. Zu einem Mediziner, der Aldi-Uhren trägt, hätte doch keine Frau der Gesellschaft Vertrauen.« Er sah dezidiert auf Seifferhelds Handgelenk.
Seifferheld widerstand dem Drang, seine Armbanduhr zu rechtfertigen. Die im Übrigen nicht von Aldi war.
»Da haben Sie natürlich recht. Das Auge isst mit. Man muss als Top-Schönheitschirurg zweifelsohne optisch etwas hergeben. Auch das Ambiente im Behandlungsbereich muss stimmen, habe ich recht? Edle Leuchten, viel Chrom und Marmor, Bilder angesagter Künstler ... Norbert Bisky zum Beispiel. Ich meine ja nur ...«
Deutlicher hätte Seifferheld Kolb gar nicht klarmachen können, dass er in dessen Wochenendhaus eingestiegen war und seine offensichtlich florierende, zweifellos illegale Botox-Spritzstube entdeckt hatte. Außer natürlich er hätte gesagt: »Übrigens, ich war da mal bei Ihnen im Wochenendhaus.« Aber Dr. Kolb verstand ihn auch so.
Es gongte.
Eine winzige, uralte Dame in einem Paillettenkleid mit Puffärmeln trippelte an ihnen vorbei und drückte Seifferheld ihr Sektglas in die Hand. »Räumen Sie das doch bitte für mich auf, junger Mann«, bat sie.
Seifferheld und Kolb rührten sich nicht.
Ein gelangweilt wirkender Mittdreißiger schlenderte hin-

ter einer Frauengruppe an ihnen vorbei. »Wissen Sie, wie lange die zweite Halbzeit dauert?«, fragte er flüsternd. »Noch mal genauso lange?«
Kolb und Seifferheld erwiderten nichts.
Sie ließen die anderen Theaterbesucher passieren und lieferten sich so lange ein Wer-blinzelt-zuerst-Wettstarren.
Kolb verlor. »Ich glaube, ich verzichte auf den Rest des Stückes. Mein Magen. Womöglich ist mir das Bier nicht bekommen.«
Seifferheld nickte. »Bei Bier kann man gar nicht vorsichtig genug sein. Gute Besserung.«
Ohne sich umzudrehen, lief Dr. Kolb die Treppe hinunter.
Seifferheld sah ihm nach. Also gut, der Mann war Schwarzarbeiter und spritzte Society-Damen an der Steuer vorbei ein Nervengift unter die Haut. Aber war er deshalb auch der Mörder von Lambert von Bellingen und Katharina Runkel?

9. Kapitel

> Aus dem Polizeibericht
>
> **Heiß geht's her auf dem Damenklo**
>
> *Der Kleinbrand eines Papierhandtuchspenders in der öffentlichen Damentoilette am Zentralen Omnibusbahnhof konnte in der Nacht zum Donnerstag von der Freiwilligen Feuerwehr rasch mit einer Kübelspritze gelöscht werden. Der angrenzende Imbiss wurde im Anschluss belüftet. Von den Tätern fehlt bislang jede Spur. Angesichts der Indizienlage wird nicht von mutwilliger Zerstörung ausgegangen, sondern von angeschickerten Frauen, die beim Zigarettenanzünden an ihre motorischen Grenzen stießen.*

08:30 Uhr

> Jeder Mensch macht Fehler. Das Kunststück liegt darin,
> sie dann zu machen, wenn keiner zuschaut.
> *Peter Ustinov*

Mit der Präzision eines Schweizer Uhrwerks verließ Dr. Arnfried Kolb pünktlich um 8 Uhr 30 seine Mansarde auf dem Klinikgelände der Diakonissenanstalt Schwäbisch Hall. Vor der Haustür blieb Kolb kurz stehen, wischte sich einen Fussel vom Revers, sah nach links, sah nach rechts und schritt dann mit weit ausholenden Schritten auf das Haupthaus der Klinik zu. Wieder ein neuer

Tag und somit eine neue Chance, der Welt seine Größe zu zeigen!

Hätte Dr. Kolb sich für seinen frühmorgendlichen Blick etwas mehr Zeit genommen, hätte er vielleicht die Hundeschnauze gesehen, die hinter der Auferstehungskirche hervorlugte. Oder zumindest das rosa Teddybein, das aus der Hundeschnauze herausragte. So aber sah er nur Oberschwester Miriam im Mutterhaus verschwinden und etwas weiter vorn Angeberkollege Dr. Höllerich auf dem Ärzteparkplatz aus seinem Porsche Cayenne GTS steigen. Insoweit man bei einem Urologen überhaupt von Kollege sprechen konnte.

Und so bekam Dr. Kolb auch nicht mit, wie sich über der Hundeschnauze das Gesicht von Seifferheld um die Kirchenmauer schob.

Seifferheld wartete, bis Kolb außer Sichtweite verschwunden war, dann zählte er bis fünfzig und sagte zu Onis: »Schön brav bleiben!«

Dieser Aufforderung hätte es nicht bedurft. Onis, mit der Leine an einen Baumstamm gebunden, war glücklich, einige intime Momente mit seinem Teddy verbringen zu können.

Seifferheld ließ sich in das Haus ein, dessen Mansardenwohnung Kolb bewohnte. Das war weiter nicht schwer: Die Haustür war unverschlossen.

Die Tür zur Mansarde war natürlich verschlossen, stellte aber für Seifferheld kein größeres Problem dar.

Dieser Kolb hatte Dreck am Stecken. Und damit meinte Seifferheld mehr als nur Kolbs Botox-Stube. Wenn es eine Verbindung zu Lambert und Kiki gab, dann ließen sich vielleicht Hinweise finden. Natürlich war sich Seifferheld der Ungesetzlichkeit seines Tuns bewusst, aber für einen richterlichen Beschluss zur Hausdurchsuchung hatte er mitnichten genug Beweise. Und das war das Schöne am Vorruhestand: Regeln brauchten ihn nicht länger zu kümmern.

Die Dachwohnung von Kolb war ebenso nüchtern eingerichtet und penibel sauber wie sein Wochenendhaus. Statt Chrom und Marmor herrschte hier dunkles Holz vor, aber der Gesamteindruck war ebenso aufgeräumt.

Seifferheld zog ein paar Schubladen auf und öffnete diverse Schranktüren – fand jedoch nichts von Interesse.

So ganz genau wusste er nicht, was er zu entdecken hoffte. Den Kohledurchschlag eines Erpresserbriefes? Und wenn ja, wo würde Kolb etwas derart Belastendes aufbewahren?

Der Kühlschrank war fast leer. Unglaublich viele Menschen versteckten Dinge, die niemand anderes finden sollte, im Tiefkühlfach. Nicht so Kolb. Auch hinter den Schränken wurde Seifferheld nicht fündig. Er schaute sogar unter die Tischplatten, wo schon so mancher etwas festgeklebt hatte. Aber nicht Kolb.

Seifferheld blieb stehen und meditierte kurz über die Persönlichkeit von Dr. Arnfried Kolb. Wo würde ein Mann wie er Wertvolles oder gar Belastendes verstecken? Nach zwei Sekunden war klar: in einem Wandtresor!

Wandtresore fand man gemeinhin im Schlafzimmer, also humpelte Seifferheld zur Schlafzimmertür und …

… humpelte gleich darauf auf Zehenspitzen, aber auf sehr schnellen Zehenspitzen zur Wohnungstür.

In Kolbs Bett hob und senkte sich die Bettdecke.

Von wegen asexuell.

In Kolbs Bett lag eine Frau.
»Arni, bist du das?«, hörte man sie rufen. Offenbar glaubte sie, ihr Lover sei zurückgekehrt.
Seifferheld schloss rasch die Tür hinter sich und machte sich vom Acker.
So weit, so schlecht. Und so unergiebig.
Aber immerhin war er gerade noch mal der Entdeckung entgangen.

09:26 Uhr

> Argwohn riecht den Braten,
> eh' das Schwein geschlachtet ist.

»Wurster.«
»Hier Siggi, hast du eine Sekunde?«
»Aber wirklich nur eine Sekunde. Um halb ist Einsatzbesprechung.«
Seifferheld kam gleich zur Sache. »Hör mal, seid ihr bei euren Ermittlungen auf den Namen Arnfried Kolb gestoßen?«
Wurster atmete hörbar aus. »Siggi, hast du dich da schon wieder in eine Idee verrannt?«
»Aber nein. Ich frage ja nur.« Seifferheld hatte sich meditativ vor dem Badezimmerspiegel auf völlige Harmlosigkeit eingestimmt. Die kam jetzt auch in seiner Stimme rüber. Wurster ließ sich täuschen.
»Der Name tauchte wirklich auf, aber er hat für die Tatzeiten ein Alibi.«
»Ach, echt?« Mist, nun klang doch Enttäuschung in seiner Stimme durch. Kein Oscar für die beste schauspieleri-

sche Leistung am Telefon für Seifferheld. »Lass mich raten: eine Frau.«
»Siggi, lass es gut sein. Schieß dich auf jemand anderen ein. Und vor allem auf jemand, der nicht mit den oberen Zehntausend der Stadt auf du und du ist.«
Seifferheld hmpfte. Das war heute nicht sein Tag.

10:04 Uhr

> Warte, warte nur ein Weilchen,
> bald kommt Haarmann auch zu dir,
> mit dem kleinen Hackebeilchen,
> macht er Schabenfleisch aus dir.
> Aus den Augen macht er Sülze,
> aus dem Hintern macht er Speck,
> aus den Därmen macht er Würste,
> und den Rest, den schmeißt er weg.
> *Abzählvers in memoriam des
> Serienmörders Fritz Haarmann*

»Was Sie brauchen, ist definitiv das Kai Shun Nakiri – das traditionelle japanische Messer zum Schneiden und Hacken von Gemüse und Kräutern. Wir haben gerade eines im Angebot. Für einhundertzweiundsiebzig Euro.«
Das war kein Messer, das war ein Hackebeil. Eine tödliche Waffe. Ein Monstermesser. Aber genau das, was Seifferheld zur Beruhigung seiner Nerven und zur Ablenkung jetzt brauchte.
»Der Griff ist aus Pakka-Holz, und natürlich handelt es sich bei der Klinge um Damaszener-Stahl. Sie dürfen es niemals in der Geschirrspülmaschine spülen, das versteht sich. Wollen Sie es einmal in die Hand nehmen?«

Das Messer lag erstaunlich griffig in seiner Hand. Mit einer Gesamtlänge von fast dreißig Zentimetern war es ein ordentlicher Brocken und doch ganz leicht.

Seifferheld stand im besten Haushaltswarengeschäft von Schwäbisch Hall und genoss die fachmännische Beratung.

Es ließ sich nicht leugnen, er war ein Mann. Und wenn ein Mann vor einer unlösbaren Aufgabe steht, dann denkt er als Erstes: Ich brauche das richtige Werkzeug.

Wenn übermorgen das große Amateurwettkochen in der Arena Hohenlohe stattfand, hatte er nur dann eine Chance auf eine gelungene Geflügelterrine, wenn er das beinlose Geflügel und das Gemüsezeugs und überhaupt alles mit funkelndem Stahl zerteilte. Der Stahl musste so funkeln, dass die Kameras geblendet wurden!

»Wir schleifen Ihnen das Messer selbstverständlich auch jederzeit.«

Seifferheld nickte. Er hatte sich schon längst entschlossen, auch wenn das Messer so viel kostete wie der Busausflug an den Gardasee, den MaC seit dem bedauerlichen Vorfall mit der Blume der Nacht mit keiner Silbe mehr erwähnt hatte.

»Wunderbar. Gekauft!«, sagte Seifferheld.

»Möchten Sie es als Geschenk verpackt haben?«

»Nein danke, ich nehme es so.«

12:22 Uhr

> Um die Anerkennung als Asylberechtigter zu erhalten,
> muss ein Antrag gestellt werden –
> das gilt auch für asylsuchende Gummipuppen.

Aus zehn Metern Entfernung sah sie aus wie ein fleischgewordener Männertraum. Aus einem Meter Entfernung roch sie stockig und nach unkorrekt gelagertem Gummi. Mimi.
Als es an der Tür klingelte, war Seifferheld allein in der Küche und probierte sein neues Hackebeil aus. Eigentlich hatte er erwartet, dass dieses japanische Wunderwerk wie von selbst schnitt oder sich die Petersilie schon von allein in Stücke riss, wenn man ihr nur mit dem Messer drohte. Doch mitnichten. Die Petersilie war weitgehend unversehrt, nur das Holzbrett zierten jetzt tiefe Narben. Und ein Pflaster zierte Seifferhelds Daumen.
Im Flur hatte Onis schon Position vor der Haustür bezogen, wie immer, wenn es klingelte. In Onis schlummerte eben auch ein Wachhund, der sein Rudel beschützte. Mittlerweile hegte Seifferheld allerdings den Verdacht, dass Onis vornehmlich seinen rosa Teddy beschützen wollte.
Als Seifferheld die Haustür öffnete, sah er sich Mimi gegenüber.
Mimi war in aufgeblasenem Zustand lebensechte einhundertachtzig Zentimeter groß, daher war Klaus hinter ihr kaum zu sehen.
»Hallo Siggi«, rief er, um sich bemerkbar zu machen. »Dürfen wir kurz reinkommen?«
Klaus war im Grunde jedwedes Schamgefühl fremd. Wozu

sich schämen, wenn man in einem vollbesetzten Bus Winde fahren ließ? Warum sollte es einem peinlich sein, wenn eine der wenigen, der sehr wenigen Ex-Freundinnen (man konnte sie an einer Hand abzählen, was mit ein Grund war, warum es im Leben von Klaus eine Gummipuppe gab), wenn also eine der wenigen Ex-Freundinnen mitten auf dem Marktplatz »Du impotenter Wichser« rief? Auch wenn es gar nicht stimmte, also das mit dem impotent. Und auch wenn eine Reisegruppe aus Moers-Repelen alles mitbekam und einige sogar Fotos schossen. Ging davon die Welt unter? Nein. Eben. Klaus lebte in beseelter Sorglosigkeit, um die ihn nicht nur Seifferheld beneidete.

Jedenfalls hatte Klaus mit seiner üblichen beseelten Sorglosigkeit Mimi in aufgeblasenem Zustand quer durch die Stadt getragen, anstatt – wie es jeder andere Mann getan hätte – ihr die Luft abzulassen und sie zusammengelegt in einer Plastiktüte zu transportieren.

Aber mit der Peinlichkeit ist es so eine Sache: Wenn man sie nicht freiwillig zu sich bittet, schleicht sie sich irgendwann hinterrücks an einen heran. Bei Klaus war es jetzt so weit.

»Du, Siggi, ich muss dich um einen Gefallen bitten.«

Seifferheld ahnte Böses.

»Kannst du Mimi vorübergehend bei dir Asyl gewähren?«

Klaus sah ihn treuherzig an.

»Äh … also …« Das war jetzt einen Tick unangenehm. Schließlich war Mimi ein ganz besonderes Spielzeug. Man verstaute ja auch seine lebendige Freundin nicht bei einem guten Kumpel. Na ja, Klaus würde das vielleicht schon tun. Wie gesagt, es hatte seine Gründe, warum Klaus – der kein geborener Gummifetischist war – nur Mimi als Gefährtin hatte.

Mimi und die Fruchtfliegen, die er sich als Haustiere hielt.
»Weißt du«, fuhr Klaus fort, »Frau Denner kommt heute Abend zu Besuch, und es wäre wohl besser, wenn die beiden sich nicht begegnen.«
»Wie bitte?« Seifferheld musste sich setzen.
»Frau Denner, du weißt doch, die dir diesen Zettel gegeben hat.«
Meine Güte, der Zettel! Den hatte Seifferheld über Hundepsychiater und Chirurgenbedrohung völlig vergessen. Wo hatte er ihn hingesteckt? Welche Jacke hatte er an dem Morgen getragen?
»Sie will mir beibringen, wie man eine Terrine macht. Für unser großes Wettkochen. Sie ist nämlich Terrinenexpertin. Ist doch echt nett von ihr, findest du nicht?«
»Wie? Ja. Echt.« Seifferheld war wieder aufgesprungen und humpelte in sein Zimmer. Hatte er nicht die Cordsamtjacke mit den Ellbogenschützern getragen? Er wühlte in den Innen- und Außentaschen. Nichts.
Klaus folgte Seifferheld in dessen Zimmer. »Ich leg' die Mimi dann mal auf dein Bett. Du darfst auf gar keinen Fall die Luft aus ihr herauslassen, hörst du, ich krieg sie sonst nicht wieder richtig aufgeblasen.«
Nein, er hatte seine marineblaue Windjacke getragen. Genau.
»Sie mag es gern trocken und dunkel. Sonne bekommt ihrem Teint nicht. Und nachts decke ich sie immer zu. Allzu große Temperaturschwankungen greifen nämlich ihren Gummiteint an, und sie bekommt Risse.«
Verdammt, wo war denn jetzt die Windjacke? Ach klar, draußen in der Garderobe.

»Tschüss Mimi, sei artig. Tschüss Siggi, bis morgen.«
Da war er. Der Zettel!
Während Klaus sich selbst aus dem Haus ließ, faltete Seifferheld den Zettel auf.
Die Kopie einer Seite aus dem Bericht des Gerichtsmediziners: Lambert von Bellingen war mit einer ungewöhnlich scharfen Stichwaffe ermordet worden. Der Täter hatte gezielt mit einem Streich die Halsschlagader aufgetrennt. Seifferheld wusste, was das bedeutete: Ein Fachmann war am Werk gewesen. Jemand, der sich berufsbedingt mit der menschlichen Anatomie auskannte: ein Profikiller oder ein Mediziner.
Handschriftlich hatte Frau Denner mit rotem Stabilo Point dazugeschrieben: *Terminkalender von A. Kolb: am Tag von Lambert von Bellingens Tod nur ein einziger Eintrag am frühen Morgen – die Initialen KR. Dachte, das interessiert Sie.*
KR.
Wie in Kiki Runkel?
Verdammt, wenn er das nur schon heute Morgen gewusst hätte! Er musste Kolb noch einmal genauer unter die Lupe nehmen. Wer war die Frau in Kolbs Bett? MaC würde das bestimmt wissen. MaC wusste so etwas immer.
Und in diesem Moment kam ihm ein Gedanke. Was, wenn MaC urplötzlich auftauchte? Wie sah es dann aus, wenn eine Gummipuppe auf seinem Bett lag? Er musste Mimi anderweitig unterbringen. Und zwar sofort!
Doch kaum war das geschafft, kam der Anruf.

15:12 Uhr

> Wer seine Nase nur in Schweinereien steckt,
> verliert das Gleichgewicht.
> *Kurt Tucholsky*

Es war die gute, alte Zeit der Schweinegrippe. Für Milliardenbeträge waren Impfstoffe besorgt worden, die dann aber letztlich keiner haben wollte, weil die Schweinegrippe so verdammt harmlos verlief. Ja, ja, es hätte auch alles ganz anders kommen können, und womöglich mutierte das Virus auch noch und löschte die gesamte Menschheit aus, aber an jenem Nachmittag fühlte sich nur *ein* Mensch kurz vor der Auslöschung, und das war Marianne Cramlowski.
»Komm nicht näher«, röchelte sie.
Natürlich kam Seifferheld trotzdem näher, setzte sich auf den Bettrand, beugte sich über ihre fiebrige Stirn und drückte ihr einen Kuss zwischen die Augenbrauen. Angst kannte er nicht, denn er gehörte zu den schätzungsweise sieben Menschen, die sich im gesamten Landkreis Hall gegen die Schweinegrippe hatten impfen lassen. Die anderen sechs waren Lehrer.
MaCs Schlafzimmer sah aus wie eine veritable Seuchenstation, inklusive Desinfektionssprays, Inhalationsgeräten, Einmalhandschuhen. Außerdem hingen Wickvaporub-Dämpfe in der Luft, und zerknüllte Zellstofftücher lagen auf jeder freien Fläche.
»Ich habe mir große Sorgen gemacht, als du vorhin angerufen hast. Es klang, als würde es mit dir zu Ende gehen.«
Seifferheld strich MaC eine verschwitzte Haarlocke aus der fiebrigen Stirn.

»Es geht auch …«, hust, röchel, hust, »… mit mir zu Ende!«
Frau Bodelow hatte ihn in MaCs Wohnung eingelassen. Sie kümmerte sich um die Kranke. Worunter sie in erster Linie verstand, MaC im Viertelstundenrhythmus Hühnersuppe mit riesigen Fettaugen vorzusetzen.
»Brauchst du irgendetwas?«, fragte Seifferheld besorgt.
MaC hustete nur.
»Kann ich dir irgendwas Gutes tun? Möchtest du einen Tee? Hustensaft?«
MaC schüttelte den Kopf. »Danke, ich habe alles. Du solltest wieder gehen, sonst steckst du dich nur an.« Ihre Stimme klang reibeisig.
»Ich habe keine Angst«, erklärte Seifferheld und meinte es ernst, denn er glaubte an die Errungenschaften der modernen Medizin. Und an den Impfschutz. Außerdem konnte er nicht gehen, weil er in einer Mission hier war. Und die Mission lautete nicht, zur männlichen Florence Nightingale zu mutieren.
Er plante, da der Weg ins Verbrechen nun ohnehin schon beschritten war, der Liste seiner Verfehlungen noch einen weiteren Punkt hinzuzufügen. Kolb wusste mittlerweile, dass er ins Visier eines hartnäckigen Ermittlers geraten war. Wenn er etwas zu verbergen hatte, dann verbarg er es womöglich an einem Ort, wo es keiner vermuten würde. Beispielsweise in der Wohnung der Frau, mit der man schlief. Nur wie hieß diese Frau?
Zweifellos wusste MaC, mit wem Arnfried Kolb dem Beischlaf frönte. MaC wusste immer alles. Jetzt, da er neben ihr auf der Bettkante saß, in ihr verquollenes, fieberrotes Gesicht mit den Schweißperlen auf der Stirn blickte,

ihre vom vielen Putzen leuchtend rote Nase betrachtete und den angetrockneten Sabber in ihren Mundwinkeln, und mit einem Blick aus den Augenwinkeln die fettäugige Hühnersuppe auf dem Nachttisch streifte, kam ihm allerdings eine andere Idee. Einer wie Kolb war Perfektionist: Der bewahrte nichts Belastendes auf. Nein, er musste einen anderen Ansatz fahren.
»Du, MaC, ich habe Grund zur Annahme, dass sich Kiki Runkel von Dr. Kolb Botox spritzen ließ«, fing er an.
Sie schaute ihn nur wirr an. Ihre Stirn glänzte. Ihre Nase lief.
Er reichte ihr ein Taschentuch.
»MaC, Liebes, du kennst doch hier alle und weißt, wer mit wem und so weiter.«
Sie stieß ein Krächzen aus, das er als Ja wertete.
»Mal angenommen, die Botox-Einspritzung wäre nicht so gut gelaufen und sie hätte Pflege gebraucht, wer hätte sich um sie gekümmert? Weißt du das? Eine Verwandte? Eine Freundin? Eine Nachbarin? Die Arbeiterwohlfahrt?«
MaC krächzte erneut.
Er beugte sich weiter vor, um besser hören zu können.
»Was?«
»Ich bin krank!«, zischelte MaC.
»Aber noch nicht tot, im Gegensatz zu Kiki Runkel.« Damit kriegte man die Leute immer. Schlechtes Gewissen.
MaC seufzte.
»Bea Schöller. Die Fußpflegerin. Gleich um die Ecke von Kikis Laden. Die waren schon zusammen in der Grundschule. Du Mistkerl.«
Das viele Reden hatte sie erschöpft. Sie hustete noch einmal, dann schloss sie die Augen.

»Mahalo, mein Schatz.« Seifferheld drückte ihr einen Kuss auf die Wange.
»Ich hoffe, ich habe dich angesteckt!«, zischte sie noch, dann war sie schon eingeschlafen.
Seifferheld löffelte ihren Hühnersuppenteller aus – er liebte Fettaugen! – und ging.

15:55 Uhr

>Die meisten Menschen überlassen
>die Nächstenliebe ihren Nächsten.

Vom Lindach zur Fußpflegepraxis von Beate Schöller-Pfaff waren es nur wenige Minuten.
Frau Schöller-Pfaff, eine ätherische Rothaarige in weißem Kittel, überraschte Seifferheld, als sein Zeigefinger noch gute zehn Zentimeter über dem Klingelknopf schwebte. Sie riss vor seinen erstaunten Augen die Praxistür auf.
»Da sind Sie ja. Sie haben sich aber ordentlich verspätet. Wir müssen uns sputen, ich habe gleich nach Ihnen noch einen Termin. Hier entlang.«
Seifferheld folgte ihr durch den Flur. »Nein, es ist so …«, fing er an.
»Schon gut, kein Thema. Sie haben keinen Parkplatz gefunden, kenne ich, an manchen Tagen ist hier in der Stadt einfach die Hölle los. Setzen Sie sich, und ziehen Sie Ihre Schuhe und Strümpfe aus.« Sie wies auf einen Behandlungsstuhl, der etwas Gynäkologisches an sich hatte.
In Seifferheld sträubte sich alles.
»Nur Mut, beim ersten Mal ist es noch ungewohnt, aber Sie werden begeistert sein. Füße, die jahrelang …« Sie sah

ihn an und korrigierte sich. »Die jahrzehntelang vernachlässigt wurden, strahlen auf den ganzen Körper aus. Aber das lässt sich alles regeln. Sie werden sich nach der Behandlung wie ein neuer Mensch fühlen. Und auf jeden Fall gute zehn Jahre jünger«, versprach sie.
»Eigentlich …«, sagte er, aber sie klopfte mit der Hand energisch auf den Stuhl.
»Die Zeit läuft uns davon. Hopp!«
Kurz darauf saß sie kopfschüttelnd am Fußende des Behandlungsstuhls und inspizierte seine Füße, die sie zuvor in warmer Seifenlauge eingeweicht hatte. »Eine Herausforderung«, meinte sie nur, zog den Mundschutz hoch und machte sich an die Arbeit. Die erste offizielle Pediküre in Seifferhelds Leben. Nach dem Nägelkürzen und Hornhautfeilen kamen das Einölen und die Reflexzonenmassage.
Seifferheld hatte anfangs protestieren wollen, aber als das ätherische Geschöpf mit den zarten Händen in den Einmalhandschuhen seine Füße zu umsorgen begann, beschloss er, erst einmal mitzuspielen und sich dieser Erfahrung hinzugeben. Das warme Öl und die streichenden Bewegungen über Sohle und Rist sandten ungeahnte Gefühlswallungen durch seinen Körper.
Der Zauber flog auf, als eine knappe halbe Stunde später jemand an der Praxistür klingelte und rief: »Hallo, hallo, jemand da? Hier Gedecke. Manfred Gedecke. Ich habe den Bus verpasst. Hallo?«
Es war kurz peinlich, aber Seifferheld hatte schon Peinlicheres erlebt. Er zog Socken und Schuhe wieder an und schwebte wie auf Wolken in das kleine Büro von Frau Schöller-Pfaff, direkt neben dem Behandlungsraum, in

dem sich nun Manfred Gedecke entkleidete. Will heißen, untenherum frei machte. Im Fußbereich.
»Ich wollte das Missverständnis ja aufklären, aber Sie haben wahre Wunder an mir gewirkt. Ich konnte mir diese Gelegenheit dann einfach nicht mehr entgehen lassen. Bitte entschuldigen Sie.« Seifferheld schaute angemessen zerknirscht.
Frau Schöller-Pfaff fühlte sich ein klitzekleines bisschen geschmeichelt, das merkte man. »Macht dann bitte fünfunddreißig Euro.«
Er gab ihr vierzig. »Eigentlich wollte ich Sie nur fragen, ob Sie Katharina Runkel kurz vor ihrem Tod noch einmal gesehen haben?«
Frau Schöller-Pfaff sah auf. Ihr Blick war plötzlich verschleiert. »Was?«
»Kiki Runkel?« Seifferheld, der ja nicht in offizieller Mission unterwegs war, erklärte lieber erst einmal zu wenig als zu viel.
Frau Schöller-Pfaff zog ein Kleenex aus einer Schachtel neben dem Telefon und schneuzte sich. »Kiki, die arme Kiki.« Sie stopfte sich das eingeschneuzte Tuch in den linken Kittelärmel. »So zu sterben!« Sie schniefte. »Dabei war sie immer so furchtbar lustig. Immer. Wir haben sie auch die Kichererbse genannt. Gott, was haben wir gelacht!« Tränen kullerten über ihre reichlich mit Make-up zugekleisterten Wangen.
Seifferheld ließ ihr Zeit.
Manfred Gedecke nicht. »Ich bin dann so weit!«, rief er aus dem Behandlungszimmer.
»Wann haben Sie sie zum letzten Mal gesehen?«, fragte Seifferheld.

»Am Tag vor ihrem Tod. Mittags. Es ging ihr nicht gut, weil ...« Sie zögerte.
»Ihr Gesicht, nicht wahr?«, lieferte Seifferheld das Stichwort.
Sie sah ihn nur an.
»Botox?«, fragte er.
Frau Schöller-Pfaff nickte. »Das Alter setzte ihr zu. Sie wollte sich unbedingt Botox spritzen lassen. Um wieder jünger auszusehen. Sie wäre nämlich demnächst vierzig geworden.« Ein weiteres Schneuzen.
»Zu wem wollte sie gehen?«
»Was?«
»Wegen der Botox-Injektion. An wen wollte sie sich diesbezüglich wenden?«
»Keine Ahnung, ich habe ihr noch abgeraten. ›So viel Geld und wofür?‹, habe ich gefragt. ›Damit du so eine erstarrte Fratze bekommst wie ein steinernes Standbild?‹« Sie schniefte neuerlich. »Wir haben uns deshalb richtig gezankt. Bei unserer allerletzten Begegnung haben wir uns gestritten. Das verzeihe ich mir nie!«
»Meine Füße werden kalt!«, beschwerte sich Gedecke lauthals auf dem Behandlungsstuhl.
»Ich komme.« Frau Schöller-Pfaff wollte zu ihm.
»Haben Sie sie danach noch einmal gesprochen? Vielleicht am Telefon?«
In der Tür zum Behandlungsraum drehte sich Frau Schöller-Pfaff noch einmal um. »Ja. Wir haben telefoniert. Es muss irgendetwas schiefgelaufen sein. Sie sagte, sie wüsste nicht, wie sie jetzt noch unter Menschen soll. Ich habe gelacht und gesagt, das geschieht dir recht. Können Sie sich das vorstellen? Ich habe gesagt: ›Geschieht dir recht!‹

Meine letzten Worte an meine allerbeste Freundin waren Spott und Hohn. Das werde ich mir niemals verzeihen. Niemals!«

21:02 Uhr

> Backe, backe Kuchen
> Das Schicksal hat gerufen ...

Irmi buk.
Wenn andere Menschen Gewissensqualen litten, trieben sie Sport oder meditierten oder suchten Vergessen im Alkohol, nicht bedenkend, dass Alkohol konserviert, auch Kummer.
Irmgard Seifferheld dagegen buk. Bei kleineren Lebensproblemen wurden es Obstkuchen, bei mittelschweren Dilemmata suchte sie ihr Heil in Rührkuchen, bei ganz schweren Lebenskrisen wurde es immer eine Marzipantorte.
Schon bei der Zubereitung des Biskuitteiges sah sie alles klarer. Das Verkneten der Marzipanrohmasse war das Tor zur Erleuchtung. Und wenn sie ganz am Schluss zur Dekoration kleine Rosen aus Marzipan formte und auf der Torte verteilte, war die Welt wieder im Lot.
Dass sich ihr anonymer Datingpartner als Pfarrer Hölderlein erwiesen hatte, wäre nur eine mittelschwere Katastrophe gewesen und hätte in Sandkuchen gemündet. Oder in Marmorkuchen. Aber dass sie die ganze Nacht beisammengesessen waren und geredet hatten, erst im Turmcafé und, als das schloss, in einer der Bahnhofskneipen und, als auch dort die Stühle hochgestellt wurden, im

Wartekabuff für Bahnreisende zweiter Klasse an Gleis 3 – tja, das führte zu erklecklichen Tumulten in ihrem Inneren und machte die Torte notwendig. Sie kannte sich nach all den einsamen Jahren damit nicht aus: War das, was sie gerade fühlte, Liebe? Oder nur der Kitzel des Neuen, Unbekannten? Woran erkannte man denn, ob man liebte?
»Pfarrer sind auch nur Menschen«, hatte Hölderlein ihr um 6 Uhr 39 an Gleis 16 des Stuttgarter Hauptbahnhofs gesagt, bevor sie in den Regionalexpress zum Bahnhof Schwäbisch Hall-Hessental gestiegen waren. Und dann hatte er ihr die Handinnenflächen geküsst. Beide. Mehrmals. Zärtlich.
Pfarrer sind auch nur Menschen.
So hatte Irmi das noch gar nie betrachtet.
Sie knetete den Teig etwas heftiger.
Und dachte an Pfarrer Hölderlein.
Plötzlich hielt sie inne.
Meine Güte, wie hieß er eigentlich mit Vornamen?

23:33 Uhr

> Eine Glühbirne strahlt am hellsten,
> wenn es um sie herum zappenduster ist.

Seifferheld stickte.
Sein riesiges Wandbild von Leda und dem Schwan – respektive MaC und ihm – nahm allmählich erkennbare Gestalt an. Für die Blumengirlanden am unteren Bildrand nahm er zum ersten Mal dänisches Stickgarn. Gar nicht so übel, die Dänen.

Draußen vor der Tür hörte er Onis schnarchen. Es war ein lautes, tiefes, dröhnendes Schnarchen. Die Lautäußerungen von Onis waren immer hundeuntypisch: Wenn er sich wohl fühlte, schnurrte er wie eine Katze, wenn er schnarchte, klang es wie bei einem Grizzlybären im Winterschlaf. Als Seifferheld zu Bett ging, hatte sein Hund schon selig geschlummert, eingerollt wie ein Welpe, zwischen seinen Vorderpfoten der rosa Teddybär, dem Karina zwischenzeitlich das fehlende Auge durch einen Knopf ersetzt hatte.

In diesen Minuten vor dem Einschlafen, in denen Siggi Seifferheld wie jede Nacht, wenn er allein und ohne MaC schlief, zum Stickrahmen gegriffen hatte, gingen ihm viele Gedanken durch den Kopf.

Er war sich absolut sicher, dass Kolb Dreck am Stecken hatte. Und es hatte definitiv mit seiner Arbeit zu tun. Vielleicht hatten Lambert und Kiki ihn erpressen wollen, weil die Botox-Einspritzung misslungen war, und er hatte sich ihrer entledigt?

Seifferheld beugte sich tiefer über den Handstickrahmen. Von den Blumen ging es nun zum Schriftzug. Er wollte *Leda* in Blackadder ITC sticken – die Buchstaben hatte er sich an Irmis Laptop ausgedruckt und mit speziellem Kopierpapier aus dem Online-Stickversand auf den Stoff gepaust. In Platt- und Stielstich stickte er den mythologischen Namen. Das erforderte große Konzentration, aber er konnte dennoch dabei enorm gut nachdenken.

Es ließ sich nicht leugnen, er steckte in seinen Ermittlungen fest. Und wenn er eines in den vielen Jahren als Kommissar gelernt hatte, dann das: Wenn Gott eine Tür zuschlägt, dann öffnet er dafür kein Fenster. Nein, er nagelt die Tür zu und wirft anschließend noch eine brennende Kippe in den Papierkorb.

Als ob das Stocken seiner Ermittlungen nicht schon schlimm genug war, hing da auch noch das Wettkochen wie ein Damoklesschwert über ihm. Bocuse galt immer noch als vermisst. Also, nicht offiziell vermisst, im VHS-Sekretariat galt er als »aus gesundheitlichen Gründen beurlaubt«, aber für seine Kochjungs blieb er verschollen.

Dennoch würden sie das ihm zu Ehren jetzt durchziehen. Sieben Männer, ein Wort!

Nur wie sollten sie das anstellen?

Das Probekochen war ein Reinfall gewesen. Von wegen Geflügelterrine. Sieben Whiskeyleichen und ein böse geschändetes Huhn, das quasi umsonst gestorben war. Ein Fiasko!

Nein, Fiasko traf es nicht – gab es keinen trefflicheren Ausdruck für »ultimativ desaströse Katastrophe«? Die Jungs konnten einfach nicht kochen – basta. In diesem Leben würden sie es auch nicht mehr lernen.

Seifferheld selbst konnte auch nicht viel mehr tun, als sein niegelnagelneues Japanmesser in die Scheinwerfer zu halten und funkeln zu lassen. Schon seine Versuche als Salatkoch waren jämmerlich gewesen. Und als Obermufti der Terrinentiger hatte er eine bemitleidenswerte Figur abgegeben. Nein, das Wettkochen konnten sie sich abschminken. Bocuse war nicht zu Reha-Zwecken verschwunden, er war nach Patagonien ausgewandert, weil ihm schwante, wie sehr ihn seine Mannen blamieren würden.

Seifferheld seufzte. Und hustete. Mist. Er würde sich doch bei MaC nichts eingefangen haben? Er war doch schutzgeimpft!

Aber Jammern lag ihm auf Dauer nicht, er war ergebnisorientiert: Suche nicht nach Fehlern, suche nach Lösungen. Hatte Henry Ford gesagt.
Es musste doch irgendetwas geben, das die zu erwartende Katastrophe mindern konnte? Etwas, womit man die Jury und die Massen begeistern konnte und das trotzdem im Bereich des Machbaren für die VHS-Jungs lag? Irgendetwas?
Und da ging sie auf, die Glühbirne über seinem Kopf. Keine LED-Energiesparleuchte, sondern eine von den alten Stromfresserglühbirnen. Sie strahlte hell und gab ein herrlich warmes Licht.
Mit einem Lächeln schlief Siggi Seifferheld ein.

10. Kapitel

> Aus dem Polizeibericht
>
> **Mir könnet älles außer Hochdeutsch**
>
> *Am Gebäude eines Lerntreffs in der Innenstadt wurden in der Nacht auf Montag niveaulose Farbschmierereien angebracht. Vermutlich handelt es sich um dieselben Täter, die in der Vorwoche bereits die Fassade der Hausaufgabenhilfe Schwäbisch Hall e.V. in der Unterlimpurger Straße mit dummdreisten Schwabenflüchen in mangelhafter Rechtschreibung verschandelten. Der Sachschaden wird insgesamt auf 650 Euro geschätzt. Nach den Tätern wird im Umfeld genervter Nachhilfeschüler mit Rechtschreibungslücken ermittelt.*

00:00 Uhr

Die gar grausige Mär vom tolldreist-teuflischen Tortenschänder

Mitternacht!
Dicke Nebelschwaden haben sich über die Stadt gelegt wie eine Daunendecke. Und unter der Decke herrscht Stille. Nichts als Stille. Marianengrabentiefe Stille.
Doch plötzlich ... Was war das?
Mozes schnellt in seinem Bett aus dem Tiefschlaf heraus in die aufrechte Position.
Er lauscht eine Weile ins Nichts, dann klettert er vom Klappsofa, das ihm als Bett dient, zieht sich einen Pulli

über, weil es in dem alten Haus immer so zugig ist, und tapst auf den Flur hinaus.
Man hört nichts. Außer vielleicht ...
Er versucht, die knarzende Treppe ins Erdgeschoss möglichst lautlos hinunterzusteigen. Ist natürlich unmöglich. Unten erwartet ihn bereits Onis. Die beiden verbindet eine wahre Männerfreundschaft. Onis schlägt deshalb nicht an, sondern schleckt Mozes zweimal herzhaft und vor allem feucht über die linke Wange. Dann trottet er zurück zu seinem Korb vor der Tür zu Onkel Seifferheld, steigt hinein, dreht sich dreimal um die eigene Achse, legt sich hin, schmiegt seinen riesigen Hundeschädel zärtlich an seinen rosa Teddy, gähnt und ist prompt wieder eingeschlafen.
Mozes wischt sich mit dem Ärmel die nassgeschleckte Wange trocken. Er bleibt noch kurz stehen und lauscht erneut. Die Stille ist förmlich greifbar.
Wenn jetzt ein Einbrecher im Haus wäre, wo würde der sich umsehen? Hier gab es nichts Wertvolles. Die Elektrogeräte waren uralt, manche sogar antik – will heißen, ohne Fernbedienung. Geld? Fehlanzeige. Hm, was würde ein Einbrecher machen, wenn er feststellte, dass es nichts zu holen gab. Sich erst einmal ärgern, klar. Und dann? Womöglich in die Küche gehen. Noch mal im Vorratsschrank nachsehen, ob auch wirklich keine dicken Geldbündel in dem bauchigen Keramiktopf mit der Aufschrift *Nudeln* versteckt waren. Und wenn er dann schon in der Küche war, dieser Einbrecher, dann würde er doch auf jeden Fall die Torte sehen.
Tante Irmis dreistöckige Marzipantorte mit den vielen Marzipanröschen. Die es morgen Nachmittag zum Kaffee

geben sollte. Das gewaltige Meisterwerk, mit dem man sich locker jeden Frust von der Seele backen und jeden Hunger aus dem Magen essen konnte.
Ja genau, der Einbrecher würde sich die Torte vornehmen!
Mozes bekommt Schluckauf. Den bekommt er immer, wenn er sich aufregt.
Hicks.
Hastig läuft er zur Küchentür. Sie ist nur angelehnt.
Dahinter brennt Licht!
Hicks.
Ein Schatten huscht über die Wand. Der Einbrecher?
Hicks.
Mozes schluckt schwer. Er sieht sich zu Onis um. Der schnarcht schon wieder, dass sich die Balken biegen. Aber falls sich ein böser Mann ins Haus geschlichen hatte und Mozes angreifen sollte, würde Onis das selbst in seinem Hundeschlummer bestimmt sofort merken, aufwachen, aufspringen und ihm zu Hilfe eilen, daran zweifelt Mozes keine Sekunde. Onis ist ein braver Hund!
Aber Mozes ist kein braver Junge.
Hicks.
Vorsichtig schiebt er die Küchentür auf.
Im ersten Moment sieht er nichts weiter als den großen Holztisch, auf dem mittig die Torte thront.
Dann entdeckt er seine alte Schlummerlampe auf der Anrichte. Afrikanische Tiere drehen sich um die Glühbirne im Kreis und werfen Schatten an die Wand. Seit kurzem kann er ohne die Lampe schlafen, aber entsorgen will Mama das Teil nicht, falls er einen Rückfall bekommt, und deswegen hat Fela sie auch immer dabei, wenn er mit Mozes aushäusig schläft. Jemand hat die Schlummerlampe in

die Küche getragen und eingeschaltet. Bestimmt Karina, denkt Mozes, die macht immer so lustige Sachen.

Mozes schiebt die Küchentür etwas weiter auf.

Da!

Er bekommt einen Schreck.

In der schattigen Ecke am anderen Ende des Küchentisches! Eine Gestalt, leblos über einem aufgeklappten Laptop liegend!

Hicks!

Doch wenn Mozes etwas *nicht* ist, dann furchtsam. Er zieht geräuschvoll die Nase hoch und macht einen Schritt in die Küche. Zwei, drei, vier Schritte. Vorsichtig. Leise. Dann steht er direkt vor dem Mann.

Es ist Olaf.

Erleichtert atmet Mozes aus.

Olaf liegt inmitten lauter Rechnungen. Offenbar hat er gerade seine Buchhaltung gemacht, als der Sandmann vorbeikam. Sein Bildschirmschoner ist ein Haifisch. Mit Onkel Olafs Kopf auf der Tastatur sieht es so aus, als ziehe der Hai gierig seine Kreise um das Masseurhaupt und werde jeden Moment zuschnappen.

Mozes bleibt einen Moment unschlüssig stehen. Sein Schluckauf ist weg. Der Appetit ist noch da. Jetzt weiß er auch wieder, welches Geräusch ihn geweckt hat: das Grummeln seines Magens. Wenn er jetzt eine Marzipanrose von der Torte nimmt, merkt das doch kein Mensch. Da sind ja noch sooo viele andere. Seine kleine schwarze Hand schiebt sich der Torte entgegen.

Irgendwo im Haus hustet jemand. Die Hand erstarrt.

Das Echo des Hustens verhallt. Die Hand wird unaufhaltsam weiter ausgefahren. Und wieder eingezogen.

Eine rosa Marzipanrose landet in einem Bubenmund.
Dann noch eine.
Und weil aller guten Dinge drei sind, noch eine weitere.
Weil Mozes nicht will, dass Onkel Olaf von seinem Kauen aufwacht, isst er mit geschlossenem Mund – somit hat das Ganze auch noch einen erzieherischen Wert.
Am Ende ist die Torte völlig rosenlos. Mozes' Magen sendet erste Übelkeitssignale, und seine Augen fallen ihm vor Müdigkeit fast zu. Aber bevor er zurück ins Bett geht, denkt er noch daran, seine Spuren zu verwischen. Er verstreut ein paar Marzipankrümel über die Rechnungen von Onkel Olaf.
Sollte sich Mozes jemals für eine Verbrecherlaufbahn entscheiden, würde er zweifellos ein Superverbrecher werden. Wie Blofeld. Nur ohne Perserkater, dafür mit Hovawart.

06:30 Uhr

> Zorn macht verworrn.
> *Altväterlicher Sinnspruch*

Pünktlich um halb sieben am nächsten Morgen trat Irmgard Seifferheld in die Küche.
Die Torte wirkte im Licht der Deckenleuchte obszön nackt, mit lauter offenen Wunden dort, wo sich die Marzipanrosen befunden hatten.
Daneben lag, immer noch schlafend, Olaf, in dessen Sabberfäden die von Mozes verstreuten Marzipankrümel dümpelten.

Die Beweislage war eindeutig: Masseur Olaf, Beischläfer ihrer Nichte Susanne, hatte ihre Torte geschändet!
Der Tag fing nicht gut an.
Vor allem nicht für Olaf.

07:20 Uhr

> Wie Dr. Kimble auf der Flucht – wobei Kimble immerhin noch der Hauch der möglichen Unschuld umwehte, diese Flüchtigen jedoch echt Dreck am Stecken hatten ...

Exakt um zwanzig nach sieben fuhr der Stadtbus der Linie 1 an der Haltestelle Spitalbach los.
Mozes flüchtete vor dem Zorn von Tante Irmi. Er war vor einer knappen Stunde von ihrem Gebrüll »Mein Gott, in was für einer Welt leben wir denn, wenn niemand mehr Respekt vor den Torten anderer hat« aufgewacht.
Karina flüchtete vor sich selbst. Sie war mit dem dumpfen Gefühl aufgewacht, dass sie in ihrem Leben nichts auf die Reihe bekam – weder ihr Studium noch ihre politischen Anliegen. Und ihre Männergeschichten schon gar nicht! Wieso baute sie immer Bockmist? Wie blöd konnte man sein?
»Und wir sehen echt richtige Elefanten?«, fragte Mozes mit großen Augen.
»Klaro.«
Karina atmete seufzend aus. Es war eine spontane Entscheidung gewesen. Nur weg, weit weg. Irgendwohin. Etwas unternehmen, bei dem man nicht ständig ins Grübeln kam. Am besten mit einem Kind. Einem quirligen Kind. Mozes!

»Und es gibt auch Gorillas?«, wollte Mozes wissen.
»Sogar Gorillababys, total süß, wirst sehen«, bestätigte Karina und hielt sich an der Haltestange fest, als der Bus in gewagtem Tempo durch die engen Altstadtstraßen kurvte.
»Und Schlangen? Gibt es auch Schlangen?«
»Jede Menge!«, versprach Karina vollmundig, die zuletzt vor zehn Jahren in der Wilhelma, dem Stuttgarter Zoo, gewesen war, als sie so alt gewesen war wie Mozes jetzt, und die keine Ahnung mehr hatte, was genau man alles dort zu sehen bekam. Sie wusste nur, dass sie jetzt mit dem Zug nach Stuttgart–Bad Cannstatt fahren und den Tag im Zoo verbringen würden.
Durch die Aufregungen der Reise hatte Mozes seine Verfehlungen der Nacht bereits vollkommen vergessen und war ein Bündel an Vorfreude.
Karina konnte nicht so schnell vergessen.
Das Leben war aber auch verdammt kompliziert. Wieso musste es so kompliziert sein? Sie hatte noch nie jemand so sehr geliebt wie Fela. In seiner Gegenwart konnte sie ganz so sein, wie sie war, ohne sich verstellen zu müssen. Und er behandelte sie wie eine Prinzessin. Vergab ihr all ihre Dummheiten. War der großzügigste Mensch auf Erden. Ein Heiliger!
Warum genau, verdammt noch eins, hatte sie dann nach der Faust-Vorstellung im Neubausaal mit Karsten Viehoff geschlafen? Diesem wandelnden Sixpack, der sie bei der Verhaftung von Mozes so jämmerlich im Stich gelassen hatte? Diesem Knackpo-Hallodri, für den sie nichts weiter war als eine weitere Kerbe im Bettpfosten?
Mist!

08:11 Uhr

> »Guten Tag, Sie sind mit dem Bundesnachrichtendienst verbunden.
> Alle Anschlüsse sind belegt, aber hinterlassen Sie keine Nachricht,
> wir hören Ihre Wohnung ab und wissen daher ohnehin,
> weswegen Sie angerufen haben.«

Seitdem Irmi mit dem Gebrüll aufgehört hatte, herrschte eine unheimliche Stille im Haus.

Olaf hatte sich nach zahlreichen Unschuldsbeteuerungen durch Flucht entzogen, hatte sich im Gästeklo eingeschlossen und rauchte Kette. Fela war zur Arbeit; er musste an diesem Morgen für das *Haller Tagblatt* Fotos von den Eröffnungsfeierlichkeitsvorankündigungen des neuen Kocherquartier-Einkaufszentrums fotografieren. Karina und Mozes schliefen offenbar noch, von beiden war nichts zu hören.

Seifferheld hatte sich seine Frühstücksbrezel und den Krug mit dem Most geschnappt und sich in seinem Zimmer verschanzt, bevor sich Irmi in ihrem Zorn gegen ihn wenden konnte. Er musste seine Rundrufaktion starten, bevor die Jungs aus dem Kochkurs zur Arbeit fuhren. Sie hatten nur noch einen Tag, der wollte gut genutzt sein. Jetzt musste er sie nur noch auf seine neue Idee einschwören.

Er nahm einen großen Schluck Most und griff zum Hörer.

14:10 Uhr

Da werden Weiber zu Hyänen – oder zu Schlammcatcherinnen

»Du Schlampe!«
»Er war dir doch völlig gleichgültig!«
Pfirsichfarben lackierte Nägel rissen an Hairextensions. High-Heel-Absätze bohrten sich in bestrumpfte Frauenschienbeine.
»Dich habe ich Freundin genannt!«
»Ach was, für dich bin ich doch nur Staffage gewesen!«
Auf den Stufen, die vom Hafenmarkt zur Parfümerie Klein hinaufführten, rangelten sich zwei High-Society-Damen: Sissi von Bellingen und Fippa von Sölln.
Es regnete Bindfäden, darum gab es nur wenig Zuschauer. Einzig ein hochaufgeschossener Herr in einer Barbourjacke stand daneben und rief: »Brava, mein Fippchen, brava!«
Siggi Seifferheld, der seine Mittagsrunde mit Onis drehte und beim Geldautomaten der Postbank noch schnell ein paar Scheine abheben wollte, humpelte auf die Ringerinnen zu.
»Bitte, das ist doch keine Lösung«, rief er. Schuldbewusst. Ohne ihn wären die beiden noch beste Freundinnen.
Doch die Frauen waren im Blutrausch und bekamen gar nichts mit.
Sissi holte mit ihrer Speedy-Tasche von Louis Vuitton kräftig aus und erwischte dabei Seifferheld am Kopf.
»Ha, daneben!«, jubilierte Fippa und riss ihrer Kontrahentin die Perlenkette vom Hals. Es waren falsche Perlen, aber der Schmerz am Hals war echt, darum stürzte sich

Sissi mit ihrem ganzen Gewicht auf ihre Ex-Busenfreundin. Die beiden Frauen gingen zu Boden.

»Greifen Sie sich Ihre Verlobte, ich halte Frau von Bellingen fest«, rief Seifferheld Rudolf von Sölln zu.

Der schüttelte den Kopf. »Ich darf keine abrupten Bewegungen machen. Alte Polo-Verletzung.« Er zuckte mit den Schultern.

So ein Quatsch, dachte Seifferheld. Insgeheim ist er sauer auf Fippa, weil sie mit Lambert geschlafen hat, und will sich jetzt an dem Schauspiel ergötzen, wie sie von Sissi vermöbelt wird.

Aber wer hier wen vermöbelte, war noch nicht so ganz klar.

»Wuff«, machte Onis, der aus eigener leidvoller Erfahrung wusste, dass Raufereien nur zu Maulkorbzwang führten.

Seifferheld stürzte sich beherzt mitten hinein ins Geschehen. Wäre doch gelacht. Zu seiner Zeit hatte er wilde Rockerbandenschlägereien beendet, da würde er doch jetzt wohl noch zwei keifende Weiber auseinanderbringen.

Das war aber die Krux mit Kommissaren im Vorruhestand, die ihre Nasen in Angelegenheiten steckten, die sie nicht so ausgiebig hatten recherchieren können wie früher im aktiven Dienst. Wichtige Informationen fehlten ihm!

Fippa von Sölln war nämlich amtierende Frauenboxmeisterin ihres Fitnessclubs. Gut, da boxten insgesamt nur vier Frauen, und die anderen drei waren alle über 55, dennoch hatte Fippa ein paar üble Haken drauf. Sie hatte sich Sissi gegenüber nur deshalb bislang zurückgehalten, weil sie doch ein wenig ein schlechtes Gewissen hatte. Nicht, weil sie mit deren Ehemann geschlafen hatte, sondern weil sie das Sissi, ihrer besten Freundin, nicht bei einer Flasche Pommery Brut Apanage gebeichtet hatte. Sie hätten herzlich darüber gelacht. Die Heimlichtuerei war das eigentlich Verwerfliche.

Doch als Sissi jetzt ausrief: »Du lächerliche Mausperson, als ob Lambert auch nur irgendetwas für dich empfunden haben könnte … Du warst für ihn nur Mittel zum Zweck, um mir eins auszuwischen!«, da löste sich jeder Rest von Zurückhaltung in Fippa auf, und in den darauf einsetzenden Schlaghagel der 1 Meter 64 großen »Killer-Queen« geriet unversehens Siegfried Seifferheld. Oder besser gesagt, seine Nase.

Was dieser nicht sonderlich gut bekam.

15:30 Uhr

Einer ist immer der Heiner!

»Ach je, du Armer!«
MaC klang schrecklich. Es ging ihr zwar wieder blendend, wie sie fand, weil sie wieder denken konnte, ohne dass ihr dabei der ganze Körper schmerzte, aber das Luftholen war nur eingeschränkt möglich. Sie röchelte mehr, als dass sie sprach. Und wenn sie atmete, klang sie wie ein Pfannengericht auf zu großer Flamme, das dringend umgerührt gehört.

»Von einer halben Portion ausgeknockt zu werden, vor Zeugen, ich empfinde mit dir.« Sie kicherte, was angesichts der Schleimmenge in ihren Nasennebenhöhlen wie eine Gerölllawine in einem Schweizer Bergtal klang. »Und wie bist du nach Hause gekommen?«

»Rudolf von Sölln hat mich gestützt, Onis ist vorausgelaufen und hat ihm den Weg gezeigt. War ja nicht weit. Und dann hat Pfarrer Hölderlein, der zufällig da war, schnell meinen Hausarzt geholt. Na ja, so weit ist also alles okay.«
Seifferhelds Nase war zwar nicht gebrochen, aber schwer malträtiert. Sein halbes Gesicht war blau angelaufen, und weil die Nase angeschwollen war, konnte er nur durch den Mund atmen. Er sprach extrem nasal.
Er und MaC hätten als bizarre Akustiknummer im Varieté auftreten können.
»Und was hast du aus diesem Zwischenfall gelernt?«, röchelte MaC.
»Dass Sissi von Bellingen ihren Mann nicht umgebracht hat. Auch nicht hat umbringen lassen. Da war so viel echte, unverfälschte Wut in ihren Fingernagelattacken. Sie hat sich noch durch keinen Mord abreagiert. Könnte sich aber durchaus ändern. Wenn ich Fippa von Sölln wäre, würde ich einen ausgedehnten Urlaub in der Südsee antreten.«
MaC gab noch einmal die Geröllawine. Dann sagte sie: »Nein, das meinte ich nicht.«
»Was meintest du dann?«
»Du solltest gelernt haben, dass man sich als Mann nicht zwischen zwei kämpfende Frauen wirft!«

15:45 Uhr

> Der Jagdgepard, der wieselschnelle,
> kommt manchmal gar nicht von der Stelle.
> *(Robert Gernhardt)*

»Das ist ja öde«, erklärte Mozes. »Oder ist der tot?« Das klang wiederum hoffnungsvoll.
»Nein, der ist nicht tot, der schläft nur. Hamster sind nachtaktiv«, erläuterte Karina.
»Was heißt nachtaktiv?«
»Dass er aufsteht, wenn du zu Bett gehst, und dann wilde Kapriolen macht.«
»Was heißt Kapriolen?«
»Komm weiter.«
In der Wilhelma war es an diesem Tag rappelvoll. Vor den großen Tieren wie Elefanten und Eisbären war überhaupt kein Durchkommen. Man sah nur die Rucksäcke der Leute vor einem, die Tiere sah man nicht. Also ging Karina mit Mozes in die Tierhäuser, die für die Masse Mensch nicht so fesselnd schien.
»Bist du traurig?«, fragte Mozes plötzlich, der ein Wildfang war, aber ein feines Näschen für die Gefühlslage seiner Mitmenschen besaß.
Karina sah ihn an. Man konnte sich doch unmöglich einem Zehnjährigen anvertrauen, oder?
»Weißt du, ich hab' was Blödes gemacht, was auch überhaupt kein bisschen so lustig war, wie ich mir das gedacht habe, und wenn dein Bruder Fela davon erfährt, wird er ziemlich doll traurig sein.«
Mit Blödheiten kannte Mozes sich aus. Die beging er zur

Genüge. Und dabei hatte er eines gelernt: »Fela muss es ja nicht erfahren. Sag's ihm einfach nicht.«
»Aber ich habe die Dummheit nicht allein begangen, und es könnte sein, dass jemand anderes es ausplaudert.«
»Hm, dann musst du mit diesem jemand anderes einen Deal machen«, erklärte Mozes mit gewichtiger Stimme. »Hast du etwas gegen den jemand anderes in der Hand?«
Karina sah Mozes bewundernd an. Kindermund tat Wahrheit kund. Und dann ging sie kurz in sich. »Weißt du, es gibt tatsächlich etwas, das dieser jemand anderes für sich behalten will.«
»Na also.« Mozes lief davon und wuselte im Kreis um die Palme vor der Papageienvoliere. Für ihn war die Sache damit erledigt. Das Leben war doch so einfach!
Karina griff zu ihrem Handy. Er meldete sich sofort.
»Du, es war nett mit dir, aber ich will dich nie wiedersehen ... Nein, *nie!* ... Ach Quatsch, das geht dir überhaupt nicht nahe, es kränkt dich nur in deiner Eitelkeit, dass ich Schluss mache und nicht du ... Hör zu, ich bin mit Fela zusammen, und ich will, dass das so bleibt. Wage es ja nicht, irgendjemand von uns zu erzählen, sonst könnte mir im Gespräch mit Dritten – gern auch in der UnverzichtBar, wenn volles Haus ist – durchaus herausrutschen, dass du knallrote Stringtangas trägst, dass du nach dem Sex heulst wie ein Baby und dass du dir einen süßen Delphin auf die Pobacke hast tätowieren lassen ... Als ob es irgendjemand interessiert, dass du dir den nur für deine Ex hast stechen lassen! Ein Bulle mit einem keckernden Fisch auf dem Po, du wirst doch zur Lachnummer ... Ich war noch nicht fertig: Deine Kollegen wird doch vor allem interessieren, dass du nur einen Hodensack hast: Ein-

Ei-Viehoff, wie klingt das? ... Nein, das ist keine leere Drohung ... Fein, ich sehe, wir haben uns verstanden ... Dann noch ein schönes Leben.«

Sie steckte ihr Handy weg und holte tief Luft. Na also, war doch ganz einfach. Allerdings sollte sie sich von nun an besser keine Gesetzesverstöße mehr zuschulden kommen lassen. Künftig würde Polizeiobermeister Viehoff kein Auge mehr zudrücken. Im Gegenteil.

»Alles wieder gut?«, fragte Mozes, dem vom vielen Im-Kreis-Rennen ein wenig schwindelig war.

»Alles wieder gut. Komm, ich habe vorhin gesehen, dass heute Tierbegegnungen angeboten werden. Du darfst im Insektarium eine Vogelspinne anfassen.«

»Boar, sind Vogelspinnen die mit den Haaren?«

Karina nickte.

»Super!« Mozes schoss pfeilschnell in die Menge. Karina lief hinterher, fing ihn ein und führte ihn an der Hand zum Insektarium. Eigentlich musste man sich für diese Tierbegegnungen anmelden, aber Karina und Mozes gehörten zu der Sorte von Sonntagsmenschen, die mehr Glück als Verstand haben, und weil gerade eine Kleingruppe abgesagt hatte, durften sie einspringen.

Karina hatte gar nicht gewusst, wie viele verschiedene Vogelspinnen es gab.

Im Insektarium herrschte drückende Schwüle. Karina bekam kaum Luft.

Mozes kannte dagegen vor Begeisterung kein Halten mehr. »Ich will auch Spinnenmann werden, wenn ich groß bin!«, strahlte er den Revierleiter an, der höchstpersönlich die Begegnung überwachte.

»Ich wette, du wärst genau richtig dafür. Hier, willst du

dieses T-Shirt haben?« Es war ein Wilhelma-Shirt mit einer Spinne darauf. Mozes würde noch mindestens fünf Jahre brauchen, bis er hineingewachsen war, aber das störte ihn nicht. Er streifte es sofort über und war glücklich, obwohl es ihm bis über die Knie reichte. »Geil!«
»Für Sie auch ein T-Shirt?«, wandte sich der Revierführer an Karina. »Die sind im Preis inbegriffen.«
Karina wollte nicken – wenn's nichts kostete, nahm man es natürlich mit, da war sie ganz Schwäbin –, aber plötzlich drehte sich alles um sie und verschwand in einem Nebel.
Gleich darauf lag Karina ohnmächtig auf dem Boden des Insektariums. Vor Schreck ließ Mozes die Vogelspinne fallen, die er gerade von seiner linken in seine rechte Hand bugsieren wollte.
Die Spinne landete im Dekolleté von Karina, bekam einen Schreck und krabbelte auf allen acht Beinen panisch davon. Direkt hinein in Karinas Bluse.
»Hoppla«, sagte Mozes.

16:02 Uhr

Die schönsten Überraschungen sind die, die man nicht hat!

»Ich weiß nicht, es geht alles so schnell.«
»Aber Irmgard, das ist doch ein Fingerzeig des Schicksals, das müssen Sie zugeben.« Pfarrer Hölderlein hielt Irmis Hand und drückte fest zu. »Zwischen uns herrschte ja schon immer …« Ihm fehlten die Worte. Er war kein großer Redner vor dem Herrn, was man auch an seinen Pre-

digten merkte, aber er hatte ein gutes Herz, und dieses gute Herz schlug nur für Irmgard. »Da war doch schon immer etwas. Wir waren nur zu scheu, um es uns einzugestehen. Und jetzt begegnen wir uns über eine Dating-Agentur ... Das ist doch ...« Kismet, wollte er sagen, fand das dann aber unlutherisch. Er presste ihre Hand noch fester.

Und Irmgard ließ sich von ihm die Hand pressen. Was bei ihr so viel hieß, wie wenn eine andere Frau ihn vom Scheitel bis zur Sohle mit leidenschaftlichen Küssen überzogen hätte.

»Irmgard ...«, setzte er an und wollte eines der drei Zitate aus den Liebesbriefen großer Männer anbringen, die er sich extra für dieses Treffen mit ihr handschriftlich notiert hatte, als heftig an ihre Zimmertür geklopft wurde.

»Nicht schon wieder!«, sagte Irmgard und stand auf. Reichte es nicht, dass ihr Bruder mit geschwollener Nase aufgetaucht war, mitten in dem romantischen Kaffee mit ihrem Helmerich. An diesen Vornamen würde sie sich erst noch gewöhnen müssen. »Was ist?«, verlangte sie hinter geschlossener Tür zu wissen.

»Wo bewahren wir denn die Strohhalme auf?«, rief Siggi vom Flur. Er konnte nicht aus einer Tasse trinken, seine Nase schmerzte zu sehr.

»Mein Gott, Siegfried, du bist doch kein kleines Kind mehr!« Damals mit der Kugel in der Hüfte hatte er sich nicht halb so angestellt. Sie spürte Helmerichs Blick in ihrem Rücken und gemahnte sich zu christlicher Nächstenliebe. Die Tür öffnend, rief sie: »Entschuldigen Sie mich kurz, Herr Pfarrer. Mein Bruder ist in Not.«

Siegfried, der zwar einerseits ein kompetenter Ex-Kom-

missar und angesehener Bürger der Stadt war, war andererseits auch ein Bruder, ein ganz normaler Bruder, weshalb er an Irmis Tür gelauscht hatte, bevor er daran klopfte. Er wusste nun, dass die beiden über »Pfarrer Hölderlein« und »Frau Seifferheld« längstens hinaus und bei »Helmerich« und »Irmgard« angekommen waren. Er schmunzelte in sich hinein. »Danke, Irmi.«
In der Küche riss Irmi die linke obere Buffetschublade auf. »Komisch, keine Strohhalme ... Ach, bestimmt hat Karina für Mozes neue gekauft und sie in die Vorratskammer gelegt. Mit Absicht. Eigentlich weiß sie ganz genau, wo ich die Strohhalme aufzubewahren pflege. Freches Ding!«
Mit Schwung riss Irmi die Tür zur Vorratskammer auf, wie es sie bei den alten Haller Häusern noch für jede Küche gab.
Und sah sich Olaf gegenüber. Er kauerte flennend auf dem Boden der Vorratskammer.
Sofort kam Onis aus dem Flur gelaufen, legte Olaf seinen rosa Teddy in den Schoß und leckte ihm das Gesicht. Die Mutter Teresa der Hovawarte!
»Meine Güte, Herr Schmöller!« Irmi hatte sich noch nicht dazu herablassen können, den Masseur ihres Bruders beim Vornamen zu nennen, auch wenn er seit Monaten mit ihr unter einem Dach lebte und regelmäßig ihre Nichte besprang, wie sie es in manch stiller Nacht durch die Heizungsrohre hören konnte.
»Großer Gott, Olaf. Was ist denn los?« Seifferheld humpelte näher.
»Sie ist weg. Meine Susanne ist weg.«
»Susanne ist schon seit Tagen verreist. Das fällt Ihnen jetzt erst auf?« Irmi klang indigniert.

»Irmi, bitte!« Seifferheld schob seine Schwester beiseite. »Vielleicht solltest du dich wieder um deinen Gast kümmern.«
Doch mit ähnlicher Spürnase wie Onis, zumindest was eine Seele in Not anging, kam Pfarrer Hölderlein in diesem Moment in die Küche gelaufen. »Kann ich helfen?«
»Herr Schmöller, reißen Sie sich am Riemen!« Irmi wollte Olaf auf die Beine zerren. Er hing wie ein nasser Sack an ihrem Arm.
»Was habe ich nur falsch gemacht? Ich liebe sie doch!«
Onis bellte laut auf. Er verstand den Zweibeiner. Genauso hatte er sich gefühlt, als sein Teddy verschwunden war.
Seifferheld war die Szene peinlich. Er gehörte noch zu der Generation von Männern, die ihre Gefühle nicht so offen zur Schau stellten. Zumindest nicht diese Art von Gefühl, die mit wahren Wasserfluten einherging. Und schon gar nicht vor anderen Menschen.
»Die Liebe, die reißt uns alle in Stücke!«, erklärte Schmälzle, der sich neben Pfarrer Hölderlein materialisierte. »Die Tür war offen«, sagte er zu Seifferheld. »Ich weiß, wie Ihnen zumute ist, junger Mann«, sagte er zu Olaf. »Sie brauchen einen Birnenschnaps!« Schmälzle zog eine halbvolle Flasche aus der Tasche seiner Wanderjacke. »Das Beste unserer schwäbischen Streuobstwiesenlandschaften! Wo sind hier die Gläser?«
Pfarrer Hölderlein reichte Olaf die Hand. »Wie schlimm es auch sein mag, es gibt immer einen Ausweg. Geben Sie mir Ihre Hand, junger Mann. Gemeinsam schaffen wir es!«
Neben Pfarrer Hölderleins permanenter positiver Dynamik kam sich Olaf auf einmal noch ausgelutschter vor.
»Hier, trinken!« Schmälzle reichte Olaf ein halbvolles

Saftglas mit Birnenschnaps. Damit Olaf nicht allein trinken musste, leerte Schmälzle auch gleich eins.
Seifferheld setzte sich an den Küchentisch. Ehrlich gesagt, hatte er sich auch schon gefragt, warum Susanne sang- und klanglos verschwunden war. Sie schickte regelmäßig Lebenszeichen per SMS, so dass er sich nicht wirklich Sorgen um ihr Wohl machte, aber es war so untypisch für sie. Sonst war in ihrem Leben alles geplant und durchstrukturiert. Aber er konnte sich beim besten Willen nicht vorstellen, dass dieser gutherzige, im Moment Rotz und Wasser heulende Junge seiner Tochter etwas Schlimmes angetan haben könnte. Lag es an ihr? Hatte sie womöglich eine neue Liebe gefunden? Irgendeinen Bausparkassenmanager?
Von Olafs Dauerschluchzen wurde er aus seinen Überlegungen gerissen.
»Wisst ihr, dass die Haustür sperrangelweit aufsteht?« Klaus trat in die Küche. »Was hat denn der mutterlose Heuler da? Weltschmerz? Zahnschmerz? Liebeskummer?« Er ging zum Kühlschrank und nahm sich eine Dose Cola heraus.
»Trink mit, Klaus. Schnaps ist gesünder als Zuckerwasser.« Schmälzle stellte Klaus ein Glas auf den Tisch und kippte eine ordentliche Menge Birnenschnaps hinein. Klaus zögerte nur kurz, trank dann erst die Cola auf ex und schließlich das Schnapsglas.
»Herr Pfarrer?«, fragte Schmälzle.
Hölderlein sah zu Irmi. »Aber nur einen winzigen Schluck.«
Olaf trank, heulte, trank und hielt Schmälzle sein Glas zum Nachfüllen hin.

»Für mich auch!«, verlangte Seifferheld, der nicht als einziger Mann auf dem Trockenen sitzen wollte. Alle drehten sich zu ihm um. »Was ist? Schwere Situationen erfordern schnapshaltige Maßnahmen. Alte Schwabenweisheit!«
Olaf heulte noch lauter.
Irmi nahm Olaf das volle Glas aus der Hand. »Keine Flüssigkeit nachkippen, dann heult man sich schneller trocken«, erklärte sie und zog Olaf mit Schwung auf die Beine.
Klaus schnappte sich Olafs Schnapsglas und leerte es in einem Zug.
Onis nahm seinen rosa Teddy wieder ins Maul und lief eine Runde von Zweibeiner zu Zweibeiner. Telepathisch ließ er sie wissen: »Dieser Teddy ist ein Symbol der Hoffnung: Auch wenn die Liebe deines Lebens einmal verschwunden sein sollte, kann sie doch jederzeit zurückkommen.«
Fela kam in die Küche gestürmt. »Wieso steht denn die Haustür offen? In dieser Stadt laufen Mörder und Einbrecher frei herum!« Er sah sich um. »Wo sind Karina und Mozes? Ich schicke Karina seit Stunden eine SMS nach der anderen, aber sie meldet sich nicht. Oben in ihren Zimmern sind sie nicht. Wo *sind* die beiden?« Fela stemmte die Hände in die Hüften und sah sich auffordernd um.
»Ich bin sicher, alles wird sich aufklären«, sagte Pfarrer Hölderlein, und es klang nur deshalb nicht banal, weil er sich dessen tatsächlich absolut sicher war. Sein Gottvertrauen war grenzenlos.
»Susanne! Ich vermisse meine Susanne!«, schrie Olaf gequält auf, nahm Schmälzle die Birnenschnapsflasche aus

der Hand und trank in großen Schlucken direkt aus der Quelle.
»Wenn meinem Bruder etwas passiert sein sollte!«, drohte Fela.
Schmälzle zauberte eine weitere Flasche Schnaps hervor und goss Fela ein. »Nicht aufregen«, riet er.
Fela trank in großen Schlucken. Ihm schwante, dass sich in sein Paradies mit Karina eine Schlange geschlichen hatte, und diese Schlange hieß Viehoff. Verbitterung stieg in ihm auf. Er hielt Schmälzle sein Glas erneut hin.
»Karina ist ein durch und durch unreifes Früchtchen!«, erklärte Irmi.
»Jetzt bist du aber zu streng«, meinte Seifferheld.
Hicks, machte Olaf.
»Karina ist kein u-u-unreifes Früchtchen!«, lallte Fela, der sonst nie trank und dem der Schnaps ohne Umwege zu Kopf und in die Stimmbänder stieg.
»Ach, ich bitte Sie, Fela. Karina ist es doch nicht ernst mit Ihnen!«, wetterte Irmgard.
»Irmi!«, mahnte Seifferheld. Seine Nase begann zu pochen.
Aber es war gar nicht seine Nase. Wie sich herausstellte, pochte jemand mit der Faust gegen die Küchentür, um auf sich aufmerksam zu machen. Es waren Herrmann und Marcella Seifferheld.
Karinas Eltern.

16:30 Uhr

> Me transmitte sursum, Caledonius!
> *Beam me up, Scotty!*

Das war einer dieser Momente, in denen man am liebsten im Erdboden versunken wäre. Oder sich mittels moderner Science-Fiction-Technologie an einen besseren Ort beamen lassen möchte.

Siggi Seifferheld war zwar der Jüngste der drei Geschwister, aber der Zeitpunkt war gekommen, da jemand das Steuerruder in die Hand nehmen musste. Jemand, dessen Nase gleich explodieren würde, wenn er es nicht tat.

»Herrmann, Marcella – wie schön, euch zu sehen. Setzt euch doch bitte. Irmi, die beiden möchten sicher eine Tasse Kaffee.«

Die beiden wussten um die fatale Konsistenz von Irmis Kaffee. Herrmann schüttelte den Kopf, Marcella erbleichte, aber Irmi bekam das nicht mit und werkelte hausfrauenpflichtschuldigst an der Küchentheke herum.

»Olaf, Susanne braucht einfach Zeit für sich, das muss mit Ihnen absolut nichts zu tun haben. Legen Sie sich eine halbe Stunde aufs Ohr, dann gibt es Abendessen. Danach wird es Ihnen gleich viel bessergehen.«

Olaf schluckte schwer.

»Fela, bringen Sie ihn doch hoch«, bat Seifferheld. Mochten die beiden Männer im ersten Stock ruhig gemeinsam über die Frauen in ihrem Leben heulen, Hauptsache, sie verschwanden aus der Küche.

»Herr Pfarrer?«, sagte Seifferheld auffordernd und sah zu Hölderlein.

»Ja, ich muss dann auch los. Um sechs ist Andacht in der Katharinenkirche.« Hölderlein trat auf Irmi zu, stockte und schüttelte ihr dann unbeholfen die Hand. »Frau Seifferheld.«

»Herr Pfarrer.« Irmi wurde rot.

Seifferheld schüttelte den Kopf. Noch deutlicher konnten sie ja gar nicht zeigen, dass zwischen ihnen etwas lief. Aber die anderen waren mit ihren eigenen Problemen beschäftigt und merkten nichts.

Schwankend zogen Olaf und Fela ab. Hölderlein verließ aufrecht und strahlend die Küche.

Klaus und Schmälzle setzten sich an den Küchentisch zu Karinas Eltern.

»Jungs?«, sagte Seifferheld auffordernd zu Klaus und Schmälzle.

»Wegen morgen …«, fingen sie unisono an.

»Da gibt's nichts zu reden. Macht euch vom Acker.« Seifferheld war erstaunlich rasch in seine Rolle als Kochlöffeldiktator hineingewachsen.

»Aber …«, muckte Schmälzle auf.

Seifferheld guckte nur streng.

Klaus und Schmälzle zogen ab.

»Also …«, fing Seifferheld an. »Karina ist mit Mozes unterwegs. Und Mozes ist der Bruder von Fela. Und Fela ist …« Er geriet ins Stocken. Eigentlich war es nicht seine Aufgabe, Karinas Eltern von ihrem Lover zu erzählen.

»Sag mal, die beiden sind doch schon seit heute früh um sieben weg«, warf Irmgard ein. Rettend. »Hat sie dir gesagt, wohin sie wollten?«

Seifferheld schüttelte den Kopf.

Marcella verschränkte die Arme vor der Brust und starrte

ihren Schwager vorwurfsvoll an. »Karina ist seit zehn Stunden verschwunden?«
»Sie ist ja ein großes Mädchen«, meinte Seifferheld.
»Aber dennoch ein Mädchen!« Marcella klopfte mit der flachen Hand auf den Tisch. Onis schreckte zusammen. Herrmann nicht, der war das gewohnt. »Und was gedenkt ihr jetzt zu tun?«
Seifferheld sah zu Irmi, aber die wusste schon, warum sie so geschäftig Kaffee aufbrühte.
Und da war noch etwas.
Irmi und Siggi hatten es Herrmann und Marcella nicht gesagt.
Nicht das mit Fela. Das mit Karina.
Karina, einzige Tochter von Herrmann und Marcella, war als zartes, unschuldiges, bezopftes Geschöpf ins Seifferheldsche Haus gekommen. Sie hatte an jenem Tag einen Schottenrock und weiße Kniestrümpfe getragen, Seifferheld wusste es noch ganz genau.
Aber in der Zwischenzeit glaubte er nicht mehr, dass Karina jemals brav und unschuldig gewesen war. Sie war nicht Marcellas Baby, sie war Rosemarys Baby. Und schon längst kein Baby mehr, sondern eine ausgewachsene Plage, die Transparentkleidung trug und sich nackt an Kirchenstufen kettete. Bestimmt war ihr nichts zugestoßen. Sie hatte nur einfach beim Gassigehen mit Mozes wieder irgendeine gute Sache entdeckt, für die sie sich ausziehen und anketten musste.
»Also«, stotterte Seifferheld, »ich finde, wir warten einfach mal ab.«
Marcella stand energisch auf. »Mein Kind ist verschwunden, und ihr wartet einfach ab?« Sie stampfte südländisch

feurig mit dem Fuß auf. Onis wurde das alles zu viel – er schnappte sich seinen rosa Teddy und lief in den Flur.
Marcella schnappte sich das Küchentelefon. »Wie lautet eure Kurzwahl für den Notruf?«, rief sie.
»Wozu denn der Notruf?«, fragte Karina plötzlich in Seifferhelds Rücken. »Ciao Mama, hi Papa.« Unbekümmert warf sie ihren Umhängebeutel auf einen Küchenstuhl.
Seifferheld seufzte und hielt sich die Brust mit dem wild pochenden Herzen. Dieses plötzliche unbemerkte Auftauchen musste ein Ende haben. Er würde gleich morgen an der Haustür eine Lichtschranke installieren, die einen Gong aktivierte!
Mozes kam in die Küche gelaufen, Onis ihm auf den Fersen. »Wir waren im Zoo«, erzählte er aufgeregt. »Ich habe eine Spinne gestreichelt. Und ich habe dieses T-Shirt bekommen. Und wenn ich groß bin, werde ich Insektenpfleger. Und jetzt hab' ich Hunger!«
Karina gab ihm einen Kuss auf den Afro. »Ja, nicht wahr, wir hatten es schön!«
»Cara Karina«, rief Marcella und riss ihre Tochter in die Arme wie den verlorenen Sohn. Man merkte ihr an, dass sie jetzt gern ein Kalb geschlachtet hätte.
Karina sah Seifferheld an. »Was ist hier eigentlich los? Familientreffen? Und, großer Gott, Onkel Siggi, was ist mit dir passiert? Hast du dich einer Planierraupe in den Weg gestellt?«
Seifferheld tastete sein Gesicht ab. Es schien noch weiter angeschwollen zu sein.
Irmi schenkte reihum Kaffee ein. »Kind, wir haben uns Sorgen gemacht. Nächstes Mal rufst du gefälligst an, wenn du mit Mozes einen Tagesausflug machst.«

»Mein Akku war leer«, meinte Karina, nicht entschuldigend, nur erklärend.
Fela, der Olaf ins Bett von Susanne verfrachtet hatte, tauchte leicht unschlüssig, dafür laut rülpsend im Türrahmen auf. »Hast du deswegen nicht auf meine Textnachrichten geantwortet?«, fragte er vorwurfsvoll. Er schien wieder weitgehend nüchtern.
»Tut mir echt leid«, sagte Karina, und es klang so, als meinte sie sehr viel mehr als nur die nicht beantworteten SMS.
Fela nahm sie in den Arm. »Hauptsache, jetzt ist alles wieder gut.« Sie küssten sich.
Marcella schlug sich die Hand vors Gesicht.
»Möchtest du uns den jungen Mann nicht vorstellen?«, bat Karinas Vater, mit einem bösen Seitenblick auf Siggi, der ihn unvorbereitet ins offene Messer hatte laufen lassen.
Selbst schuld, dachte Seifferheld, man ruft vorher an, wenn man zu Besuch kommt.
Irmgard stellte die Reste der geschändeten Marzipantorte auf den Tisch. Als sie sich umdrehte, um Kuchenteller und -gabeln zu holen, fuhr eine kleine schwarze Patschhand aus und schlug eine Bresche in den Tortenrand.
Karina zog Fela in die Raumesmitte und räusperte sich. »Gut, dass gerade alle da sind, ich habe nämlich etwas bekanntzugeben.«
Seifferheld setzte sich. Was es auch war, es würde nicht gut sein. War sie der marxistisch-leninistischen Partei beigetreten? Hatte sie Mozes in der jüdischen Synagoge zu Stuttgart beschneiden lassen? Hatte sie ihr Studium geschmissen, um von nun an als Missionarin für Scientology in Uruguay tätig zu werden?

Karina drückte Fela einen Kuss auf die Wange und strahlte in die Runde.
»Papa, Mama, Fela – ich bin schwanger!«
Eins musste man Karina lassen: Sie verpackte knüppelharte Neuigkeiten nie erst lange in buntes Geschenkpapier – immer gleich ungeschminkt mitten hinein ins Gesicht.

11. Kapitel

> **Aus dem Polizeibericht**
>
> **Ölkrise behoben**
>
> *In den frühen Morgenstunden des Sonntags wollte ein 34-Jähriger aus dem Tank eines im Industrieviertel Kerz abgestellten LKW Benzin abschläucheln. Er wurde von der patrouillierenden Streife dabei ertappt, wie er gerade den Schlauch ansaugen wollte. Ihm konnten bei der anschließenden Personenüberprüfung drei unbezahlte Tankungen an Tankstellen im Landkreis Schwäbisch Hall nachgewiesen werden. Ihm werden noch weitere dreiste Abschläuchelvergehen im Landkreis zur Last gelegt. Die Ermittlungen dauern an.*

06:30 Uhr

Bonjour Tristesse, du alte Hackfresse

Dieser. Tag. War. Scheiße.
Eigentlich nicht nur dieser Tag. Sein ganzes momentanes Leben. Daran konnten auch die wuchtig läutenden Glocken von St. Michael nichts ändern. Seine Nase schmerzte mehr als seinerzeit seine angeschossene Hüfte. Seine Familie war ein Dampfkochtopf, der sekündlich explodieren konnte. Sein Hund war gestört. Und seine Freundin saß nicht mit ihm am Frühstückstisch, um ihm die Hand zu halten. Seifferheld gestand es sich selbst nicht ein, aber

im Grunde nahm er es MaC übel, dass sie ausgerechnet jetzt grippekrank werden musste, da er sie doch so dringend an seiner Seite gebraucht hätte. Nicht, dass sie zusammen in Löffelchenstellung hätten schlafen können. Er musste sein Bett ja mit seinem Bruder teilen, während Marcella bei Irmi schlief. Die Anzahl der Betten im Haus war nun einmal begrenzt, wohingegen sich die Anzahl der Hausbewohner täglich zu erhöhen schien.
Alle schliefen noch.
Bis auf ihn und Putzfrau Olga.
Letzteres sagte ihm die kleine Rauchwolke, die unter der Küchentür hereindrang.
Kettenraucherin Olga – nach sechswöchigem, selbstgenehmigten Urlaub in der alten kasachischen Heimat – im Anmarsch. Olga bestimmte ihre Anwesenheitszeiten im Haus selbst. Von Arbeitszeit konnte nicht die Rede sein. Meistens saß sie nur rauchend daneben, während Irmi putzte.
Seifferheld schloss seinen Morgenmantel etwas enger. Und da ging auch schon die Tür auf, und da stand sie: Olga, in ihrer türkisen Kittelschürze, die Fluppe im Mundwinkel, den Staubsauger in der Hand. Keine Sekunde lang glaubte Seifferheld, dass sie morgens um halb sieben staubsaugen wollte. Den Staubsauger von einem Zimmer ins andere zu tragen, war nur ihre Art, der Familie zu zeigen, dass sie ihr Geld wert war.
»Ah, schöner Mann in Küche, besser kann Morgen nicht werden«, sülzte sie. »Ich uns machen Kaffee!«
Seifferheld nickte dankbar. Olgas Kaffee war – im Gegensatz zu Irmis – der pure Genuss. Wenn ihn etwas aus seiner Depression reißen konnte, dann Olgas Kaffee.

»Sie nicht sehen glücklich aus«, konstatierte sie, während sie den Wasserkocher anwarf.

In diesem Moment wollte er ihr sein Leid klagen, wollte ihr jedes noch so dunkle Geheimnis, selbst seine Stickleidenschaft, verraten, aber er hörte, wie der Schlüssel in der Haustür umgedreht wurde.

Onis krabbelte unter dem Küchentisch hervor und lief mit dem unvermeidlichen rosa Teddybären im Maul in den Flur.

»Ja hallo, ihr zwei beiden«, hörte er seine Tochter Susanne sagen. »Hallo Teddy, hallo du süßer Wuffschnuff.«

Immerhin, wieder eine Sorge weniger. Seine Tochter war heil zurück von ihrer Spontantour.

Gleich darauf stand sie auf der Schwelle. Ein Bild blühenden Lebens. Die Haare verwuschelt, die Wangen rot.

»Papa«, rief sie, lief zu ihm und nahm ihn fest in den Arm. Komisch eigentlich. Susanne neigte sonst nicht zu Gefühlsausbrüchen.

»Kaffee?«, fragte Olga.

»Morgen, Olga. Nein danke, für mich bitte eine Tasse Pfefferminztee«, bat Susanne und setzte sich neben ihren Vater.

Onis legte sich mitsamt Teddy zwischen die beiden und schnurrte. Seine Welt war nunmehr in Ordnung, das Rudel war wieder komplett.

»Olaf schläft oben in deinem Zimmer seinen Birnenschnapsrausch aus«, sagte Seifferheld. »Er hat sich Sorgen gemacht. Ich habe Mimi zu ihm ins Bett gelegt, damit er was zum Umarmen hat.«

»Wer ist Mimi?«, fragte Susanne streng.

»Eine Art Schmuseteddy für erwachsene Männer, du wirst

es ja sehen, wenn du gleich zu ihm hochgehst«, sagte Seifferheld. »Wo bist du gewesen? Und warum hast du dich nicht bei Olaf gemeldet? Er liebt dich wirklich, weißt du.«
»Ich musste mal raus und über alles nachdenken«, erklärte Susanne lapidar, ohne das näher auszuführen. Sie sagte nur: »Ich liebe Olaf auch. Verrückt, nicht?« Susanne hatte bislang nur für ihre Karriere gelebt, und wenn sie sich wirklich einmal mit einem Mann visualisiert hatte, dann mit einem Alpha-Rüden, einem Erfolgsmenschen, einem Macher, der gekonnt auf der Klaviatur der internationalen Wirtschaft spielte. Ein Mann, den der Duft der Macht umgab. Und dann verliebte sie sich in einen Physiotherapeuten mit Pferdeschwanz, der nach Tibeträucherstäbchen roch.
Olga brachte ihr den dampfenden Pfefferminztee. »Schuss Wodka?«, fragte sie.
Susanne schüttelte lächelnd den Kopf.
Lächelnd!
Seifferheld staunte. Er wollte fragen: »Wer sind Sie, und was haben Sie mit meiner Tochter gemacht?«, tat es aber nicht.
»Und? Habe ich was verpasst?«, fragte Susanne. »Hat MaC dir mit einem gezielten rechten Haken den Laufpass gegeben?«
»Was? Nein, nein, das war Fippa von Sölln.« Seifferheld tastete vorsichtig seine Nase ab. Sie strahlte an diesem Morgen in fröhlichem Dunkelblau und Schwarz. »Ich habe mich ganz unverbindlich im Mordfall Lambert von Bellingen umgehört.«
»Aha.«
Olga hatte den Boretsch aus der roten Tupperdose im

Kühlschrank fertig aufgewärmt, klatschte eine ordentliche Portion Sahne obenauf und stellte den Teller auf das Tablett, auf dem schon eine Thermoskanne mit dem restlichen Kaffee stand. »Ich bringen meine Freundin Irmgard Frühstück ans Bett. Sie zwei kommen zurecht ohne mich?«
Susanne und Seifferheld nickten.
»Was war sonst noch?«, sinnierte Seifferheld. »MaC hat die Grippe.«
Susanne trank pustend und vorsichtig schlürfend ihren heißen Pfefferminztee.
»Ach ja, die Jungs und ich haben heute Abend ein Wettkochen in der Arena Hohenlohe. Hm, was noch?«
Seifferheld sah zur Decke, als müsste er sich sehr anstrengen, noch weitere Neuigkeiten aus seinem Gedächtnis zu kramen.
»Und ... ach ja ... Karina ist schwanger.«
Susanne ließ die Teetasse fallen und sprang auf.
Inmitten von Scherben und dampfenden Teepfützen brüllte sie: »Dieses verdammte Miststück! Immer klaut sie mir meine Pointe!«

07:03 Uhr

> Kinder machen keinen Krach –
> Kinder machen Zukunftsmusik.

Wenn Kinder wirklich die Musik der Zukunft waren, wollte Fela Nneka bitte taub werden.
»Fela, Fela.« Mozes zerrte am Oberarm seines Bruders, der eben noch im Tiefschlaf gelegen hatte.

»Fela, ist Bibo aus der Sesamstraße ein Mann oder eine Frau?«
»Mozes, geh wieder schlafen. Es ist noch zu früh.«
»Bestimmt ein Mann, oder?«
Fela erklärte ihm, dass es mit Bibo wie bei Vetter Obufo sei und dass es auf manche Fragen einfach keine eindeutigen Antworten gebe.
Mozes dachte kurz darüber nach.
Fela war wieder am Wegkippen.
Mozes rüttelte seinen Bruder erneut am Arm wach.
»Du, Fela, da ich doch Spinnenmann werde, habe ich mir jetzt eine Spinne gefangen. Im Treppenhaus. Darf ich die behalten?«
»Jaja.«
»Dann geh ich jetzt mit ihr frühstücken.«
»Ja, mach das.«
Mozes klopfte auf Felas Bett herum.
»Fela, ich kann sie nicht mehr finden. Sie ist weggelaufen!«
Fela Nneka, 1 Meter 90 pralle schwarze Männlichkeit, Spitzenfotograf, Ausdauerjogger, hätte das nicht weiter beunruhigt.
Das 1 Meter 70 große, blauhaarige Etwas neben ihm beunruhigte diese Information umso mehr. Es schrie gellend auf.
Mit einem Satz war Karina aus dem Bett und wischte sich mit beiden Händen über den Körper. »Mozes, ich bring dich um!«, brüllte sie.
Irgendwo in Deutschland schüttelte die Supernanny missbilligend den Kopf.

09:44 Uhr

> Wenn Küssen gesundheitsschädlich wäre,
> wie Gesundheitsapostel immer wieder behaupten,
> wäre ich schon längst tot.
> *Brigitte Bardot*

Es stand in der Zeitung. Das Leben konnte manchmal ja so einfach sein. Und so abwechslungsreich. Eben wollte man sich noch vor lauter Montagmorgenüberdruss in die heiße Wanne legen und sich die Pulsadern aufschneiden – auch wenn es gar nicht Montagmorgen war –, und nun präsentierte einem das Schicksal den Namen von Arnfried Kolbs Freundin auf einem Silbertablett, und schon schien wieder die Sonne im Herzen.

Seifferheld schnappte sich Onis und den Teddy und zog los. Wie schön, dass manche Menschen noch im Telefonbuch zu finden waren. So auch Ulla Zeeb, Am Friedensberg 21c.

Jetzt könnte man ja denken, ein wildfremder Mann mit Gesichtsverfärbung und sein kniehoher Hund hätten keine Chance, sich auf ein Gespräch Zutritt in die Wohnung einer alleinstehenden Frau zu verschaffen.

Aber es ließ sich nicht leugnen, dass Siggi Seifferheld mit seiner Gehhilfe und Onis mit dem rosa Plüschteddy in der Schnauze keine Unze Gefahr ausstrahlten, im Gegenteil.

Kaum hatte Ulla Zeeb die Haustür geöffnet, ging sie auch schon in die Hocke und streichelte Onis über den bernsteinfarbenen Hundeschädel. Dann sah sie zu Seifferheld hoch, bemerkte, wie sehr er schnaufte (der Friedensberg war die höchste Erhebung in Schwäbisch Hall, und das tägliche Gassigehen im flachen Stadtpark hatte Seifferheld

nicht das nötige Lungenvolumen für den Steilanstieg antrainiert), legte besorgt die Stirn in Falten und sagte: »Ach, kommen Sie doch bitte herein. Trinken Sie eine Tasse Tee mit mir, das wird Ihnen guttun!«
Zack, war er drin.
Während Ulla Zeeb den Tee aus der Küche holte, sah sich Seifferheld in ihrem Wohnzimmer um. Kerzen, überall. Vorhänge mit Troddeln. Räucherstäbchen, die nach Sandelholz und Patschuli stanken.
Und dann kam Ulla Zeeb mit einem dampfenden Kräutertee, setzte sich ihm gegenüber, streckte die mit Hennaranken bemalten Arme aus und goss ihm Tee ein, wobei die Kette aus Tempelglöckchen um ihren Hals bimmelte.
Wie konnte ein solches Blumenmädchen das Interesse des erfolgsverwöhnten, klassisch-eleganten Arnfried Kolb wecken? Schlug da das Sprichwort »Gegensätze ziehen sich an« voll zu?
Seifferheld nahm einen Schluck von dem Kräutertee, der ihm prompt wieder hochkam. Er schmeckte extrem nach Heu. Mit einem Hauch Kuhdung im Abgang. Im Grunde untrinkbar.
»Das tut gut, nicht wahr?«, freute sich Ulla Zeeb.
Onis tat, was er immer tat, und legte ihr – die im Schneidersitz auf dem Sofa saß – den Kopf in den Schoß. Ein Schoß, der voller Farbkleckse war.
Jetzt erst fielen Seifferheld die Pinsel und Aquarell- und Acrylfarben im Raum auf, die pastellfarbenen Kleckse auf Ulla Zeebs Händen. Sie folgte seinem Blick.
»Ich bin Malerin.« Sie strahlte ihn an. »Und ich erinnere mich an Sie von der Vernissage im HFM. Sie sind Sammler!«

Seifferheld lächelte unverbindlich. Darum hatte sie ihn also ins Haus gelassen, sie glaubte, er wolle ein Bild von ihr erwerben. Die schrecklich bunten Engel- und Feenbilder an den Wänden waren dann wohl ihre Machwerke. Seifferheld seufzte. Aber wenn er etwas konnte, dann zugreifen, sobald ihm das Schicksal eine Chance bot.
»Ich wollte Sie näher kennenlernen«, deutete er an.
Was er nicht hätte tun sollen. Eine halbe Stunde lang erzählte sie ihm ihre Bikiniwaxinghorrorgeschichten, zeigte ihm die Stelle, an die ihre nächste Tätowierung hinkommen sollte, und ließ sich über wüste One-Night-Stands aus. Letzteres erwies sich als guter Aufhänger.
»Sie sind doch gerade mit Dr. Kolb zusammen, nicht wahr?«, hakte er ein, als sie kurz Luft holen musste.
»Ah, Sie haben heute das Foto im *Haller Tagblatt* gesehen.« Sie zog die aufgeschlagene Zeitung unter dem Sofa hervor. Eine Staubmaus rieselte herunter. »Ja, das auf dem Foto bin ich mit Arni beim jährlichen Sparkassenball. Das bin gar nicht wirklich ich. Arni hat mich zur Rundumverschönerung geschickt und mir auch noch ein Kleid gekauft, weil er mich zu hippiehaft fand.« Ulla Zeeb zuckte mit den Schultern.
»Bitte entschuldigen Sie, wenn ich so keck frage, aber ich war ja Kommissar und habe von meinen Ex-Kollegen gehört, dass Sie Dr. Kolb das Alibi für die Tatzeiten an den beiden Morden hier in Hall liefern konnten.«
Ulla Zeeb nickte, und dabei wippten ihre roten Löckchen. Auf ihre blumenkindhafte Art war sie wirklich zum Anbeißen. Sommersprossennase. Vielleicht hatte sich Kolb ja wirklich in sie verliebt. Seifferheld verabschiedete sich von seinem Lieblingsverdächtigen. Dann also noch mal auf

Anfang und neue Verdächtige suchen. Oder das Schnüffeln ganz lassen und wieder mehr sticken. War ohnehin gesünder. Auch nasentechnisch.
»Aber im Grunde will das nichts heißen.« Sie legte ihre Stirn in Falten.
»Wie bitte?«
»Na, er hat mich ganz überraschend angerufen – wir sehen uns sonst nie zwischen Freitag und Sonntag –, und wir hatten auch einen schönen Champagnerabend, und ich habe der Polizei gesagt, dass wir die ganze Nacht zusammen waren. Aber ehrlich gesagt, schlafe ich nach dem Sex immer gleich ein, und in dieser Nacht bin ich so richtig weggeratzt. Im Grunde habe ich gar nichts mitbekommen. Als hätte er mir K.-o.-Tropfen in den Veuve Cliquot gekippt.«
Seifferhelds Augenbrauen schossen nach oben.
»K.-o.-Tropfen – köstlicher Gedanke!« Ulla Zeeb amüsierte sich prächtig.
Für Seifferheld aber schoss Dr. Arnfried Kolb raketengleich wieder auf Platz 1 der Verdächtigen.
»Und?«, wechselte sie das Thema. »Welches Bild von mir wollen Sie denn nun kaufen?«

14:21 Uhr

Der missverstandene Mann – eine Tragödie in unendlichen Akten

»Siggi, bist du da drin? Ich bin gekommen, um dir alles Gute zu wünschen!«
Die Stimme klang verrucht.
Träumte oder wachte er?
Seifferheld hatte nach einem leichten Mittagessen zwei

Schmerztabletten geschluckt, den Wecker gestellt und sich noch für eine Stunde ins Bett gelegt, damit er heute Abend beim Wettkochen auch wirklich fit war.
Und nun hörte er die Stimme der Frau, die er liebte.
Er öffnete ein verklebtes Auge. Und sah sich einem kanariengelben Engel mit riesigen eidottergelben Flügeln gegenüber, der auf einem sonnengelben Einhorn ritt. Zu viel Gelb. Es war das Bild, das er Ulla Zeeb hatte abkaufen müssen, um nicht verdächtig zu wirken. Es war nicht besonders teuer gewesen, aber Seifferheld reute jeder Cent.
Die Tür zu seinem Schlafzimmer ging auf.
»Siggi, Lieb...« MaC blieb wie vom Donner gerührt stehen und starrte ihn an. Es hatte ihr die Sprache verschlagen.
»Was ist?« Seifferheld richtete sich auf seine Ellbogen auf. Fand MaC das Bild ebenso entsetzlich wie er? »Wie spät ist es?«
MaC fand ihre Sprache wieder. »Siegfried, du Perversling. Hältst du es keine zwei Tage allein im Bett aus? Und kannst du nicht zu mir kommen, wenn du Bedürfnisse hast? Musst du dich an so einer vergehen?«
Seifferheld sah entsetzt zur Seite. Neben ihm im Bett lag Mimi.
Jemand musste sie ihm, während er geschlafen hatte, an seine Seite gelegt haben. Bestimmt Karina!
»Aber nein, das ist nicht so, wie du denkst...«, fing er an.
»Was ich denke, ist, dass es mir allmählich reicht!«, rief MaC, trat ans Bett und grub schwungvoll ihre Fingernägel in Mimi. Entweder hatte MaC sich unzureichend maniküret, oder Mimis Gummihaut war überaltert, aber es

machte »Plop«, und zischend entwich die Luft aus Klausens Traumfrau.
»Dann noch einen schönen Tag!«, zischte MaC und ging.
Seifferheld seufzte und ließ sich zurück aufs Bett sinken. Er fühlte sich missverstanden. Das Leben war grausam. Die Liebe war grausam. Vor allem die Frauen waren grausam.
Zum meditativen Zischen der aus Mimi immer noch entweichenden Luft schlief er wieder ein.

Ab 17:00 Uhr

> Ein dickes Fell ist ein Gottesgeschenk.
> Oder überhaupt irgendein Fell. Darf auch gern ein Nerz sein.
> *Sehr frei nach Konrad Adenauer*

Der mit Abstand größte Veranstaltungsort in und um Schwäbisch Hall lag etwas außerhalb, bei der Ortschaft Ilshofen. Es war die Arena Hohenlohe. Betrieben wurde die Arena von einem eher ungewöhnlichen Veranstaltungsortanbieter: der Rinderunion Baden-Württemberg e.V., die vor einigen Jahren aus der Vereinigung sämtlicher Zucht- und Besamungsorganisationen des Landes entstanden war. Doch die Arena war nicht nur für Zucht- und Nutzrinder da, sondern auch für den Menschen. Es fanden dort in buntem Wechsel Konzerte, Messen, Sportveranstaltungen und andere Show-Events statt. Und an diesem Abend zelebrierte man in der Arena Hohenlohe das große Wettkochen von männlichen Amateurkochgruppen aus ganz Baden-Württemberg.

Seifferheld, der seine Schäfchen erfolgreich auf seine Idee eingeschworen hatte, sammelte sie nun ein. Er hatte sich extra von seinem Ex-Kollegen Geert Van der Weyden, bei dem zu Hause drei adoptierte Kinder und die Eltern seines Lebensgefährten wohnten, den Renault Grand Scénic mit Platz für sieben Personen geliehen. Und drehte damit seine Runde.

Als Erstes ging es zu Kläuschen in die Bahnhofstraße. Seifferheld stieg aus und klingelte. Als Klaus herauskam, wirkte er geistesabwesend und sah zerstrubbelt aus. Seifferheld meinte an einem der Fenster von Kläuschens Loft einen Schatten zu sehen. Frau Denner! Hatte Kläuschen ihr aus niederen Beweggründen verschwiegen, dass sie ihre Wettkochpläne geändert hatten, und sich von ihr beibringen lassen, wie man eine Terrine zaubert? Seifferheld fand zudem, dass er Klaus noch nichts von Mimis Ableben erzählen sollte, sonst würde sein Freund an diesem Abend vor lauter Trauer womöglich zum Totalausfall.

Zu zweit düsten sie im Grand Scénic zu Klempner Arndt.

»Was blinkt denn da in deinem Ohr?«, fragte Seifferheld streng.

»Na, mein Handy. Das kennst du doch.«

»Du hast doch wohl heute nicht Bereitschaft?«

»Ein Klempner ist immer im Dienst!«

»Untersteh dich, mitten auf der Bühne deinen Maschinengewehrklingelton losgehen zu lassen!«, warnte Seifferheld.

»Ist ja gut, ich stell's auf stumm.«

Schmälzle stand mit zwei schweren Koffern vor seiner Haustür.

»Was ist denn da drin?«, fragte Kläuschen.

»Hundert Exemplare meines neuen Wanderführers. *Mit Old Schmälzle durch den Wilden Westen von Hohenlohe.* Schon vorsigniert. Ich werde einen Büchertisch aufbauen. So eine Chance darf man sich doch nicht entgehen lassen. Auf SWR4 habe ich gehört, dass die Arena Hohenlohe heute Abend komplett ausverkauft ist!«

Die Männer hätten gern etwas darauf erwidert, aber sie mussten den Atem anhalten. Sie waren wie erschlagen von Schmälzles Eau de Cologne, das wie ein Obstsalat roch, der gekippt war, mit überreifen Bananenscheiben und fauligen Apfelschnitzen.

»Was ist 'n das für ein Duftwasser?«, fragte Klaus neugierig. »Meine Fruchtfliegen würden das lieben!«

Sie holten noch Eduard (»Ihr seid eineinhalb Minuten zu spät!«), Gotthelf (»Ogottogottogott!«) und Horst (stumm) ab, dann ging es los, über die Cröffelbacher Steige und mitten durch Wolpertshausen in Richtung Ilsfohen.

Sieben Männer in verbissener Entschlossenheit.

Die Veranstalter hatten darum gebeten, dass die Kochteams sich bereits um 17 Uhr 45 einfinden sollten.

»Wir hätten uns *doch* einen Namen geben sollen«, beschwerte sich Arndt. »Wie klingt denn das? ›Die Männerkochgruppe der Volkshochschule Schwäbisch Hall‹? Das ist doch uncool.«

»Wären dir ›Die Mehlspeisen-Musketiere‹ oder ›Die Reibeisen-Recken‹ lieber gewesen? Das ist doch albern«, fand Eduard.

»›Die Topflappen-Teufelskerle‹ – das hätte mir gefallen«, meinte Klaus.

»Ich persönlich möchte *nicht* mit einem Topflappen verglichen werden«, erklärte Eduard streng.

Wenn Eduard nervös war, neigte er zu bissigen Kommentaren. Während Horst und Günther stoisch schwiegen.
Wohingegen Gotthelf andauernd »Ogottogottogott« murmelte. Er befand sich eindeutig im Griff einer Lampenfieberattacke.
Seifferheld musste zugeben, dass auch er nervös war.
Nur Klaus hatte die Ruhe weg. Das war wohl das Schöne daran, keinen Intelligenzquotienten zu haben: Nichts kratzte an einem. Mit einem Lächeln schwebte man heiter und gelassen durch sein Leben.
Auf den Parkplätzen der Arena Hohenlohe wimmelte es bereits vor Fahrzeugen. Es würde wirklich voll werden.
Ein junger Bursche mit Irokesenschnitt begleitete sie in ihre Künstlergarderobe. Durch die geöffneten Türen der anderen Garderoben sahen sie ihre Konkurrenten: Die meisten schauten bierernst und kämpferisch, einige blätterten noch in Rezeptbüchern, einer meditierte auf einem Sitzkissen. Ausnahmslos alle wirkten total kompetent und kocherfahren.
»Ogottogottogott«, murmelte Gotthelf.
In einer der Garderoben standen mehrere Feuerwehrmänner in voller Montur.
»Rechnet ihr damit, dass wir Kochamateure euch die Halle abfackeln?«, fragte Arndt den Irokesen.
»Nope, das sind die ›Heißen Pfannen‹ – so nennt sich die Kochgruppe der Freiwilligen Feuerwehr von Saiblich im Schwarzwald. Die treten in Arbeitskleidung und mit Feuerlöschgeräten auf, weil sie irgendwas Flambiertes kochen wollen.«
»Seht ihr, hätten wir uns mal einen Namen gegeben. ›Terrinentiger‹ klang doch toll!«, schimpfte Arndt.

»Wir machen aber keine Terrine mehr«, hielt Seifferheld flüsternd dagegen. Der Feind hörte mit, und es sollte doch schließlich eine Überraschung werden.

In ihrer Garderobe angekommen, stellten sie die beiden großen Kartons mit ihren Utensilien ab und ließen sich auf die Holzstühle fallen.

»Ich hole euch zum großen Einlauf in die Halle ab«, sagte der Irokese und sah auf seine Armbanduhr. »In exakt fünfundzwanzig Minuten. Der Moderator stellt dann jede Gruppe vor, und ihr habt eineinhalb Stunden fürs Kochen, wobei der Moderator zusammen mit den drei Juroren von Gruppe zu Gruppe geht und die Teilnehmer befragt. Dabei hat jede Gruppe exakt drei Minuten, um sich vorzustellen, klar? Ihr seid die letzte Gruppe.« Er nickte ihnen zu und ging.

»Ich hab' gar kein gutes Gefühl«, meinte Eduard.

»Ogottogottogott«, murmelte Gotthelf.

Schmälzle legte Puder auf. »Glotzt nicht so, ich will im Fernsehen nicht fettig rüberkommen!«

Klaus machte den Kühlschrank auf und sah hinein. »He, leer!«, beschwerte er sich.

Seifferheld hatte das Gefühl, eine Rede halten zu müssen. Irgendetwas Geschichtsträchtiges, das ungemein motivierte. So etwas wie *Carthaginem esse delendam*. Die Jungs mussten aufgerüttelt werden, damit sie am Ende seiner Rede aus der Garderobe stürmten, sich einen Elefanten schnappten und die Alpen überquerten. Seifferheld merkte, wie ihm die Chronologie durcheinanderkam, aber er war zu aufgeregt, um klar zu denken.

»Also, Männer«, fing er an und erhob sich zu seiner ganzen Größe. Was hätte Bocuse an seiner Stelle gesagt?

Aber wäre Bocuse jetzt hier, dann gäbe es keine Notwendigkeit für eine Anpeitschrede. Dann hätten sie ein ordentliches Menü eingeübt und eine reelle Chance besessen.
»Männer«, wiederholte Seifferheld. Auf einem Bildschirm an der Wand sah man ins Innere der Arena, die schon fast voll war. Auf der Bühne stand das Familienoberhaupt eines ansässigen Adelshauses, das die Veranstaltung offiziell einläuten würde. Der Moderator, eine bekannte Nase des Südwestfernsehens, plauderte angeregt mit dem Adligen und den Mitgliedern der Jury – einem Drei-Sterne-Koch, der vor kurzem zwei Sterne verloren hatte, der 99–60–90-Drittplazierten von *Deutschland sucht die Supertusse* von vor zwei Jahren und einem ehemaligen Goldmedaillengewinner im Hammerwerfen, dessen Großmutter hier aus der Region stammte.
Das Medieninteresse war enorm. Bestimmt fünfzig Journalisten und zwei Kamerateams umringten die Bühne.
»Männer«, brachte Seifferheld nur noch heraus. Er fühlte sich wie die von MaCs Fingernägeln durchbohrte Mimi – die Luft entwich, zurück blieb nur eine faltige Hülle.
»Männer, ihr wisst, was wir jetzt und hier zu tun haben ...«, fuhr er fort, kam dann aber erneut ins Stocken.
Die Kamera schwenkte nämlich in diesem Moment wieder ins Publikum. Die ersten beiden Reihen waren für die Prominenz reserviert, wobei sich kein wirklich prominenter Mitmensch angesagt hatte, nur ein paar kochbegeisterte Bürgermeister der umliegenden Gemeinden und ...
Seifferheld lief zum Bildschirm. Er zerrte seine Lesebrille aus der Jackentasche und starrte. Das war doch ...
Hinter der ersten Bürgermeisterin von Schwäbisch Hall

saßen Sissi von Bellingen und Dr. Arnfried Kolb. Und da kam auch noch Konstantin von Bellingen mit zwei Bier- und einem Proseccoglas und setzte sich daneben.
Da brat mir doch einer 'nen Storch, dachte Seifferheld.

21:20 Uhr

> Im Leben ist es wie im Basketball:
> Man muss alles locker aus dem Handgelenk machen!

Sie trugen ihre schwarzen Trenchcoats und die schwarzen Gangsterhüte, die der Faschingsversand per Expresslieferung noch am Nachmittag zugestellt hatte. An dem ihnen zugewiesenen Herd mit Kochplatte, über dem ein Schild mit der Aufschrift *Männerkochkurs der VHS-SHA* stand, bezogen sie Aufstellung und standen die ganze Zeit wie eine Eins, ohne sich zu rühren. Ein bisschen wie die Blues Brothers, nur ohne Blues. Die Regieassistentin kam angelaufen und fragte, ob mit ihnen alles in Ordnung sei. Sie schien auf Schreckstarre zu tippen. Seifferheld nickte nur und meinte, das sei Absicht. Sie zog wieder ab.
Mit viel Schmiss wurde die Veranstaltung durchgezogen. Um auch ja jede Zielgruppe abzudecken, gab es zwischendurch höchst unterschiedliche musikalische Einlagen – von der Heavy-Metal-Band bis hin zur Volksmusik-Geschwistersangesgruppe mit Zither.
Sämtliche Amateurköche legten sich mächtig ins Zeug. Die Feuerwehrmänner, die als Erste an der Reihe waren, hatten ein 3-Minuten-Video mitgebracht, das sie bei waghalsigen Rettungsaktionen zeigte. Und als sie im Gespräch mit dem Moderator probehalber die Cointreau-Orangen-

Sauce einer vorbereiteten Crêpe Suzette flambierten, reichte die Stichflamme beinahe bis an die Decke der riesigen Halle. Der daraufhin einsetzende Applaus war ohrenbetäubend.

Eine andere Gruppe – alles Lehrer aus dem Badischen – kochte asiatisch und jonglierte zur Gaudi der Anwesenden ihre Teller auf übergroßen Stäbchen.

Hin und wieder sah Seifferheld in die zweite Reihe hinunter. Manchmal plauderte Sissi von Bellingen angeregt mit Dr. Kolb, während Konstantin danebensaß und eine Currywurst aß. Dann wieder unterhielt sich Dr. Kolb angeregt mit Sissi von Bellingen, während Konstantin eine rote Wurst vertilgte. Dass Kolb der Täter war, daran zweifelte er keine Sekunde mehr. Aber hatte er sich bezüglich des Motivs doch geirrt? Hatten Sissi und Kolb eine Affäre? Hatte Lambert deswegen sterben müssen?

Ungefähr zur Halbzeit kam der Irokese vorbei und fragte flüsternd: »Sie brutzeln ja immer noch nichts, ist wirklich alles in Ordnung? Die Regie macht sich Sorgen.«

»Ja, doch, durchaus.« Seifferheld verzog das Gesicht zu einem Grinsen.

Der Irokese hob eine Augenbraue, fragte aber nicht weiter nach. Es war ja kein Live-Mitschnitt. Wenn diese VHS-Provinztypen es verbocken sollten, wurden sie einfach aus der fertigen Sendung herausgeschnitten.

Die Spannung stieg.

Horst schwieg, Eduard schwieg, sogar Gotthelf verschluckte sein »Ogottogott«, Arndt schaltete tatsächlich sein Handy aus. Es war ungewohnt, ihn ohne blinkendes Ohr zu sehen. Klaus ging zu den Feuerwehrjungs und fragte, ob noch Cointreau übrig sei.

Und dann war es so weit.
Die Scheinwerfer richteten sich auf die Haller Mannen. Der Moderator trat lächelnd auf sie zu, im Schlepptau die Jurymitglieder.
»Und hier, meine Damen und Herren, haben wir die Männerkochgruppe der Volkshochschule Schwäbisch Hall. Seien auch Sie uns herzlich willkommen. Wie dürfen wir Sie nennen?«
Seifferheld räusperte sich. »Die Ahnungslosen.«
»Wie originell. Aber hoffentlich nicht prophetisch. Was haben Sie für uns und die Jury vorbereitet?«
Jetzt erst sah der Moderator, dass der Schau-Herd kalt war und absolut gar nichts brutzelte oder briet oder sonst wie der Fertigstellung entgegenkochte. Weil er Profi war, entglitten ihm die Gesichtszüge nur in Teilen. Die unbeweglichen Teile verdankte er vermutlich seiner halbjährlichen Botox-Einspritzung.
»Eine Überraschung«, sagte Seifferheld. Dann sah er sich zu seinen Jungs in den Trenchcoats um. »Seid ihr so weit?«, rief er.
Sie hatten es nur ein einziges Mal geprobt, vorhin in der Garderobe. Ob es klappen würde?
Arndt zog den Kassettenrekorder aus einem der Kartons und drückte auf die Playtaste.
»Wären Sie so freundlich?«, sagte Seifferheld zum Moderator und zog dessen Arm mit dem Mikrofon vor den Kassettenrekorder, aus dem gleich darauf die ersten Töne von *YMCA* schmetterten.
Seifferheld und seine Mannen stellten sich in einer Reihe auf und rotierten mit den Hüften.

*Young man, there's no need to feel down.
I said young man, pick yourself off the ground.*

Sie zogen sich die Gangsterhüte vom Kopf und warfen sie in die erste Reihe. Frauen kreischten auf, Männer sangen mit.

*Young man, there's a place you can go.
I said, young man, when you're short on your dough.*

Dann rissen sich die Haller Jungs die Trenchcoats auf.
Die Halle tobte.
Wer nun erwartet hatte, darunter die Kostüme der Village People zu entdecken – Bauarbeiterkarohemd, Indianerlendenschurz, Cowboylederhose –, sah sich getäuscht.
Seifferheld und die Jungs trugen …
… Windeln.
Windeln aus großen weißen Stoffservietten, die von überdimensionalen Sicherheitsnadeln an Ort und Stelle gehalten wurden.
So lasziv es eben ging – und es ging mit ihren untrainierten Altmännerhüften eigentlich gar nicht – ließen sich Horst, Eduard, Gotthelf, Arndt und Klaus die Mäntel von den nackten Schultern gleiten, während Seifferheld aus dem zweiten Karton ein Mikrowellengerät zog und es so aufbaute, dass Kamera 2 sie gut im Bild hatte.

*Young man, are you listening to me?
I said, young man, what do you want to be?*

Dann zog Seifferheld eine Tiefkühlpizza aus dem Karton, riss die Plastikhülle ab und schob sie in die Mikrowelle. Währenddessen drehten sich seine Jungs um, kehrten somit dem Publikum den Rücken und wackelten mit den Popos.

*No man does it all by himself.
I said young man, put your pride on the shelf.*

Die Halle grölte und sang aus Tausenden Kehlen lauthals mit:

*YMCA ... Just go to the YMCA.
YMCA ... You'll find it at the YMCA.*

Und als hätten sie es präzise getimt, machte die Mikrowelle genau in dem Moment »pling«, als der Kassettenrekorder seinen letzten Ton von sich gegeben hatte.
Seifferheld zog die fertige Pizza heraus und rief: »Voilà!«
Der Jubel kannte keine Grenzen. »Zugabe«, rief die Menge und klatschte sich die Hände wund.
Es war vollkommen sinnfrei und hatte nichts mit Kochen zu tun. Aber zwei Minuten und 36 Sekunden lang waren vom Kabelträger über den Platzanweiser bis hin zum Moderator alle gut drauf.
Dafür bekamen sie selbstverständlich keinen einzigen Punkt von der Jury, aber nach kurzer Rücksprache mit der Regie und einem tosenden »Bravo!« aus dem Publikum erhielt der Männerkochkurs der Volkshochschule Schwäbisch Hall – alias »Die Ahnungslosen« – den Anerkennungspreis in Gold des Wettkochveranstalters.

Glücklich lächelnd winkten Seifferheld, Schmälzle, Eduard, Gotthelf, Arndt, Horst und Klaus in die Menge.
Und hinten rechts in der Halle, in Block B, Reihe 12, erwachte François Bocuse Arnaud aus seiner Schockohnmacht …

23:45 Uhr

> Wer zuletzt lacht, stirbt (wenigstens) fröhlich.

Seifferhelds Schritte hallten durch die menschenleere Gelbinger Gasse.
Die anderen hatten ihren Erfolg mit viel Bier hinter den Kulissen der Kochwettshow gefeiert, aber er als Chauffeur konnte sich nur an alkoholfreies Bier halten. Er hatte die anderen zu Hause abgesetzt, dabei jedem Einzelnen männlich-kumpelhaft und vor allem wuchtig auf die Schulter geschlagen, und dann den Grand Scénic seines Kollegen in dessen Garage gefahren. Van der Weyden wohnte neben dem Indian Forum, das hieß, Seifferheld musste jetzt durch die langgezogene Gelbinger Gasse, die Marktstraße und den Hafenmarkt laufen, bevor er in der Unteren Herrngasse anlangte. Hoffentlich hatte Karina eine Runde mit Onis gedreht, damit er gleich ins Bett konnte. Er war völlig erledigt.
Das Gehen fiel ihm schwer. Es wurde Zeit, dass er wieder regelmäßig von Olaf physiotherapiert wurde. Susanne wollte das Kind behalten. Olaf gehörte also jetzt offiziell zur Familie. Dieser Pferdeschwanz- und Freundschaftsarmbandträger war der Vater von Seifferhelds Enkelkind. Ein Enkelkind. Er, Seifferheld, wurde Opa. Unfassbar.

Gerade jetzt, da er sich wieder so jung fühlte, am Beginn eines neuen Lebensabschnitts. Wie neugeboren. Er schritt kräftiger aus. Seine Schritte hallten.
Sie waren aber nicht das Einzige, was hallte.
Jemand ging hinter ihm. Es waren schwere Schritte.
Seifferheld blieb stehen.
Wer immer ihn verfolgte, blieb ebenfalls stehen.
Seifferhelds Griff um die Gehhilfe wurde fester.
Natürlich! Kolb und Sissi von Bellingen musste klar sein, dass er sie von der Bühne aus gesehen hatte und zwei und zwei zusammenzählen konnte. Sie hatten sich den Weg frei gemordet und wollten die Sache jetzt zu einem guten Ende bringen.
Seifferheld holte tief Luft. Nur die Ruhe bewahren. Davonlaufen machte überhaupt keinen Sinn. Er tastete nach seinem Handy. Kein Handy. Mist. Ja klar, er hatte es zu Hause gelassen, damit es nicht versehentlich während des Wettkochens losbimmelte.
Vielleicht hatte er Glück und in der Weinstube Gräter oder beim Jugoslawen saßen noch Gäste. Er ging schneller.
Sein Verfolger holte auf.
Nein, zwecklos. Seifferheld blieb nur die Konfrontation. Er blieb erneut stehen und sagte dann mit lauter, sehr lauter Stimme: »Guten Abend, Dr. Kolb!«
Einen Moment lang herrschte Stille, dann lachte es in seinem Rücken auf.
Dr. Kolb trat näher. »Sehr clever von Ihnen, Herr Kommissar. Sie spekulieren darauf, dass ein Anwohner hört, wie Sie meinen Namen sagen.«
»Sehr richtig, Herr Dr. Kolb, Herr Dr. Arnfried Kolb«, erklärte Seifferheld, immer noch markerschütternd laut.

Kolb schmunzelte frech. »Geben Sie sich keine Mühe. Ich habe ein wasserdichtes Alibi. Ich schlafe in diesem Moment gerade mit Sissi von Bellingen. Helfe ihr bei der Trauerarbeit.«
Seifferheld hob eine Augenbraue. »Wie bitte?«
»Ich habe die Gute unter Drogen gesetzt. Wenn ich sie nachher wecke, werde ich ihr glaubhaft versichern, dass wir Sex hatten. Es handelt sich um eine hypnogene Droge – sie wird felsenfest davon überzeugt sein, dass wir die ganze Nacht zusammen waren. Hält auch einem Lügendetektor stand.«
»Ich wusste es. Mit der haben Sie auch Ulla Zeeb außer Gefecht gesetzt!« Seifferheld zielte mit der Gehhilfe auf ihn. »Sie und Sissi von Bellingen hatten eine Affäre, und Lambert war Ihnen im Weg.«
Arnfried Kolb schnaubte höhnisch. »Großer Gott, nein. Sissi ist nichts weiter als eine Patientin von mir. Aber heute Nacht kam sie mir sehr zupass. Ich brauche doch ein Alibi, wenn ich Sie umbringe. Und die gute Ulla hat eine Ausstellungseröffnung in Bad Mergentheim.«
Kolb packte Seifferheld am Oberarm und zog ihn in einen der dunklen Durchgänge zu den malerischen Hinterhöfen, von denen es in der Gelbinger Gasse mehrere gab. »Ihr Weg ist hier zu Ende, Herr Kommissar.«
Kolb könnte rein von den Jahren her sein Sohn sein. Er wirkte sportlich. Und zu allem entschlossen. Eine Sekunde lang gab sich Seifferheld der unguten Vorstellung hin, dass für ihn jetzt wirklich der Vorhang fallen könnte.
»Lassen Sie mich nicht dumm sterben, Kolb. Sagen Sie es mir ganz offen: Sie haben doch Lambert von Bellingen und Kiki Runkel ermordet, nicht wahr?«

Kolb tastete in der Innentasche seines Jacketts herum. Suchte er eine Giftspritze? Oder ein Skalpell?
Natürlich, ein Skalpell.
»Suchen Sie das Skalpell, mit dem Sie Lambert von Bellingen die Gurgel durchtrennt haben?«
»Bitte, Herr Seifferheld, ich werde hier und jetzt keine tränenreiche Beichte ablegen. Glauben Sie mir, in ein paar Minuten ist Ihnen alles egal, auch wer welchen Mord begangen hat.«
Von fern hörte man die Glocken von St. Michael.
Mitternacht.
»Ach, wie nett«, meinte Kolb. »Heute ist mein Geburtstag. Und ich werde ihn festlich begehen, indem ich *den* Mann aus dem Weg räume, der meinem Glück noch im Weg steht.«
»Sie haben heute Geburtstag?«, improvisierte Seifferheld. »Gratuliere. Ich habe zwar keine Ahnung, wie alt Sie heute geworden sind, aber Sie sehen auf jeden Fall jünger aus.«
Es war finstere Nacht, und man konnte in dem schattigen Durchgang rein gar nichts sehen, aber Kolb sprang sofort darauf an. »Ja, nicht wahr, wie ich immer sage: Die Schönheitschirurgie dient dem Menschen! Anti-Aging fängt bei Spritze und Skalpell an, nicht bei Vitaminpräparaten zum Frühstück. Nur invasive Eingriffe schützen uns wahrhaft vor dem grausamen Altern.«
Seifferheld fand, dass man sein Alter wie einen Ehrenorden tragen sollte, denn die Alternative zu alt werden war vorher sterben, aber er sagte nichts. Reden lassen, einfach nur reden lassen. Alte Verhörtaktik.
»Ich habe mein Leben in den Dienst der Schönheit gestellt. Was wäre die Welt ohne Schönheit? Aber natürlich

geht das nicht ohne kleinere Ausrutscher hie und da. Diese Runkel hätte sich nicht so anzustellen brauchen. Die Absenkung der Oberlider und der gestörte Lidschluss wären nur vorübergehend gewesen. Auch das Ektropium hätte sich von selbst zurückgebildet. Und die ungleich hochstehenden Mundwinkel hätten wir nach zwei bis drei Wochen durch eine Nachinjektion ausgleichen können. Gut, mit dem Taubheitsgefühl und der vertikalen Diplopie hätte sie leben müssen. Aber der gehemmte Lippenschluss und der diskrete Speichelfluss waren definitiv nur temporär.«
»Sie war nach der Botox-Behandlung entstellt?«
»Mein Gott, entstellt, entstellt ... Werfen Sie doch nicht mit solchen Begriffen um sich. Aber ja, in einem von zehntausend Fällen kann es zu unerwünschten Folgeerscheinungen kommen Und die Runkel hat total hysterisch darauf reagiert.« Kolb klang genervt.
Seifferheld tastete in seine Trenchcoattasche. Sie beulte sich nämlich aus gutem Grund aus.
Kolb merkte nichts. »Ja gut, ihre Oberlippenmuskulatur war geschwächt. Sie hatte Schwierigkeiten beim Trinken und Löffeln ... und wahrscheinlich auch beim Blasen. Das war bestimmt der einzige Grund, warum dieser Bellingen mich bloßstellen wollte. Ärztliche Kunstfehler gehen dem doch am Arsch vorbei, aber wenn seine Geliebte ihn ein paar Wochen lang nicht mehr oral beglücken kann ...«
Seifferheld spürte das Pakka-Holz und die Damaszener-Klinge unter seinen tastenden Fingern. Er packte das Japanmesser, zog es aus der Manteltasche und riss es heraus, hoch über seinen Kopf.
Er zögerte den Bruchteil einer Sekunde. Noch nie hatte

Seifferheld einen Menschen umgebracht oder war die Ursache gewesen, dass jemand zu Tode kam, und im Schachspiel des Lebens war es mittlerweile etwas spät, um jetzt noch einen solchen Spielzug durchzuführen, auch wenn es sich um reine Notwehr handelte. Aber mit einem solchen Hackebeilmesser konnte man sich nicht zivilisiert verteidigen – man schlug zu, um zu töten. War er dazu wirklich bereit?
In diesem Moment fuhr vorn auf der Gasse ein Taxi vorbei, und im Licht der Scheinwerfer warf Seifferheld einen gruseligen Schatten. Wie ein unseliger Metzger mit einem Hackebeil, der gleich einer widerwärtigen Monsterkreatur den Garaus bereitet und es zu Blutwurst verarbeitet.
»Was …?«, stutzte Kolb.
Seifferheld nutzte das Überraschungsmoment, um sich von Kolb loszureißen. Kolb reagierte allerdings blitzschnell und packte den Arm mit dem Japanmesser. Seifferheld musste das Messer fallen lassen, wirbelte aber seine Gehhilfe herum, traf dabei jedoch nicht Kolb, sondern nur eine Glasscheibe, die laut klirrend zerbrach.
Es ging nicht mehr anders.
Seifferheld musste über seinen Schatten springen.
»HILFE!«, schrie er.
Doch alle Fenster blieben dunkel.
»Ha!« Kolb lachte auf.
Mit beinahe übermenschlicher Kraft zerrte Seifferheld sich und Kolb, der ihm am Arm hing, auf die Gasse hinaus.
»HILFE!«, brüllte er.
Nichts.
Die Anwohner hatten einen beneidenswert festen Schlaf.

Seifferheld rangelte mit Kolb, der jetzt etwas in der Hand zu halten schien.
»Wehren Sie sich nicht, Herr Kommissar. Ich verspreche Ihnen, es ist absolut schmerzfrei. Mit diesem Mittel schläfert man sonst Haustiere ein. Nur die Dosis ist enorm erhöht. Es wird schnell gehen.« Kolbs Stimme war ein giftiges Zischeln.
Seifferheld ging zu Boden. Er rollte sich auf den Rücken. Kolb warf sich auf ihn.
Es war einfach zu lange her. Seifferheld hatte einen absoluten Blackout, was passende Selbstverteidigungsmaßnahmen anging. Außerdem war es seine gesamte berufliche Laufbahn immer nur theoretisches Wissen gewesen – Kontaktangriffe auf Vertreter der Staatsmacht hatte es zu seiner Zeit nie gegeben. Mit dem Ellbogen versuchte er, Kolb auf Abstand zu halten.
»Wehren Sie sich nicht, dann ist es umso schneller vorbei.«
Seifferheld wollte noch einmal um Hilfe brüllen, aber Kolb drückte ihm den linken Unterarm auf den Mund. Der rechte Arm, in dem er die Spritze hielt, fuhr aus.
Das war's dann wohl, dachte Seifferheld. Er sah zwar nicht die Bilder seines Lebens vor seinem inneren Auge vorübergleiten, aber er dachte an Onis und seinen Harem. In dieser Reihenfolge. Und er seufzte final.
Kolb lachte auf. Es klang irrsinnig. Er sah aus wie Kinski. Nur ohne Erdbeermund.
»Keine Bewegung!«, tönte es da plötzlich aus luftiger Höhe.
Ein Scheinwerfer erfasste die am Boden liegenden Männer.

Beide blinzelten ins grelle Licht.
»Hier spricht die Polizei. Legen Sie die Waffe aus der Hand.«
Seifferheld, der anfangs vermutet hatte, ein Anwohner habe mit einer besonders hellen Taschenlampe eingegriffen, merkte erst jetzt, dass ein Hubschrauber über ihnen in der Luft schwebte.
Von beiden Seiten der Gasse kamen Streifenwagen auf sie zu. Beamte mit gezückten Waffen sprangen heraus.
»Spritze fallen lassen!«
Einen kurzen Moment lang hatte Seifferheld das Gefühl, Kolb wolle mit großem Tusch aus der Welt scheiden, ihm die Spritze in den Hals rammen und sich von den Beamten erschießen lassen.
Aber dann ließ Kolb doch die Spritze fallen und stand langsam mit erhobenen Armen auf. Er hätte es einfach nicht ertragen, erschossen zu werden, womöglich ins Gesicht getroffen. Als hässliche Leiche abzutreten – das ging ja gar nicht.
Seifferheld atmete erleichtert aus. Auf dem Rücken liegend, alle viere von sich gestreckt, sah er aus wie ein gestrandeter Käfer.
Aber er war glücklich.
Bis ihm ein Beamter die gezückte Waffe ins Gesicht hielt.
»So, Freundchen, ganz langsam aufstehen und Hände auf den Rücken!«
Wie sich herausstellte, hielt man ihn und Kolb für die seit langem gesuchten Innenstadteinbrecher, die sich bei ihrem jüngsten Coup in die Wolle bekommen hatten.
Seifferheld wollte die Sachlage richtigstellen und Empörung kundtun, er war hier das Opfer, nicht der Täter, aber,

ehrlich gesagt, war er einfach nur froh, dass er noch lebte. Und dass die Morde an Lambert von Bellingen und Kiki Runkel nun nicht ungesühnt bleiben würden.
Der Rest würde sich schon irgendwie ergeben.
Er lächelte.
Da wusste er aber auch noch nicht, dass er für die mit seiner Gehhilfe zum Zwecke der Selbstverteidigung eingeschlagene Fensterscheibe doch tatsächlich 298 Euro 50 aus eigener Tasche löhnen musste ...

Epilog

> **Aus dem Polizeibericht**
>
> **Gewichtige Zwerge**
>
> *Dreiste Diebe haben aus einem Garten in der Neumäuerstraße drei Gartenzwerge mitgehen lassen. Die jeweils 1,70 Meter großen und 25 Kilo schweren Prachtexemplare aus Kunststoff waren von der Straße aus kaum zu sehen, gleichwohl hält die Polizei es für eher unwahrscheinlich, dass gartenzwergfeindliche Nachbarn hinter der Aktion stecken. Man vermutet vielmehr, dass wieder einmal die dreiste Innenstadteinbrecherbande erneut zugeschlagen hat. Oder weinselige Besucher aus dem Schwerpunkt Glück, die sich einen Scherz erlauben wollten. Auf die Wiederbeschaffung der Gartenzwerge wurde eine Belohnung in Höhe von 150 Euro ausgesetzt.*

Einen Tag später

Vielleicht liegt's doch am Aftershave, dass das Glück manchen Männern immer hinterherläuft und es andere meidet wie akuten Lippenherpes.

»Du hast vielleicht Schwein gehabt«, sagte Bärenmarkenbär Wurster, klopfte Seifferheld auf die Schulter und hob sein Löwenbräu-Pils. »Auf Siggi, den Unverwüstlichen!«
»Auf Siggi!«, rief der gesamte Mord-zwo-Stammtisch.

»Dieser Kolb hatte eine böse Giftmischung in seiner Spritze. Nur eine Sekunde später, und wir würden jetzt beim Leichenschmaus auf dich anstoßen.«
Seifferheld nickte. »Ich bin der Polizeichefin wirklich dankbar, dass sie wegen der Einbruchsserie in der Haller Innenstadt Sonderstreifen und einen Wärmebildhubschrauber patrouillieren lässt.«
»Sei lieber der Frau Schneckle dankbar, die sich lärmtechnisch gestört fühlte, als du mit deiner Gehhilfe die Fensterscheibe eingeschlagen hast. Hätte sie nicht den Notruf gewählt, du wärst jetzt Futter für die Maden auf dem Waldfriedhof.«
»Frau Würtz, noch eine Runde!«, rief Van der Weyden.
»Hat Kolb schon ein umfassendes Geständnis abgelegt?«, wollte Seifferheld wissen.
Wurster schüttelte den Kopf. »Redet sich natürlich auf Totschlag im Affekt heraus. Wird ihm aber nicht gelingen. Also, vielleicht bei Lambert, der ihn wegen Kurpfuscherei verklagen wollte. Aber nicht bei Kiki Runkel, die er danach vorsätzlich erschlug, damit sie nicht zwei und zwei zusammenzählte und Lamberts Ermordung auf ihn zurückführte. Das Gesicht hat er ihr zermanscht, damit man bei ihrer Entstellung nicht gleich auf den wahren Grund schließen konnte. Die Hartplastik-Miniatur vom Diak, die du in seinem Wochenendhaus gesehen hast, die stammte übrigens wirklich aus dem Laden der Runkel. Es fanden sich Haut- und Haarreste daran, die gerade analysiert werden, aber zweifelsohne hat er sie damit erschlagen und entstellt.«
»Dabei war er gar kein Kurpfuscher, der Mann war echt gut«, sinnierte Bauer zwo. »Wenn man sich in seinem Wo-

chenendhaus spritzen ließ, kostete es nur die Hälfte. Und man sah hinterher immer tipptopp aus.«
»Woher weißt du denn das?«, fragte Dombrowski.
Bauer zwo lief rot an.
Dombrowski stieß ihn mit dem Ellbogen an. »Dann hat dich letzten Sommer gar keine Biene gestochen, als du eine Zeitlang mit Schlauchbootlippen Dienst geschoben hast?«
Der Mann hatte also nicht nur eine Minipli-Dauerwelle auf dem Kopf, sondern auch noch Eigenfett aus dem Hintern in seinen Lippen.
Seifferheld seufzte.
Das war eine neue Zeit.

Zwei Wochen später

Wenn schon Outing, dann richtig!

Es gab nicht nur den »Internationalen Tag der Toilette« oder den »Deutschen Tag des offenen Denkmals«, es gab auch den »Tag des öffentlichen Stickens«. Und in Schwäbisch Hall wurde dieser Tag in diesem Jahr im Haller Schlachthaus begangen.
Es war für einen Mann fortgeschrittenen Alters nicht leicht, überkommene Denkweisen abzulegen. Siegfried Seifferheld, noch exakt drei Monate und zwei Tage von seinem sechzigsten Geburtstag entfernt, beschloss am Morgen des »Tages des öffentlichen Stickens« – er fiel in diesem Jahr auf einen Samstag –, dass er noch nicht verkalkt war. Er war noch jung und mutig genug, um sich der

neuen Zeit anzupassen, um Dinge zu tun, die in Schwäbisch Hall noch nie ein Mann vor ihm getan hatte. Er würde mit seinem Hobby an die Öffentlichkeit gehen. Er würde sich outen!
Better living through stiching together, war das Motto des diesjährigen Weltsticktages, das auf einschlägigen Stickseiten im Internet verbreitet wurde. Zwischen Tokio und New York, zwischen Holzwickede und Hauzenberg kamen Frauen – und an einer Hand abzuzählende Männer – zusammen, um zu sticken. In Schwäbisch Hall traf man sich hierfür auf Einladung der Kurzwarenhandlung Zwing zwischen 9 und 13 Uhr im Café im Alten Schlachthaus.
Um 9 Uhr 30 kam Seifferheld mit seiner Gehhilfe angehumpelt. Es fiel ihm nicht leicht. Seine Handflächen waren feucht, ein Schweißtropfen kullerte ihm über die Stirn. Unter dem linken Arm hielt er sein frisch fertiggestelltes Stickkunstwerk *Leda und der Schwan.*
Vor dem Eingang zum Alten Schlachthaus, über dem ein Transparent mit der Aufschrift *Sticken und Staunen* hing, blieb er stehen und holte tief Luft.
Dann legte er die Hand auf die Türstange und zog die Tür auf.

Drei Wochen später

Inselfreuden

François »Bocuse« Arnauds Ehefrau hatte die Scheidung eingereicht. Mit einem spielsüchtigen Mann, der ihr angespartes Urlaubsgeld bei Pferdewetten verzockte, wollte sie nicht den Rest ihres Lebens verbringen.

Das allein hätte er noch verkraftet.
Aber dass seine Reputation als respektabler Kochlehrer in der Tradition von Jamie Oliver durch einen Haufen von tanzenden Männern ins Lächerliche gezogen worden war, das hielt er nicht aus.
Bocuse packte seine Siebensachen und verabschiedete sich aus Deutschland.
Er wanderte nach Réunion aus, der französischen Insel im Indischen Ozean, und eröffnete dort ein halblegales Wettbüro für Sportwetten. Das gerahmte Foto von Jamie Oliver nahm er allerdings mit.
Man wusste ja nie.

Einen Monat später

Aus dem Polizeibericht

Ottoalarm

Der polizeibekannte Kamerunbock Otto ist am Wochenende aus seinem Stall bei Gnadental in Begleitung einer Zibbe entflohen. Auf der L1046 verursachten die beiden eine Massenkarambolage, bei der zwar niemand zu Schaden kam, auch die Tiere nicht, jedoch ein Sachschaden von 25 000 Euro entstand. Otto und seine Begleiterin sind flüchtig. Sachdienliche Hinweise nimmt jede Polizeidienststelle entgegen. Achtung: Der Bock beißt!

Zwei Monate später

Schmälzle rocks

Guido Schmälzles neuestes Buch *Ich wandere, also bin ich* stand zwei Wochen lang auf der Spiegel-Taschenbuch-Bestsellerliste. Es kam zwar nie höher als auf Platz 25, aber Schmälzle ging von da an dennoch nur noch mit Krawatte ins Bett.

Zwei Monate und einen Tag später

Vor allem liebt einander, denn die Liebe ist das Band, das alles zusammenhält.

Philippa Saskia Rosamunde Edelgunde von Sölln und Rudolf Alexander Wilhelm Friedensreich von Sölln heirateten unter großem Prunk und Protz auf Schloss Sölln.
Fippa schenkte ihrem Rudolf im Laufe der Jahre sieben Kinder. Sie arbeitete nebenher als Boxlehrerin in einem Frauensportstudio in der Nähe des Familienschlosses und machte bisweilen Kaffeewerbung im Fernsehen.
Sie blieb zeit ihres Lebens mausgrau, hatte aber neben ihrem Gatten immer mindestens einen Toyboy.
Wir lernen: Mausgrau nie unterschätzen!

Zwei Monate und zwei Wochen später

Wo die Liebe hinfällt, bleibt sie meist auch liegen.

Klaus und Frau Denner waren jetzt offiziell ein Paar. Frau Denner zeigte eine Engelsgeduld und war nicht eifersüch-

tig auf Mimi, deren Risse Klaus liebevoll mit Klebestreifen abgedichtet hatte und die, in aufgeblasenem Zustand, wieder auf ihrem Sofaehrenplatz in Klausens Loft thronte.
Die Fruchtfliegen mussten allerdings gehen, da kannte Frau Denner kein Pardon, obwohl Kläuschens Fliegentruppe gegen Ende – da war sich Klaus ganz sicher – tatsächlich den Formationsflug beherrschte!

Dreieinhalb Monate später …

Treffer, verschenkt!

»Hier, bitte!«
Ursula Meck stürmte mit einem Pappkarton in die Seifferheldsche Küche. Hinter ihr im Türrahmen Putzfrau Olga, die sie hereingelassen hatte.
Sie saßen in großer Runde am Frühstückstisch.
»Meck, meck«, murmelte MaC verhalten hinter dem aufgeschlagenen *Haller Tagblatt*. Sie hatte ihrem Siggi die zahlreichen Frauengeschichten mit Prostituierten und Gummipuppen unter der Voraussetzung verziehen, dass es so etwas von nun an nie wieder geben würde und wenn doch, sie die Erlaubnis hatte, ihm die Eier mit seinem Japanmesser abzuhacken.
Frau Meck tat so, als hätte sie nichts gehört. »Die gehören Ihnen!«, bellte sie und stellte den Karton zu Seifferhelds Füßen ab.
Onis kam unter dem Küchentisch hervorgekrochen und schnupperte interessiert.
»Ah, da ist er ja. Der Hallodri. Der Frauenverführer. Der Hund, der meiner Lady die Zukunft als anerkannte Zucht-

hündin verbaut hat!« Wütende Blitze schienen aus Frau Mecks Augen auf Onis herabzufahren.
»Ich verstehe nicht ganz ...«, meinte Seifferheld.
Die anderen schwiegen. Dieses Entertainmentprogramm war unbezahlbar.
Nur von MaC hinter der Zeitung meinte man ein hingehauchtes »Meck, Meck« zu hören.
»Dieser ... *Hund* ... hat meine Lady geschwängert! Jetzt hat sie Bastarde geworfen.«
In diesem Moment hatte Onis mit der Schnauze den Deckel des Kartons aufgeschoben, und sieben süße Mischlingswelpen wurden sichtbar, die anfingen, beseelt zu fiepen, als ihr Vater sie mit nasser Zunge ableckte.
»Sind die goldig!«, rief Karina und schnappte sich den Welpen mit dem rundesten Buddhabäuchlein.
»Was für süße Hundchen!«, rief auch Susanne.
»Diese Köter bleiben mir nicht im Haus«, erklärte Irmi kategorisch, bevor Pfarrer Hölderlein ihre Hand nahm und Matthäus 7, 8 zitierte. Oder 2. Korinther 9, 8. So bibelfest waren die Anwesenden nicht. Es hatte aber was mit Liebe zu Gottes Geschöpfen zu tun.
»Also gut«, gab Irmi klein bei, »aber nur so lange, bis wir ein Zuhause für sie gefunden haben.«
»Na dann viel Glück«, zischte Frau Meck. »Sieben künftige Riesenhunde vermitteln? In Zeiten wie diesen? Ohne Herkunftspapiere? Ha!«
Seifferheld fragte sich, was er je an ihr hatte finden können. Er gelobte, den Hundebabys ein gutes Zuhause zu bieten.
Doch nach Welpendosenfutterkraftnahrung im Wert von über 1000 Euro und einem völlig zerbissenen, zerkratzten

und zerfetzten Erdgeschoss gab Seifferheld die rasch wachsenden Kleinen doch in fremde Hände.
Auch Onis war trotz aller Vaterfreude froh, sein Reich wieder allein für sich und seinen rosa Teddybären zu haben. Kinder, schien er zu denken, sind was Wunderbares: Gut durchgebraten und mit etwas Petersilie obendrauf …

Sechs Monate später

> Hey, heute Morgen mach ich Hochzeit!
> Ding, dong, da bimmelt's wunderbar …

Es wurde nur eine schlichte standesamtliche Hochzeit im engsten Familienkreis. Wobei der Familienkreis in den letzten Monaten derart angewachsen war, dass es dann doch der große Trausaal im Rathaus werden musste.
Mozes trug einen himmelblauen Anzug und ein hellgelbes Rüschenhemd. Er sah zum Anbeißen aus und durfte ganz hinten im Saal auf Onis aufpassen, an dessen Halsband eine leuchtend rote Rose prangte. Auch der rosa Teddy hatte eine rote Schleife umgebunden bekommen.
Olaf trug zu seinem Glitzerhawaiihemd die Haare offen, wie immer bei festlichen Anlässen, und Susanne sah aus wie soeben der *Vogue* entsprungen. Der *Vogue* für Schwangere, wohlgemerkt. Ihr Bauch war kugelrund. Hin und wieder hörte man Olaf säuseln »Geht's dir gut, mein kleiner Kugelfisch?«
Karinas Bäuchlein hielt sich vergleichsweise in Grenzen, dafür waren ihre Brüste – völlig ohne OP, nur dank Mutter Natur – enorm angewachsen. Allerdings konnte man

unter dem schrillen Batikkaftan nur wenig von ihrer Figur ausmachen. Fela hielt beschützend den Arm um sie, und wann immer sie auch nur mit der Stirn runzelte, sprang er auf und holte ihr Mineralwasser oder Obst oder eine Jumbo-Packung Pralinen. Herrmann und Marcella Seifferheld, Karinas Eltern, hatten sich mit dem Unausweichlichen abgefunden und behandelten Fela wie den Sohn, den sie nie hatten. Nur mit Siegfried und Irmi redeten sie immer noch kein Wort, weil die aus ihrer einzigen Tochter eine vorbestrafte, unehelich schwangere Aktivistin mit täglich wechselnder Haarfarbe gemacht hatten.
Der aus dem Rennen um Karinas Gunst geworfene Tayfun Ünsel, türkischer Adonis in Leihsmoking mit goldenem Kummerbund, hielt das Ereignis, sehr zum Unmut von Fela, auf seiner Spiegelreflexkamera im Bild fest. Dabei war nicht ganz klar, ob sich sein Unmut auf Neidgefühle angesichts der schicken Kamera gründete oder auf den Umstand, dass Karina Tayfun gelegentlich zuzwinkerte.
Die Standesbeamtin bat die Anwesenden, Platz zu nehmen.
Seifferheld, nervös wie noch nie in seinem Leben, warf MaC eine verliebte Kusshand zu. Sie sah in ihrem apricotfarbenen Kostüm einfach zauberhaft aus und verbreitete ein Licht, das schöner war als alles, was davor je an Licht erfunden worden war. Im Saal gab es nur eine Frau, die es an diesem Morgen an Schönheit und Strahlkraft mit seiner Marianne aufnehmen konnte – und das war seine Schwester Irmi.
Und er, Siggi, durfte sie heute ihrem künftigen Mann übergeben, Pfarrer Helmerich Hölderlein. Seifferheld war

ungemein gerührt. Dass er das noch erleben durfte – seine Schwester heiratete. Einen aufrechten, rechtschaffenen Mann Gottes.
Sie würde zu ihm ins Pfarrhaus ziehen.
Auch seine Tochter würde ihn verlassen. Susanne und Olaf waren mitten im Umzug in das kleine Einfamilienhaus im Vorort Tullau, damit ihr Kind im Grünen aufwachsen konnte.
Herrmann und Marcella hatten für Karina und Fela eine Eigentumswohnung in der Salinenstraße gekauft, um der jungen Familie einen ordentlichen Start zu ermöglichen.
Kurzum: Seifferheld hatte das Haus in der Unteren Herrngasse bald ganz für sich. Nur er und Onis.
Endlich sein eigener Herr!
Die Standesbeamtin hob zu ihrer Traurede an.
Da beugte sich MaC zu ihm und flüsterte zärtlich in sein Ohr: »Jetzt haben wir das Haus ganz für uns – es ist dir doch recht, wenn ich zu dir ziehe, oder?«
Seifferheld musste schlucken.

Neun Monate später ...

> Ist es ein Mädchen? Ist es ein Junge?
> Es ist ein Seifferheld!

Susanne und Olaf wurden an einem frühen Sonntagmorgen stolze Eltern eines supersüßen Mädchens, das gewissermaßen schon lächelnd auf die Welt kam. Es war mehr rund als länglich, und wenn man es mit dem Zeigefinger auf den Bauch stupste, gab es herrlich glucksende Geräu-

sche von sich. Die Kleine weinte nie und war immer guter Laune. Man hätte sie Pollyanna taufen sollen, aber auf dem Taufschein stand später Ola Sanne Seifferheld.
Exakt drei Tage und sieben Stunden später brachte Karina – etwas zu früh, aber problemlos – Fela junior zur Welt. Alle waren enorm gespannt, wie der Wonneproppen aussehen würde – espressoschwarz wie der Papa oder doch eher die Milchkaffeevariante, und wenn ja, wie viel Milch?
Man kann sich die Überraschung vorstellen, als der leitende Arzt der Säuglingsstation ein nicht im landläufigen Sinne gelbes, aber eben doch eindeutig asiatisches Kraftbündel mit Mandelaugen und der Lunge eines japanischen Kabuki-Sängers ins Wartezimmer trug und Fela in die Arme legte.
Dazu gibt es natürlich eine Geschichte. Aber die wird ein anderes Mal erzählt …

Tatjana Kruse

Kreuzstich
Bienenstich
Herzstich

Kommissar Seifferheld
ermittelt

Seit ein paar Wochen verschwinden im beschaulichen Schwäbisch Hall alleinstehende Männer. Selbst als einige der Vermissten tot aufgefunden werden, geht die Polizei von Unfällen aus. Siegfried Seifferheld, Hauptkommissar im (Un-)Ruhestand, glaubt jedoch nicht an einen Zufall. Der liebenswert-kantige Kommissar, dessen heimliche Leidenschaft dem Sticken von Zierkissen gilt, macht sich auf die Spur eines gewitzten Serienmörders ...

Knaur Taschenbuch Verlag